BOLSILLO
ZETA

Título original: *Shifting Tide*

Traducción: Borja Folch

1.ª edición: septiembre 2005

para el sello Zeta Bolsillo
Bailén, 84 - 08009 Barcelona (España)
www.edicionesb.com

Diseño de colección: Ignacio Ballesteros

Printed in Spain
ISBN: 84-666-96546-15-2
Depósito legal: B. 34.884-2005

Impreso por LIBERDÚPLEX, S.L.
Constitució, 19 - 08014 Barcelona

MAREA INCIERTA

ANNE PERRY

BOLSILLO
ZETA

A Joe Blades,
en reconocimiento
a su ayuda y amistad.

1

—El asesinato no es lo que importa —dijo Louvain con brusquedad, inclinándose sobre el escritorio hacia Monk. Ambos estaban de pie en el amplio despacho del primero, cuyas ventanas daban al Pool de Londres. Su bosque de mástiles oscilantes por la marea se veía recortado contra un cielo otoñal salpicado de jirones de nubes. Había clíperes y goletas procedentes de todas las naciones marítimas del mundo, gabarras fluviales, una embarcación de recreo surcando con garbo las aguas, remolcadores, transbordadores y botes auxiliares faenando—. ¡Quiero mi marfil! —masculló entre dientes—. No tengo tiempo de esperar a la policía.

Monk lo miraba fijamente tratando de encontrar una respuesta. Necesitaba ese caso, de lo contrario no se habría desplazado hasta las oficinas de la naviera Louvain Shipping Company dispuesto a emprender una investigación tan alejada de su ámbito habitual. Era un gran detective en la ciudad; lo había demostrado en infinidad de ocasiones tanto en el cuerpo de policía como, más tarde, en calidad de investigador privado. Conocía las mansiones de los ricos y los callejones de los pobres. Conocía a ladronzuelos e informantes, a traficantes de objetos robados, a propietarios de burdeles, a falsificadores y a muchos rufianes a sueldo de distinta calaña.

Ahora bien, el río, «la calle más larga de Londres», con las mareas cambiantes, el constante tráfico de buques y hombres que hablaban diversos idiomas, constituía un territorio completamente ajeno a él. Una pregunta se repetía en su mente con la insistencia de un latido: ¿por qué Clement Louvain lo había llamado a él y no a alguien familiarizado con aquel entorno? La Policía Fluvial era más antigua que la Policía Municipal fundada por Peel; de hecho existía desde 1798, hacía casi tres cuartos de siglo. Era harto probable que anduviera demasiado ocupada como para dedicar al marfil de Louvain la atención que éste deseaba, pero ¿era ésa la verdadera razón por la que recurría a Monk?

Louvain permanecía de pie al otro lado del enorme escritorio de caoba, aguardando su respuesta.

—El asesinato forma parte del robo —contestó Monk—. Si supiéramos quién mató a Hodge, sabríamos quién se llevó el marfil y, si supiéramos cuándo, quizás estaríamos mucho más cerca de encontrarlo.

Las facciones de Louvain se endurecieron. Era un hombre de cuarenta y pocos años, de tez curtida y caderas estrechas, aunque fuerte y musculoso como los marinos que contrataba para llevar sus buques hasta las costas de África oriental en busca de marfil, madera, especias y pieles. Su cabello, castaño, era abundante y le nacía en la frente; sus rasgos, resultaban más bien corrientes.

—Por la noche, en el río el tiempo no cuenta —replicó tajante—. Los mensajeros de los peristas y los desvalijadores nocturnos pululan arriba y abajo constantemente. Nadie soltará prenda sobre los demás, y mucho menos a la Policía Fluvial. Por eso necesito a mi propio hombre, uno con las aptitudes y destreza que me han dicho que posee usted. —Repasó con la mirada a Monk, un hombre con reputación de ser tan implacable como él, unos pocos centímetros más alto, más moreno, con los pómulos altos y un rostro delgado y rebosante de vitalidad—. Necesito recuperar ese marfil —repitió—. Está pendiente de entrega y ya ha sido pagado. No busque al asesino para encontrar al ladrón. Eso quizá dé buen resultado en tierra. En el río se busca al ladrón y eso te conduce hasta el asesino.

A Monk le habría gustado rehusar el caso. No le habría costado nada hacerlo; su mero desconocimiento del río le habría proporcionado motivos suficientes. Además, muchos hombres conocían a fondo el río y los muelles, y siempre había alguno dispuesto a llevar a cabo un encargo privado a cambio de una buena paga.

Sin embargo, no estaba en condiciones de esgrimir semejante argumento. Se enfrentaba al amargo hecho de tener que mostrarse servicial con Louvain y convencerlo, contra toda verdad, de que estaba perfectamente capacitado para encontrar el marfil y devolvérselo en menos tiempo y más discretamente que la Policía Fluvial.

Le obligaba la necesidad, el reciente aluvión de casos triviales mal pagados. No osaba contraer deudas y puesto que Hester dedicaba todo su tiempo a la casa de socorro de Portpool Lane, que era por entero de beneficencia, ella no podía aportar nada a la economía doméstica. Aunque un hombre no debería contar con que su esposa se mantuviera a sí misma. Ella pedía muy poco: ningún lujo, ningún capricho, sólo poder dedicarse al trabajo que amaba. Le molestaba Louvain porque tenía la facultad de causarle desasosiego, pero más que eso le inquietaba que Louvain se mostrara más preocupado por atrapar al ladrón que al asesino que había segado la vida de Hodge.

—Y si en efecto lo atrapamos pero entierran a Hodge —dijo Monk—, ¿qué prueba tendremos? Habremos ocultado el crimen en su beneficio.

Louvain torció el gesto.

—No puedo permitirme dar a conocer el robo. Eso me arruinaría. ¿Serviría de algo que firmase una declaración jurada explicando dónde, cómo y cuándo encontré el cuerpo exactamente, y que fue asesinado por el ladrón, adjuntando una declaración del empleado del depósito de cadáveres a propósito de sus heridas, corroborada por usted mismo? Lo pondré por escrito y lo firmaré, y usted puede guardar copia de los documentos.

—¿Cómo explicará esta ocultación a la policía? —preguntó Monk.

—Les entregaré al asesino. Con pruebas. ¿Qué más podrían querer?

—¿Y si no lo atrapo?

Louvain le miró con una sonrisa irónica, delicadamente torcida.

—Lo encontrará —dijo sin más.

Monk no se hallaba en posición de discutir. Moralmente le ponía enfermo, pero a efectos prácticos Louvain llevaba razón. Tenía que lograrlo, pues en caso contrario, con la posible pérdida de pistas durante el tiempo transcurrido, las oportunidades de la Policía Fluvial serían aún más remotas.

—Cuénteme todo lo que sepa —pidió.

Louvain por fin se sentó en el sillón acolchado de respaldo redondo, y le indicó que hiciera lo mismo. Clavó la mirada en Monk.

—El *Maude Idris* zarpó de Zanzíbar con un cargamento de ébano, especias y catorce colmillos de marfil de primera calidad rumbo a Londres por el cabo de Buena Esperanza. Es un buque de cuatro mástiles con una tripulación de nueve hombres: capitán, oficial de cubierta, contramaestre, cocinero, grumete y cuatro tripulantes competentes, uno por mástil. Lo habitual para su tonelaje. —Seguía observando a Monk—. Encontró buen tiempo casi toda la travesía y efectuó una escala de aprovisionamiento en la costa occidental de África. Llegó hace cinco días al golfo de Vizcaya, a Spithead anteayer, y remontó las últimas millas del río dando bordadas contra el viento. Echó el ancla justo al este del Pool ayer, veinte de octubre.

Monk le escuchaba aunque aquella información no le resultase útil a efectos prácticos. Estaba convencido de que Louvain lo sabía. No obstante, ambos siguieron adelante con la farsa.

—La tripulación recibió su paga al desembarcar, como de costumbre —prosiguió Louvain—. Llevaban fuera mucho tiempo, casi medio año entre la ida y la vuelta. Dejé al contramaestre y a tres marinos a bordo para que montaran guardia. Uno de ellos era el muerto, Hodge. —Un amago de mueca cruzó su semblante. Podría haber sido cualquier emoción: rabia, pena, incluso culpa.

—¿Sólo dejó cuatro tripulantes a bordo? —preguntó Monk.

Como si le leyera el pensamiento, Louvain frunció el entrecejo.

—Sé que el río es peligroso, sobre todo para un buque recién llegado —añadió—. Todos los barqueros sabrán que la carga sigue a bordo. En el río ningún secreto dura mucho aunque cualquier necio podría deducirlo. Nadie sube tan arriba si va de vacío. O cargas o descargas. Pensé que bastaría con cuatro hombres armados. Me equivoqué. —Su rostro era pura emoción, aunque resultaba indescifrable.

—¿Qué armas tenían? —preguntó Monk.

—Pistolas y alfanjes.

Monk frunció el entrecejo.

—Ésas son armas que se usan de cerca. ¿Es lo único que llevan a bordo?

Louvain enarcó las cejas de forma casi imperceptible.

—Hay cuatro cañones en cubierta —contestó con cautela—, pero sólo se emplean contra piratas en alta mar. ¡No se puede disparar una cosa de esas en el río! —Un leve destello de diversión le cruzó el semblante—. ¡Sólo querían el marfil, no todo el puñetero barco!

—¿Hubo algún herido aparte de Hodge? —preguntó Monk disimulando su malestar. No era culpa de Louvain que se viera obligado a trabajar donde no hacía pie.

—No. Los ladrones del río saben cómo abarloarse y abordar un barco con sigilo. Hodge fue el único con quien se toparon, y lo mataron sin que nadie se percatara.

Monk intentó imaginarse la escena: la falta de espacio en las entrañas del barco, el vaivén provocado por la marea, los crujidos del casco. Y, de repente, la certidumbre de estar oyendo pasos, el miedo, la violencia y por último el dolor al ser golpeado.

—¿Quién le encontró? —le preguntó en voz baja—. ¿Y cuándo?

Louvain adoptó una expresión severa, con los labios apretados.

—El hombre que fue a relevarlo a las ocho: Newbolt, el contramaestre —explicó—. Él mismo me lo comunicó.

—¿Antes o después de descubrir que faltaba el marfil?

Louvain titubeó un instante y Monk se preguntó si se lo había imaginado.

—Después —admitió Louvain.

Si hubiese dicho «antes» Monk no le habría creído. El instinto de supervivencia habría hecho que aquel hombre quisiera saber a qué se enfrentaba antes de decirle nada a Louvain. Y salvo si era tonto de remate, lo primero que habría hecho sería cerciorarse de que el asesino no siguiera a bordo. Si hubiese podido echarle el guante y recuperar el marfil, habría tenido una historia muy distinta que contar. A no ser, claro está, que ya estuviera enterado del robo y fuera cómplice.

—¿Dónde estaba usted cuando recibió el aviso?

Louvain le miró impávido.

—Aquí. Eran casi las ocho y media.

—¿Cuánto tiempo llevaba aquí? —inquirió Monk.

—Desde las siete.

—¿Es posible que el contramaestre lo supiera? —Monk estudió con detenimiento el rostro de Louvain. Uno de los factores que le permitiría juzgar a los hombres que habían quedado a cargo del barco sería la confianza que Louvain depositara en ellos. Un hombre en su posición no podía permitirse perdonar el menor error, y menos ninguna clase de deslealtad.

—Sí —respondió Louvain, con una chispa de diversión en los ojos—. Cualquier marino habría contado con ello. Pero eso no significa lo que está pensando.

Monk reconoció, incómodo, que estaba dando palos de ciego en vez de captar las respuestas, como era habitual en él. No podía jugar a los acertijos con Louvain. O bien se mostraba más franco o bien más sutil.

—¿Los armadores suelen estar en sus oficinas a esas horas? —preguntó.

Louvain se relajó un poco.

—Sí. Vino aquí y me dijo que habían matado a Hodge y robado el marfil. Salí con él de inmediato. —Se interrumpió al ver que el investigador se levantaba.

—¿Podría volver sobre sus pasos y que yo le acompañe? —pidió Monk.

Louvain se puso de pie.

—Por supuesto —accedió.

No dijo nada más mientras lo condujo por la desgastada alfombra hasta la puerta maciza, que abrió y cerró a sus espaldas para luego guardar la llave en el bolsillo interior del chaleco. Cogió un abrigo de un perchero, echó un vistazo al atuendo de Monk como evaluando si era adecuado y decidió que sí lo era.

Monk estaba orgulloso de su ropa. Incluso en sus temporadas de mayor estrechez económica había vestido bien. Poseía una elegancia natural y el orgullo le dictaba que la factura del sastre tuviera preferencia ante la del carnicero. Aunque eso había sido así mientras estuvo soltero. Ahora quizá tendría que invertir ese orden, cosa que le pesaba lo suyo, pues lo veía como una especie de derrota. En cualquier caso, había caído en la cuenta de que un hombre como Louvain, dedicado al transporte marítimo, quizá tendría que atender asuntos en el río, y lo había tenido bien presente a la hora de vestirse. Calzaba botas recias de buenas suelas; el abrigo le permitía moverse con agilidad y cortaría el viento.

Siguió a Louvain escaleras abajo y a través de la oficina, donde los administrativos se inclinaban sobre los libros o estaban encaramados en taburetes altos, pluma en mano. El olor a tinta y polvo flotaba en el aire, y una vaharada de humo acre le irritó la nariz al pasar cerca de la estufa justo cuando alguien la abrió para echar más carbón.

Fuera, en la calzada que conducía al muelle, el viento cortante procedente del río los alcanzó de lleno, echándoles el cabello hacia atrás y llenándoles la garganta con el sabor salobre de la marea. Llegaba cargado de olores a pescado y brea mezclados con otro más ácido y dominante procedente del lodo y las aguas residuales vertidas más allá de los embarcaderos.

El agua chapoteaba contra las estacas del muelle con un ritmo roto de vez en cuando por la estela de gabarras tan cargadas que se hundían hasta la regala. Avanzaban lentamente río arriba dirigiéndose al Puente de Londres. Los estridentes chillidos de las gaviotas traían a Monk ecos cargados de significado, fugaces recuerdos de su vida en Northumberland cuando era niño. Un accidente de carruaje sufrido siete años atrás, en 1856, le había despojado de la mayoría de esos fragmentos multicolores que constituyen el pasado y componen la imagen de quienes somos. Por deducción había reunido buena parte de las piezas y de vez en cuando una ventana se abría súbitamente para mostrarle todo el panorama durante un instante. El chillido de las gaviotas era una de esas ventanas.

Louvain pisaba con firmeza el adoquinado que bajaba hacia el embarcadero, a grandes zancadas y mirando en todo momento al frente. La dársena, con sus grandes almacenes, las grúas y los cabrestantes no representaban ninguna novedad para él. Estaba acostumbrado a ver a los peones y los barqueros, así como el constante ir y venir de embarcaciones menores.

Monk le siguió hasta el final del embarcadero, donde el agua oscura se arremolinaba y golpeaba, con la superficie salpicada de suciedad y desperdicios a la deriva. En la otra orilla había una franja de lodo por debajo de la línea de la marea y tres niños se adentraban en ella, hundidos casi hasta las rodillas, inclinados para buscar con manos hábiles cualquier cosa que pudieran encontrar. Un fragmento de recuerdo le dijo a Monk que seguramente sería carbón de las gabarras, caído por casualidad o deliberadamente arrojado de trozo en trozo para que lo recogieran los rapiñadores.

Louvain hizo señas con el brazo y gritó algo en dirección al agua. En cuestión de momentos un bote ligero de unos tres metros y medio de eslora se detuvo junto a la escalinata con un único hombre que empuñaba los remos. Su tez curtida presentaba el color de la madera vieja, la barba gris era poco más que una sombra y la gorra, calada hasta las orejas, ocultaba todo el pelo que conservase. Hizo un medio saludo y aguardó las órdenes de Louvain.

—Llévenos al *Maude Idris* —le dijo éste mientras subía con agilidad, procurando mantener el equilibrio ante la súbita inclinación del bote. No ofreció ninguna ayuda a Monk, que iba detrás de él, bien porque imaginaba que estaba acostumbrado a las barcas, bien porque le traía sin cuidado que pudiera hacer el ridículo.

Un instante de miedo se apoderó de Monk, y también de apuro por si lo hacía con torpeza. Se puso rígido, mas entonces el instinto le dijo que se equivocaba y saltó dejándose caer, flexionando las rodillas y adaptándose al balanceo con una gracia que sorprendió a los otros.

El barquero zigzagueó entre las gabarras con consumada habilidad, luego bordeó una goleta de tres mástiles con el velamen desplegado y el casco sucio y desconchado por los largos días de sol tropical y viento salado. Monk vio los racimos de percebes que colgaban bajo la línea de flotación. El río era tan turbio que apenas se veía nada a más de un palmo de profundidad.

Levantó la mirada al pasar bajo la sombra de un buque mucho mayor y se quedó sin aliento ante su majestuosa belleza. Tres formidables mástiles descollaban con vergas de veinticuatro y veintisiete metros recortadas en negro contra el gris de las nubes, con las velas recogidas y plegadas, la jarcia como las finas líneas de un grabado en el cielo. Aquella nave magnífica era uno de los grandes clíperes que navegaban por todo el mundo, casi seguro en la carrera de China a Londres, transportando té, seda y especias del Extremo Oriente. El primero en descargar cobraba precios astronómicos, el segundo tenía que conformarse con lo que le ofrecieran. La imaginación se le llenó de imágenes de vientos rugientes y mares procelosos, un mundo de cielos vastos, velas hinchadas, mástiles azotados en una desenfrenada danza de los elementos. Y también habría mares más serenos, atardeceres encendidos, aguas claras como el cristal abarrotadas de criaturas de mil formas distintas, así como días de calma chicha en los que el tiempo y el espacio se prolongaban hasta la eternidad.

Una rociada de agua fría lo devolvió al presente, al bullicioso y ajetreado río. Delante de ellos estaba fondeada una goleta de cuatro palos que se balanceaba ligeramente en la estela de una fila de gabarras. Era de profundo calado, apta para la navegación de altura con cargas pesadas, veloz con las velas desplegadas, fácil de gobernar y, desde aquella corta distancia, las troneras de proa se distinguían a simple vista. La clase de nave que no se dejaba dar alcance ni apresar con facilidad.

Sin embargo, en su puerto de origen se convertía en una presa fácil para dos o tres hombres que se deslizaran de noche por las aguas negras, treparan por los flancos hasta la cubierta y pillaran por sorpresa a un centinela distraído.

Ya estaban casi abarloados y Louvain se puso de pie manteniendo el equilibrio con un ligero balanceo del cuerpo.

—¡Ah del barco! *¡Maude Idris!* ¡Louvain sube a bordo!

Un hombre se asomó a la barandilla y los observó desde arriba. Era ancho de espaldas, paticorto y corpulento.

—¡Adelante, señor Louvain! —gritó, y un momento después una escala de cuerda fue arrojada desde la cubierta y se desenroscó a lo largo del casco.

El barquero maniobró el bote hasta situarlo debajo de ella y Louvain cogió el último peldaño. Titubeó un instante, como preguntándose si Monk sería capaz de trepar detrás de él. Luego comenzó a subir sin volver la vista atrás, mano tras mano, poniendo de manifiesto su práctica, hasta llegar arriba para salvar la barandilla y caer de pie en cubierta, donde aguardó a Monk.

Éste recobró el equilibrio, sujetó la escala de cuerda con firmeza y levantó el pie tal como había hecho Louvain, alargó el brazo para alcanzar el tercer peldaño y se encaramó. Quedó suspendido por un peligroso momento sin mantener el equilibrio en el bote ni en la escala. El agua se arremolinaba debajo de él. La goleta se balanceó, columpiándolo hacia fuera primero y golpeándolo contra el casco después, magullándole los nudillos. Se dio impulso hacia arriba y asió el peldaño siguiente, y el otro, hasta que también saltó por encima de la barandilla y cayó de pie al lado de Louvain. Ninguno de los dos había pronunciado palabra.

Monk controló su resollante respiración no sin esfuerzo.

—¿Cómo cree que subieron a bordo si nadie les arrojó una escala? —preguntó.

—¿Los ladrones? —dijo Louvain—. Debió de haber más de uno, con un cómplice que permaneciera en el bote. —Volvió a echar una ojeada a la barandilla y al agua más allá. El sol ya estaba muy bajo y las sombras se alargaban, aunque en la declinante luz resultaban difíciles de distinguir—. Treparían con cuerdas. Se lanzan desde abajo con garfios que se agarran a la barandilla. Es bastante sencillo. —Una breve sonrisa socarrona le curvó los labios un instante—. Las escalas están hechas para los hombres de tierra firme.

Monk miró los anchos hombros de Louvain y la naturalidad con que mantenía el equilibrio y tuvo claro que, de estar resuelto a subir a bordo, la ausencia de una escala no le habría detenido.

—¿Cree que el garfio dejaría marcas en la madera? —preguntó.

Louvain tomó aire y luego lo soltó despacio al comprender por dónde iba Monk.

—¿Piensa que la tripulación estaba implicada?

—¿Lo estaba? ¿Conoce suficientemente a cada miembro como para estar seguro de que no?

Louvain meditó antes de emitir un juicio. Sus ojos brillaron cuando tomó una decisión.

—Sí —contestó. No agregó más matices ni argumentos, pues no estaba acostumbrado a dar explicaciones: su palabra bastaba.

Monk echó un vistazo a la cubierta baldeada. Aun siendo ancha y despejada, no dejaba de ser un espacio reducido si uno la imaginaba en la inmensidad del océano. Las escotillas estaban bajadas pero sin cerrar. La madera se veía recia y en buen estado aunque las señales del uso eran evidentes.

En aquel barco se trabajaba; se veían huellas de manos en los marcos de las escotillas, de pies en los accesos a los tambuchos. Nada era nuevo, excepto un tramo de obenque del palo trinquete que subía hacia el resto de jarcia para perderse en la maraña de lo alto; su color claro lo delataba.

En la escotilla de popa, que estaba abierta, apareció una mano y luego un corpachón que subió a cubierta. Medía más de metro noventa, tenía la cabeza cubierta de pelo corto entre gris y castaño y llevaba barba incipiente. Era un rostro tosco pero avispado y estaba muy claro que su propietario no efectuaba un solo movimiento sin antes pensarlo. Ahora caminaba despacio hacia Louvain y se detuvo a cierta distancia, a la espera de sus órdenes.

—Éste es Newbolt, el contramaestre —dijo Louvain—. Le dirá todo lo que sepa sobre el robo.

Monk se relajó, deliberadamente. Contempló a Newbolt con detenimiento: la enorme fuerza física del hombre, las manos encallecidas, la ropa desgastada; pantalones azul marino informes pero lo bastante gruesos como para protegerlo del frío o del azote de un cabo suelto. Llevaba un chaquetón y por el cuello asomaba un suéter de lana basta con elaborados bordados. Monk recordó que llevar aquellas prendas era una costumbre marinera; los distintos bordados identificaban a un hombre por familia y clan, incluso si su cadáver llevaba días o semanas en la mar.

—¿Aquí había tres de ustedes, además del fallecido? —le preguntó Monk.

—Sí. —No se movió, ni siquiera para asentir con la cabeza. Mantenía la vista clavada en Monk, fija, inteligente, indescifrable.

—¿Y fue usted quien encontró al hombre asesinado?

—Sí —repitió Newbolt.

—¿Y dónde encontró el cuerpo?

La cabeza de Newbolt se ladeó levemente, en un gesto mínimo de aquiescencia.

—Al pie de la escalera que baja a la bodega por la escotilla de popa.

—¿Qué se supone que estaba haciendo ahí? —preguntó Monk.

—No sé. Igual oyó algo —contestó Newbolt con mal disimulada insolencia.

—Entonces ¿por qué no dio la alarma? ¿Cómo lo habría hecho?

Newbolt inspiró profundamente. Algo cambió en su rostro. De pronto miraba a Monk con otros ojos, con mayor precaución.

—Gritando —contestó—. No se puede disparar un arma aquí. Podría herir a otro.

—Podría haber disparado al aire —sugirió Monk.

—Bueno, pues si lo hizo nadie lo oyó. Supongo que se le acercaron con sigilo. Tal vez uno de ellos hiciera un ruido y cuando Hodge se volvió para mirar, otro le diera un porrazo en la cabeza. En cuanto a lo de encontrarlo a los pies de la escalera de la bodega, lo habrán arrojado allí. Si lo hubiesen dejado tendido en cubierta alguien podría haberlo visto y adivinar que algo iba mal. Los ladrones no son idiotas. No todos, al menos.

Aquello tenía bastante sentido. Era lo que el propio Monk hubiese hecho y también lo que habría respondido de haber sido él el interrogado.

—Gracias —dijo. Se volvió hacia Louvain—. ¿Puedo ver el lugar donde lo encontraron?

Louvain cogió el farol que le tendió Newbolt y se encaminó hacia la escotilla de popa. Monk fue tras él.

Louvain se volvió con un solo movimiento y comenzó a descender los peldaños desapareciendo en las densas sombras del interior, que el farol sólo disipaba en el espacio más inmediato.

Monk le siguió con menos garbo, tanteando el camino peldaño a peldaño. Debajo de él veía las tablas del suelo, algunos mamparos y, más allá de las oscuras fauces abiertas de la bodega, los perfiles más densos de la carga emergían a medida que sus ojos se habituaban a la penumbra. Sólo acertó a ver montones de madera bien trincados. Se figuró la destrucción que causarían si se soltaran con mar gruesa. En condiciones climáticas duras podrían llegar a agujerear el casco y la nave se hundiría en cuestión de minutos. A través de las envolturas de hule y lona, percibía los extraños aromas de las especias, aunque éstos no eran lo bastante intensos como para tapar el olor a moho del aire encerrado y la acritud que rezumaba la sentina. No recordaba nada parecido. Sus paseos en barca habían sido siempre sobre cubierta, expuesto al viento y el mar. Conocía las aguas costeras, mas no el océano y mucho menos África, que era de donde había zarpado aquel cargamento.

—Ahí.

Louvain bajó el farol hasta que la luz brilló en el bao más próximo a la escalera que moría en el suelo de la bodega. Había claridad suficiente para ver los rastros de sangre.

Monk cogió el farol de manos de Louvain y se agachó para examinarlos más de cerca. Eran manchas, no los charcos aún húmedos que habría esperado encontrar si un hombre muerto por una herida en la cabeza hubiese sido asesinado en aquel lugar o trasladado allí momentos después de recibir el golpe.

Levantó la vista.

—¿Qué llevaba en la cabeza? —preguntó.

La luz iluminaba el rostro de Louvain desde abajo dándole un extraño e inquietante aspecto, como de máscara, que acentuó su sorpresa ante la pregunta.

—Un gorro, me parece —contestó.

—¿Qué clase de gorro?

—¿Por qué? ¿Qué tiene que ver con quién le mató o dónde está mi marfil? —Su voz sonaba tensa, pero aún no denotaba enfado.

—Si a un hombre le asestan un golpe en la cabeza tan fuerte como para matarlo, normalmente hay mucha sangre —explicó Monk, poniéndose de pie para mirarlo en igualdad de condiciones.

La comprensión brilló en los ojos de Louvain.

—Un gorro de lana —contestó—. Hace mucho frío en cubierta por la noche. El aire del río te cala los huesos. —Inspiró sonoramente—. Pero creo que tiene razón, lo más probable es que lo mataran ahí arriba. —Alzó ligeramente un hombro y miró escaleras arriba hacia el cuadrado de cielo enmarcado por la escotilla—. Tal como ha dicho Newbolt, lo arrojarían aquí abajo para evitar el riesgo de que alguien le viera desde un bote y diera la alarma. —Asintió con la cabeza, un ademán contenido pero que transmitía toda su aprobación a la hipótesis.

Monk se volvió de nuevo hacia la bodega, alzando el farol para ver con mayor claridad.

—¿Cómo se descarga la madera? —preguntó—. ¿Hay una escotilla principal de mayor tamaño?

—Sí, pero no tuvo nada que ver con esto. Está bien atrancada.

—¿Podría ser ése el motivo por el que sólo se llevaron el marfil? ¿Porque era fácil subirlo por esta escalera y sacarlo a cubierta por esta escotilla?

—Es posible. Pero con las especias pasa lo mismo —señaló Louvain.

—¿Cuánto pesa un colmillo?

—Depende, treinta y cinco o cuarenta kilos. Un solo hombre podría acarrearlos, de uno en uno. ¿Piensa en un ladrón de ocasión?

—En un oportunista —repuso Monk—. ¿Por qué? ¿Qué se le ha ocurrido?

Louvain midió sus palabras al contestar.

—Hay muchos robos en el río, de toda clase, desde auténtica piratería hasta los rapiñadores de las orillas, y la gente sabe cuándo entra un barco que tiene que permanecer fondeado hasta que le asignen un muelle donde descargar. Pueden pasar semanas, si tienes mala suerte o no conoces a quien hay que conocer.

Monk se sorprendió.

—¿Semanas? ¿No se echan a perder ciertas mercancías?

Louvain sonrió con ironía.

—Desde luego que sí —respondió—. El transporte marítimo no es un negocio fácil, señor Monk. Es mucho lo que está en juego; se puede ganar una fortuna o perderla. Los errores no se perdonan, y nadie pide ni espera clemencia. Es como el mar. Sólo un loco lucha contra él. Aprendes sus reglas y, si quieres sobrevivir, te atienes a ellas.

Monk le creyó. Necesitaba saber más acerca de los delitos que se cometían en el río, pero no podía permitirse manifestar su ignorancia. Detestaba verse obligado a cortejar un trabajo y a servirse de equívocos sobre su capacidad para llevarlo a cabo.

—¿Cualquiera puede suponer que permanecerá anclado aquí varios días antes de descargar? —preguntó.

—Sí. Ésa es la única excusa que puedo esgrimir ante mis clientes. Dispone de diez días para encontrar mi marfil y recobrarlo, tanto si atrapa al ladrón como si no. Ya demostraremos su culpabilidad después.

Monk enarcó las cejas.

—Pero Hodge era uno de sus hombres...

Louvain le dirigió una mirada gélida.

—Lo que yo haga con mis hombres no es asunto de su incumbencia, Monk —dijo—, y le aconsejo que nunca lo olvide. Le pagaré lo debido, o incluso más, y espero que el trabajo se haga a mi manera. Si atrapa al asesino de Hodge, tanto mejor, pero lo que a mí me preocupa es alimentar a los vivos, no vengar a los muertos. Es libre de presentar sus pruebas a la Policía Fluvial. Colgarán a quien sea el responsable. Supongo que es lo que usted desea...

Monk estuvo a punto de soltar una réplica mordaz pero se mordió la lengua, optando por mostrarse de acuerdo.

—¿Dónde está el cuerpo de Hodge ahora? —preguntó.

—En el depósito de cadáveres. Me he encargado de los preparativos para el entierro. Murió estando a mi servicio. —Apretó los labios como si ese hecho lo apenara, aunque su expresión también reflejaba ira.

Para Monk fue el primer signo reconfortante que vio en Louvain. Dejó de temer que el asesino de Hodge fuera a librarse de rendir cuentas por sus actos de un modo u otro. Quizás a manos de la justicia del río, de modo que la carga que pesaba sobre Monk para asegurarse de que prendía al hombre que correspondía era aún mayor, aunque tal vez debería haber contado con ello. Estaba tratando con hombres del mar, donde los juicios tenían que ser certeros a la primera puesto que no había clemencia ni apelación.

—Debo verle —dijo Monk, más como orden que como sugerencia. Louvain no respetaría a un hombre a quien pudiera dominar, y Monk no podía permitirse un desdén que no iba a soportar.

Sin mediar palabra, Louvain cogió el farol y comenzó a subir hacia cubierta. Monk lo siguió. El viento había arreciado con la marea entrante como un cuchillo afilado. El cielo plomizo adelantaba el ocaso y un olor a lluvia flotaba en el aire. La estela de una fila de gabarras puso en tensión la cadena del ancla e hizo que el bote se bamboleara; el barquero lo estabilizó con los remos.

Newbolt seguía en cubierta, con los brazos cruzados sobre su pecho fornido, balanceándose para mantener el equilibrio.

—Gracias —dijo Monk a Louvain. Miró a Newbolt—. ¿Hubo algún cambio de guardia durante la noche? —le preguntó.

—Sí. Yo hice la de ocho a doce. Atkinson estuvo de medianoche a las cuatro, Hodge de las cuatro a las ocho. Luego yo otra vez.

—¿Y nadie subió a cubierta antes de las ocho de la mañana, cuando usted encontró a Hodge? —Monk dejó traslucir su sorpresa, y también cierto desdén, como si considerase incompetente a Newbolt.

—¡Claro que estuvieron en cubierta! —gruñó Newbolt—. Sólo que nadie bajó a la bodega y por eso no encontraron el cuerpo de Hodge. —Sus ojos eran desapasionados y grises, tal como los de un hombre injustamente acusado o que está mintiendo.

Monk sonrió, enseñando un poco los dientes.

—¿A qué hora? —inquirió.

—Justo después de las seis —respondió Newbolt, aunque su rostro delató su comprensión—. Sí... los ladrones vinieron después de las cuatro y antes de las seis, y eso es dejar poco margen.

—¿Por qué no pudieron venir entre medianoche y las cuatro? ¿No habría elegido esas horas... si usted fuese el ladrón?

Newbolt se puso tenso.

—¿Qué está diciendo, señor? ¡Concrete!

Monk no pestañeó ni apartó la mirada un ápice.

—Que o bien hemos entendido mal los hechos, o bien tenemos un ladrón de lo más peculiar que decide, o se ve obligado, a llevar a cabo sus robos en el río en el último par de horas antes del amanecer en lugar de hacerlo en plena guardia nocturna. ¿No está de acuerdo con esto?

—Sí... —admitió Newbolt a regañadientes—. Puede que lo intentara en otros barcos y que la guardia estuviese más alerta, o que no tuvieran nada que le interesase o que pudiera transportar con facilidad. Nosotros fuimos su última oportunidad de la noche.

—Tal vez —convino Monk—. Aunque también es posible que eligiera el turno de Hodge por alguna razón...

Newbolt le entendió de inmediato.

—¿Insinúa que Hodge estaba metido en esto? Se equivoca, señor. Hodge era un buen hombre. Le conocía desde hace muchos años. Y si hubiese estado metido, ¿cómo explica que el pobre se llevara ese porrazo en la cabeza? ¡Me parece a mí que ni un idiota haría un trato así! —Miró desdeñosamente a Monk, enseñando unos dientes fuertes y amarillentos.

—No, desde luego dudo que ése fuera el plan de Hodge —convino Monk.

Newbolt enrojeció de ira.

—¡Pues tampoco es el mío, hijo de puta! ¡Hodge era pariente mío! ¡Le conozco desde hace veinte años y estaba casado con mi hermana!

Monk sintió una punzada de remordimiento. No había pensado siquiera en una posible pérdida personal.

—Lo siento —se apresuró a decir.

Newbolt asintió con la cabeza.

Monk consideró la información. Era posible que todo fuese verdad, o que lo fuese una parte, o muy poco. Atkinson quizás había estado en connivencia con los ladrones y Hodge lo había sorprendido en algún momento entre medianoche y las cuatro, o incluso más tarde.

Monk se volvió hacia Louvain.

—Tráigame a Atkinson —solicitó.

Atkinson era un hombre alto y delgado. La cicatriz que le iba desde la frente al mentón cruzando la mejilla se veía amoratada a través de la barba sin afeitar. Se movía fácilmente con una especie de gracia felina y observó receloso a Monk. Miró a Louvain a la espera de órdenes.

Louvain asintió con la cabeza.

—¿A qué hora vino Hodge a relevarle del turno de guardia? —preguntó Monk, a sabiendas de que la respuesta de poco le serviría puesto que no sabría si era verdad o no.

—Hacia las tres y media. Me dijo que no podía dormir, y yo estuve encantado de dejarle hacer mi última media hora, así que me fui a la cama.

—Describa cómo estaban las cosas cuando usted se marchó —pidió Monk.

Atkinson enarcó las cejas.

—No hay mucho que decir. Todo tranquilo. En cubierta sólo estábamos Hodge y yo. Nadie cerca en el agua tampoco; al menos que yo pudiera ver. Claro que alguien podía andar por ahí sin luces de navegación si era lo bastante bobo.

—¿Le dijo algo Hodge? ¿Qué aspecto tenía? —preguntó Monk.

Newbolt no le quitaba el ojo, enojado.

—El mismo de siempre —contestó Atkinson—. El que tendría usted si tuviera que salir de la cama a las tres y media de la madrugada para plantarse en una cubierta helada a mirar cómo sube y baja la marea.

—¿Adormilado? ¿Enojado? ¿Aburrido? —insistió Monk.

—No estaba enojado aunque es verdad que hacía mala cara, pobre diablo.

—Gracias. —Monk se volvió hacia Louvain—. ¿Puedo ver el cuerpo de Hodge ahora?

—Por supuesto, si piensa que va a servirle de algo —dijo Louvain, crispado por la impaciencia.

Se asomó a la borda y gritó al barquero que se preparase. Saltó la barandilla, asió las cuerdas de la escala, asintió a Newbolt y desapareció. Monk fue detrás de él, poniendo más cuidado pero aun así pelándose los nudillos y magullándose los dedos al ser sacudido contra el casco de la nave por el movimiento del agua. Una vez a bordo del bote se sentó y regresaron en silencio al embarcadero.

En lo alto de la escalinata, más corta ahora con la marea entrante subiendo veloz, el viento era más cortante y arrastraba una lluvia que se convertía en aguanieve.

Louvain se levantó el cuello de su abrigo y encorvó los hombros.

—Le pagaré una libra al día más cualquier gasto que sea razonable —dijo—. Dispone de diez días para encontrar mi marfil. Le daré veinte libras adicionales si lo consigue. —Su tono dejó claro que no aceptaría ningún regateo.

Ahora bien, un agente de policía comenzaba cobrando algo menos de una libra por semana. Louvain le estaba ofreciendo siete veces esa suma, además de una recompensa si Monk tenía éxito. Se trataba de mucho dinero, demasiado como para rehusarlo. Aun suponiendo que fracasara, la paga era mejor que en la mayoría de trabajos, aunque el perjuicio posterior para su reputación podía salirle muy caro. Pero tampoco podía permitirse pensar en el futuro cuando no tenía un presente.

Asintió con la cabeza.

—Iré a informarle en cuanto haga algún progreso o si necesito más información.

—Me informará dentro de dos días tenga lo que tenga —repuso Louvain—. Ahora vayamos a ver a Hodge.

Giró sobre los talones y recorrió el embarcadero hasta la calle sin volver la vista atrás. Cuando Monk le alcanzó, cruzaron juntos la calzada sorteando ruidosos carros y carromatos. Ya casi había oscurecido y las farolas formaban islas desgreñadas con la neblina que arrastraba la brisa. Los adoquines refulgían bajo sus pies.

Monk se alegró de verse a cubierto aunque fuera en un depósito de cadáveres con su olor a ácido fénico y muerte. El encargado seguía allí; tal vez estando tan cerca del río siempre hubiera alguien de servicio. Era un anciano de tez limpia y rosada con una expresión jovial. Reconoció a Louvain de inmediato.

—Buenas tardes, señor. Vendrá a ver a Hodge, me figuro. La viuda está aquí, pobrecilla. No es preciso que espere. Puede que se quede mucho rato. Me da que está haciendo las paces con el finado.

—Gracias —dijo Louvain—. El señor Monk va conmigo.

Y, sin esperar que el encargado lo acompañara, se adelantó hasta una habitación donde una corpulenta y huesuda mujer de pelo gris y hermosa piel pálida estaba de pie en silencio, con las manos cruzadas en el regazo, contemplando el cuerpo de un hombre que yacía en una camilla. Lo cubría hasta el cuello una sábana manchada y con los bordes un tanto raídos. Su rostro presentaba la lividez de la muerte y el aspecto ausente, extrañamente empequeñecido, del caparazón que ha dejado de estar habitado por un espíritu. Debió de ser corpulento en vida, pero ahora parecía menudo. Había que poner mucha imaginación para pensar que había sido alguien capaz de moverse y hablar, de tener voluntad e incluso pasiones.

La mujer miró brevemente a Louvain y luego a Monk.

Monk fue el primero en hablarle.

—La acompaño en el sentimiento, señora Hodge —le dijo—. Me llamo William Monk. El señor Louvain me ha contratado para que averigüe quién mató a su marido y hacerle pagar por ello.

Ella lo miró con ojos tristes.

—Bueno —contestó la mujer—, eso no nos servirá de gran cosa a mis hijos y a mí. No pagará el alquiler ni nos dará de comer. Aun así, supongo que deberían colgarlo. —Se volvió hacia el cuerpo inmóvil—. ¡Maldito idiota! —exclamó con súbita furia—. Aunque no era malo del todo. Me trajo un trozo de madera de África, la última vez, todo tallado como un animal. Nunca lo he empeñado. Supongo que ahora tendré que hacerlo. —Echó otro vistazo al cadáver—. ¡Maldito idiota! —repitió.

La ira de Monk contra el ladrón dejó de ser una cuestión profesional para convertirse de súbito en odio, en una aversión personal. Hodge ya estaba más allá de todo sufrimiento pero aquella mujer no, y sus hijos tampoco. Y no podía decirle nada que le resultara útil, nada que pudiera consolarla ahora, como tampoco podía ofrecerle ayuda para paliar su pobreza.

En vez de eso miró al hombre muerto. Tenía mucho pelo y la cabeza apoyada en la mesa. Monk se acercó y la levantó un poco, palpándola por debajo para hacerse una idea del tamaño de la herida. No había visto rastros de sangre en lo alto de la escalera de la bodega ni en la cubierta, y las heridas en el cuero cabelludo sangran mucho.

Sus dedos encontraron la parte blanda de cráneo roto debajo del pelo. Le habían asestado un golpe extremadamente fuerte valiéndose de algo pesado y ancho. O bien lo había hecho una persona de considerable estatura, o bien alguien que se encontraba en un lugar más alto que el agredido. Miró al encargado.

—¿Arregló usted al finado, lavó la sangre?

—Un poco —contestó el hombre desde el umbral—. No había mucha. Sólo procuré que quedara presentable.

Nada en su rostro indicaba que supiera si el hombre era la víctima de un asesinato o de un accidente. Probablemente se producían muchos de estos últimos en los buques, y sobre todo en los muelles, donde se acarreaban cargas pesadas que a veces se soltaban.

—¿No mucha sangre? —insistió Monk.

—Llevaba puesto un gorro de lana —explicó Louvain—. Me temo que se perdió mientras lo trasladábamos aquí. Puedo describírselo, si lo considera relevante.

—No había sangre en la cubierta —señaló Monk—. Y muy poca donde lo hallaron. Quizás habría resultado útil, pero lo más probable es que no tenga importancia. Ya he visto cuanto tenía que ver.

Dio las gracias a la señora Hodge y salió delante de Louvain hacia la sala de espera.

—Quiero el testimonio del encargado por escrito, y el suyo también.

Una breve sonrisa cruzó el rostro de Louvain; un humor soslayado y particular que no iba a compartir.

—No lo he olvidado. Tendrá sus trozos de papel. ¡Dawson! —llamó al encargado—. El señor Monk necesita nuestros testimonios sobre la muerte de Hodge por escrito para usarlos en su investigación. ¿Tendría usted la bondad, por favor?

Dawson se mostró un tanto desconcertado pero sacó papel, pluma y tinta. Él y Louvain escribieron sus declaraciones, las firmaron y dieron fe de sus respectivas firmas. Monk guardó los documentos en su bolsillo.

—¿Le ha dado algún indicio? —preguntó Louvain una

vez en la acera. La lluvia había amainado y el viento aflojado, cediendo el paso a la bruma que emergía del agua envolviendo las farolas y oscureciendo los tejados de algunos edificios cercanos.

El indicio que el cadáver le había dado era que alguien mentía. Hodge no había sido golpeado en cubierta y luego arrastrado hasta abajo por un solo ladrón. En la cubierta no había sangre, ningún rastro en las tablas. O bien Hodge no había muerto allí, o había más de dos ladrones, uno en el bote y dos en cubierta, o de no ser así, al menos un miembro de la tripulación había estado implicado. Decidió no decir nada de aquello a Louvain.

—Posibilidades —contestó—. Reanudaré las pesquisas por la mañana.

—Vaya a informarme dentro de dos días sea lo que sea lo que haya averiguado —le recordó Louvain—. O antes si encuentra el marfil, claro está. Le pagaré cinco libras adicionales por cada día que se adelante a los diez acordados para recuperarlo.

—Muy bien —dijo Monk con indiferencia, aunque sintió que el dinero se le escurría entre los dedos mientras seguía caminando en la oscuridad, preguntándose cuán lejos tendría que ir para encontrar un ómnibus que le llevara de vuelta a su casa. No debía gastar más dinero en coches de punto.

Eran casi las siete cuando se apeó tras la última etapa de su viaje con las dos libras que Louvain le había dado aún intactas. Estaba en Tottenham Court Road y sólo le quedaba un centenar de metros por recorrer. La neblina se había asentado oscureciendo las lejanías. Olía a hollín de chimenea y estiércol de caballo, el cual aún no había sido retirado, pero conocía el camino casi paso a paso. Una vez dentro de casa dejaría de tener frío.

Si Hester se encontraba allí habría preparado comida. Procuró no dar por hecho que así fuera. Su trabajo en la casa de socorro revestía suma importancia para ella. Antes de que se conocieran siete años atrás había sido enfermera en Crimea con Florence Nightingale. Al regresar a Inglaterra había trabajado alguna que otra vez en hospitales, pero su independencia en el campo de batalla le había hecho intolerable el verse reducida a limpiar, alimentar estufas y arrollar vendajes. Su temperamento le había costado más de un empleo.

Como enfermera particular había tenido bastante más éxito. Pero ahora, estando casada con Monk, ya no resultaba aceptable que residiera en casa de sus pacientes, cosa implícita en tal actividad. Así que centró su atención en asistir a las prostitutas que resultaban heridas en el ejercicio de su profesión y no tenían adónde recurrir. Hester había abierto la casa de socorro casi a la sombra de la prisión de Coldbath. Luego, en un golpe de genial oportunismo, la había trasladado a una casona cercana, sita en Portpool Lane. La única objeción de Monk al respecto era que las necesidades de un lugar como aquél significaban que Hester pasaba más horas allí de las que a él le hubiese gustado. Para colmo, cuando había algún caso grave permanecía allí aún más tiempo.

Llegó a la puerta principal y entró. Dentro las luces estaban encendidas, sólo débilmente, pero sin duda eso indicaba que Hester estaba en casa pues siempre las apagaba cuando se marchaba.

Se dejó invadir por una sensación de placer que trascendía con mucho a la calidez de saberse a resguardo del viento y refugiado en su propia casa, o incluso al regocijo ante la agradable noche que le aguardaba.

Hester se encontraba sentada en la sala, que siempre estaba en orden y caldeada por ser la habitación donde Monk recibía a sus clientes. Fue la propia Hester, años antes de que se casaran, quien insistió en que fuera así. También había colocado las butacas a ambos lados de la chimenea y dispuesto un cuenco con flores sobre la mesa.

Ahora soltó el libro que estaba leyendo y se puso en pie con una expresión de dicha. Fue hacia él deseosa de ser abrazada y besada por su marido. La mera certeza del gesto fue casi tan dulce para Monk como el acto en sí mismo. La estrechó con firmeza besándole la boca, la mejilla, los ojos cerrados. Llevaba el pelo sin arreglar. Nunca se preocupaba demasiado de eso. Olía ligeramente al ácido fénico que empleaban en la casa de socorro; por más que se frotara nunca acababa de desaparecer del todo. Era demasiado delgada para resultar sensual a simple vista. Él siempre había pensado que ese rasgo no le gustaba y, sin embargo, no habría cambiado su desmañado garbo o su tierna e intensa emoción por la más hermosa mujer que jamás hubiese visto o soñado. La realidad era siempre mejor, más intensa y sorprendente. Amándola había descubierto un ardor y una delicadeza en su propio fuero interno que ignoraba poseer. En ocasiones ella lo enfurecía, lo exasperaba, lo ponía nervioso, pero nunca lo aburría. Por encima de todo, y aquello era lo más valioso, en su presencia no concebía sentirse solo.

—El naviero me ha dado el trabajo —le dijo, rodeándola aún con sus brazos—. Se llama Louvain. Le han robado un cargamento de marfil y los ladrones mataron al vigilante nocturno.

Hester se apartó un poco para mirarle.

—¿Y por qué no lo denuncia a la Policía Fluvial? ¿Es legal no hacerlo?

Monk vio la inquietud que anidaba en sus ojos. La entendió muy bien.

—Necesita recuperar el marfil más deprisa de lo que tardará la policía en encontrarlo —explicó—. En el río se cometen robos constantemente.

—¿Y asesinatos? —No lo dijo en tono de reproche sino con miedo. ¿Estaría al corriente de la precariedad de su economía? Las facturas de la semana en curso estaban pagadas, pero ¿y las de la semana siguiente y la otra?

Hester amaba la casa de socorro. Sería un fracaso que se viera obligada a renunciar a ella para ganar dinero como enfermera particular otra vez. La institución no sobreviviría sin ella. Hester no sólo era la única persona fiable con alguna experiencia médica, sino también la voluntad y el coraje que alentaban toda la empresa.

Se las habían arreglado para salir adelante en tiempos más duros gracias al apoyo económico de lady Callandra Daviot, amiga de Hester desde hacía años y de ambos desde antes de que se casaran. Pero aquél era un paso que Monk se resistía a dar. No quería volver a ponerse en contacto con Callandra, ahora que ella ya no participaba activamente en sus casos y que sin duda no iba a ayudarle en el que lo ocupaba, sólo para pedirle un dinero que sabía que no iba a poder devolverle. Además, dudaba que a Hester le pareciera aceptable.

Le acarició el pelo con los dedos.

—Sí, asesinatos también —contestó—. Y muertes por accidente, que es lo que al parecer las autoridades dan por sentado que ocurrió en este caso, al menos por el momento. Louvain no les ha dicho lo contrario. Cuando atrape al ladrón y pueda demostrar su culpabilidad, estaré en condiciones de probar el asesinato también. Tengo las declaraciones por escrito de Louvain y del encargado del depósito de cadáveres.

Detestaba la idea de trabajar a escondidas de la Policía Fluvial. No es que fuera un amante de la autoridad, como tampoco aceptaba que le dieran órdenes con facilidad, pero era policía de formación y, si bien despreciaba a algunos de sus antiguos colegas por carecer de imaginación e inteligencia, seguía respetando el concepto de un cuerpo organizado tanto para prevenir como para detectar el crimen. Engañarlos, aunque fuera indirectamente o por omisión, le llenaba de inquietud.

Hester no discutió, y su actitud delataba que estaba al corriente de sus estrecheces económicas. Él deseó que no lo hubiese sabido. Le daba miedo que decidiera abandonar la casa de socorro, pero no sabía qué decir sin sacar a relucir la cuestión. Lo último que quería era verse en una posición que le obligara a mentir o a contarle otras verdades que preferiría ocultar salvo que fuera inevitable; cosas acerca del río y su propia ignorancia al respecto, así como el secreto temor de no llegar a encontrar el marfil.

—Tengo hambre —dijo sonriendo—. ¿Qué hay para cenar?

2

Por la mañana la neblina se había disipado. Monk salió de casa a las siete para comenzar la investigación y el aprendizaje acerca del río y sus costumbres. Hester durmió hasta un poco más tarde aunque a eso de las ocho también ella iba camino de sus obligaciones en la casa de Portpool Lane, casi a la sombra de la fábrica de cerveza Reid's. El trayecto era de unos cinco kilómetros y hacía necesario tomar dos buses y luego caminar un buen trecho, pero Hester era plenamente consciente del gasto y no derrochaba en coches de punto a menos que tuviera que desplazarse en plena noche.

Llegó poco antes de las nueve y se encontró con que Margaret ya estaba allí. Había anotado las incidencias del turno de noche y se hallaba enfrascada en los planes para el día que comenzaba. Era una mujer esbelta de aproximadamente treinta años. Poseía la confianza en sí misma inherente a cierto grado de riqueza y cultura, así como la vulnerabilidad de una mujer soltera que, por consiguiente, no ha logrado satisfacer las ambiciones que su madre tiene depositadas en ella con vistas a su supervivencia social y económica.

Llevaba un conjunto sencillo de falda y chaqueta de lana y sostenía un papel y un lápiz en la mano. Sonrió al ver a Hester.

—Sólo un ingreso durante la noche —dijo—. Una mujer con mucho dolor de tripa. Creo que en buena parte se trata de hambre. Le dimos gachas de avena y la metimos en cama, y ya presenta un aspecto bastante mejor. —Tenía el semblante ensombrecido pese a que la noticia no revestía la menor gravedad.

Desde que se habían mudado de Coldbath Square no había necesidad de pagar alquiler, de modo que Hester dio por descontado que ése no podía ser el motivo de la preocupación de Margaret. El edificio que ahora ocupaban les pertenecía o, para ser más exactos, era propiedad de Squeaky Robinson, quien permanecía fuera de prisión y con un techo sobre su cabeza bajo estricta condición de que ellas gozaran del usufructo del inmueble durante tanto tiempo como desearan. Ese acuerdo les había permitido expandir su labor y, ahora, una parte mayor de Londres estaba al corriente de que allí se prestaba asistencia a las prostitutas heridas o enfermas, sin imponer ninguna condición religiosa y sin preguntas de la policía.

El establecimiento era un laberinto de habitaciones y pasillos. Originalmente había sido dos casas grandes convertidas en una mediante el derribo de algunas paredes y la apertura de puertas, y contaba con una cocina adecuada y una lavandería excelente. En los tiempos de Squeaky Robinson se había usado como burdel; la lavandería, en concreto, era una herencia de aquella época. Lo ideal sería eliminar más tabiques para convertir las habitaciones en salas, lo cual simplificaría bastante el cuidado de las pacientes, pero eso costaba un dinero que no tenían.

Tal como estaban las cosas cada vez resultaba más difícil cubrir las necesidades básicas: carbón, materias primas para hacer la colada, la limpieza, alumbrarse y comer. De ahí que apenas quedara dinero para adquirir medicinas.

—¿Dónde la ha puesto? —preguntó Hester.

—En la habitación número tres —contestó Margaret—. He ido a verla hace media hora y estaba dormida.

Hester fue a echar un vistazo de todos modos. Abrió la puerta con cuidado, girando el picaporte sin hacer ruido, y entró a la habitación. La casona seguía tan bien amueblada como cuando era un burdel, cosa que había dejado de ser hacía sólo unos meses. Había una alfombra bastante buena que, aunque de colores chillones, mantenía el calor, y las paredes conservaban su viejo empapelado, lo cual era bastante mejor que el revoque desnudo. Ahora la cama estaba hecha con sábanas y mantas y una muchacha la ocupaba profundamente dormida, acurrucada sobre el costado, con el pelo recogido en una coleta y los hombros flacos claramente visibles a través del camisón de algodón, prenda que pertenecía a la casa de socorro. Probablemente había llegado con el llamativo vestido que usara para hacer la calle, el cual dejaría al descubierto sus carnes sin abrigarla del frío.

Hester le tocó el delgado cuello con el dorso de la mano. La muchacha no se movió. Aparentaba unos dieciocho años pero muy probablemente tenía unos cuantos menos. Las clavículas le sobresalían y la piel se le veía muy blanca pero su pulso era bastante estable. Sin duda Margaret llevaba razón y sólo sufría de hambre y agotamiento crónicos. Cuando despertara le darían un poco más de comida pero luego tendría que irse. No podían permitirse alimentarla con regularidad.

Hester se preguntó quién sería: una prostituta sin la habilidad o la belleza precisas para ganar lo suficiente para vivir; una criada expulsada tras haber arruinado su reputación por mantener relaciones con alguno de los hombres de la casa, bien de buen grado o contra su voluntad; una chica que había dado a luz un bebé y quizá lo había perdido; una esposa abandonada, una ladronzuela de poca monta... Las posibilidades eran innumerables.

Hester salió y cerró la puerta. Regresó a la habitación principal, que habían creado un par de meses atrás uniendo dos habitaciones pequeñas valiéndose de una carpintería bastante simplista. Margaret estaba sentada a la mesa y Bessie traía de la cocina una bandeja con una tetera y dos tazas. Bessie era una mujer grandota con un semblante furibundo y el cabello tirante desde la frente hasta el moño en que lo recogía. Nunca lo habría admitido, pues haciéndolo habría desvelado un sentimentalismo imperdonable, pero tenía auténtica devoción por Hester e incluso Margaret estaba ganándose su favor.

—Té —dijo innecesariamente, dejando la bandeja en medio de la mesa—. Y tostadas —agregó, señalando cinco rebanadas crujientes—. No nos queda mucha mermelada, y no sé de dónde vamos a sacar más, ¡a no ser que nos la regalen, claro! ¿Y quién iba a regalar mermelada a gente como nosotras? ¡Con el debido respeto, señora Monk!

Y se marchó sin aguardar respuesta.

—¿De verdad no nos queda mermelada? —preguntó Hester preocupada—. ¿Y tan mal estamos que no podemos comprar más?

Le hubiese gustado llevar un poco de su casa, pero era mucho más consciente de la necesidad que tenían de economizar de lo que le había dado a entender a Monk. De un tiempo a esta parte compraba menos carne y, cuando lo hacía, pedía los cortes más baratos; y arenques con más frecuencia que abadejo o bacalao. Había dicho a la mujer que iba a hacer la limpieza que ya no la necesitaban y tenía la intención de hacerla ella misma cuando dispusiera de tiempo.

Antes de que Margaret contestara se oyó un golpe seco en la puerta y acto seguido, sin esperar a que le abrieran, entró Squeaky Robinson. Era un hombre delgado, enjuto y encorvado. Iba vestido con una chaqueta muy vieja de terciopelo que había perdido por completo su color original. Los pantalones eran grises y gruesos y calzaba pantuflas. Llevaba un libro de contabilidad encuadernado en cuero debajo del brazo. Lo puso encima de la mesa, mirando de reojo el té y las tostadas, y se sentó en la tercera silla enfrente de Hester.

—Hemos reducido gastos —dijo con satisfacción—, pero tendrán que apretarse más el cinturón. —Tenía el aire de un maestro de escuela ante un estudiante prometedor que incomprensiblemente no hubiese estado a la altura que se esperaba de él—. No se puede sacar más de lo que se mete.

Hester lo miró con paciencia, aunque le costó cierto esfuerzo.

—Usted ha hecho cuadrar las cuentas, Squeaky. ¿Cuánto nos queda?

—¡Claro que he hecho cuadrar las cuentas! —exclamó satisfecho, por más que lo hiciera fingiendo que estaba ofendido—. ¡Para eso estoy aquí!

Y allí estaba aunque bajo incesante protesta, porque al principio no tenía adónde ir cuando Hester y Margaret le birlaron el espantoso negocio del burdel, ganándole en una sola mano el edificio para usarlo como casa de socorro. Pero a medida que se fue ocupando con distintos trabajillos, comenzó a sentirse un poco más a gusto, pese a que hubiese preferido morir antes que reconocerlo.

—Así pues, ¿cuánto nos queda? —repitió Hester.

Squeaky la miró lúgubremente.

—No lo suficiente, señora Monk, no lo suficiente. Tendremos comida para otros cinco o seis días, si van con cuidado. ¡Nada de mermelada! —Torció hacia abajo las comisuras de la boca—. Salvo para usted, quizás, y para la señorita Ballinger. ¡Nada de mermelada para esas mujeres! Y cuidadito con el jabón, el vinagre y demás cosas por el estilo. —Suspiró—. ¡Y no me vengan con que tienen que fregar! Eso ya lo sé; sólo digo que frieguen lo justo. Y hiervan los vendajes para reutilizarlos —añadió innecesariamente. Hizo un ademán de asentimiento, satisfecho de sí mismo.

Cada vez que abordaban el tema se daba más aires de amo y señor. Las pacientes que atendían allí eran las mismas mujeres que hacía menos de un año chantajeaba para obligarlas a prostituirse contra su voluntad. Ahora obtenía un secreto placer, y era en verdad secreto, haciendo grandes economías para alimentarlas y sanar sus heridas. Seguía refiriéndose a ellas como si fueran un deleznable hatajo de inútiles, pero Hester lo había sorprendido más de una vez dando un sopapo a un repartidor por haberse atrevido a hacer lo mismo. Squeaky se había justificado diciendo que el muchacho había sido insolente con él, pero ella había oído la verdad.

—¿Ácido fénico? —preguntó Hester.

—Bueno, un poco —concedió Squeaky—. Pero necesitamos más dinero, y no sé de dónde van a sacarlo, a no ser que me permitan poner en práctica unas ideas que tengo...

Margaret levantó su taza para disimular su sonrisa.

Considerando la información de que disponía, Hester se atrevería a decir en qué consistían las ideas de Squeaky.

—Todavía no —dijo con firmeza—. Y no nos conviene llamar la atención si podemos evitarlo. Dé a Bessie lo que necesite para comida pero asegúrese de guardar al menos dos libras. Avíseme cuando lleguemos a ese límite.

—Puedo decírselo ahora —dijo Squeaky, meneando la cabeza—. Será pasado mañana. —Sorbió por la nariz—. A veces pienso que vive en las nubes. Usted me necesita para que le haga tener los pies en la tierra, eso está claro.

Se levantó y agarró el libro de contabilidad. Todo él irradiaba una inmensa satisfacción, la soltura de sus movimientos, la sonrisa petulante, el modo de cruzar las manos sobre el libro...

Recordando su ocupación anterior y su indignación ante la encerrona para que cediera la casa con todo su mobiliario, quedando así despojado de sus medios de vida, Hester le sonrió.

—Pues claro que sí —convino—. Por eso le retuve conmigo.

La satisfacción de Squeaky se desvaneció. Tragó saliva.

—¡Eso ya lo sé! —espetó.

—Me alegra que lo haga tan diligentemente —agregó Hester.

Aplacado, se volvió y salió, cerrando la puerta a sus espaldas.

Margaret dejó su taza sobre la mesa y adoptó una expresión grave.

—Es cierto que necesitamos más dinero —convino—. He probado suerte con nuestros benefactores habituales pero cada vez resulta más complicado. —Se mostró atribulada—. Todos son muy generosos cuando piensan que es para las misiones en África o algún lugar por el estilo. Basta con mencionar la lepra para que se muestren más que dispuestos a hacer donativos. Comencé hace dos noches en una *soirée*. Estaba con... —se ruborizó levemente— sir Oliver, y se presentó la ocasión de abordar el tema de las obras de caridad sin incomodar a nadie.

Hester se mordió el labio para disimular su sonrisa. Oliver Rathbone era uno de los abogados más reputados de Londres. No hacía mucho tiempo había estado enamorado de Hester, pero la incertidumbre acerca de un paso tan irrevocable como el matrimonio, y con alguien de una franqueza tan poco apropiada como la de Hester, le había hecho titubear a la hora de pedirle la mano. Tampoco era que ella le hubiese aceptado. Jamás podría haber amado a otro como amaba a Monk, a pesar de sus continuas discusiones, la naturaleza errática de sus ingresos y su futuro, por no mencionar la oscura sombra de la amnesia que se cernía sobre su pasado. Casarse con él entrañaba un riesgo; hacerlo con cualquier otro hubiese sido aceptar la seguridad y negar la plenitud de la vida, los inherentes altibajos de la emoción y la felicidad.

Ahora creía que Rathbone podría encontrar aquella misma alegría de vivir con Margaret. Y por más profunda que siguiera siendo la amistad que la unía a él, como mujer su sensibilidad la aproximaba a Margaret, cuyo fuero interno leía como un libro abierto, cosa que prefería con mucho no dar a entender.

—Pero en cuanto supieron que era para una casa de socorro que atiende a mujeres de la calle aquí, en Londres —prosiguió Margaret—, se mostraron reacios. —Se mordió el labio—. ¡Me enfadé tanto! Me quedé allí plantada sintiéndome como una tonta por abrigar esperanzas de que esa vez fueran a darnos algo. Sé que se me nota en la cara pero no puedo hacer nada para evitarlo. Procuro ser educada mientras por dentro me debato entre suplicarles y darles las gracias con la efusividad propia de una mendiga o ponerme hecha una furia cuando rehúsan hacer un donativo.

No agregó que en todo momento había sido sumamente consciente de la presencia de Rathbone a su lado, así como de lo que éste pensaría acerca de sus modales, su decoro, su idoneidad para convertirla en su esposa. Ahora bien, por otro lado, ¿acaso no perdería todo respeto por ella, como ella por sí misma, si no hiciese cuanto estaba en su mano por una causa en la que creía tan apasionadamente?

—¿Y dijeron que no? —preguntó Hester con amabilidad, aunque parte de su propia ira se deslizó hasta su tono de voz. La cobardía y la hipocresía eran los dos vicios que más aborrecía, quizá porque parecían dar pie a tantos otros, sobre todo a la crueldad. Estaban entretejidos unos con otros. Sabía de sobra cuántos hombres utilizaban a las mujeres de la calle y se abstenía de emitir juicios a ese respecto. También le constaba que con bastante frecuencia sus esposas eran plenamente conscientes de ello aunque sólo fuese por deducción. Lo que Hester aborrecía era su hipocresía cuando luego apartaban la vista y condenaban a esas mismas mujeres. Quizá la interdependencia fuese lo que las asustaba o incluso el saber que lo que las separaba de ellas era a menudo un accidente circunstancial más que una superioridad moral.

Los casos en que había hallado un verdadero honor moral, una limpieza de espíritu, las más de las veces también había encontrado compasión. Margaret constituía un ejemplo exacto de esa clase de determinación.

—Y entonces me sentí ridículamente decepcionada —contestó Margaret, mirando a Hester y sonriendo un tanto arrepentida para sí misma—. Y me molesta ser tan vulnerable. —No mencionó el nombre de Rathbone, pero Hester tuvo claro lo que estaba pensando. Margaret se dio cuenta y se sonrojó—. ¿Tan obvia resulto? —preguntó en voz baja.

—Sólo para mí —contestó Hester—, pues he sentido exactamente lo mismo. —Tomó el último sorbo de té—. Pero necesitamos más dinero, de modo que, por favor, no dejes de intentarlo. ¡Me conoces lo bastante bien como para imaginar el desastre que sería en tu lugar!

Margaret rió a su pesar. Al verla tan divertida se le ocurrió preguntarse si Rathbone le habría referido alguna de las catástrofes sociales que Hester había provocado de soltera, recién llegada a la patria desde los campos de batalla de Crimea cuando, todavía ardiente de indignación ante la incompetencia, la consumía la creencia en su capacidad para empujar a la gente a cambiar, a reformar. Había querido barrer de un plumazo todo derecho adquirido y seguir de cerca los descubrimientos y la verdad. Su lengua no dejó títere con cabeza y por eso alcanzó muy pocos de sus sueños.

—Me lo figuro —concedió Margaret—. A mí me cuesta menos morderme la lengua. Tampoco es que me guste mucho este rasgo de mi persona. Pienso lo mismo que tú, sólo que estoy más acostumbrada a no decirlo.

—Hacerlo no conduce a nada —reconoció Hester—. Al final no es más que autocompasión. Te sientes maravillosa durante unos minutos y luego te das cuenta de lo que has perdido.

Margaret se pasó una mano por la frente.

—¡Detesto tener que tragarme lo que pienso y ser cortés con la gente porque necesito su dinero!

—Son las mujeres quienes necesitan ese dinero —corrigió Hester. Se inclinó impulsivamente y puso una mano sobre la de Margaret—. No seas tan franca como lo fui yo, a Oliver le horrorizaba. El hecho de que casi todo lo que decía fuese verdad no hacía más que empeorar las cosas, en vez de mejorarlas. Dale tiempo para que se lo haga suyo. Créeme, ahora es mucho más liberal de lo que solía ser. —Un vivo recuerdo le vino a la mente y faltó poco para que se echara a reír—. Un año atrás se quedó paralizado de horror ante la idea de lo que le hicimos a Squeaky para conseguir este sitio, ¡aunque pienso sinceramente que disfrutó mucho haciéndolo!

—Así fue, ¿verdad? —recordó Margaret con una sonrisa.

Bessie entró sin llamar, como de costumbre, para anunciar que había llegado una muchacha pidiendo ayuda.

—Parece un conejo de medio penique —dijo cansinamente—, toda huesos y pellejo. ¡Nunca se ganará la vida así! No me extrañaría que llevara semanas sin comer como Dios manda. Está blanca como el vientre de un pescado y resuella como un tren.

Hester se puso de pie.

—Voy —dijo simplemente. Miró un momento a Margaret y vio que ésta se dirigía al armario de las medicinas y lo abría para comprobar las existencias y ver qué podrían permitirse comprar.

Hester siguió a Bessie y encontró a la muchacha temblando de pie en la sala de espera pero demasiado desdichada como para seguir teniendo miedo. Su aspecto coincidía notablemente con la descripción que acababa de hacer Bessie. Hester calculó que tendría unos dieciséis años.

Hester le hizo las preguntas de costumbre y la estudió mientras ella respondía. Tenía un poco de fiebre y una buena congestión pulmonar aunque sus principales problemas eran agotamiento y hambre, y ahora también frío. Su vestido y chaqueta desgastados resultaban inútiles contra la lluvia de octubre, y no digamos ya para protegerla de la niebla helada que subía desde el río casi todas las noches. ¡Ojalá tuvieran dinero para darle un baño caliente y ropa decente! Pero la fuente de lo poco que tenían estaba ya en peligro.

Hester deseaba de veras que Margaret se casara con Rathbone pero si lo hiciera quizá ya no estaría en condiciones de seguir trabajando allí. En el mejor de los casos dispondría de mucho menos tiempo. Si se convertía en lady Rathbone, no podría dedicar tantas horas como ahora a la casa de socorro. Tendría compromisos sociales que atender y, por descontado, placeres que sin duda se había ganado. Rathbone poseía sobrados medios económicos para darle cuanto deseara en cuanto a posición y comodidades, no como Monk, quien conocía a fondo lo que eran las privaciones y el trabajo.

Y de ser así, ¿por qué no iba a tener hijos? Eso pondría el punto final definitivo a su relación con la casa de socorro.

Ahora bien, no cabía luchar contra aquello, y Hester tampoco lo hubiese deseado aun suponiendo que fuese posible.

Ordenó a Bessie que pusiera la tetera al fuego otra vez y que usara el calentador de camas para preparar la de la muchacha. Por lo menos podría quedarse allí y dormir hasta que necesitaran la cama para un caso más grave. Un poco de agua caliente con miel le aliviaría el pecho, y un par de rebanadas de pan le quitaría el hambre. Cuesta mucho dormir con el estómago vacío.

—Apenas nos queda miel —advirtió Bessie, aunque ya se dirigía hacia la cocina.

Para cuando Hester se marchó a su casa a última hora de la tarde, su frutero ambulante habitual, Toddy, había pasado para regalarles las manzanas magulladas que no podía vender y las verduras más pesadas que no le salía a cuenta acarrear de vuelta hasta su casa. La consultó a propósito de su tos, sus juanetes y la ampolla que tenía en una mano. Tras examinarlo, Hester le aseguró que ninguno de sus males revestía gravedad. Le recomendó miel para la garganta, y Toddy se marchó encantado.

Effie, como se llamaba la muchacha nueva, seguía profundamente dormida pero su respiración era menos ruidosa y su pálido rostro transmitía paz. Las demás pacientes estaban bastante bien, y Margaret había renovado su determinación de morderse la lengua en los acontecimientos sociales por más que le costara tragarse el genio y la indignación. Squeaky seguía refunfuñando acerca de la responsabilidad de hacer cuadrar las cuentas, pero si había un hombre en Londres capaz de hacerlo, éste sin duda era él.

Hester se alegró de llegar a casa, aun siendo consciente de que Monk probablemente no estaría allí. Al menos tenía un caso en el que trabajar, en vez de buscar clientes sin dejarse vencer por la desilusión. No obstante, mientras limpiaba la chimenea y encendía un pequeño fuego —cuidando de no emplear más carbón del necesario por la fuerza de la costumbre pese a la súbita mejoría de sus circunstancias—, no pudo evitar que sus pensamientos derivaran hacia los problemas a los que Monk se enfrentaría en un ámbito que le era tan desconocido.

Observó que la llama buscaba las astillas y luego los trozos más pequeños de carbón. El peligro era que Monk fracasara. Su ignorancia de las peculiaridades de los crímenes propios del ambiente fluvial quizá supusiera que habría cosas que no vería o que vería sin comprender. El mayor riesgo lo entrañaba la violencia sumado al hecho de que estaría más solo aún que en la ciudad. Según lo poco que él le había contado, estaba trabajando no exactamente contra la Policía

Fluvial pero sí sin que ésta tuviera conocimiento de su labor y, para postre, en un caso de su jurisdicción. ¿Era desleal al temer por él? ¿Acaso dudaba de su capacidad?

El fuego no prendía. La llama se había reducido a rescoldo. Hester se puso a cuatro patas y se inclinó para soplar con cuidado la brasa aún encendida. Conocía de sobra el truco de poner un diario abierto cubriendo toda la parte delantera de la chimenea para hacer que ésta tirara, pero no tenía ningún periódico a mano. La prensa suponía un gasto adicional innecesario en aquellos momentos. Además, estaba demasiado ocupada como para dedicar mucho interés a los problemas del mundo. No disponía de tiempo para leer sobre tales asuntos.

El fuego se avivó.

Cuando Monk llegase no debía permitir que se diera cuenta de que estaba preocupada. Lo último que necesitaba era perder la fe en sí mismo. Tenía que comportarse como si creyera en él sin decirlo en voz alta. Llegado el caso, ya se enfrentaría al desastre.

Corría la época del año en que siempre apetecía comerse un buen estofado, y si se dejaba la olla arrimada a la lumbre, se podía ir añadiendo verduras, y el guiso se conservaba muy bien. De ese modo, además, cuando Monk llegaba a casa la cena estaba caliente y no era preciso esperar. Esta vez se permitió agregar una generosa ración de carne, y cuando oyó la llave en la cerradura poco después de las siete, ya la tenía cocida.

—¿Y bien? —preguntó Hester una vez estuvieron sentados a la mesa ante sendos cuencos de estofado humeante.

Monk reflexionó antes de responder, atento a la reacción de su esposa.

—¡No había tenido tanto frío en mi vida! —contestó, y sonrió de oreja a oreja—. Al menos que yo recuerde...

Desde que había recobrado buena parte de su pasado durante el reciente caso del ferrocarril, su amnesia ya no le obsesionaba como tras el accidente de carruaje que la había causado un par de meses antes de que se conocieran, hacía ya casi siete años. Era como si los fantasmas hubiesen salido a la luz, permitiéndole conocer y enfrentarse a los peores, que al final no eran gigantes sino flaquezas corrientes, debilidades que cabía comprender, compadecer y curar. El horror se había encogido hasta proporciones humanas, revelando una tragedia en lugar de una maldad. Ahora estaba en condiciones de bromear al respecto.

Hester le devolvió la sonrisa. Habían dejado atrás una carga muy pesada.

—¿El río es muy diferente de las calles? —preguntó.

—La sensación es distinta —respondió él, tomando otro bocado de estofado; estaba exquisito, sobre todo si se comparaba con la frugalidad de los últimos tiempos—. Todo lo gobiernan las mareas, la vida entera parece girar en torno a ellas. Los barcos van río arriba y río abajo con el flujo y el reflujo. Si te atrapa la bajamar, encallas, pero intenta pasar bajo los puentes con la pleamar y romperás los mástiles. Las gentes del río lo saben al dedillo. —Meditó un momento y añadió—: Pero el agua posee una belleza que no se encuentra en las calles. Produce una sensación de amplitud, las luces y las sombras cambian constantemente.

Hester advirtió que estaba sobrecogido. Algo en los elementos del río ya lo había cautivado. Volvió a temer que su marido se estuviera adentrando donde no haría pie. ¿Cabía que, absorto en los aspectos físicos, no percibiese la distinta mentalidad de los ladrones y los peristas, las sutilezas del engaño y la violencia cuyas señales quizá no reconocería por serle desconocidas?

—No me estás escuchando —la reconvino Monk.

—Intentaba imaginármelo —respondió Hester, mirándole de nuevo a los ojos—. Oyéndote diría que no se parece en nada a la ciudad. ¿Por dónde empezarás a buscar el marfil? ¿Se puede seguir un rastro cuando ni los vehículos ni las personas dejan huellas a su paso? —Acto seguido lamentó haberlo preguntado, porque ¿cómo iba él a saberlo? Era demasiado pronto.

Monk se mostró atribulado.

—Eso lo he aprendido hoy. He pasado casi toda la jornada recorriendo los muelles. Aunque hace por lo menos quince años que vivo en Londres, no tenía ni idea de hasta qué punto constituyen un mundo aparte. Miles de toneladas de carga pasan por ellos cada semana procedentes de todas las partes del mundo. Resulta asombroso que no se pierdan más. —Se inclinó hacia ella, olvidando momentáneamente la comida—. Son una puerta de entrada y salida abierta al mundo. Los barcos tienen que aguardar para descargar hasta que encuentran sitio en alguna dársena. A veces pasan días, a veces semanas, desde que echan anclas. Siempre hay gente en el agua: aparte de las gabarras hay botes, transbordadores, remolcadores...

—¿Cómo vas a averiguar quién se llevó el marfil? —lo interrumpió Hester.

Monk tomó otro bocado de estofado.

—No estoy seguro de poder empezar las pesquisas allí —respondió—. Me parece que tendré que recorrer el camino inverso, averiguar adónde fue a parar y rastrear hasta dar con quien lo robó. Necesito encontrar al ladrón, puesto que fue quien asesinó a Hodge. De no ser así no me molestaría en buscarlo. Pero tuvo que venderle el marfil a alguien, o si no pronto lo hará. Todo lo que se roba acaba vendiéndose tarde o temprano, salvo si lo puedes comer, quemar o llevar puesto.

—¿Quemar? —dijo sorprendida Hester.

—Carbón —explicó Monk con una repentina sonrisa—. Casi todos los rapiñadores de los bajíos buscan carbón. Los hay que buscan clavos, por supuesto, o cualquier otra cosa útil.

—Oh... claro.

Tendría que habérsele ocurrido. Intentó figurarse cómo sería adentrarse en el río hasta las rodillas en invierno y agacharse a rebuscar en el fango cualquier cosa que se pudiese vender. Aunque tal vez eso no fuese peor que vagar por los callejones de noche bajo la lluvia, dispuesta a vender tu cuerpo durante media hora. La pobreza y la necesidad de sobrevivir podían cambiar tu opinión acerca de muchas cosas. Gracias a Dios, si Monk no encontraba el marfil, al menos podrían recurrir a Callandra Daviot para que los asistiera temporalmente. Eso sí, siempre y cuando su marido se aviniera a pedirle ayuda.

¿Acaso debería ir a verla y pedirle algo para la casa de socorro? Callandra la comprendería mejor que nadie. Había trabajado sin cesar por el bien del hospital y jamás rehuyó pedir dinero, tiempo o cualquier otra cosa que necesitara a quien fuese. Había avergonzado de tal manera a muchas matronas de la buena sociedad que acabaron por hacer donación de sumas muy superiores a los donativos que se habían propuesto en un principio.

Hester se levantó y retiró los platos. Guardaba caliente en el horno un pudín de pan que llevó a la mesa y sirvió con considerable orgullo. Prepararlo tan bien era un logro muy reciente. Observó a Monk comerlo con sumo gusto y esforzándose por disimular sin demasiado éxito la gracia que le hacía su esposa. Ésta reparó en su sonrisa y encogió un poco los hombros un tanto atribulada.

Aún estaban sentados a la mesa cuando se oyó un golpe fuerte en la puerta principal.

Monk se puso en pie de inmediato, sorprendido. Era muy tarde para una visita social y por el momento no estaba pendiente de ninguna información relativa al caso Louvain. O bien alguien venía en busca de Hester por una emergencia en Portpool Lane, o bien a proponerle un nuevo caso a él.

Hester recogió los platos sucios y los llevó a la cocina. Al regresar se encontró con Callandra Daviot de pie en la sala de estar. Llevaba el sombrero torcido y el pelo tan desaliñado como de costumbre, rizado por la humedad y zafado de las horquillas, pero a ella no le importaba. Tenía los ojos brillantes y las mejillas encendidas. Sostenía un guante en la mano y el otro no estaba a la vista. Parecía radiante de felicidad.

Hester se alegró muchísimo de verla. Se acercó a ella y la rodeó con los brazos, notando la respuesta inmediata de Callandra, que preguntó afectuosamente:

—¿Qué tal estás, querida?

—Muy contenta de verte —contestó Hester, soltándola y dando un paso atrás—. ¿Te apetece una taza de té?

Callandra puso cara de susto.

—¡Oh! No, gracias, querida. —Seguía de pie en medio de la sala, como si se sintiera incapaz de sentarse, sin dejar de sonreír—. ¿Cómo estáis vosotros?

Hester pensó en mentir cortésmente, pero ella y Callandra se conocían desde hacía mucho y demasiado bien como para hacer algo semejante. La generación que mediaba entre ambas no había afectado su amistad en absoluto. Había sido Hester, más que cualquier otra persona de su misma edad o clase social, quien había seguido de cerca su desgarradora historia de amor con Kristian Beck, apoyándola en todo momento. Asimismo, habían sido Hester y Monk a quienes había recurrido Callandra cuando Kristian fue acusado de asesinato, y no sólo por la destreza de Monk, sino porque eran amigos que no se burlarían de su lealtad ni se inmiscuirían en su dolor.

Hester no podía engañarla.

—Nos las vemos y deseamos para llegar a fin de mes en la casa de socorro —contestó—. Somos víctimas de nuestro propio éxito, supongo.

Por más profunda que fuese su amistad no le diría que últimamente Monk había andado mal de trabajo. Él podía hacerlo, si así lo deseaba, pero decirlo ella sería una traición.

Callandra centró su atención en el tema.

—Recaudar fondos siempre es difícil —convino—. Sobre todo si no se trata de una obra benéfica de la que puedas alardear. Una cosa es anunciar a tus invitados durante la cena que acabas de hacer un donativo a médicos o misioneros desperdigados por los confines del Imperio, y otra muy distinta, capaz de acallar toda conversación, es decir que estás intentando ayudar a las prostitutas de tu propia ciudad.

Hester no pudo contener la risa, e incluso Monk sonrió.

—¿Sigues teniendo a la magnífica Margaret Ballinger contigo? —preguntó Callandra.

—Desde luego —respondió Hester con entusiasmo.

—Bien. —Callandra levantó la mano como para sostener un paraguas y entonces recordó que se lo había dejado en alguna parte—. Voy a darte una lista de nombres fiables para recaudar contribuciones pero más vale que no seas tú quien las pida. —Una sonrisa afectuosa suavizó su expresión—. Te conozco demasiado bien como para engañarme a propósito de tus dotes diplomáticas. Una negativa y darás tal opinión de quien sea que hará imposible abordarle de nuevo.

—Gracias —dijo Hester con fingido decoro, aunque algo en las palabras de Callandra la perturbó. ¿Por qué no se ofrecía a pedirlas ella misma? En el pasado no habría vacilado en hacerlo, y sin duda veía en el rostro de Hester que ya cargaba con más tareas de las que podía manejar con holgura.

Callandra seguía plantada en medio de la habitación como si estuviera demasiado excitada para sentarse. Ahora buscaba algo en el bolso pero como era más grande de lo habitual y saltaba a la vista que estaba demasiado lleno y en modo alguno ordenado, le costaba lo suyo encontrarlo. Se dio por vencida.

—¿Tienes una hoja de papel, William?

—Por supuesto —contestó Monk, aunque cruzó una mirada rápida con Hester.

Faltó poco para que ésta preguntara qué había llevado a su amiga hasta allí sin previo aviso, pues estaba claro que se trataba de algo tan trascendental para ella que había relegado al olvido su delicadeza habitual. Mas hacerlo podría resultar indiscreto. Era una amiga muy querida pero eso no implicaba que no tuviera derecho a la intimidad.

Monk llevó papel, pluma y tintero y los dejó en la mesa para Callandra, quien por fin se sentó y anotó los nombres y direcciones y, tras reflexionar un momento, añadió con una floritura las sumas que consideraba podían aportar desahogadamente. Agitó la hoja en el aire para que la tinta se secara pues Monk no había traído papel secante, y luego se la entregó a Hester.

—No la pierdas —advirtió—. Es posible que no pueda volver a escribirla.

Monk se puso tenso.

Hester contuvo el aliento y levantó la vista hacia él.

Los ojos de Callandra brillaban, y lo hacían con alegría

y lágrimas, como si estuviera a punto de dar un paso tremendo y se aferrara a los últimos instantes del orden conocido porque éste también le fuese querido y no se pudiera desprender de él sin dolor.

—Me marcho a Viena —anunció con un levísimo temblor en la voz—. A vivir.

—¡Viena!

Hester repitió la palabra como si rayara lo incomprensible, cuando, por el contrario, tenía un significado abrumador. Viena era donde vivía Kristian Beck antes de mudarse con su esposa a Londres. Entonces conoció a Callandra, su esposa fue asesinada y el dolor y las revelaciones demoledoras se sucedieron. Tal vez tan difícil como asumir las relativas a la personalidad de su difunta esposa había sido el descubrimiento de los propios orígenes de Beck, el cual puso patas arriba todo lo que éste había creído hasta entonces. Pero ¿acaso Callandra se iba a Viena porque Kristian había decidido regresar a su patria? ¿Qué papel había desempeñado en la decisión de su amiga? Hester ya tenía la boca seca por miedo a que Callandra volviera a resultar lastimada otra vez, pues ya había soportado bastante hasta la fecha.

No obstante, los ojos de Callandra brillaban y, según parecía, no por vana esperanza sino más bien con firme discernimiento.

—Kristian y yo vamos a casarnos —dijo en voz baja, con ternura y absoluta certeza—. Ha decidido que necesita enfrentarse al pasado, mirarlo con franqueza y descubrir las respuestas, sean las que sean. —Miró a Monk—. Lo siento, William. Compartir casos contigo me ha proporcionado motivos de interés y un norte en la vida durante unos años en los que no habría tenido una cosa ni la otra sin ti. Tu amistad ha significado incluso más que eso para mí, tanto como la de Hester a su manera. Pero Kristian será mi marido. —Se ruborizó levemente. Parpadeó al bajar la mirada y volvió a levantarla—. Deseo estar junto a él y si abandonar mi hogar y mis amigos es el precio, lo pagaré de buen grado. Te doy las gracias de todo corazón por el afecto que me has brindado en el pasado, así como por tu pericia y lealtad al defender a Kristian... y a mí. Sé lo mucho que habríamos sufrido de no haber sido por ti.

Hester se adelantó y la estrechó con fuerza, notando su ansiosa respuesta.

—No podría estar más dichosa por ti —dijo sinceramente—. Ve a Viena y sé feliz. Y sea lo que sea lo que Kristian encuentre allí, ayúdale a recordar que no es responsable de los pecados ni de la ignorancia de sus padres. Ninguno de nosotros lo es. Nadie puede deshacer su propio pasado, y mucho menos el de otra persona. Pero nos queda el futuro y me alegra mucho que el tuyo sea con Kristian. No podría haber otro mejor.

Besó a Callandra en la mejilla, la abrazó de nuevo y se apartó un paso.

Callandra se volvió hacia Monk y lo miró con incertidumbre, pero él hizo exactamente lo que su mujer acababa de hacer.

—Ve y sé feliz —dijo sinceramente—. No se me ocurre nadie que lo merezca más que vosotros dos. Y cuando hayáis resuelto los problemas del pasado habrá otras buenas causas por las que luchar. Nadie lo sabe tan bien como yo.

Callandra se sorbió la nariz, tragó saliva y dio por perdida la batalla. Dejó que le afloraran las lágrimas, sin apenas moverse ni dejar de sonreír. Cogió el pañuelo que le ofreció Monk y se sonó.

—Gracias —dijo—. Mi carruaje me aguarda. ¿Permitiréis que me retire con la poca dignidad que me queda?

—Por supuesto —dijo Hester, con la voz ronca de emoción—. Las despedidas son ridículas. Con una basta y sobra.

—Os lo agradezco —dijo Callandra, saltándosele las lágrimas otra vez.

Hurgó en el bolso y en esta ocasión encontró a la primera lo que buscaba. Sacó dos paquetes pequeños, bellamente envueltos y atados con una cinta. Les echó un vistazo y acto seguido entregó uno a Hester y el otro a Monk. Su mirada expectante dejó claro que esperaba que los abrieran enseguida.

Hester comenzó con el suyo, deshaciendo el lazo y el

envoltorio con delicadeza. Dentro había un estuche y, en su interior, el camafeo más exquisitamente tallado, no de la habitual cabeza de mujer sino de un hombre con un elaborado casco y con el pelo largo y suelto. Iba montado en una intrincada filigrana de oro.

Hester dio un grito ahogado de puro deleite, levantó la mirada hacia Callandra y vio el placer con que le respondían sus ojos.

Monk desenvolvió el suyo con más impaciencia rasgando el papel. Era un reloj de bolsillo de oro, una pieza de excelente factura no desprovista de valor artístico. Su agradecimiento se hizo patente en su rostro incluso antes de que abriera la boca para darle las gracias.

—Así no sólo os acordaréis de mí, sino también de lo mucho que me importáis ambos —dijo Callandra con la voz un poco tomada—. Ahora debo marcharme. Esto ya se ha prolongado más de la cuenta. Detesto a las personas que dicen adiós y luego parecen incapaces de irse.

Sonrió una vez más y entonces salió majestuosamente por la puerta que Monk le abrió. Llevaba la falda torcida, la chaqueta no acababa de hacerle juego y el sombrero se le había caído hacia un lado pero iba con la cabeza bien alta. No volvió la vista atrás ni siquiera una vez.

Monk cerró la puerta y regresó junto al fuego con el reloj aún en la mano. Hester seguía aferrando el camafeo en el puño. Estaba contentísima por Callandra. Su amiga había amado profunda y desesperanzadamente a Kristian durante tanto tiempo que resultaba impensable desearle otra cosa que no fuese el éxito. Aunque se daba cuenta, con el aire frío que había entrado por la puerta abierta, de lo solos que los dejaba. No sabía muy bien qué decir. La conciencia de la importancia que tendrían sus palabras, sobre todo ahora, era como una tercera presencia en la sala que se interpusiera entre ellos.

—Tenía que suceder —dijo, buscando los ojos de Monk—. No podríamos haberle deseado otra cosa. Si la situación fuese la inversa, y tú y yo estuviéramos en su lugar y ellos en el nuestro, yo iría a Viena o a donde hiciese falta si tú me necesitaras o me quisieras a tu lado.

Monk sonrió.

—¿En serio?

Hester supo que bromeaba para ocultar su temor, así que fingió no darse cuenta.

—Me apetece un té —comentó—. ¿Traigo para ti?

Hacia las diez del día siguiente, mientras Monk trabajaba en el barrio portuario, Hester revisaba los armarios de la sala principal en Portpool Lane. Advirtió una notoria disminución de casi todas las existencias que había allí el día anterior. A más tardar mañana tendrían que comprar más desinfectante, como mínimo, así como ácido fénico, lejía, vinagre y velas. Iría de perlas adquirir brandy también, y vino fortificador para añadir al caldo de carne, y aún podría añadir a la lista otra docena de artículos necesarios.

La muchacha que había ingresado la víspera seguía durmiendo como un tronco pero respiraba con más facilidad y su tez había recobrado algo de color. Si les alcanzase para alimentarla durante una o dos semanas probablemente se recuperaría del todo.

Hester se había apartado del armario y se disponía a abrir el cajón del escritorio cuando Bessie entró. Iba arremangada y llevaba un delantal atado a la cintura con el rastro de una antigua mancha de sangre en medio.

—Ha llegado otra que apenas puede respirar —dijo con expresión de enojo, porque el problema era demasiado grande. Ya no recordaba el tiempo que llevaba bregando con él, y en cuanto curaba a una paciente llegaba otra, cuando no dos—. ¿Por qué no nos diseñó mejor el buen Dios? —agregó con aspereza—. O al menos que se hubiese ahorrado el invierno. ¡Es imposible que no previera esto! ¡Pasa todos los años!

Hester no se molestó en darle una respuesta que, de todos modos, tampoco tenía. La pregunta era retórica. Dejó lo que iba a hacer y siguió a Bessie hasta la entrada, donde una mujer de mediana edad vestida de marrón estaba encorvada en el desvencijado sofá con los brazos cruzados en ademán protector. Respiraba despacio y con dificultad. A la luz de las velas su rostro era incoloro; el pelo rubio, con abundantes mechones grises, se le amontonaba en lo alto de la cabeza como si fuese paja vieja.

Hester estudió con detenimiento su cara transida y reparó en la blancura que le rodeaba los labios y los ojos, así como en el leve rubor de las mejillas. Su dolencia probablemente fuese una bronquitis, la cual podía degenerar en pulmonía.

—¿Cómo se llama? —le preguntó.

—Molly Struther —contestó la mujer sin levantar la vista.

—¿Cómo se siente, exactamente?

—Lo bastante cansada como para morir —repuso la mujer—. No sé por qué me he molestado en venir, pero Flo insistió en que viniera. Dijo que me ayudarían. Una boba, es lo que es. ¿Van a cambiar el mundo, ustedes? —No había mofa en su voz, no tenía energías para eso.

—Le daremos una cama limpia y seca, donde podrá estar tranquila, y algo de comida —explicó Hester—. Un tazón de té caliente, quizá con un dedal de brandy, al menos hasta que se nos acabe éste.

Molly inspiró con expresión de sorpresa y le sobrevino un ataque de tos que terminó produciéndole náuseas. Hester fue a buscar un poco de agua caliente con una cucharada de miel y le ofreció el brebaje. Molly lo tomó a sorbos, agradecida, pero transcurrieron varios minutos antes de que intentara hablar otra vez.

—Gracias —dijo por fin.

Hester la acompañó a una de las habitaciones en que había dos lechos mientras Bessie iba a preparar el calientacamas. Media hora después Molly yacía boca arriba, cubierta de mantas hasta la barbilla.

—¡Tenemos que conseguir más dinero! —exclamó Bessie cuando regresaron a la cocina. Atizó el fuego del fogón, preguntándose cuánto tiempo ardería sin añadirle más carbón. Se trataba de un sutil equilibrio entre el mínimo que requería para seguir ardiendo sin que llegara a apagarse del todo.

—Ya lo sé —admitió Hester—. Margaret hace cuanto puede y yo he conseguido una lista de nombres pero la gente es reacia a contribuir debido a la profesión de estas mujeres. Se sienten mejor enviando sus donativos a África o a otros sitios por el estilo.

Bessie emitió un tan desdeñoso como elocuente gruñido.

—¿Así que piensan que los africanos valen más que nosotras? —preguntó—. ¿O es que quizá pasan más frío y están más hambrientos y enfermos?

—No creo que tenga nada que ver con eso —respondió Hester, calentándose las manos sobre la superficie de hierro colado del fogón.

—¡Pues claro que no! —espetó Bessie, llenando la pava otra vez con el aguamanil del rincón donde estaba el fregadero de piedra y poniéndola otra vez encima del hornillo—. ¡Tiene que ver con la conciencia, con eso tiene que ver! No es culpa nuestra que los africanos pasen hambre o se mueran, eso queda demasiado lejos para que nos preocupemos. Pero si son las nuestras las que pasan frío y hambre, está claro que es para preocuparse. Porque para empezar quizá tendríamos que procurar que no fuese así.

Hester no contestó.

—O quizá se deba a que no son tan buenas como deberían —prosiguió Bessie, secándose las manos con el delantal—. Venden su cuerpo en la calle y eso es pecado ¿verdad? ¡Y puede que nos manchemos las faldas si tenemos algo que ver con personas como ellas! ¡Qué más da que nuestros maridos vayan donde esas desgraciadas a por un poco de lo que no deseamos hacer porque tenemos jaqueca, o es indecente, o no deseamos más hijos! —Cerró de golpe la puerta del hornillo—. ¡No es agradable saber esas cosas, así que fingimos que no sabemos nada! Y, claro, no queremos que nadie las alimente o las cuide; preferimos aparentar que el problema no existe. ¡Dios nos asista, no son nuestras hijas, ni nuestras hermanas, ni siquiera nuestros hombres!

—Eso me parece bastante más probable —convino Hester, confiando en que la pava no tardase en hervir. Una taza de té caliente la reconfortaría antes de hacer la ronda para recoger la ropa blanca que había que lavar, y dirigió sus pensamientos a calcular de qué podrían echar mano si Margaret no tenía éxito. No quería dejar la mente ociosa pues entonces no tardaría en ocuparla pensando en los progresos que estaría haciendo Monk en el puerto bajo la lluvia tempestuosa, buscando pruebas que quizá ni siquiera reconocería aunque las tuviera delante de las narices.

—Claro que lo es —replicó Bessie—. ¡Meta la cabeza en la carbonera y luego dígale al mundo que no hay nadie dentro porque no se ve nada! ¡Dios, qué sé yo! ¿Son estúpidos o es que se han sorbido los sesos?

Hester no contestó.

Estaba arriba cambiando las camas dispuesta a hacer la colada cuando Bessie subió pesadamente en su busca unas dos horas después.

—¡Estoy aquí! —dijo Hester asomándose a una puerta.

—Tenemos otra enferma —anunció Bessie alegremente—. La pobre parece la mismísima muerte en un día malo. Lo mejor sería pegarle un tiro. —Se remetió un mechón de pelo suelto detrás de la oreja—. Que conste que yo a veces he estado así. Eso no dura para siempre, sólo lo parece. Pero viene con un tipo que habla muy bien, muy peripuesto y tal. Y dice que nos pagará lo que cueste cuidarla y otro tanto aparte. —Aguardó con expectación la aprobación de Hester.

Ésta sintió una punzada de pena por la mujer pero eso no le impidió dejarse invadir por el grato alivio de saber que alguien se había personado allí en aquel preciso instante con dinero, no en forma de promesa sino contante y sonante.

—¡Muy bien! —dijo entusiasmada—. Vayamos a ver a ese caballero. ¡Sea quien sea, ha acudido al lugar indicado!

Y siguió a Bessie, pisándole los talones, escaleras abajo y hasta la entrada.

El hombre era de buena estatura, no especialmente ancho de hombros, pero fuerte y ágil. Tenía un pelo castaño claro abundante y un poco ondulado, aunque lo llevaba más corto que la mayoría y le nacía en la frente. De piel curtida, mantenía los ojos entrecerrados, como si los protegiera de una luz fuerte.

—¿Señora Monk? —dio un paso al frente—. Me llamo Clement Louvain. Tengo entendido que lleva a cabo una gran labor aquí para las mujeres de la calle que caen enfermas. ¿Me han informado bien?

¡Louvain! No estuvo segura de si debía revelar que conocía su nombre.

—En efecto —contestó, con una inmensa curiosidad por saber qué hacía él allí con una mujer obviamente muy enferma. Había bastado un vistazo para que Hester percibiera su lamentable estado. Faltaba muy poco para que se desvaneciera en el sofá donde estaba sentada y ni siquiera había levantado la vista para mirar a Hester o a Bessie—. Asistimos a cuantas personas podemos, sobre todo si no disponen de suficiente dinero para pagar a un médico —añadió.

—El dinero no es el problema —replicó Louvain—. Estaré encantado de pagar los honorarios que estime usted razonables, tal como le he dicho a su ayudante. Y también una aportación adicional para que pueda atender a otras pacientes. Me figuro que toda contribución será bien recibida ¿no es así? La gente resulta difícil de convencer cuando consigue excusarse con juicios morales.

Había un amargo humor en sus ojos y era obvio que sabía que Hester entendía su significado con toda exactitud. Hablaba con ella como con una igual, al menos en lo que a la ironía atañía.

—Será muy bien recibida, señor Louvain —convino Hester, entusiasmada con la inteligencia y la mordacidad de su interlocutor—. Sin dinero no podemos ayudar a nadie.

Él asintió con la cabeza.

—¿Cuánto sería lo apropiado?

Hester pensó deprisa. No debía picar demasiado alto o él se enojaría y se negaría a pagar, pero deseaba tanto como fuese posible; al menos lo suficiente para cuidar bien de la mujer, alimentarla, proporcionarle ropa limpia y las medicinas necesarias para aliviar su dolencia.

—Dos chelines al día —respondió.

Louvain se mostró complacido.

—Bien. Le voy a dar catorce chelines y volveré dentro

de una semana, aunque supongo que será innecesario. Ella tiene parientes y para entonces ya habrán venido a buscarla. Y haré un donativo de cinco libras a su obra benéfica, de modo que pueda atender a otras personas necesitadas.

Era una suma fabulosa. A Hester la asaltaron sospechas acerca del motivo por el que les daba tanto y quién era aquella mujer en realidad, pero el dinero mantendría abierto el establecimiento al menos otras dos semanas y no podía permitirse el lujo de rechazarlo. Después de ese plazo Margaret seguramente habría conseguido que algún benefactor de la lista de Callandra les diera algo.

—Gracias —aceptó—. ¿Qué puede decirme acerca de ella para que podamos atenderla lo mejor posible?

—Se llama Ruth Clark. Es... era... la amante de un colega mío. Se ha puesto enferma y él ha dejado de interesarse por ella —explicó con voz cargada de emoción aunque sin revelar enojo. Por un instante pareció embargarle una grandísima pena. Enseguida se dio cuenta de que Hester lo estaba observando y recuperó la compostura. No era hombre a quien gustase verse sorprendido con la guardia baja, ni siquiera allí—. La echó a la calle —agregó—. He enviado cartas a su familia pero puede que pasen unos días antes de que puedan enviar a alguien a buscarla. Viven en el norte. Y ahora está demasiado enferma para viajar.

Hester volvió a mirar a la mujer. Presentaba la tez muy colorada y parecía tan consumida por su sufrimiento que casi estaba ajena a lo que la rodeaba.

—¿Puede referirme más datos sobre su enfermedad? —preguntó Hester en voz baja. Pese a que la mujer no la estaba escuchando le daba reparo hablar de ella como si no estuviera presente—. Cualquier cosa que nos diga puede resultar útil.

—No sé cuándo comenzó —contestó Louvain—, como tampoco si fue gradual o repentino. Me parece que tiene fiebre, apenas se sostiene en pie y desde anoche, que fue cuando me hice cargo de ella, no ha tenido ganas de comer.

—¿Tiene náuseas, vomita? —preguntó Hester.

Louvain la miró fijamente.

—No —respondió—. Sólo tiene fiebre y le dan vahídos. Y también le cuesta respirar. Yo diría que es pulmonía o algo por el estilo. —Titubeó—. No he querido llevarla a un hospital por sus estrictos reglamentos morales. Habida cuenta de las circunstancias sería objeto de desprecio y la privarían de toda intimidad.

Hester lo comprendió. Había trabajado en salas de hospital y conocía de sobra el reglamento, las cosas que los pacientes tenían que hacer y las que no podían hacer bajo pena de que les retirasen privilegios y libertades. Muchas de ellas guardaban relación con la moralidad según la estricta opinión de alguna instancia superior.

—Haremos por ella cuanto esté en nuestra mano —prometió Hester—. Reposo, calor y tantas bebidas calientes como logremos hacerle tomar. Ahora bien, si es pulmonía, la enfermedad tendrá que seguir su curso hasta que la fiebre remita. Nadie puede decir si será para bien o para mal, pero haremos cuanto quepa hacer por ella. Y le prometo que como mínimo verá aliviado su sufrimiento.

—Gracias —dijo Louvain en voz baja, embargado de súbito por una intensa emoción—. Es usted una buena mujer. —Metió la mano en el bolsillo interior de la chaqueta y sacó un puñado de dinero. Puso cinco soberanos de oro encima del respaldo del sofá y luego contó cuatro medias coronas y cuatro chelines sueltos—. Aquí le dejo lo convenido —añadió—. Volveré dentro de una semana. Gracias por todo, señora Monk. Que tenga un buen día.

—Y usted también, señor Louvain —contestó Hester, aunque ya había puesto toda su atención en la enferma. Recogió el dinero, lo metió en el bolsillo del vestido y volvió a alisarse el delantal—. Bessie, más vale que me ayude a llevar a la señorita Clark hasta un dormitorio para acostarla. Me parece que la pobre está a punto de desmayarse.

En efecto, Ruth Clark no parecía capaz de moverse por sí misma. Hester la alzó por un lado y Bessie por el otro, pero no llegaron más allá de la primera habitación. Bessie la sostuvo de pie contra el marco de la puerta, mientras Hester liberaba una mano para alcanzar el picaporte y abrirla. Luego la arrastraron medio en volandas hasta una cama, donde se desplomó pesadamente. Aún tenía los ojos abiertos pero no daba muestras de ver nada y no pronunció palabra.

La enferma era un peso muerto y, con considerable esfuerzo pese a su dilatada experiencia, Hester la fue desnudando mientras Bessie iba por media taza de té con unas gotas de brandy.

Una vez tuvo a Ruth en ropa interior, acostada y bien arropada en la cama, le quitó las horquillas del pelo para que estuviera más cómoda. Le tocó la frente y notó que la tenía muy caliente y seca. Examinó su rostro un momento tratando de formarse un juicio sobre la clase de mujer que era y el tiempo que llevaba enferma.

La pulmonía tenía que haber evolucionado muy deprisa. De haber ido despacio, con el consabido dolor de garganta seguido de punzadas en el pecho y fiebre, sin duda Louvain la habría llevado antes. No daba la impresión de ser una mujer de constitución delicada ni propensa a padecer infecciones. La piel de los brazos y el tronco era firme y el cuello y los hombros presentaban una buena textura, no el aspecto flojo, delgado y ligeramente azulado de alguien que enfermase con frecuencia. Tenía el cabello abundante, de hecho muy hermoso, castaño oscuro y ondulado, y probablemente cuando se encontraba bien era lustroso. Sus rasgos eran regulares y agradables. ¿Qué clase de hombre la habría abandonado de semejante modo sólo porque estaba enferma? No se trataba de una dolencia crónica. Si se recobraba volvería a ser una mujer llena de salud y vitalidad. Aparentaba treinta y pocos años.

¿Se trataría de la amante de un armador a quien por sus circunstancias le fuese imposible proporcionarle los cuidados que necesitaba? ¿Tendría miedo de que pudiese morir y luego no saber cómo justificar la presencia del cuerpo en su casa?

¿O acaso era la amante del propio Louvain y por alguna razón no estaba dispuesto a admitirlo?

¿Tanto se había extendido la reputación de la casa de socorro como para llegar a oídos de Louvain en el puerto?

¿O acaso Monk había mencionado algo al respecto al aceptar su nuevo trabajo?

Tal vez nada de ello tuviera importancia en ese momento. Hester no hacía preguntas a las mujeres que acudían allí. Lo único que le preocupaba era que se restablecieran. ¿Por qué iba a ser diferente con aquella mujer?

Bessie llegó con el té y entre las dos incorporaron a Ruth y, cucharada a cucharada, se las arreglaron para que se aviniera a tomarlo. Finalmente volvieron a tenderla, la arroparon tapándola hasta el mentón y dejaron que se sumiera en un sueño tan profundo que parecía próximo a la inconsciencia.

Fuera ya del dormitorio, Hester sacó el dinero del bolsillo. Entregó uno de los soberanos y los cuatro chelines a Bessie.

—Ve a comprar comida, carbón, ácido fénico, vinagre, brandy y quinina —le ordenó. Añadió otro soberano—. Suficiente para el resto de la semana. ¡Gracias a Dios no tenemos que pagar alquiler! Le daré el resto a Squeaky. ¡Debería bastar para hacerle sonreír!

Y con renovada esperanza siguió a Bessie por el pasillo.

3

El segundo día que iba a trabajar en el caso Louvain Monk salió de casa antes de que clareara, de modo que cuando amaneció, poco antes de las ocho, se encontraba ya en el puerto. Hacía sol, un viento frescachón que entraba con la marea creciente mantenía el cielo despejado y la luz emitía destellos en las olas. Las gabarras que remontaban lentamente el río se veían oscuras; el alba aún no había puesto colores a nada. En los grises, los plateados y las primeras sombras se recortaba la densa oscuridad de los mástiles que jalonaban el cielo perezosamente, sin apenas moverse, con los bultos de las velas trincadas en los penoles. Los cascos de los buques sólo se distinguían por su tamaño, eran meras siluetas que no revelaban ningún rasgo definido: ni troneras, ni mascarones ni cuadernas.

La víspera había aprendido unas cuantas cosas pero en su mayoría no hicieron sino corroborar lo distinto que era el río de la ciudad, así como su condición de extraño sin antiguas deudas o favores de los que echar mano.

Los ladrones robaban cosas por muchas razones: porque las querían para sí mismos; porque podían venderlas a terceros; para desposeer a su propietario de ellas; quizá para destruirlas si resultaban peligrosas, como cartas o pagarés; o sencillamente por odio, para castigar a su dueño. En lo que al marfil de Louvain atañía, Monk sólo consideraba probables dos de estas causas. O bien el ladrón tenía intención de venderlo para obtener una ganancia, o bien, por alguna discrepancia personal con Louvain, se había apoderado de él sólo para hacerle sufrir, posiblemente a sabiendas de que ya lo tenía comprometido con algún comprador.

Monk precisaba saber más acerca del tráfico de mercancías robadas en el río y aún más acerca del propio Louvain, sus amistades, sus enemigos, sus deudores y acreedores, sus rivales.

El día anterior se había dado cuenta de que no podía andar por el puerto sin un motivo que acallara los posibles comentarios, de modo que se había vestido como si fuese un caballero venido a menos que se veía obligado a buscar trabajo como estibador. Había visto a varios en tal situación el día anterior y estudiado su actitud y su forma de hablar, lo bastante como para imitarlos. Calzaba unas buenas botas para mantener los pies secos, pantalones viejos y un chaquetón grueso para protegerse del viento. Había comprado un gorro de segunda mano, tanto para abrigarse la cabeza como para disfrazar su aspecto, una bufanda de lana y unos mitones.

Encontró un puesto ambulante de té y pidió un tazón. Se las ingenió para entablar conversación con otros dos hombres que al parecer aguardaban con esperanza una jornada de trabajo en la descarga que pronto comenzaría. Puso mucho cuidado en evitar que pensaran que tenía intención de adelantar puestos en la cola.

—¿Qué carga tenemos hoy? —preguntó, tomando sorbos de té y notando que se deslizaba por la garganta y le hacía entrar en calor.

El hombre más corpulento señaló con el dedo.

—El *Cardiff Bay*, allí abajo. —Se refería a un navío de cinco mástiles que estaba a unos cincuenta metros—. Viene de los mares de China. No sé qué trae pero seguro que tienen ganas de quitárselo de encima.

El otro hombre se encogió de hombros.

—Quizá sea teca de Birmania —dijo descontento—. Y esa maldita madera sí que pesa. O caucho, o especias, o puede que seda.

Monk miró más allá, donde estaba anclado otro buque, éste de seis mástiles.

—¿El *Liza Jones*? —dijo el primer hombre, enarcando las cejas—. América del Sur; he oído que Brasil. No sé si es verdad. Llevará un cargamento de porquería. ¿Qué es lo que traen de Brasil, Bob?

—No lo sé —contestó Bob—. ¿Madera? ¿Café? ¿Chocolate, quizás? A nosotros nos da lo mismo. Será cualquier cosa pesada y difícil de llevar. Todos los días me digo que nunca volveré a acarrear esta mierda y luego cada noche paso tanto frío que llevaría al diablo a cuestas a cambio de un fuego y un techo.

—Y que lo digas —convino su amigo. Lanzó una mirada de advertencia a Monk—. El que llega antes va primero, ¿eh? Recuérdalo y no te pasará nada malo. A no ser que te caigas al agua, claro, o que un cabrón suelte una carga encima de ti.

La amenaza implícita fue tan nítida como el reflejo de la luz en la superficie del agua.

Monk no abrigaba el menor deseo de deslomarse trabajando como estibador, pero debía parecer digno de hacerlo si no quería levantar sospechas.

—Eso sería una estupidez —comentó.

Siguieron charlando con desgana, hablando de cargamentos procedentes de todo el mundo: India, Australia, Argentina, las agrestes costas de Canadá, donde se decía que las mareas subían y bajaban doce metros en cuestión de horas.

—¿Alguna vez te has embarcado? —preguntó Bob.

—No —contestó Monk.

—Ya me parecía —dijo Bob con benigno desdén—. Pues yo sí. He visto las junglas de la fiebre en América Central y jamás volveré allí. El miedo te hiela la sangre. Antes me largo a ver el sol de medianoche a Noruega y el Ártico. El frío te mata de golpe. Una vez vi a un tipo caer por la borda allí arriba. Lo sacamos enseguida, pero ya estaba muerto. El frío es así. Más rápido que la fiebre, y más limpio. Si pillara la fiebre amarilla me cortaría el cuello antes que esperar a morir de eso.

—Tú y cualquiera —convino su amigo.

Conversaron un rato más. Monk quería preguntar acerca de los cargamentos robados y los lugares donde solían venderse, pero hacerlo habría levantado sospechas. Los tres estaban de cara al río cuando pasó una gabarra y por fuerza tuvieron que ver a los sisadores empujar unos cuantos trozos de carbón al agua poco profunda, donde con la próxima bajamar el reflujo los dejaría al alcance de los rapiñadores que se adentrarían en el fango para recogerlos. Nadie hizo ningún comentario. Aquella práctica formaba parte de la vida en el río. No obstante, estimuló la mente de Monk. ¿Era posible que el marfil se hubiese transportado así, arrojándolo en la oscuridad desde el *Maude Idris* a unas gabarras que pasaran río arriba o abajo? Podía taparse con lonas en un abrir y cerrar de ojos. Tenía que averiguar qué barqueros habían salido en gabarra la noche de autos y seguirles la pista.

El capataz de una cuadrilla de estibadores se aproximó para contratar a dos hombres. A Monk le alivió sobremanera que no quisiera tres, pero fingió decepción, aunque sólo la justa para que a aquellas buenas gentes no les diera por pensar en qué otro barco podrían darle trabajo.

No consiguió evitar que le encargaran un recado por el que le pagaron seis peniques. Dedicó las dos horas siguientes a preguntar qué gabarras salían de noche. Averiguó que lo hacían muy pocas y sólo con la marea, la cual a la hora en que murió Hodge habría ido río arriba, con el flujo de la pleamar matutina. Concienzudamente tomó nota de los movimientos de todas ellas.

Compró una empanada caliente y un trozo de tarta para almorzar, además de otra taza de té. Era tarde, más de la una, y jamás había tenido tanto frío. Ningún callejón de la ciudad, por gélido y ventoso que fuera, podía compararse con el viento cortante que llegaba del agua cargado de sal. Sus últimos casos de hurtos, que le habían llevado a pasar el tiempo en despachos y en las dependencias de servicio de ciertas casas, le habían hecho un blandengue. Ahora se daba cuenta con profundo desagrado.

Se sentó en un montón de maderos y amarras viejas que quedaba resguardado del viento y comenzó a comer.

Estaba a mitad de la empanada, saboreando la carne caliente, cuando cayó en la cuenta de que la sombra que había junto al montón de cajas que tenía a la izquierda en realidad era un chiquillo con un abrigo andrajoso y una gorra de tela calada hasta las orejas. Iba con los pies descalzos, sucios y amoratados de frío. Debería compartir la empanada con el niño, que no tendría más de diez años. Al fin y al cabo, Monk comería cuando llegara a casa, donde además le esperaba una cama caliente.

—¿Quieres un poco de empanada? —preguntó, levantando la voz—. ¿Media?

El niño lo miró con recelo.

—¿Para qué?

—Bueno, yo de ti me la comería —le espetó Monk—. ¿O mejor se la doy a las gaviotas?

—Si no la quiere, me la quedo —se apresuró a responder el niño. Alargó la mano y acto seguido la retiró como si la idea fuese demasiado buena para ser verdad.

Monk tomó un último bocado de empanada y le tendió el resto. Bebió el resto del té antes de que su buen talante también se lo arrebatase.

El niño se sentó a su lado encima de un tocón de madera y se comió la empanada con solemnidad y concentración antes de hablar.

—¿Busca trabajo? —preguntó, observando el rostro de Monk—. ¿O es un ladrón?

No había malicia ni desdén en su voz, indagaba como cualquier desconocido lo haría con otro, a modo de introducción.

—Busco trabajo —contestó Monk. Y enseguida agregó—: Tampoco estoy muy seguro de querer encontrarlo.

—Si no trabaja y no es un ladrón, ¿de dónde ha sacado la empanada? —razonó el niño—. ¿Y la tarta? —agregó.

—¿Quieres media? —ofreció Monk—. Cuando digo que no quiero trabajar me refiero a que no me apetece cargar y descargar mercancías —añadió—. No me importa hacer un recado de vez en cuando.

—Ya. —El niño reflexionó—. Creo que podré echarle una mano en eso, de vez en cuando, claro está —dijo generosamente—. Y sí, tomaré un trozo de su tarta si no le importa. —Tendió la mano con la palma hacia arriba.

Monk partió la tarta con cuidado y le dio la mitad.

—¿Cómo te llamas? —preguntó.

—Scuff. ¿Y usted?

—Monk.

—Encantado de conocerle —dijo Scuff con gravedad y cara de pocos amigos—. Usted es nuevo por aquí ¿verdad?

Monk decidió decir la verdad.

—Sí. ¿Cómo lo sabes?

Scuff puso los ojos en blanco, pero una cierta educación le impidió contestar.

—Tiene que andarse con cuidado —dijo, haciendo una mueca—. Le enseñaré unas cuantas cosas, o acabará en el agua. Para empezar, tiene que saber con quién puede hablar y de quién le conviene mantenerse alejado.

Monk le escuchaba con atención. En ese momento toda información era un regalo, pero, ante todo, no quería ser descortés con aquel niño.

Scuff levantó una pequeña mano sucia.

—No le hace falta conocer a los malos; es más, no hace falta que ellos sepan de usted. Me refiero a los saqueadores nocturnos.

—¿Quién?

—Los saqueadores nocturnos —repitió Scuff—. ¿No está bien del oído? ¡Más vale que se lo haga mirar! Ándese con mucho ojo, o acabará en el agua como le he dicho. Los saqueadores nocturnos son los que trabajan en el río de noche —explicó con una expresión de paciencia infinita, como si Monk fuese un crío que necesitase vigilancia constante—. Le matarían por seis peniques si se cruzara en su camino. Son como los piratas que había antes, cuando no existía una policía especial para el río.

Pasó otra fila de gabarras cargadas de carbón y su estela dio de lleno contra los peldaños.

—Entiendo —repuso Monk, francamente interesado.

Scuff sacudió la cabeza mientras engullía el último bocado de tarta.

—No, qué va. Todavía no entiende nada. Pero si vive lo suficiente ya lo irá pillando.

—¿Hay muchos saqueadores nocturnos? —preguntó Monk—. ¿Trabajan para ellos mismos o para otros? ¿Qué clase de cosas roban y qué hacen con ellas?

Scuff lo miró con ojos como platos.

—¿Y a usted qué le importa? Ni siquiera verá a ninguno si sabe lo que le concierne. No meta las narices en esos asuntos. No tiene cabeza para eso, ¡ni agallas! Limítese a lo que sepa hacer, sea lo que sea. —Su expresión dejó claro que dudaba mucho que supiera hacer nada.

Monk fue a contestar pero se contuvo. Por sorprendente que fuera, le ofendía que aquel crío tuviera tan mala opinión de él. Tuvo que hacer un esfuerzo para no justificarse. Pero necesitaba aquella información. El robo del *Maude Idris* parecía exactamente la clase de delito que cometían aquellos hombres.

—Sólo tengo curiosidad —respondió—. Y descuida, no pienso meterme con ellos.

—Pues entonces cierre los ojos, y la boca, toda la noche —replicó el chico—. Ya puestos, más vale que mantenga la boca cerrada todo el día, también.

—Así pues, ¿qué roban? —insistió Monk.

—Todo lo que pueden, hombre —espetó Scuff—. ¿Por qué no iban a hacerlo? Te vacían el barco enterito si no pones cuidado.

—¿Y qué hacen con lo que se llevan? —Monk se negaba a desistir. No era momento de andarse con sutilezas.

—Pues venderlo, está claro. —Scuff lo miró entornando los ojos para ver si de verdad era tan tonto como parecía.

—¿A quién? —preguntó Monk, conservando la calma con dificultad—. ¿Aquí en el río, o en la ciudad? ¿O a otro barco?

Scuff puso los ojos en blanco.

—A los peristas de mercancía robada —contestó—, dependiendo de lo que sea. Si es buen material, a uno de los opulentos; si es malo, a uno de los codiciosos. Éstos se quedan con todo. O a los cobradores de tasas, por supuesto.

Aunque éstos casi siempre se conforman con sacar una buena tajada. No es fácil vender material si no tienes experiencia ni contactos. —Meneó la cabeza—. Me da que aquí va a durar menos que un escupitajo en una plancha, señor. Dejarle aquí es como abandonar a un bebé a su suerte.

—¡Hasta ahora me ha ido muy bien! —se defendió Monk.

—¿Ah, sí? —dijo Scuff con incredulidad—. ¿Y cuánto tiempo lleva por aquí? Yo conozco a todo el mundo y es la primera vez que le veo. ¿Dónde piensa dormir, eh? ¿Ya lo tiene pensado? Si llueve y luego hiela, cosa que pasará tarde o temprano, ¡los que no estén dentro de algún sitio se van a despertar muertos!

—Tengo unos cuantos contactos —improvisó Monk con aspereza—. Tal vez me ponga a traficar. Sé distinguir el material bueno del malo: especias, marfil, seda, lo que sea.

De pronto Scuff parecía asustado de verdad.

—¡Está loco de remate! —exclamó—. ¿Se cree que esto es una batalla campal y que cualquiera puede meterse? Atrévase con los codiciosos y Fat Man usará sus pies de cuña para la puerta. Y si lo intenta con los opulentos el señor Weskit le joderá lo que le quede de vida. Se despertará con la cabeza partida en la bodega de un barco con rumbo a Panamá o donde sea, ¡y nadie volverá a verlo jamás! Más vale que vuelva a robar papeles o lo que fuera que hiciese antes. ¡Aquí no está a salvo!

—Oye, chico, que no he nacido ayer —contraatacó Monk por fin. Ya estaba hasta la coronilla de que le tomaran por un necio—. Reúnete mañana aquí conmigo. Te traeré un almuerzo para chuparse los dedos. —Era un desafío—. Una empanada entera para ti solo, té y tarta de frutas.

El niño sacudió la cabeza con incredulidad.

—Es un bobo —dijo con pesar—. Procure que no le cacen. En prisión no se está mejor que aquí, llueva o no llueva.

—¿Cómo lo sabes?

—Porque mantengo los oídos abiertos y la boca cerrada —replicó Scuff—. Ahora tengo trabajo que hacer, al contrario que usted. Los sisadores han echado carbón y no se quedará ahí todo el puñetero día. Tengo que ir a sacarlo.

Se puso en pie de un brinco, miró una vez más a Monk negando con la cabeza, y acto seguido desapareció tan aprisa que Monk no supo decir en qué dirección se había marchado. Pero resolvió mantener su palabra, por más inconveniente que le resultara, y presentarse al día siguiente con todo lo prometido.

Monk pasó el resto de la tarde recorriendo las dársenas al norte de las oficinas de Louvain, donde las gabarras solían atracar con la pleamar matutina. Procuró mezclarse con los peones, haraganes, ladrones y mendigos que poblaban la zona, tomándose muy en serio la advertencia que le hiciera Scuff.

Buscó resguardo tras una paca de lana lista para cargar que le sirvió para el doble propósito de ocultar su figura y protegerse del viento. Observó a los hombres con las espaldas dobladas bajo el peso de los sacos de carbón y confió una vez más en no tener que recurrir a semejante tarea para conservar el anonimato. Se fijó en las siluetas de los cabrestantes y las grúas que sacaban las cargas más pesadas de las bodegas de los buques abarloados a lo largo del muelle. Por todas partes se oían gritos, los chillidos de las gaviotas y el batir del agua. Las gabarras avanzaban en largas filas, cargadas hasta los topes de carbón y madera. Una goleta de tres mástiles remontaba la corriente hacia el puente. Los transbordadores iban y venían zigzagueando como escarabajos y sus remos brillaban a cada palada.

La patrullera de la Policía Fluvial pasó tan cerca de la orilla que Monk vio los rostros de los agentes cuando uno se volvió bromeando hacia un compañero y ambos rieron. Un tercer agente hizo un comentario y los otros dos le respondieron a gritos, y aunque las olas ahogaron sus palabras, saltaba a la vista que estaban de muy buen humor.

De repente Monk se sintió aislado en el muelle, como si la calidez y el sentido de la vida estuvieran allí fuera, en aquella lancha cuyos tripulantes rezumaban camaradería y tenían un objetivo común. Muchos aspectos del trabajo en la policía le habían hecho enfurecer, así como las restricciones, el rendir cuentas a hombres tan estrechos de miras como vanidosos y en ocasiones la monotonía. Pero esos mismos límites también constituían un marco de referencia y una disciplina. El mismo hombre cuya flaqueza le restringía la libertad también le brindaba su apoyo cuando se sentía vulnerable y a veces ocultaba sus fracasos. Entonces había sido intolerante. Ahora estaba pagando parte del precio de esa intransigencia, solo en el muelle, teniendo que aprenderlo todo por sí mismo en un mundo nuevo, ajeno y frío, en el que muy pocas de las reglas que conocía eran aplicables.

Hacia media tarde, cuando le parecía tener las piernas congeladas y se dio cuenta de que estaba temblando y con todos los músculos agarrotados, vio a un hombre que abordaba a otro hecho una furia. El segundo hombre le respondió con cajas destempladas. En cuestión de instantes se estaban gritando. Dos o tres más se sumaron a la discusión tomando partido por uno o el otro. La disputa fue subiendo de tono y amenazó con convertirse en un incidente desagradable. Más de media docena de hombres se metieron en ella y la muchedumbre se arremolinó en torno a un grupo de peones que descargaban objetos de latón.

Monk salió de su escondrijo, más que nada para estirar las piernas dormidas y ver si conseguía sentir de nuevo los pies. Nadie reparó en él; todos estaban pendientes de la pelea. Uno de los hombres dio un fuerte puñetazo a otro, alcanzándolo en el mentón y haciéndole retroceder a trompicones hasta derribar a un tercero. Un cuarto intervino y acto seguido comenzó la refriega. Por pura casualidad, Monk vio a dos hombres que se apartaban y que con rapidez y destreza cogían cuatro artículos de latón y se los pasaban a un joven y a una anciana que estaban entre los mirones, quienes de inmediato se marcharon.

Monk también se fue antes de que la policía se presentara para restablecer el orden. No podía permitir que lo sorprendieran merodeando por allí. El hurto mediante escaramuza era una práctica que había visto cientos de veces, y las piezas jamás volverían a aparecer. Pero mientras caminaba por el muelle hacia las oficinas de Louvain, le molestó el hecho de que en realidad estaba huyendo del grupo de hombres al que una vez había pertenecido; más aún, había estado a su mando. Fue una herida en su orgullo que le costó tragar.

Era consciente de que debía ir a dar novedades a Louvain aunque no tenía nada ni siquiera remotamente útil que contarle. La búsqueda de indicios de gabarras que hubiesen descargado a escondidas había resultado infructuosa. No tenía ningún dato contrastado y tampoco había deducido gran cosa. Caminaba despacio mientras pensaba en ello envuelto en los ruidos ribereños, el repiqueteo del metal, el crujido de la madera y el chapotear del agua. La marea estaba cambiando, entrando otra vez río arriba, empujando a los rapiñadores hacia la orilla y elevando los buques fondeados. El anochecer parecía más tardío aquella tarde, pues unas franjas de pálida claridad atravesaban el cielo hacia el oeste y en la superficie gris y plateada del agua titilaban motas de intenso amarillo.

¿Qué había deducido? Que cualquiera de los ladrones del río podía haberse hecho con el marfil y que, casi con toda seguridad, había acabado en manos de uno de los peristas opulentos, quien se lo vendería a... ¿quién? ¿Quién compraría marfil? Un tratante, que a su vez lo haría llegar a joyeros, talladores de ornamentos o piezas de ajedrez, fabricantes de teclas de piano, cualquiera entre una docena de artistas o artesanos.

Esto lo condujo al quid de la cuestión: ¿se trataba de un robo oportunista o de un delito planeado con un perista concreto? La hora en que fue cometido, de acuerdo con la muerte de Hodge, indicaba lo primero. Si había ocurrido lo segundo, Monk tenía muy pocas posibilidades de recuperarlo puesto que sin duda estaría muy lejos del río a aquellas alturas.

Cruzó la calle y subió a la estrecha acera para esquivar un carromato que pasaba traqueteando por el adoquinado. El farolero andaba atareado inclinando su larga pértiga para tocar las mechas y encender así el regalo de la súbita visión y la ilusión de calor. No había neblina procedente del agua, sólo el viento limpio y cortante y la ligera nube de humo que siempre flotaba en el aire. Hacia el este, donde era más oscuro y el río serpenteaba pasando por Greenwich y el estuario hasta el mar, unas pocas estrellas tachonaban titubeantes el firmamento.

Monk dobló la esquina y se topó otra vez con el viento, se levantó el cuello del abrigo y apretó el paso hasta las oficinas de Louvain. Tuvo que aguardar en el vestíbulo durante un cuarto de hora, caminando de un lado a otro por el suelo sin alfombrar, antes de que Louvain mandara a alguien a buscarlo. Probablemente intuía que Monk no tenía noticias aún. De haberlas tenido, se habría presentado más pronto.

El despacho estaba caldeado pero Monk no se relajó. La fuerte personalidad de Louvain dominaba la estancia, pese a que parecía cansado. Tenía las facciones más marcadas y los ojos enrojecidos.

—¿Qué novedades me trae? —preguntó.

—He venido porque dije que lo haría —le contestó Monk—. Necesito cultivar a mis informadores...

—¿Eso es una manera indirecta de decir que quiere más dinero? —Louvain lo miró con desdén.

—Me basta con el que tengo —replicó Monk con frialdad—. Cuando necesite más se lo pediré sin rodeos.

Observó a Louvain más detenidamente. El robo quizá se debiera a una cuestión de azar, pero era igualmente posible que hubiese sido deliberado. No podía permitirse pasar nada por alto.

En ese momento Louvain estaba de pie delante de su escritorio de espaldas a la lámpara de gas de la pared. Era una postura cómoda y perfectamente normal pero también ocultaba su expresión, dando a sus rasgos un aspecto poco natural y sombrío.

—¿Y cuánto tiempo lleva ese proceso? —preguntó con un dejo áspero, que tanto podía deberse a la inquietud como al cansancio. Trabajaba muchas horas. Cabía que su fortuna dependiera de la recuperación del marfil en mayor medida de lo que le había dicho a Monk.

—Debería cosechar los primeros frutos mañana —contestó éste sin reflexionar.

—¿Tiene un plan? —Ahora su expresión se había suavizado, como si viera un atisbo de esperanza. Quizá su desdén era para ocultar el hecho de que estaba en manos de Monk. Le había contratado y podía pagarle o no, pero no recuperaría el marfil sin ayuda, y eso ambos lo sabían.

Monk sopesó su respuesta con sumo cuidado. La tensión se iba adueñando del despacho mientras se observaban mutuamente midiéndose. ¿Quién tenía más fortaleza de carácter para doblegar al otro? ¿Quién sería capaz de domeñar su vulnerabilidad y disfrazarla de arma?

—Tengo que ir reduciendo la lista de peristas susceptibles de manejar una carga como ésa —dijo Monk sin aturullarse—. Busco a un hombre con los contactos necesarios para colocarla.

—O a una mujer —precisó Louvain—. Las dueñas de algunos burdeles además son peristas. Pero tenga cuidado; que sean mujeres no significa que no vayan a rajarle el cuello si se interpone en su camino. —Un asomo de sonrisa cruzó su rostro—. Y muerto no me sirve de nada.

Si sucediera se enojaría, pero no cargaría con ello en su conciencia. Ahora emanaba cierto respeto, una cierta ecuanimidad en la mirada, una franqueza que no habría empleado con un hombre de menos valía, aunque tampoco cabía considerarlo aprecio.

Monk se negó a alterarse. Echó un vistazo a los cuadros que decoraban las paredes del despacho. No eran de navíos, como quizás hubiese esperado, sino de paisajes de una belleza foránea e inhóspita, agrestes montañas alzándose imponentes sobre un mar embravecido, o áridas como los volcanes de la luna.

—El cabo de Hornos —dijo Louvain, siguiendo su mirada—. Y la Patagonia. Los tengo para que me recuerden quién soy. Todo hombre debería ver esos lugares al menos una vez, sentir su violencia y su enormidad, oír el ruido incesante del agua y el viento, o caminar por una llanura como ésa donde el silencio no se rompe nunca. Te da una sensación de proporción. —Encorvó los hombros y se metió las manos en los bolsillos sin dejar de mirar fijamente los cuadros—. Te mides contra circunstancias que te obligan a saber lo que tienes que hacer, y también qué significaría fallar.

Por un momento Monk se preguntó si aquello era una advertencia, mas cuando reparó en la intensa concentración de Louvain comprendió que estaba hablando de sí mismo.

—Es una belleza cruel —prosiguió Louvain, con un matiz de sobrecogimiento en la voz—. No hay ninguna clemencia en ella, pero al mismo tiempo te da libertad porque es sincera. —Entonces, como si de súbito recordase que Monk era un hombre a sueldo, no un igual ni un amigo, se puso tenso y la emoción se esfumó de su rostro—. Recupere mi marfil —ordenó—. El tiempo apremia. No lo malgaste viniendo aquí a decirme que no tiene nada.

Monk se mordió la lengua para no soltar la respuesta que acudió a sus labios.

—Buenas noches —contestó y, antes de que Louvain agregara algo más, se volvió y se marchó.

Una vez en la calle titubeó. Hacía un frío glacial, el viento era cortante y una media luna asomaba al otro lado del agua. El hielo escarchaba los adoquines haciéndolos resbaladizos, y su aliento era una columna de vapor en el aire. La idea de volver a casa resultaba tentadora, como una oleada de calor interior, pero aún era demasiado temprano para dar por concluida la jornada. Eran poco más de las seis y todavía podía trabajar dos o tres horas más. Los ladrones ya se habrían deshecho del marfil y el perista estaría buscando dónde colocarlo. Tenía que encontrarlo antes de que eso ocurriera.

Desanduvo la calle hasta la taberna de la esquina y entró. El ambiente era cálido y bullicioso, lleno de gritos, risas y tintineo de vasos. El suelo estaba cubierto de paja sucia. Los parroquianos se afanaban por aproximarse a la barra y, a la luz amarilla del farol, la cara del camarero brillaba de sudor por encima de las jarras coronadas de espuma. Había un intenso olor a cerveza, a vapor de los cuerpos calientes y cansados, a ropa húmeda, a barro y estiércol de caballo adheridos a las botas.

Monk aguardó su turno, avanzando lentamente hacia la barra, sin dejar de escuchar y observar en todo momento. Había mujeres de la calle entre los hombres, chabacanas con sus vestidos rojos y rosas, los tirantes caídos y un falso regocijo en el rostro. Reían pero no podían disimular la expresión de hastío de sus ojos.

Escuchó retazos de conversación esforzándose por unirlos y darles sentido. Había trabajado muchos años en la ciudad; reconocía a los traficantes de mercancía robada por instinto. La clave no residía tanto en su apariencia como en su actitud. Unos eran campechanos, otros solapados; los había que hablaban por los codos mientras que otros eran parcos en palabras. Unos ofrecían precios espléndidos y cantaban las alabanzas de su propia generosidad, arguyendo que ésta acabaría por arruinarlos; otros regateaban por cada medio penique. Ahora bien, todos estaban siempre ojo avizor; no pasaban por alto una palabra ni un gesto de nadie y eran capaces de calcular el valor monetario de cualquier cosa en pocos segundos.

Los peristas también se reconocían por el recelo, la cautelosa reserva con que los demás los abordaban no como amigos sino con la mente puesta en el negocio.

Monk presenció varias transacciones, unas consistentes en meter y sacar discretamente la mano del bolsillo para mostrar una joya o alguna otra chuchería; otras meramente verbales. Si alguna de ellas hubiese guardado relación con el marfil de Louvain, Monk no lo habría sabido, pero sólo un necio compraba algo sin verlo antes, y los necios no sobrevivían mucho tiempo en aquella clase de comercio.

Llegó a la barra y pidió una cerveza. Luego encontró un sitio para sentarse a beber junto a un hombre al que le faltaba un brazo y que presentaba una cicatriz en la mejilla.

Monk aprovechó la oportunidad para trabar conversación. Al cabo de media hora había rellenado su jarra y la de aquel hombre, además de pedir una empanada de cerdo para cada uno. Era un gasto que podía cargar en la cuenta de Louvain.

—Por descontado, aún hay algo de eso —dijo el marino,

retomando el hilo de su relato donde lo había dejado cuando Monk se levantó—. Pero no es como en los viejos tiempos. Aquéllos sí eran auténticos piratas. —Sus ojos acuosos brillaban con el recuerdo—. Mi abuelo fue uno de los primeros miembros de la Policía Fluvial; le hablo de 1798. ¡En aquellos tiempos había tantos crímenes en el río que no se lo creería usted! —Asintió con la cabeza—. Ahora no, visto lo desabrido y respetuoso que es todo. Pero entonces casi la mitad de los hombres de los muelles robaban. —Levantó los dedos—. Fueron dos hombres, Harriot y Colquhoun, quienes organizaron la policía. Eliminaron a noventa y ocho de cada cien ladrones, ¡y en menos de un año! —Lanzó una mirada retadora a Monk—. Imagínese. ¿No es para morirse de envidia? Ésos sí que eran hombres de verdad —concluyó con marcado y alegre orgullo.

—¿Estuvo usted en la Policía Fluvial? —inquirió Monk.

El hombre rió con tantas ganas que incluso derramó parte de su cerveza.

—¡No, no! Yo no soy un sabueso, gracias. He pasado casi toda mi vida en el mar. Hasta que perdí el brazo. Fue cosa de piratas. Me pasó regresando de las Indias. —Se inclinó con aire confidencial y fue hablando con voz más baja y presurosa a medida que los recuerdos se agolpaban en su memoria—. La ruta de Java. Los mares de China son algo espantoso con mal tiempo y están infestados de piratas. —Tomó un largo trago de cerveza y se secó la boca con el dorso de la mano—. No te fías de nadie. Tienes a alguien de guardia a todas horas, llevas el arma cargada y guardas la pólvora seca. Pero hicimos todo el camino hasta casa, cruzando el océano Índico. —Efectuó un movimiento circular con el dedo—. Doblamos el cabo de Buena Esperanza, subimos por el Atlántico frente a la costa de los Esqueletos de África, atravesamos el golfo de Vizcaya... ¿Me va siguiendo, señor?

—Sí, por supuesto.

—Y recto a Spithead —dijo triunfante—. Llevábamos una goleta de cinco mástiles con una buena batería de cañones a proa y otra a popa. Pasamos Gravesend, dimos bordadas hasta Fiddler's Reach dejando las marismas a ambas bandas y sin correr peligro alguno. Remontamos Gallions Reach hasta Woolwich. —Se sorbió la nariz lúgubremente—. Podía oler mi casa, tan cerca estaba. Nos pusimos al pairo para pernoctar frente al marjal de Bugsby's Marsh y subir hasta la isla de los Perros y el Pool al día siguiente. Que me zurzan si no nos abordaron en plena guardia media docena de piratas del río y nos soltaron. —Golpeó la mesa con el puño—. La corriente nos arrastró hacia los bancos de fango y al alba no quedaba ni un fardo del cargamento que pudieron acarrear, los muy hijos de puta. El hombre que estaba de guardia dio la voz de alarma. ¡Pobre diablo! Le costó la vida. Y todos subimos a cubierta con pistolas y alfanjes y libramos batalla. Pero no se podía luchar contra esos cabrones y al mismo tiempo contra el viento y la marea.

Monk se lo imaginó: el barco a la deriva cobrando velocidad con la corriente, los hombres luchando desesperadamente en cubierta, tratando de blandir espadas en espacios reducidos, intentando disparar contra blancos móviles e inciertos a la luz oscilante del farol, la violencia, el miedo, el dolor.

—¿Qué sucedió? —preguntó sin tener que fingir interés.

—Matamos a tres de ellos —respondió el hombre, satisfecho, relamiéndose los labios después de engullir el último bocado de empanada de cerdo—. Aunque perdimos a dos de los nuestros. Herimos a otros dos de los suyos, que quedaron bastante maltrechos, y los arrojamos por la borda. Se ahogaron.

—¿Y luego?

—Había otra media docena más de cabrones, maldita sea —masculló con amargura—. Yo tenía un tajo tan hondo en el brazo que sangraba como un verraco atravesado. Me lo cosieron, pero se lo llevó la gangrena. Me lo amputaron, eso fue lo que hicieron. Tuvieron que hacerlo para salvar mi cochina vida —añadió con ironía, como si hiciera mucho tiempo y apenas tuviera ya importancia.

Monk vio la pena en sus ojos y el recuerdo del hombre que había sido. No supo cómo reaccionar. ¿Debía mencionar la pena que acababa de ver o era mejor comportarse como si no se hubiese dado cuenta?

—¿Sigue habiendo piratas en el río? —preguntó. Era una evasiva pero no se le ocurrió nada mejor.

—Algunos. —El brillo del dolor se iba desvaneciendo de su mirada—. Los sabuesos son bastante buenos pero ni siquiera ellos pueden con todo.

—¿Los piratas suben hasta esta parte del río?

—Probablemente no. Hasta la altura de Limehouse quizá. Por allí hay fumadores de opio y esa clase de gentuza. Aunque nunca se sabe. Otros tíos han tenido algún roce con ellos, aparte de mí.

—¿Louvain? —En cuanto Monk lo hubo dicho se preguntó si era acertado.

El rostro del hombre se iluminó de placer.

—¿Clem Louvain? ¡Ha dado en el clavo! Les arreó de lo lindo, caray si lo hizo. Nunca verá a un hombre que maneje el alfanje mejor que Clem. Maldijeron la hora en que se les ocurrió meterse con él. —Sacudió la cabeza sonriendo—. Ocurrió hace ya tiempo, pero eso es lo de menos. Algo como aquello no se olvida así como así. No han vuelto a meterse con él, se lo digo.

Monk midió sus palabras:

—Me sorprende que no quieran venganza —dijo con deliberado tono de curiosidad.

El hombre sonrió enseñando su mermada dentadura.

—¿Cree que subirían del infierno para pedirla?

—¿Muertos? —dijo Monk sorprendido.

—¡Y tan muertos! —repuso el hombre desdeñosamente—. Dos abatidos en la mismísima cubierta del *Mary Walsh* y otros dos ahorcados en el muelle de Execution Dock. Yo mismo lo vi. Fui a verlo, ¿sabe? No es algo que se vea a menudo.

—¿No quedó nadie que pudiera querer un ajuste de cuentas? —insistió Monk.

—De ese atajo de cabrones, ninguno. —Apuró la jarra de cerveza haciendo ostensible que se le había acabado—. Aquella noche se bebió a la salud del señor Louvain en todas las tabernas del río, se lo digo yo. —Dejó su jarra en la mesa y la empujó un poco hacia Monk sin mirarle—. El río está lleno de historias —agregó.

Monk captó la indirecta y fue a buscar otras dos pintas, aunque ya no tenía ganas de beber ni se sentía capaz de hacerlo. Pero estaba dispuesto a escuchar una hora más.

Su compañero se puso a referirle relatos de violencia, humor e inmensas riquezas, de robos frustrados y exitosos, retratando a personajes excéntricos que había conocido a lo largo del río durante los últimos cincuenta años.

—De todo eso hace mucho —dijo con júbilo. Se limpió la boca con el dorso de la mano. Monk le había traído una segunda empanada. El colorido con que describía la vida en el río contenía muchas advertencias que quizá le resultarían útiles, y le ayudó a Monk a comprender las complejidades del comercio ilícito de los mensajeros de los peristas, los sisadores, los saqueadores nocturnos y los cobradores de tasas deshonestos. Monk oyó muchas historias, algunas sobre peristas legendarios, con inclusión de Fat Man, que seguía en activo y era el más famoso perista opulento de aquel trecho del río.

Llegó a casa después de las nueve y para entonces Hester ya estaba comenzando a preocuparse. La cena que había preparado hacía rato que se había pasado y apenas era ya comestible.

—Estoy bien —le aseguró Monk, estrechándola tanto como pudo hasta que ella lo apartó para verle la cara—. De verdad —repitió—. Me he entretenido en una taberna del puerto escuchando las historias de un viejo marino.

—Hoy el señor Louvain ha venido a la clínica —dijo Hester muy seria.

—¿Qué? —Monk no dio crédito a sus oídos—. ¿Clement Louvain? ¿Estás segura? ¿Para qué?

Monk se inquietó, aunque no supo por qué. No quería que Louvain anduviera cerca de Hester, pese a que ella trataba a diario con las facetas más desagradables y trágicas de la vida.

—¿Qué quería? —inquirió, quitándose el abrigo para colgarlo.

Hester lo miró con el entrecejo fruncido.

—Ha traído a una mujer enferma. —Lo dijo como si fuese algo simple y bastante obvio—. Ha dicho que era la amante de un amigo que la había abandonado pero que su familia vendrá a buscarla al cabo de unos días. Ha pagado por su asistencia y además ha hecho un donativo muy generoso. —Se mordió el labio—. Está costando mucho que la gente nos dé dinero.

Monk percibió el enojo de su voz y lo entendió.

—¿Por qué no la ha llevado a un hospital?

—Porque tendría que hacer un ingreso en toda regla y dar su nombre. Alguien podría reconocerle. Es un hombre importante. Le preguntarían quién es la enferma y quizá no se tragarían que la llevaba de parte de otra persona.

Monk sonrió, acariciándole la mejilla con delicadeza.

—¿Y tú sí?

Hester se encogió de hombros.

—A mí me da igual. Y no se lo contaré a nadie. ¿Has descubierto algo más acerca del marfil?

—Nada concreto, aunque he conseguido un informador.

—¡Qué bien! Estás helado. ¿Tienes apetito?

—No mucho, pero tomaría una buena taza de té.

Monk la siguió hasta la cocina, donde le refirió el encuentro con Scuff mientras ella llenaba el hervidor y lo ponía a calentar, iba a la despensa en busca de leche y disponía la tetera y las tazasen una bandeja. Le contó muchas de las cosas que había visto y oído, salvo el caso de Louvain y los piratas del río. No había ninguna necesidad de despertarle temores contra los que nada podía hacer.

Hester rió con algunas descripciones sobre la excentricidad, la imaginación y el espíritu de supervivencia. Fueron a acostarse, cansados del trabajo del día y contentos de estar juntos no sólo en espíritu sino también en la calidez del contacto físico.

Por la mañana Monk despertó antes que ella. Se levantó de la cama y se lavó y vistió sin molestarla, decidiendo no afeitarse para tener un aspecto que encajara en los muelles. Lo primero que hizo al bajar fue cribar el hornillo y sacar las cenizas a la calle. No era una tarea de la que soliera encargarse, pero era pesada y sabía que Hester había despedido a la mujer que iba a hacer la limpieza. La paga de Louvain era generosa, pero debían hacerla durar tanto como fuese posible. No tenía ni idea de cuándo percibiría otra suma razonablemente sustanciosa. Los honorarios por resolver asuntos domésticos y pequeños hurtos podían contarse en chelines más que en libras, y algunos sólo se pagaban si tenía éxito en sus pesquisas. El fracaso no le reportaba nada. Por ese motivo el mayor pago de Louvain sólo se haría efectivo si encontraba el marfil. Además, cualquier otro trabajo futuro en el río quizá dependiera del buen fin de aquél.

Llenó la pava, la puso en la hornilla y luego subió para despertar a Hester y despedirse de ella. Había pensado mucho sobre cómo proceder a continuación y una única respuesta le acudía a la cabeza. Necesitaba encontrar al perista. Abrió de mala gana su cajón de la cómoda, sacó el reloj regalo de Callandra y lo metió en el bolsillo interior de la chaqueta.

Diez minutos después salió a la grisácea luz de la calle en octubre y al cabo de media hora volvía a encontrarse en el puerto. El aire estaba quieto, apenas soplaba brisa, pero la humedad calaba en el cuerpo y daba la sensación de llegar hasta los huesos. Se arrebujó en el abrigo, subiéndose el cuello y temblando. Hundió las manos en los bolsillos y fue sorteando los charcos que había dejado la lluvia nocturna. Hacía bastante tiempo que no se compraba unas botas nuevas y tal vez transcurriría aún más antes de que volviera a hacerlo. Debía cuidar las que llevaba puestas.

Cuanto más reflexionaba sobre el marfil, más claro veía que los ladrones se lo habrían llevado a un perista opulento en concreto, capaz de venderlo en los muy especializados mercados donde tendría salida. Había muy pocos villanos de aquella calaña a lo largo del río. Lo más importante no era encontrarlos, sino demostrar que aún sabían dónde estaba el marfil, y con cada día que pasaba sus probabilidades de éxito iban menguando.

Comenzó en una de las mejores casas de empeños, donde sacó el reloj de oro y preguntó cuánto le darían por él.

—Cinco guineas —fue la respuesta.

—¿Y si tengo más?

El prestamista enarcó las cejas.

—¿Más como éste? —inquirió.

—Por supuesto —repuso Monk.

—¿De dónde va a sacar más como éste? —dijo el prestamista con incredulidad.

Monk lo miró con desdén.

—¿Y a usted qué le importa? ¿Le interesa comprarlos o no?

—No. Ni hablar, no me dedico a ese negocio. Llévelos a cualquier otra parte —contestó el hombre de manera tajante.

Monk volvió a meterse el reloj en el bolsillo y salió a la calle, donde apretó el paso, evitando arrimarse a los muros y alejándose de las entradas de los callejones. Pensó que correría el rumor y que tal vez lo atracarían, o incluso matarían, y se le hizo un nudo en el estómago más frío aún que el gélido aire. Mas no se le ocurría otro modo de llamar la atención de un perista. No disponía de tiempo para seguir una investigación más cuidadosa ni contaba con los conocimientos ni la ayuda de la policía para guiarse. Lejos de acudir a ella como le dictaba el instinto, se veía obligado a eludirla, a estar atento a su presencia y apartarse de su camino como si él fuese el ladrón. Maldijo una vez a Louvain por no avenirse a emplear los cauces legales al uso.

Cumplió la promesa que le hiciera a Scuff y se personó a la misma hora y en el mismo sitio con empanadas calientes, té y tarta de frutas. Se disgustó absurdamente al no ver al chico aguardándole. Se plantó en el claro gris en medio de las cajas viejas. Desde allí sólo oía el reclamo perdido de las gaviotas en lo alto y el lamento de las sirenas de niebla entre la bruma que ascendía del agua tamizando la luz y amortiguando los sonidos. La marea creciente golpeaba los postes del embarcadero y en la distancia los hombres se hablaban a gritos, algunos en lenguas que no comprendía.

La estela de una fila de gabarras llegó bruscamente a la orilla y volvió a desvanecerse tragada por la niebla.

—¡Scuff! —llamó Monk.

No hubo respuesta, ningún movimiento salvo el de una rata que se escurrió en un montón de desperdicios a unos veinte metros de allí.

Si Scuff no se presentaba pronto las empanadas se enfriarían. Aunque, claro, el chaval no tendría manera de saber qué hora era. Qué estupidez haber supuesto que acudiría a la cita. Era un golfillo igual que cualquiera de los que vagaban por las calles de la ciudad ejerciendo de carteristas o haciendo recados para tahúres, falsificadores y proxenetas.

Un tanto entristecido, se sentó y comenzó a comerse su empanada. No tenía sentido dejar que se enfriara.

Había dado cuenta de la mitad cuando reparó en una sombra junto a sus pies.

—¿Se ha comido mi empanada? —preguntó una voz indignada.

Monk levantó la vista. Scuff estaba de pie delante de él con la cara mugrienta y expresión de reproche.

—No debería haberlo hecho —le acusó.

—Si quieres comértela fría es cosa tuya —repuso Monk, embargado por una sensación de alivio que habría resultado ridículo manifestar. Le tendió la otra empanada. Era el doble de grande que la del día anterior.

Scuff la aceptó con solemnidad y se sentó con las piernas cruzadas sosteniéndola con ambas manos mientras daba cuenta de ella. No pronunció palabra hasta haber engullido el último bocado. Entonces alargó la mano y cogió el té y la tarta.

—Estaba todo muy bueno —dijo con satisfacción una vez que los hubo terminado, limpiándose la boca con el dorso de la mano.

—Has llegado tarde. Por cierto, ¿cómo sabes que hora es?

—¡Anda, hombre! Por la marea —contestó el niño con afectada paciencia por la estupidez de Monk—. He venido cuando el agua estaba a la misma altura.

Monk no respondió. Tendría que habérsele ocurrido. Si algo conocía bien un rapiñador era el flujo y reflujo de la marea.

Scuff asintió con la cabeza.

—¿Ha estado haciendo más recados? —preguntó, echando un vistazo a las tazas que habían contenido el té.

—Hoy no. Estoy buscando a un perista que trate con buen material, quizás oro o marfil.

—Oro hay mucho —dijo Scuff, pensativo—. No sé de nadie que tenga marfil. Vale mucho, ¿verdad?

—Sí.

—Pues Fat Man. Está al corriente de todo. Pero más vale que no se líe con él. Tiene muy malas pulgas y usted no está a su altura.

Había una tierna compasión en su voz y Monk estuvo casi seguro de que era preocupación lo que vio en sus ojos.

—Tengo que comprar marfil. —Sabía que era una temeridad dar a aquel joven rapiñador una información que no estaba en situación de airear pero estaba acumulando demasiado desespero. Sus gestiones de la mañana aún no le habían conducido hasta ningún traficante—. ¿Sabes de alguien que venda?

—¿Quiere decir barato?

—Claro que quiero decir barato —repuso Monk con mordacidad—. Si no recurro a Fat Man, ¿quién más queda?

—Podría llevarle a ver a Little Lil —contestó Scuff tras reflexionar—. Ella sabe casi todo lo que está en venta. Pero no puedo hacerlo así, sin más. Antes tengo que arreglarlo.

—¿Cuánto?

El chico se mostró ofendido.

—No es justo —dijo—. Confío en usted como amigo y va y me insulta.

—Perdona —se disculpó Monk, sinceramente arrepentido—. Pensé que quizá te costaría algo.

—Aceptaría otra empanada; mañana, pongamos, para almorzar como Dios manda. Vuelva aquí con la pleamar.

—Gracias. Vendré sin falta.

Scuff asintió satisfecho y un instante después se había esfumado.

Monk reanudó su ronda de casas de empeños y conoció a tres prestamistas que estuvo seguro eran peristas de una clase u otra, aunque sólo de alijos de poca monta. Durante más de un kilómetro lo siguieron dos muchachos que sin duda lo habrían atracado si lo hubiesen sorprendido a solas en un callejón, pero puso cuidado en evitar que eso ocurriera. También tuvo que andarse con ojo para mantenerse alejado de las patrullas policiales que veía de vez en cuando. Le irritaba obrar de ese modo pero no le quedaba otro remedio.

Hacia las cuatro fue de regreso al muelle, donde encontró a Scuff aguardándole. Sin mediar palabra, el chico se hizo seguir por la calle ancha que corría paralela al río hasta torcer por una escalera de piedra que subía a un callejón tan estrecho que Monk encogió los hombros por instinto. El olor a comida rancia, cloaca y hollín por poco lo asfixió. Se habían alejado más de veinte metros del río y, no obstante, parecía que las piedras absorbieran la humedad y volvieran a exhalarla en forma de niebla mientras el polvo se asentaba y las escasas farolas formaban islas amarillas en la penumbra. El único ruido era el goteo incesante de los aleros.

Finalmente llegaron a una entrada con un letrero pintado encima y Scuff llamó a la puerta. Monk se fijó en que el puño sucio y crispado le temblaba y se dio cuenta de que el niño tenía miedo. ¿De qué? ¿Estaba traicionando a Monk para que le robaran? La idea de perder el reloj de Callandra le desagradó tanto que habría arremetido contra cualquiera que osara intentarlo. El regalo era infinitamente valioso, la prenda de una amistad más importante que cualquier otra salvo la de Hester. También era un emblema del éxito, la elegancia, la clase de hombre que aspiraba ser y que podría enfrentarse a Oliver Rathbone prácticamente como un igual. Se puso tenso, listo para pelear.

¿O era que Scuff temía por sí mismo? ¿Estaría haciendo algo peligroso para cimentar su nueva amistad? ¿O quizá respondiendo a cierto oscuro código de honor para corresponder a la generosidad del hombre que le daba empanadas calientes? ¿O simplemente para mantener su palabra?

La puerta se abrió y en el umbral apareció una mujer corpulenta con los brazos en jarras. Su vestido rojo brillaba a la luz de la farola y llevaba pintados de rojo los labios y las mejillas.

—¿No eres un poco joven para esto? —dijo la mujerona, observando a Scuff con desdén—. Si lo que quieres es vender a tu hermana, tráela y le echaré un vistazo, pero no te prometo nada.

—No tengo ninguna hermana —repuso Scuff, aunque la voz se le quebró en un chillido que le hizo torcer el gesto, enojado consigo mismo—. Y si la tuviera —agregó—, sería a la propia señorita Lil a quien querría ver. Traigo a un caballero que quiere comprar otra cosa. —Hizo un ademán hacia Monk, que estaba medio oculto en las sombras detrás de él.

La corpulenta mujer miró fijamente con una mueca de concentración.

Monk dio un paso al frente. Pensó si sonreír pero optó por no hacerlo.

—Estoy buscando cierta mercancía —dijo en voz baja y neutra, demasiado cortés. Dejó que un matiz de amenaza asomara a su mirada impasible.

La mujer no se inmutó. Fue a decir algo pero cambió de parecer y aguardó.

Scuff palideció pero guardó silencio.

Monk no agregó nada más.

—Pase —dijo la mujer al fin.

Sin la menor idea de adónde se dirigía, Monk entró, dejando a Scuff en la calle. Avanzó por un estrecho pasillo y luego subió un tramo de escaleras que crujía a su paso, cruzó un descansillo con cuadros colgados y llegó a una habitación alfombrada de rojo, con las paredes empapeladas y un fuego encendido en la chimenea. En uno de los mullidos sillones rojos estaba sentada una mujer menuda con una tela ricamente bordada en el regazo. Interrumpió su labor, que estaba completa en más de tres cuartas partes y tenía clavada la aguja enhebrada con hilo amarillo de seda. Llevaba puesto un dedal y las tijeras descansaban a su lado, encima de una canasta de ovillos.

—Señorita Lil —dijo la mujerona en voz baja—, éste

quiere verla a usted. —Se apartó para que su patrona viera a Monk y tomara su propia decisión.

Little Lil había cumplido los cuarenta hacía tiempo y en su juventud había sido muy guapa. Sus rasgos seguían siendo finos y regulares. Tenía ojos grandes de un tono avellana, pero la línea del mentón era poco definida y la piel del cuello le colgaba flácida. Sus manos pequeñas y de uñas largas parecían garras. Estudió a Monk con meticuloso interés.

—Entre —le ordenó al fin—. Dígame qué tiene que pueda interesarme.

—Relojes de oro —contestó él, porque no tenía alternativa.

Little Lil tendió la mano con la palma hacia arriba.

Monk titubeó. Aun de haber sido un reloj de oro cualquiera habría tenido sus reparos, pero el regalo de Callandra era muy valioso de un modo distinto e irremplazable. Lo sacó del bolsillo y lo sostuvo en el aire justo fuera de su alcance.

Little Lil clavó sus ojazos en los de Monk.

—¿No se fía de mí? —dijo con una sonrisa que reveló unos dientes sorprendentemente blancos.

—No me fío de nadie —replicó Monk, sonriendo a su vez.

Algo cambió en ella; quizá fuese un fugaz momento de apreciación.

—Siéntese —invitó.

Sintiéndose incómodo, Monk lo hizo.

Ella miró de nuevo el reloj.

—Ábralo —pidió.

Él así lo hizo, dándole la vuelta con cuidado para que ella lo inspeccionara pero sin dejar de sujetarlo con fuerza.

—Es bonito —dijo Little Lil—. ¿Cuántos tiene?

—Una docena, más o menos.

—¿Más o menos? ¿Acaso no sabe contar?

—Depende de lo que me ofrezca —contestó él con una evasiva.

Little Lil rió con satisfacción, una risa aguda como la de una chiquilla.

—¿Los quiere? —preguntó Monk.

—Me gusta usted —dijo ella con toda franqueza—. Podemos hacer negocios.

—¿Cuánto me ofrece?

Ella lo pensó unos instantes, observando el rostro de Monk, aunque más por el placer de contemplarlo que porque necesitara tiempo para pensar.

Él quería zanjar el asunto y marcharse cuanto antes.

—Tengo un cliente que busca marfil —dijo con cierta brusquedad—. Usted no sabría aconsejarme a ese respecto, ¿verdad?

—Tratándose de usted, haré averiguaciones —susurró Little Lil, mostrándose amable de improviso—. Vuelva aquí dentro de tres días. Y tráigame algunos de esos relojes, que se los pagaré bien.

—¿A cuánto? —preguntó Monk. Ella esperaría que regateara y el reloj debería de haber costado por lo menos treinta libras.

—¿Por uno como éste? Doce libras con diez.

—¡Doce libras con diez! —exclamó él—. Vale más del doble. Se los dejo a veinte, ni un penique menos.

Little Lil lo meditó un momento, mirándolo con los ojos entornados.

—Quince —ofreció.

—Veinte —insistió Monk. No podía permitirse perderla, como tampoco parecer que daba su brazo a torcer con demasiada facilidad.

Esta vez ella reflexionó por más tiempo.

Monk notó que empezaba a sudar a causa del calor que hacía en la estancia. Había cometido una equivocación al permitir que su desesperación le empujara a ir tan lejos, y ya no podía dar marcha atrás.

—Diecisiete —dijo ella por fin.

—De acuerdo —convino él con la boca seca. Deseaba escapar de aquella casa sofocante y estar a solas en la calle para pensar el modo de deshacer el entuerto y aun así conseguir la información que Little Lil pudiera darle—. Gracias.

Inclinó levemente la cabeza y vio que ella respondía al saludo con satisfacción. Era obvio que se sentía atraída.

Monk se despreció por jugar esa baza, pero tenía que hacerlo.

Una vez en la calle, apenas había salido del círculo de luz de la farola cuando Scuff apareció entre las sombras.

—¿Ha conseguido algo? —preguntó el niño con impaciencia.

Monk renegó entre dientes.

Scuff rió satisfecho.

—Le ha gustado usted, ¿verdad? —dijo.

Monk se dio cuenta de que Scuff lo había dado por sentado y alargó el brazo para darle un coscorrón, pero Scuff se agachó esquivando la mano. Tampoco le habría hecho daño. Aún se estaba riendo.

Llegaron a la calle principal paralela a los muelles y cruzaron a la otra acera, que estaba mejor iluminada. Monk se volvió y se percató de que Scuff ya no le seguía. Entonces vio una sombra delante de él, una hilera de botones relucientes en una chaqueta oscura. Una figura sólida, confiada.

—Está más alerta que usted, señor Monk —observó el hombre.

Monk se quedó paralizado. Aquel hombre era agente de la Policía Fluvial, no cabía duda; más que por el uniforme por la serena autoridad que emanaba, por lo orgulloso que estaba de su profesión. No necesitaba amenazar, ni siquiera levantar la voz. Representaba a la ley y comprendía su valor. Ojalá Monk tuviera aquella misma dignidad, la fraternidad de aquellos hombres serenos y con aplomo que mantenían el orden en el río y sus inmediaciones. De súbito, la realidad de su soledad le resultó casi insoportable.

—Me lleva ventaja sabiendo mi nombre, señor —repuso con fría formalidad y mayor cortesía de la necesaria.

—Durban. Inspector Durban, de la Policía Fluvial. No le había visto por aquí hasta hace un par de días. Dice que anda buscando trabajo pero a mí no me parece que realmente lo quiera. ¿Por qué será, señor Monk?

Monk deseaba contarle la verdad, pero no se atrevió. Estaba comprometido con Clement Louvain y con su propia necesidad.

—Preferiría trabajar con mi cerebro que partiéndome la espalda —respondió, con un dejo de mal humor que no sentía.

—No hay mucha demanda de esa clase de trabajo en los muelles —señaló Durban—. Al menos que sea legal. Hay mucho que no lo es, como sin duda ya sabe. Pero me pregunto si realmente comprende lo peligroso que es. No se creería el número de cadáveres que sacamos del agua, y no hay manera de saber cómo han ido a parar ahí. No me gustaría que el suyo engrosase la lista, señor Monk. Así que tenga cuidado. No se enrede con gentuza como Little Lil, Fat Man o el señor Weskit. Ya no queda sitio para más peristas opulentos que los que tenemos. ¿Entiende lo que quiero decir?

—Por supuesto —convino Monk, detestando mentir—. Lo que me interesa es hacer recados y resultar útil a quienes no dan abasto con su trabajo. Yo no compro ni vendo nada.

—¿En serio? —replicó Durban. En la casi oscuridad del anochecer su rostro resultaba indescifrable pero su voz sonó triste, como si hubiese esperado una respuesta mejor; menos mentiras, al menos.

Monk recordó con una enervante lucidez haber estado exactamente en la misma situación que Durban ahora, vigilando a un hombre bien vestido y de habla educada, esperando que estuviera en el callejón de la decadencia por mera casualidad, y en cuestión de minutos caer en la cuenta de que era un ladrón. Recordó la amarga decepción que sintió. Tomó aire para explicarse pero lo soltó con un suspiro. No lo haría hasta después de haber cobrado el dinero de Louvain.

—Sí, en serio —dijo—. Buenas noches, inspector.

Y se marchó calle abajo hacia la avenida iluminada para tomar un ómnibus, y luego otro, hasta su casa.

4

Oliver Rathbone iba sentado en un coche de punto que avanzaba con relativa facilidad entre el tránsito de Londres desde su casa hacia la de Margaret Ballinger. La había invitado a un concierto vespertino que daba un violinista muy bueno en la residencia de lady Craven. La velada musical se había organizado con el fin de recaudar fondos para una respetable organización benéfica y asistirían muchos personajes distinguidos de la buena sociedad. Rathbone iba vestido con suma elegancia, lo bastante a la moda como para causar admiración pero no tanto como para que pareciera que le importara. Un auténtico caballero no necesitaba esforzarse para agradar, éste era un don con el que se nacía.

Sin embargo, Rathbone no se sentía tranquilo. Iba muy envarado en el asiento. Había salido con tiempo de sobra pero no dejaba de mirar por la ventanilla para ver dónde estaba, observando los reflejos de las farolas en el pavimento mojado por la lluvia y los charcos, e identificando los monumentos y edificios emblemáticos del trayecto.

Se trataba de una invitación precipitada, pues se la había hecho la víspera de manera un tanto impulsiva. No recordaba con exactitud acerca de qué habían conversado aunque sin duda fue en torno a la casa de socorro de Portpool Lane, como tantas otras veces. Cualquier otra persona tan monotemática le habría resultado muy tediosa, pero aún encontraba placer al ver cómo se iluminaba el semblante de Margaret cuando hablaba de su trabajo allí. Incluso se había encontrado involucrado en el bienestar de ciertas pacientes que ella le describía, preocupado por su restablecimiento, ofendido por las injusticias, contento por cualquier éxito. Era la primera vez que le ocurría algo semejante. Gobernaba su vida profesional con una estricta disciplina emocional. Ponía su extraordinaria habilidad al servicio de quienes la necesitaban, que solían estar acusados de algún crimen, pero mantenía sus sentimientos personales completamente aparte.

Ahora bien, si pocos meses antes alguien le hubiese esbozado el plan mediante el que Hester y sus colegas obtuvieron el uso del establecimiento de Squeaky Robinson para la casa de socorro, habría puesto el grito en el cielo. Lejos de unirse a ellas o de ayudarlas del modo que fuera, habría tenido un serio conflicto de conciencia sobre si en realidad debía denunciarlas a la policía.

Pese al tiempo transcurrido se sonrojó, sentado a solas en la oscuridad del carruaje, aislado del ruido y el ajetreo del tránsito anónimo de la calle. Notó el calor que le subía al rostro, y eso que sólo Hester, Margaret y Squeaky Robinson, y probablemente Monk, sabían lo que había ocurrido. Pero se había impartido una especie de justicia sublime en ello. No se dio cuenta de que sonreía al recordar el semblante demudado de Squeaky, su horror al verse en una encerrona tan lúcidamente tramada. Y fue Rathbone, no Hester, quien le dio el ultimátum y lo arrinconó sin dejarle escapatoria. Fue un momento de exquisita satisfacción. Le avergonzaba sobremanera haber permitido que lo implicaran en semejantes tejemanejes. Se sentiría humillado si sus colegas de profesión llegaran a enterarse. No obstante, también estaba vagamente orgulloso de ello. Eso era lo más curioso, lo más incomprensible. ¡Cuánto había cambiado! Costaba reconocer en él al hombre que había sido hasta unos meses atrás.

Ya casi había llegado a casa de los Ballinger y el coche aminoró la marcha. No se sentía del todo preparado para aquella visita. Le faltaba un tema de conversación apropiado para la señora Ballinger. Era un tipo de mujer con el que se había topado en numerosas ocasiones con anterioridad.

Al fin y al cabo, él era un buen partido y ella tenía una hija soltera. Las aspiraciones de ella eran tan manifiestas como para no conocer la vergüenza. Tampoco es que fuesen distintas de las de cualquier otra matrona de la sociedad londinense, de modo que tratar de disimularlas o esconderlas tras una máscara de decoro era a todas luces irrelevante. Sólo habría servido para ahorrarle el bochorno a Margaret.

Al bajar del carruaje y notar el aire frío en el rostro, Rathbone rememoró la ira que sintió en nombre de Margaret el día que la conoció. Sucedió durante un baile de sociedad. La señora Ballinger había estado enumerando las virtudes de Margaret hasta el punto de avergonzarla tanto que faltó poco para que su hija rehusara bailar con Rathbone cuando él se lo pidió. Todavía recordaba la absoluta franqueza de su conversación mientras evolucionaban por la pista, las cabezas altas, los pies en perfecta sincronía, las palabras ni por asomo los trillados cumplidos que los demás bailarines murmuraban entre sí. No sabía lo que había dicho, pero en su memoria aún veía los ojos de Margaret, de un intenso gris azulado y llenos de enfado contenido por la ofensa que suponía él que hubieran alardeado de ella como si de una mercancía se tratase, elogiada exageradamente para venderla cuanto antes. Rathbone experimentó un profundo rencor por ella.

Subió la escalinata y tiró de la campanilla. Un momento después el lacayo abrió la puerta y le hizo pasar. Cruzó el vestíbulo hasta el salón suntuoso y oscuro donde la señora Ballinger lo aguardaba.

—Buenas tardes, sir Oliver —le saludó con un entusiasmo más comedido que en anteriores encuentros, pues él aún no había satisfecho sus expectativas en lo concerniente a su hija pese a haber tenido sobrada oportunidad de hacerlo. No obstante, sus ojos seguían brillando con resuelta concentración. Era una mujer que jamás olvidaba su propósito.

—Buenas tardes, señora Ballinger —contestó él con una discreta sonrisa—. ¿Cómo está?

—Mi salud es excelente, gracias. Soy muy afortunada a ese respecto y le doy gracias a Dios todos los días. Estoy rodeada de amigas y conocidos que padecen de esto y aquello. —Enarcó las cejas—. Qué agotador, pienso yo siempre. ¿Usted no? Les falta el aire, tienen dolores de cabeza, agotamiento e incluso palpitaciones. ¡Cuántas dificultades! ¿No le parece?

Rathbone estuvo a punto de decir que nunca había padecido tales achaques cuando cayó en la cuenta del doble sentido de sus palabras. En realidad no se estaba refiriendo a sí misma, como tampoco al tedio de cientos de mujeres que sufrían aquellas afecciones. Le estaba diciendo, que Margaret era de buena casta, no sólo saludable, sino además educada para no consentirse fantasías y dolencias.

Se mordió la lengua para no expresar lo que pensaba.

—Sí —convino en cambio—. Hay que estar agradecido por gozar de buena salud. Por desgracia no todo el mundo puede decir lo mismo. Pero me alegro por usted.

—Cuán generoso es usted siempre —dijo ella sin titubear—. Encuentro tan poco atractiva la mala educación... ¿Usted no? Siempre he pensado que revela un talante egoísta. Por favor, siéntese sir Oliver. —Le indicó el sillón más próximo al fuego con los brazos bordados y un antimacasar en el respaldo para protegerlo de la brillantina que solían ponerse los caballeros—. Margaret aún tardará unos minutos. Es usted deliciosamente puntual. —Extendió las amplias faldas de seda y encaje a su alrededor.

Hubiese sido descortés que rehusara. Se sentó delante de ella y se preparó para charlar hasta que Margaret apareciera. Estaba acostumbrado a controlarse. Casi nunca hablaba sin pensar. Al fin y al cabo su profesión, en la que destacaba como uno de los hombres más dotados de su generación, consistía en abogar a favor de los acusados de un crimen y contra aquellos a quienes las pruebas hacían posible de ser condenados. Ninguna matrona de la sociedad iba a desconcertarlo y mucho menos a burlarse de él.

—Margaret me ha dicho que la ha invitado esta noche a un acontecimiento de lo más encantador —observó la señora Ballinger—. La música es tan civilizada, y, no obstante, saca lo romántico que hay en nosotros.

Rathbone se sintió irritado, y dijo a la defensiva:

—Es una función con la que esperan recaudar fondos para una obra de beneficencia.

Ella sonrió, mostrando una dentadura perfecta.

—No se figura cuánto admiro que dedique parte de su tiempo a una causa como ésta. Me consta que es una de las cualidades que Margaret aprecia más en un hombre. Muchas personas que tienen éxito en la vida se olvidan de los menos afortunados. Me complace enormemente constatar que usted no es una de ellas.

Con aquellas palabras lo puso en una situación imposible. ¿Qué demonios cabía contestar? Cualquier respuesta sonaría ridícula.

Ella asintió con la cabeza.

—Margaret tienen un corazón muy noble —añadió—. Aunque estoy segura de que usted ya se habrá dado cuenta. Las buenas obras les han hecho coincidir en muchas ocasiones.

Sonó como si él se las hubiese ingeniado para tener ocasión de ver a Margaret con frecuencia. Y no era así. De hecho, seguía saliendo con otras damas, entre las que al menos dos podían considerarse idóneas para el matrimonio, aunque fuesen viudas. De pronto se preguntó por qué lo hacía. No abrigaba la menor intención de casarse con ninguna de ellas. Eran amigas simpáticas, nada más. Había conocido a sus maridos o hermanos o habían compartido alguna causa común. Y, por supuesto, aún veía a Hester y Monk de vez en cuando. Siempre los uniría la amistad nacida en las batallas comunes que habían librado en defensa de la justicia. ¿Acaso había repartido sus atenciones con vistas a conservar una especie de protección precisamente contra la trampa en que estaba intentando hacerle caer la señora Ballinger?

Ella seguía esperando su réplica. Si prolongaba más su silencio parecería que discrepaba.

—Desde luego que sí —respondió Rathbone con más énfasis del que se había propuesto—. Y lo que es más inusual aún, tiene el coraje y el desinterés para obrar en consecuencia y llevar a cabo acciones de gran alcance.

Una sombra cruzó el rostro de la señora Ballinger, que inclinándose un poco hacia él dijo:

—Me alegra tanto que lo haya mencionado, sir Oliver. Por supuesto, estoy encantada de que Margaret consagre su tiempo a causas honorables en lugar de desperdiciarlo con meros entretenimientos como hacen tantas muchachas de su edad, pero esta última causa a la que se dedica me tiene bastante alarmada. Me consta que es muy noble preocuparse por las almas descarriadas, pero considero que debería prestar su asistencia con mayor provecho a algo más... edificante. Tal vez con su influencia podría sugerirle otros ámbitos que usted conozca. Me figuro que conoce a muchas damas que...

Rathbone se enfureció de súbito. Sabía exactamente lo que estaba haciendo la señora Ballinger. De un solo plumazo, lo estaba manipulando para que pasara más tiempo con Margaret, no porque él lo deseara sino como una obligación moral para con su madre, y también le recordaba las presiones sociales y el sentido del deber en general. Resultaba increíblemente condescendiente para con Margaret. Notó que la sangre le subía a la cara y el cuerpo tan tenso que las manos, apoyadas en las rodillas, se le agarrotaron.

—Si salgo con Margaret es porque disfruto con su compañía, señora Ballinger —dijo con todo el autodominio del que fue capaz. Vio que los ojos de su interlocutora brillaban de satisfacción y comprendió que se estaba metiendo en un lío, pero no supo cómo detenerse—. Jamás me atrevería a influenciarla en la elección de una causa. Está muy involucrada en la casa de socorro y creo que consideraría impertinente cualquier intromisión por mi parte, lo que me llevaría a perder su amistad. —No sabía si aquello era cierto pero la mera posibilidad le causó un súbito malestar. Le sorprendió constatar que pudiera importarle tanto.

—Oh, Margaret nunca haría semejante tontería. —La señora Ballinger descartó la idea con una risilla impostada—. Le profesa demasiado respeto como para no hacerle caso, sir Oliver —agregó con tono afectuoso, como si también ella le tuviera en gran estima.

Ojalá aquello fuese verdad, se dijo Rathbone. Aunque

¿realmente lo deseaba? Hester se habría puesto furiosa si él hubiese intentado dictarle asuntos de conciencia. Eso no se lo habría tolerado ni siquiera a Monk. De hecho, recordaba varias ocasiones en que Monk había sido lo bastante insensato como para pretenderlo.

—Respeto demasiado a Margaret para intentar influir en contra de sus creencias, señora Ballinger —respondió, empujado por el enojo a decir algo que le comprometía más de lo que deseaba. Sin embargo era cierto, y en sus oídos sonó con una certidumbre de la que no podría retractarse.

Ella se mostró alarmada y entusiasmada a la vez, como si hubiese salido de pesca y hubiese capturado una ballena que no supiera cómo llevar a tierra ni tampoco quisiera soltar. Fue a decir algo pero cambió de parecer y se quedó con los labios entreabiertos.

—A lo cual debo añadir —prosiguió Rathbone, incapaz de soportar el silencio— que esa casa de socorro la dirige una gran amiga mía a quien no se me ocurriría siquiera intentar privarla de su más leal colaboradora. Ocuparse de los menos afortunados, y hacerlo con compasión y sin prejuicios, ha sido la vocación de grandes mujeres a lo largo de los siglos. Ningún médico pregunta primero si su paciente es digno de ser curado, sólo le interesa saber si lo necesita y ese mismo principio es el que rige en la enfermería.

—¡Válgame Dios! —exclamó la señora Ballinger asombrada—. No sabía que estuviera tan implicado, sir Oliver. Debe de tratarse de un empeño mucho más noble de lo que tenía entendido. ¿Trabaja estrechamente con esa institución, entonces? Margaret no me tenía al tanto de este particular. —Se quedó casi sin aliento ante semejante idea.

Rathbone renegó para sus adentros. ¿Por qué diablos estaba siendo tan torpe? En el tribunal veía los escollos de lejos y los eludía con tanta elegancia que exasperaba a sus adversarios. Y había burlado a casamenteras como la madre de Margaret durante veinte años o más, no siempre con la misma desenvoltura, tenía que reconocerlo, aunque su habilidad había mejorado con el tiempo.

—No trabajo para nada en esa institución —negó rotundamente—, pero en ocasiones he prestado mi ayuda como consejero debido a mi larga amistad con la señora Monk.

En cuanto lo hubo dicho se avergonzó de sus palabras pues revelaban cobardía. Su papel había sido crucial para conseguir el nuevo establecimiento, por más que Hester hubiese preparado todo el ardid. Y si dejó a un lado las estrictas reglas que había observado toda su vida fue por Margaret. Y si fuese verdadera y escrupulosamente sincero también admitiría que durante unos breves momentos de entusiasmo había disfrutado de lo lindo haciéndolo. Había oído decir a menudo que un abogado realmente bueno tenía que tener algo del actor que había en él. Quizás aquel aserto fuese más cierto de lo que había creído.

—Lo que sé de esa obra benéfica lo he sabido por ella —añadió a la defensiva—. Y por descontado Margaret también me ha contado cosas, de vez en cuando. Ambas merecen mi más sincera admiración.

Aquello era bien cierto y la miró a los ojos al decirlo. Tenía la mente llena de recuerdos de Hester, no sólo en la casa de socorro, sino de todas las batallas que habían librado juntos contra la injusticia con una pasión que no había visto en ninguna otra persona. El coraje de Hester no tenía parangón; nada la amedrentaba, aunque sin duda había tenido miedo en ocasiones. La había visto agotada, desalentada, pasando frío y hambre, y tan furiosa que apenas podía hablar, pero jamás había oído autocompasión en su voz, como tampoco visto en sus ojos.

Por supuesto había cometido algunos errores disparatados. Se estremeció sólo de pensar en los que él había presenciado. ¡Y seguía siendo cualquier cosa menos diplomática! La había amado y, no obstante, titubeó a la hora de proponerle matrimonio. ¿Podría realmente enfrentarse a una compañera tan testaruda de por vida, una mujer con una convicción tan irracional e inamovible, un espíritu tan vehemente?

La señora Ballinger lo miraba fijamente, confusa a causa de sus palabras y, no obstante, satisfecha. Percibía la emoción de Rathbone aunque no la comprendiera y la interpretase a su conveniencia.

Rathbone oyó un leve rumor detrás de él al abrirse la puerta y entrar Margaret en el salón. Se puso de pie y se volvió para recibirla. Iba vestida de rojo burdeos, color que jamás le había visto llevar hasta entonces. Le sentaba a las mil maravillas, pues realzaba la luminosidad de su piel y hacía que sus ojos se vieran más azules. Nunca hasta ese momento había pensado que fuese bonita, pero de pronto se dio cuenta de que lo era, y mucho. Le causaba un extraordinario placer contemplarla. En ella había dulzura, una inequívoca dignidad en el modo de esperarlo de pie, segura de sí misma y sin embargo nada impaciente. Margaret no iba a permitir que las ambiciones de su madre incomodaran a Rathbone ni que la empujaran a defenderse para luego batirse en retirada. Poseía una reserva de calma que la hacía muy distinta a Hester, y era esa serenidad lo que más fascinaba a Rathbone. Aquella virtud era exclusiva de Margaret.

—Buenas tardes, señorita Ballinger —dijo con una sonrisa—. Me resultaría redundante preguntar si se encuentra bien.

Margaret le devolvió la sonrisa y sus mejillas se tiñeron de un ligero rubor casi imperceptible.

—Buenas tardes, sir Oliver. Sí, lo cierto es que me encuentro muy bien, gracias. Y lista para enfrentarme a los árbitros del buen gusto tanto musical como benéfico.

—Lo mismo digo —convino él. Inclinó la cabeza ante la señora Ballinger y ella se levantó para acompañarlos hasta la puerta, dándose aires de ama y señora, con una sonrisa radiante por la sensación de una victoria inminente.

—Lo siento —murmuró Margaret mientras cruzaban el vestíbulo. El lacayo la ayudó a ponerse la capa y luego les abrió la puerta principal.

Rathbone supo perfectamente a qué se refería.

—Es puro hábito —le aseguró, también en voz baja—. Ya no me doy ni cuenta.

Pareció que Margaret iba a responder, tal vez incluso a decir que sabía que mentía para confortarla, pero el lacayo había salido con ellos hasta el coche que los aguardaba y era harto probable que oyera su comentario.

Una vez estuvieron sentados y en marcha resultó absurdo continuar lo que al fin y al cabo no había sido más que una cortesía. Rathbone sentía su presencia a su lado. Ella apenas llevaba perfume. Él sólo percibió lo que bien podía ser una levísima fragancia de rosas y la mera calidez de su piel. Era otra de las muchas cosas de ella que lo complacían.

Rathbone tenía ganas de hablar. Él y Margaret pasaban muy poco tiempo a solas sin que los interrumpieran las obligaciones de los buenos modales, inevitables cuando estaban acompañados, pero era demasiado consciente de las aspiraciones de la señora Ballinger, y sus propios sentimientos lo tenían agobiado. La fuerza de sus emociones lo desconcertaba. Si hablaba con franqueza corría el riesgo de delatarse y entonces le sería imposible mantener la compostura.

—¿Cómo está Hester? —inquirió.

—Trabajando muy duro. Y preocupada por las finanzas de la casa de socorro. Aunque acabamos de ingresar a una mujer que presenta muy mal estado, pues parece que tiene pulmonía, y el hombre que la trajo nos hizo un donativo en verdad generoso aparte de pagar por sus cuidados. Eso nos permitirá seguir en activo un par de semanas como mínimo.

Su voz era cortés, preocupada, y Rathbone no podía ver su rostro claramente en el parpadeo de las farolas y las luces de los carruajes con que se cruzaban. Había sido una falta de tacto por su parte preguntar por Hester tan pronto, casi como si fuese ella quien ocupaba su mente y no Margaret.

—¿Dos semanas? —dijo—. No es mucho tiempo que digamos. —Estaba inquieto por ella y se sobresaltó al darse cuenta de que también le preocupaba la casa de socorro—. No sabía que tuvieran tan... tan poco margen.

—La gente está más dispuesta a dar dinero para otras causas —explicó ella—. Lo he intentado con la mayoría de mis conocidos, pero Hester tiene una lista que le ha proporcionado lady Callandra y vamos a intentarlo por esa vía.

—¿Vamos? —objetó Rathbone—. Sería mucho mejor que lo hiciera usted sola. Hester es...

—Lo sé. —Margaret sonrió, divertida y afectuosa, lo

cual le iluminó el semblante hasta tal punto que su ternura pareció algo tan portentoso que Rathbone casi tuvo la impresión de notar su calidez—. He empleado el plural en un sentido más bien figurado —prosiguió—. Me ha entregado los nombres y seré yo quien los aborde cuando se presente la ocasión.

—¿Por qué no lo hace la propia lady Callandra?

—Vaya. ¿Es que no lo sabe? —Margaret se mostró sorprendida—. Se marcha de Inglaterra para vivir en Viena. Va a casarse con el doctor Beck. Seguro que Hester se lo contará en cuanto tenga ocasión. Está encantada por ella, naturalmente, pero eso significa que ya no podremos volver a recurrir a lady Callandra. Era insuperable recaudando fondos. A partir de ahora tendremos que valernos por nosotras mismas. —Apartó la vista hacia la ventanilla como si el tránsito de la calle hubiese despertado su interés.

¿Estaba cohibida por haber hablado de matrimonio? ¿Habría estado pensando en ello? ¿En verdad era eso lo que ocupaba la mente de todas las muchachas? Si le pidiera que se casara con él sin duda aceptaría. Rathbone era muy consciente de la estima que ella le profesaba. Y él era un buen partido. Naturalmente, eso no significaba que ella lo amase, sólo que el tiempo la apremiaba y que la sociedad esperaba que diera aquel paso.

Se dio cuenta con sobresalto de que no deseaba casarse salvo si amaba tan profunda y entregadamente como fuese capaz. Y llegado el caso, si no fuese correspondido con el mismo fervor, conocería una clase de sufrimiento tan excepcional como atroz.

¿Estaba realmente preparado para algo semejante? ¿Deseaba perturbar su muy exitosa y satisfactoria vida para involucrarse en asuntos que podían causarle un dolor que no sabría manejar, un dolor que invadiría cada rincón de su ser y que muy probablemente paralizaría hasta su capacidad de pensar?

—¿Sabe si asistirá al concierto alguna de las personas que ha sugerido lady Callandra? —preguntó, volviendo a la realidad.

—Me figuro que sí —contestó sin apartar la vista de la ventanilla.

Diez minutos después se apearon y fueron recibidos a la *soirée*. El gran salón ya estaba bastante concurrido: hombres con el tradicional atuendo blanco y negro; damas avejentadas ataviadas con ricos colores como flores otoñales; muchachas de blanco, crema y rosa pálido. Las joyas refulgían a la luz de los candelabros. En todas partes flotaba el murmullo de las conversaciones, el ocasional tintineo de copas y los gorgoteos de las risas forzadas.

Rathbone percibió una súbita tensión en Margaret, como si ésta se dispusiera a enfrentarse a un suplicio. Deseó poder facilitarle las cosas. Le disgustaba que tuviera que protegerse de las especulaciones en lugar de gozar de la clase de respeto que le constaba se merecía. Poseía un coraje y una amabilidad mucho más profundos que cualquiera de las cualidades que en aquel ambiente se consideraban valiosas. Sin embargo, expresarlo hubiese sido absurdo. Constituiría a todas luces una defensa cuando en realidad no se había producido ningún ataque.

Lady Craven se acercó a darles la bienvenida.

—Qué alegría verle, sir Oliver —dijo de un modo encantador—. Estoy muy complacida de que nos honre con su compañía. Es usted muy caro de ver. Y la señorita... la señorita Ballinger, ¿verdad? Sea bienvenida. Espero que disfruten con el concierto. El señor Harding es un violinista de gran talento.

—Así lo tengo entendido —respondió Rathbone—. Seguro que la velada será un éxito absoluto. Sin duda se recaudará un montón de dinero para buenas causas.

Lady Craven se desconcertó un poco ante su brusquedad pero sabía estar a la altura de cualquier circunstancia social.

—Esperemos. Nos hemos esmerado mucho en los preparativos. Cada detalle ha sido atendido con la mayor atención. La caridad sin duda es lo más cercano a la piedad. ¿No le parece?

—Desde luego —convino Rathbone—. Y son muchos quienes tienen una necesidad acuciante de nuestra generosidad.

—Y que lo diga. Pero es África lo que tenemos en mente. Una noble causa. Hace que las personas den lo mejor de sí. —Acto seguido se alejó majestuosamente con la cabeza bien alta y una sonrisa inmutable.

—¡África! —exclamó Margaret entre dientes—. Les deseo lo mejor con sus hospitales, pero no tienen por qué acapararlo todo.

Ella prefirió sentarse en la primera fila.

—¿Está segura? —dijo Rathbone, pensando en los asientos menos visibles de las filas posteriores.

—Totalmente —respondió Margaret, sentándose con gracia y arreglándose las faldas con un simple movimiento—. Si estoy aquí, en primera fila, me será imposible hablar con nadie sin ser terriblemente grosera con el artista. Tendré que escucharle concentrada y sin interrupción, y eso es exactamente lo que me gustaría hacer. Incluso si alguien me dirige la palabra me será del todo imposible contestar. Me mostraré apurada y atribulada y no diré esta boca es mía.

Quizá Rathbone tendría que haber disimulado su sonrisa, pues había gente mirándole, mas no lo hizo.

—Bravo —convino—. Me sentaré a su lado y prometo no hablar.

Fue una promesa que le alegró mantener porque la música era en efecto magnífica. El intérprete era un joven de pelo revuelto y con un aspecto general un tanto excéntrico, pero tocaba su instrumento como si fuese una parte viva de su ser que contuviera la voz de sus sueños.

Una hora después, cuando los envolvió el silencio antes de la salva de aplausos, Rathbone se volvió para mirar a Margaret y vio que le resbalaban lágrimas por las mejillas. Movió la mano para estrecharle la suya pero cambió de parecer. Quiso conservar aquel instante en la memoria en lugar de romperlo. No olvidaría el embeleso de sus ojos, el asombro, la emoción que no le avergonzaba mostrar. Se dio cuenta de que nunca la había oído disculparse por un exceso de sinceridad, como tampoco fingir que no la afectaban la compasión o el enojo. Margaret no albergaba ningún deseo de ocultar sus creencias ni de aparentar que era invulnerable.

Había en ella una pureza que lo atraía como una luz en un cielo oscurecido. Rathbone la defendería a toda costa, ni siquiera pensaría en sí mismo, sólo en preservar lo que nunca debería perderse.

Los aplausos rugían a su alrededor y él se sumó a ellos. Los murmullos de aprobación fueron aumentando.

El artista hizo una reverencia, dio las gracias y se retiró. Para él tocar era la culminación de su propósito. No necesitaba las alabanzas y saltaba a la vista que no deseaba verse envuelto en conversaciones, por más bien intencionadas que fueran.

Lady Craven ocupó el lugar del artista y efectuó su petición de generosos donativos para la causa de la medicina y el cristianismo en África, que a su vez fue acogida con un respetuoso aplauso.

Rathbone notó que Margaret estaba inquieta, y tuvo la certeza de saber en qué pensaba.

Los asistentes comenzaron a moverse en dirección al vestíbulo. Por supuesto, nadie haría algo tan manifiestamente vulgar como meter la mano en el bolsillo y sacar dinero, sino que se harían promesas, los banqueros recibirían notificaciones, los lacayos saldrían a cumplir recados urgentes por la mañana. El dinero cambiaría de manos. Cartas de crédito irían a parar a cuentas abiertas en Londres, en África o en ambos lugares.

Margaret permanecía muy silenciosa. Apenas participaba en las conversaciones que se mantenían alrededor de ellos.

—Una buena causa —dijo encantada la señora Thwaite dando palmaditas a los diamantes que lucía en el cuello. Era una mujer regordeta y guapa que debía de haber sido encantadora en su juventud—. Somos tan afortunados... Siempre he pensado que tenemos que ser generosos. ¿Ustedes no?

Su marido se mostró de acuerdo, aunque no parecía estar escuchándola. Se lo veía tan aburrido que tenía los ojos vidriosos.

—Tiene toda la razón —dijo en tono sentencioso una dama corpulenta vestida de verde—. No es sino nuestro deber.

—Siempre tengo la impresión de que en el futuro nuestros nietos considerarán que nuestro mayor logro fue llevar el cristianismo y la limpieza al Continente Negro —terció otro caballero.

—Si pudiéramos hacerlo, lo sería —convino Rathbone—. Siempre y cuando no lo hagamos a expensas de perderlos nosotros mismos. —Tendría que haberse mordido la lengua. Aquella era exactamente la clase de cosa que hubiese dicho Hester.

Hubo un momento de consternado silencio.

—Disculpe. ¿Qué ha dicho? —inquirió la dama de verde enarcando tanto las cejas que la frente le desapareció.

—¿Tal vez le apetece otra copa, señor...? —ofreció el marido aburrido volviendo de súbito a la vida—. Aunque quizá no —agregó diplomáticamente.

—Rathbone —aclaró éste—. Sir Oliver. Estoy encantado de conocerle pero no puedo tomar otra copa hasta que haya tomado la primera. Opino que champán sería excelente. Y otra para la señorita Ballinger también, si tiene la gentileza de reclamar la atención del lacayo. Gracias. He sacado a colación la pérdida de esa sublime caridad porque también en nuestra patria existen muchas y muy buenas causas que necesitan de nuestro apoyo. Lamentablemente, la enfermedad no sólo hace estragos en África.

—¿La enfermedad? —El marido aburrido dirigió al lacayo hacia Rathbone, quien cogió una copa de champán para Margaret y otra para él—. ¿Qué clase de enfermedad?

—La pulmonía —intervino Margaret, aprovechando la oportunidad que Rathbone le había servido en bandeja—. Y la tuberculosis, el raquitismo, los brotes ocasionales de cólera, y una cantidad espantosa de casos de bronquitis.

Rathbone soltó el aliento. No se dio cuenta de que lo había estado conteniendo por miedo a que ella mencionara la sífilis.

El marido aburrido se quedó perplejo.

—Pero aquí tenemos hospitales, mi querida señorita...

—Ballinger —dijo Margaret con una sonrisa que Rathbone supo forzada—. Lamentablemente no tenemos los suficientes, y son demasiados los pobres que carecen de recursos para pagar por su estancia en ellos.

La esposa guapa se mostró inquieta.

—Pensaba que había instituciones benéficas que se ocupaban de esos casos. ¿Acaso no es así, Walter?

—Claro que sí, querida. Pero su tierno corazón le hace honor a la señorita... Estoy convencido —dijo Walter con precipitación.

Margaret no iba a ser acallada tan fácilmente.

—Las instituciones benéficas requieren caridad. Trabajo en una casa de socorro en Portpool Lane abierta para atender a las mujeres pobres de la zona y continuamente necesitamos recaudar fondos. Hasta el donativo más modesto bastaría para comprar comida o un poco de carbón. Las medicinas suelen salir caras, pero el vinagre y la lejía son más baratos.

Walter se aferró a lo único que había entendido y consideró que podía discrepar.

—Seguramente el vinagre es innecesario, señorita Ballinger. ¿No pueden dar a sus pacientes alimentos más sencillos? Si están enfermas, ¿por qué no les dan gachas o algo por el estilo?

Rathbone se percató de que Margaret titubeaba, y supo que intentaba dominar su enojo. Hester habría replicado con una contestación que hubiese herido tan profundamente a Walter, que éste la habría recordado durante semanas. Rathbone soltó un suspiro de alivio por la templanza de Margaret y sonrió sin darse cuenta.

—No nos comemos el vinagre —respondió, obligándose a no levantar la voz—. Lo usamos para mantener las cosas limpias. Damos gachas y avena cocida con leche a las pacientes que han recobrado un poco las fuerzas, o a las que están heridas más que enfermas.

Walter hizo patente su desconcierto.

—¿Heridas?

—Sí. Con bastante frecuencia las mujeres se ven envueltas en accidentes o son agredidas. Hacemos cuanto podemos por ellas —explicó Margaret.

Walter adoptó una expresión envarada.

—¿De veras? Caramba... qué desagradable. Me figuro que tiene que ser muy duro para usted. Yo prefiero hacer mis donativos a quienes difunden la luz del cristianismo entre esas pobres almas que aún no han tenido la oportunidad y por tanto no la han desdeñado. No es cuestión de desperdiciar tan valiosos recursos. —Inclinó la cabeza como si se dispusiera a marcharse.

Margaret se puso tensa.

Rathbone apoyó una mano en su brazo apretándolo un poco para advertirle que no contestara.

—Ya lo sé —dijo Margaret entre dientes. Luego, en cuanto Walter se hubo retirado hacia otro grupo donde no lo molestarían con ideas desagradables, agregó—: Me encantaría decirle lo que pienso pero eso echaría a perder cualquier oportunidad futura de pedirle ayuda. No se preocupe que me morderé la lengua. —Pero lo dijo sin sonreír y sin volverse para mirarlo.

En su siguiente intento no salió tan mal parada. Estaban manteniendo una charla cortés aunque trivial con el señor y la señora Taverner, lady Hordern y el honorable John Wills.

—Es un hombre maravilloso —dijo lady Hordern con entusiasmo, refiriéndose a uno de los médicos destacados en África—. Dispuesto a dar su vida para salvar el cuerpo y el alma de personas que ni siquiera conoce. Verdaderamente cristiano.

—La mayoría de los médicos salvan a personas que no conocen —señaló Rathbone.

Lady Hordern se mostró un tanto confundida.

—Al menos saben quiénes son —arguyó Wills—. Y desde luego cobran por ello.

—A veces —dijo Rathbone—. Cuando se trata de obras benéficas no perciben ni un penique.

—Lo único necesario es saber que están enfermas y en apuros —apostilló Margaret con una sonrisa.

—Exacto —corroboró Wills, como si Margaret lo hubiese dicho por él.

Rathbone disimuló una sonrisa.

—Me parece que lo que la señorita Ballinger quiere decir es que también deberíamos dar generosamente para otras causas.

Lady Hordern pestañeó.

—¿La causa de quién? —inquirió.

—Pensaba en todos aquellos que trabajan en lugares como la casa de socorro que dirige mi amiga, la señora Monk, para atender a nuestros conciudadanos londinenses —respondió Margaret.

—Pero para eso tenemos hospitales —terció el señor Taverner—. Y nosotros ya somos cristianos. Es muy diferente, compréndalo.

Margaret se mordió el labio.

—Existe cierta diferencia entre haber oído hablar de Cristo y ser un buen cristiano —sentenció.

—Sí, supongo que sí —concedió Taverner con escasa convicción.

Margaret intuyó que se le presentaba una oportunidad.

—Sin duda un alma es tan valiosa como otra. Y salvar a las de nuestra propia comunidad tendrá efectos muy positivos para nuestro entorno.

—¿Salvarlas? —preguntó la señora Taverner con suspicacia—. ¿Salvarlas de qué, señorita Ballinger?

Rathbone notó que el brazo de Margaret se tensaba y la oyó inspirar profundamente. ¿Iba a cometer un error táctico?

—De conductas indignas de un cristiano —contestó Margaret amablemente.

Rathbone suspiró aliviado.

Lady Hordern enarcó mucho sus pálidas cejas.

—¿Se está refiriendo a ese sitio que ofrece servicios para mujeres de la calle? —preguntó incrédula—. Me cuesta trabajo creer que esté pidiendo dinero para sustentar a... ¿prostitutas?

El señor Taverner se puso rojo como un tomate aunque resultaba imposible decir si de ira o embarazo.

—Me parece que por lo general ganan su propio sustento, lady Hordern —intervino Rathbone, oyendo la voz de Hester en su cabeza como si le estuviera apuntando lo que tenía que decir—. Ésa es la raíz del problema, me figuro. La casa de socorro a la que ha aludido se dedica a asistir a mujeres de la calle que están heridas o enfermas y que, por lo tanto, no pueden ejercer su profesión habitual.

—¡Lo cual es muy de desear! —espetó la señora Taverner.

—¿De veras? —preguntó Rathbone con fingida inocencia—. No es un comercio que admire, como tampoco es de mi agrado el hecho de que tantos hombres lo auspicien, pues sin clientes no existiría, pero asimismo no me parece que tratar de acabar con él sea una solución práctica. Y mientras esas personas existan nos corresponde tratar sus enfermedades con tanta eficacia como podamos.

—Encuentro que tiene unas opiniones muy insólitas, sir Oliver —contestó la señora Taverner con frialdad—. Y lo que más me sorprende es que decida manifestarlas delante de la señorita Ballinger, quien, al fin y al cabo, no está casada y me figuro que la considera una dama.

Para su sorpresa, Rathbone no se puso furioso, sino que experimentó un intenso orgullo.

—La señorita Ballinger trabaja en la casa de socorro —dijo sin ambages. Deseaba repetirlo en voz bien alta para que todos la oyeran—. Está más al corriente de cómo es la vida de esas mujeres que ninguno de nosotros. Ha visto las palizas y las puñaladas que soportan, las consecuencias de una alimentación deficiente, un alojamiento insalubre y la continua exposición a la enfermedad.

La señora Taverner se mostró escandalizada y ofendida.

—La diferencia —concluyó Rathbone, sobresaltado por la vehemencia que imprimía a su propia voz—, la diferencia es que ella opta por hacer algo para ayudar y nosotros todavía no hemos querido aprovechar esa oportunidad.

Notó que la mano de Margaret le apretaba con fuerza el brazo y se sintió ridículamente eufórico.

—Yo he optado por hacer mis donativos a una causa más digna —dijo lady Craven con fría formalidad.

—¿Son más dignos los africanos? —inquirió Rathbone.

—¡Son más inocentes! —replicó lady Craven—. Supongo que eso no me lo discutirá.

—Puesto que no los he tratado, no puedo hacerlo —respondió Rathbone.

Wills sacó de un tirón el pañuelo que llevaba en el bolsillo y hundió el rostro en él, sacudiendo los hombros. Saltaba a la vista que le había dado un ataque de risa.

Lady Hordern miró de hito en hito a Margaret.

—Sólo me cabe suponer, señorita Ballinger, que su pobre madre no está al corriente de sus intereses actuales, tanto personales —desvió la mirada un instante hacia Rathbone— como ocupacionales. Me parece que por el bien de su futuro, informarla sería un gesto de amistad. No me gustaría ver que usted sufre más de lo que ya es inevitable. Iré a visitarla mañana por la mañana.

Dicho esto se retiró majestuosamente, acompañada por el frufrú del tieso tafetán de sus faldas.

El señor Taverner aún estaba rojo como un tomate. Su mujer les dio las buenas noches y se volvió, esperando que el marido la siguiera.

—Es usted peor que Hester —dijo Margaret entre dientes, aunque ahora no era risa lo que reprimía, era miedo. Si su madre se lo prohibía le resultaría muy complicado seguir viendo a Rathbone y quizás imposible trabajar en la casa de socorro. No disponía de medios propios, ni siquiera de una casa propia.

Rathbone la miró y reparó en el súbito cambio que se había producido en ella.

—Lo lamento —dijo con delicadeza—. He dado rienda suelta a mi enojo a sus expensas y la he puesto en una situación imposible. ¿Verdad? —Fue el reconocimiento de un hecho, no una pregunta.

—Ya era imposible antes de esto —admitió Margaret, negándose siquiera a pensar en otro significado que no fuera la pérdida de donativos en aquella velada—. O mucho me equivoco, o el señor Taverner es de los que contribuyen al sustento de esas mujeres y la señora Taverner lo sabe perfectamente.

—Diría que es precisamente su propia aceptación de los hechos lo que más la ofende —convino Rathbone. Entonces titubeó—. Margaret, ¿cree que su madre escuchará a lady Hordern y le hará caso? ¿Es preciso que me muestre más respetable ante sus ojos para que me permita volver a verla? ¿Debería... —tragó saliva— disculparme?

—¡Ni se le ocurra! —Margaret adelantó un poco el mentón—. Yo misma hablaré con mamá.

Fue exactamente la clase de respuesta que Hester habría formulado: valerosa, airada y poco prudente, pero surgida de lo más hondo de su corazón. ¿Acaso Margaret sentía que de un modo u otro ocupaba el lugar de Hester en lo que a Rathbone atañía, que estaba allí como una sustituta y no por sí misma? No era cierto. Lo supo con una convicción apabullante. Amaba el coraje y la sinceridad de Margaret, que tanto se asemejaban a los de Hester, pero ella poseía cualidades relacionadas con la sutileza y el honor, la modestia y la dulzura interior que eran rasgos propios. Uno no amaba a la gente porque le recordase a otra persona.

—Lo he hecho sin pensar —contestó Rathbone—. ¿No es lo que usted habría dicho de mí?

Margaret se volvió despacio, con una expresión inquisitiva en los ojos muy abiertos.

—Es lo que usted hubiese dicho que me importa —insistió él.

—¿Lo cree así?

—Sí, claro que sí —contestó Rathbone con un leve titubeo.

Margaret volvió a apartar la vista, sonriente y con los ojos brillantes.

—Me temo que no hemos tenido mucho éxito promoviendo donativos, ¿verdad?

—Hasta ahora he sido un verdadero lastre —admitió Rathbone—. Me esforzaré por hacerlo mejor.

Le ofreció el brazo y Margaret lo aceptó. Juntos se encaminaron hacia un nutrido corro de gente dispuestos a intentarlo otra vez.

5

La tercera mañana después de que Monk aceptara trabajar para Clement Louvain Hester llegó a Portpool Lane a las ocho y media. Lo primero que hizo fue sentarse con Bessie en la cocina y tomar una taza de té y una tostada mientras escuchaba el informe de lo ocurrido durante la noche.

En los tiempos en que existía el burdel se había cocinado muy poco en aquella casa. La mayoría de las prostitutas que habitaba el lugar solía comer en algún establecimiento de la calle antes de que comenzara su jornada laboral. Por lo general no había muchas personas a las que alimentar a la vez, sólo el propio Squeaky Robinson, unas pocas mujeres que se encargaban de la limpieza y la colada, y un par de matones que se ocupaban de echar a los clientes que se ponían violentos o se demoraban en el pago de sus cuentas. De ahí que nunca se hubiese planteado la necesidad de ampliar lo que básicamente constituía una cocina familiar. La lavandería era harina de otro costal; ésta era enorme, y excelente, con dos calderos de cobre para la gran cantidad de sábanas sucias y una habitación aparte para secarlas.

Bessie estaba agotada. Llevaba el pelo peinado hacia atrás muy tirante, tanto que parecía que tuviera que dolerle, aunque algunos mechones se le rizaban desordenadamente como si los hubiese apartado con impaciencia. Presentaba la tez muy pálida y de vez en cuando no lograba reprimir un bostezo.

—¿Ha estado toda la noche en vela? —dijo Hester, más como constatación que como pregunta.

Bessie bebió un tercer sorbo de té con un suspiro de satisfacción.

—Las dos de hace un par de noches se están recuperando —contestó—. A una sólo le hacía falta comer un poco y dormir un par de noches como Dios manda, pobre criatura. Mañana la pondré en la calle. La de la puñalada también se está curando.

—Bien —dijo Hester asintiendo con la cabeza. No obstante, daba por sentado que la mujer llevada por Louvain había empeorado; de hecho, temía que pudiera ser uno de los tristes casos en que lo único que se podía hacer era aliviarle el sufrimiento en la medida de lo posible durante su última hora. Al menos no moriría sola.

—Pero tenemos más de una docena de pacientes y hay una asquerosa montaña de ropa por lavar —prosiguió Bessie—. Me he pasado la noche entera con esa mujer, la Clark. No se puede hacer gran cosa por ella, aparte de ponerle toallas frías como usted mandó, y diría que algo la alivian. Todavía tiene la cara de los muertos pero la fiebre le ha bajado un poco, así que supongo que se curará. ¡Aunque vaya genio que tiene! Ruth es un nombre demasiado bueno para ella. Yo habría preferido Mona, que le hace más justicia.

Hester sonrió.

—Es de suponer que la bautizaron antes que aprendiera a hablar.

—¡Lástima que no podamos hacerla volver a entonces! —gruñó Bessie.

—¿Para rebautizarla?

—¡Qué va! Para que siguiera con el pico cerrado.

—Cuando acabe el desayuno váyase a dormir un poco —aconsejó Hester—. Ya me encargo yo de la colada.

—No puede hacer todo eso usted sola —protestó Bessie.

—No lo haré sola. Margaret vendrá dentro de un rato. Sólo empezaré.

—¿Ah sí? ¿Y quién irá por agua? —preguntó Bessie.

—Squeaky —respondió Hester con una sonrisa más abierta—. Le sentará bien un poco de aire fresco y ejercicio.

Bessie soltó una carcajada.

—¡Pues entonces dígale que si se queja vendré y le arrearé en la cabeza con una sartén!

Hester habló con Squeaky diez minutos después.

—¿Yo? —dijo con incredulidad—. Soy contable, señora mía. ¡Yo no voy por agua!

—Claro que va a ir —contestó ella, pasándole dos baldes.

—¡Pero necesitaré diez viajes para llenar el maldito caldero! —refunfuñó airado.

—Como mínimo —convino Hester—. Y otros diez para llenar el otro, así que más vale que ponga manos a la obra. Las sábanas tienen que estar limpias hoy y secas para mañana, o pasado a más tardar.

—¡No soy un puñetero aguador! —Se quedó inmóvil donde estaba, el semblante una máscara de indignación.

—Muy bien —dijo Hester—. Pues entonces yo iré por el agua y usted cambiará las camas. Acuérdese de tensar bien las sábanas bajeras y de remeter sólo la parte de los pies de las de encima. Tendrá que trabajar en contacto con las enfermas pero me consta que sabrá manejarse muy bien. Luego baje a mezclar la lejía con la potasa y...

—De acuerdo —masculló Squeaky—. Traeré el agua. ¡Cómo quiere que trate con enfermas que están en cama!

—Un poco modesto habiendo regentado un burdel, ¿no le parece? —repuso ella con sorna.

Squeaky le lanzó una mirada asesina, cogió los baldes y salió hecho una furia.

Sonriendo para sí, Hester subió al piso de arriba con una pila de sábanas y fundas de almohada limpias para empezar a cambiar las camas. La fiebre hacía que las pacientes sudaran y era inevitable que la ropa blanca se ensuciara enseguida.

Comenzó por la de la chica que había llegado exhausta, que ya se había recobrado casi del todo y se marcharía aquel mismo día o a lo sumo al siguiente.

—Le echaré una mano —se ofreció en cuanto vio a Hester. Se levantó agarrándose al bastidor de la cama y se envolvió los hombros con un chal.

Hester aceptó su ayuda encantada. Aquellas tareas eran

más fáciles si se hacían entre dos. Cambiaron las sábanas de su cama y pasaron a la siguiente habitación, la de una mujer que presentaba una congestión bastante grave. Tenía fiebre y un malestar considerable. Quitaron las sábanas húmedas y arrugadas, ayudándola a cambiar de postura, e hicieron la cama con sábanas limpias. Fue una labor complicada pero una vez terminada, cuando la mujer volvió a tenderse, mareada y respirando con dificultad, Hester y la chica se alegraron de poder descansar un momento.

Hester ayudó a la enferma a tomar unos sorbos de agua del vaso que había encima de la mesilla. Luego la dejaron acostada y pasaron a la habitación de al lado y así sucesivamente hasta que hubieron terminado.

—Puedo ayudarla a lavarlas —dijo la muchacha señalando las sábanas sucias.

Hester escrutó su rostro y vio el sudor que le perlaba la frente.

—No, gracias. Será mejor que vuelvas a acostarte. No hacen falta dos personas para hacer esto.

Aquello no era del todo cierto, pues le habría resultado más llevadero si alguien la ayudase, pero se llevó las sábanas abajo metidas en dos fundas de almohada que cargó en los hombros.

Una vez en la lavandería comprobó el estado de los calderos y vio que uno de ellos estaba lleno hasta la mitad. Al parecer, Squeaky estaba trabajando con rapidez a pesar de sus quejas. Deshizo el fardo de sábanas y las metió en el caldero para luego revolverlas con una larga pala de madera hasta que quedaron bien empapadas. Llevó otro cubo de carbón y lo añadió al fuego.

A continuación agregó al agua del caldero el último jabón que les quedaba y se dispuso a llevar a cabo una de las tareas que más le desagradaban, la elaboración de más jabón. No era una faena difícil, aunque sí pesada y tediosa. Compraban la potasa a un droguero que tenía su establecimiento en Farrington Road, a unos cientos de metros calle arriba. Estaba hecha con tallos de patata y no era necesariamente la mejor pero sí la más barata, puesto que cundía hasta doce veces más que la obtenida de cualquier madera. Una libra de potasa cáustica combinada con cinco libras de sebo producía más de veinte litros de jabón. Para los fines de la casa de socorro el olor que tuviera no revestía importancia y los fondos disponibles no alcanzaban para añadirle perfume.

Mientras Hester trabajaba, Squeaky llevó otros dos cargamentos de agua. Fruncía tanto el entrecejo que a Hester le sorprendió que pudiera ver por dónde iba.

—¡Odio esa porquería! —dijo Squeaky, arrugando la nariz—. Cuando esto era un burdel como Dios manda comprábamos jabón.

—Si tiene dinero lo gastaré en jabón con mucho gusto —respondió Hester.

—¡Dinero! ¿De dónde voy a sacar dinero? Aquí nadie gana ni un puñetero penique. Todas ustedes no hacen más que gastar.

Y sin darle tiempo a contestar, vació los dos baldes en el segundo caldero y volvió a marcharse.

Entrada la mañana ingresaron otras dos mujeres y a primera hora de la tarde llegó Margaret, quien no tuvo inconveniente en fregar el suelo de la cocina con agua caliente y vinagre. Cuando hubo terminado cogió dos libras y fue a pagar la cuenta pendiente de la carbonería y a comprar una libra de té y un tarro de miel.

Otra mujer se presentó con dos dedos rotos en la mano derecha y Hester tuvo que echar mano de toda su destreza para unirlos y entablillarlos. La mujer estaba agotada por el dolor de la lesión y tardó un buen rato en serenarse lo suficiente como para volver a sus quehaceres.

A las seis menos cuarto Margaret se marchó a casa. Hester se tumbó con la intención de echarse un sueñecito para luego ver cómo seguía Ruth Clark y marcharse a casa, pero despertó cuando ya había oscurecido del todo. Se sobresaltó al ver a Bessie junto a la cama con una vela en la mano y gesto de preocupación.

Hester se apartó el pelo del rostro y se incorporó.

—¿Qué sucede? —preguntó—. ¿Otro ingreso?

—No. Es esa mujer, la Clark. Menuda sabandija está hecha esa miserable. Pero se encuentra francamente mal. Creo que sería mejor que fuera a echarle un vistazo.

Sin molestarse en recogerse el pelo con las horquillas, Hester se calzó los botines y siguió a Bessie hasta la habitación de Ruth Clark.

La mujer yacía tendida de costado con la cara enrojecida y el cabello enredado. La sábana estaba arrugada ahí donde la había estrujado con las manos. Tenía los ojos medio abiertos pero apenas daba muestras de ser consciente de que hubiera otras personas en la habitación.

Hester se inclinó y le tocó la frente. La tenía ardiendo.

—¿Ruth? —susurró.

La mujer no dio más respuesta que un movimiento de fastidio con las manos, como si Hester la molestara.

—Tráigame una palangana con agua fría —pidió Hester a Bessie. Aquella mujer estaba grave. Si no conseguía bajarle la fiebre al menos uno o dos grados no sería de extrañar que comenzara a delirar e incluso que muriera.

Hester cogió la vela de la mesita de noche y examinó a Ruth con más detenimiento. Respiraba de manera irregular y el pecho emitía un sonido fuerte, como si lo tuviera muy congestionado. Pulmonía. La crisis podía muy bien producirse esa misma noche. Hester no podía irse a casa. Si hacía cuanto sabía, quizá lograría salvarla. Parecía una mujer robusta, a ojos vistas la amante de alguien en particular más que una de las mujeres que hacían la calle vendiendo su cuerpo a cualquiera. A menudo estas últimas pasaban la noche muertas de frío y hambre y, si hacía mal tiempo, con los pies húmedos y probablemente la ropa también. Hester volvió a dejar la vela en su sitio.

Bessie regresó con el agua y paños limpios y lo dejó todo en el suelo. Hester le dio las gracias y le dijo que fuera a ver qué podía hacerse por las demás pacientes y que luego aprovechara para dormir un poco.

—No pienso acostarme dejándola a usted sola atendiendo a esta desgraciada —repuso Bessie.

—Aquí no hay trabajo para dos —contestó Hester, sonriendo para agradecerle la lealtad—. Si ahora descansa, podrá relevarme por la mañana. Si la necesito la llamaré, se lo prometo.

Bessie no cejó.

—No la oiré.

—Acuéstese en la habitación de al lado, así me oirá.

—¿Me llamará? —insistió Bessie.

—Sí, no se apure. Y ahora déjeme trabajar.

Bessie obedeció. Hester metió un paño en el agua fría, lo escurrió y lo puso en la frente de la enferma. Al principio pareció que le molestaba y trató de apartar la cara. Hester quitó el paño y se lo aplicó con delicadeza en el cuello. Volvió a escurrirlo y probó a ponérselo en la frente otra vez.

Ruth se quejó de nuevo y parpadeó.

Una y otra vez Hester mojaba el paño, lo escurría y se lo aplicaba a la mujer, al principio sólo en el rostro y el cuello. Luego, cuando consideró que el tratamiento empezaba a surtir efecto, apartó la sábana y las mantas y también se lo puso encima del pecho.

El tiempo transcurría lentamente. Hester consultó su reloj y vio que eran las diez de la noche.

Alrededor de las doce se dio cuenta de que Ruth llevaba un rato sin moverse, quizá diez o quince minutos. No vio que el pecho subiera y bajara con la respiración. Estaba demasiado familiarizada con la muerte como para que la asustara, pero siempre la llenaba de tristeza. Tocó el cuello de la mujer sólo para asegurarse de que no tenía pulso. Ruth abrió los ojos.

—¿Qué pasa? —susurró enojada.

Era la primera vez que Hester la oía hablar y su voz la desconcertó. Era grave, suave y agradable, la voz de una mujer de cierta educación y cultura. Se asombró tanto que se apartó estremecida.

—Lo... lo siento —se disculpó, como si en lugar de estar cuidando de una paciente hubiese entrado a hurtadillas en el dormitorio de una desconocida—. Sólo quería ver si aún tenía fiebre. ¿Se encuentra mejor? ¿Quiere beber algo?

—Me encuentro fatal —contestó Ruth con voz pastosa.

—¿Quiere un poco de agua? —insistió Hester—. La ayudaré a incorporarse.

Ruth la miró con ceño.

—¿Quién es usted? —Echó un vistazo alrededor sin mover la cabeza—. ¿Qué sitio es éste? ¡Parece un burdel!

Hester sonrió.

—Eso es lo que es o, mejor dicho, era. Ahora es una casa de socorro. ¿No se acuerda de cuando llegó?

Ruth cerró los ojos.

—Si me acordara no preguntaría.

Hester se quedó de una pieza. Se dio cuenta de hasta qué punto se había acostumbrado a la gratitud de las enfermas y heridas que solían hallar refugio allí. Había llegado a darla por sentada y en cambio aquella mujer la miraba sin el menor reconocimiento, sin el menor asomo de respeto por su salvadora.

¿Sería así porque estaba acostumbrada a que le hiciera la corte quienquiera que hubiese sido su amante? ¿Acaso era ella quien habitualmente llevaba las riendas de la relación y tal vez había olvidado temporalmente, debido a la fiebre, que dicho amante la había abandonado a su suerte? ¿O lo recordaba demasiado bien y el enojo que le causaba saberse rechazada hacía que la emprendiera con Hester, simplemente porque la tenía a mano?

—¿Se acuerda del señor Louvain, el caballero que la trajo aquí?

El cambio en el rostro de Ruth fue muy sutil, tanto que podría muy bien no ser más que el esfuerzo por concentrarse o el temor a estar perdiendo el control de lo que estaba sucediendo.

Hester no pudo evitar que se le agolparan las ideas en la cabeza, haciéndose cábalas acerca de qué había llevado a aquella mujer a convertirse en una amante plantada, rescatada por un hombre a quien apenas conocía que la había llevado, gravemente enferma, a una casa de socorro de beneficencia para las mujeres de la calle. Resultaba obvio que había recibido una educación; era guapa, tal vez más de lo que parecía ahora debido a su estado. ¿Se habría enamorado sin remedio de un hombre con quien no se podía casar? ¿O que no la quería por esposa? ¿O había huido de una vida modesta pero digna aceptando un acuerdo que muchos considerarían pecaminoso? ¿Cómo? ¿Sin proponérselo? ¿Deliberadamente? ¿Era una aventurera o una víctima? ¿Ambas cosas? ¿O la amante del propio Louvain?

—¿Fue él quien me trajo aquí? —preguntó en voz baja.

—Sí.

Hester tendría que haberle vuelto a preguntar si quería agua, pero la curiosidad la llevó a esperar un poquito más.

Ruth esbozó una extraña sonrisa, burlona, como si encerrara una terrible ironía que captaba a la perfección pese a su lamentable situación.

—¿Qué dijo? —preguntó, buscando los ojos de Hester con una mirada dura. Aceptaría su ayuda pero no se mostraría agradecida.

—Que usted era la amante de un amigo suyo que la había echado porque estaba enferma. —Era una respuesta cruel pero, seguramente, una mujer que hubiese seguido aquel camino, por decisión propia o ajena, tenía que estar acostumbrada a hacerle frente a la verdad.

Ruth cerró los ojos mientras la invadía un inmenso pesar, pero la sonrisa no se desvaneció del todo.

—Amante. ¿Eso fue lo que dijo? —susurró con desdén.

—Sí.

—¿Le pagó? ¿Por eso me está cuidando?

—Nos pagó, en efecto. O, para ser más exactos, hizo un donativo que basta para cubrir el coste de cuidar de usted y también de varias mujeres más. Pero la habríamos admitido de todos modos. Hay aquí un montón de enfermas que no pueden pagar ni un penique.

Ruth guardó silencio. Volvía a costarle respirar y tenía la cara enrojecida. Hester se levantó y le acercó un vaso de agua.

—Debería tomarse esto. La ayudaré a incorporarse.

—Déjeme en paz —soltó Ruth de mal talante—. Le han pagado para que me cuide, hágame el favor de retirarse.

Hester tuvo que morderse la lengua.

—Se encontrará mejor si ingiere un poco de líquido. Tiene una fiebre muy alta. Necesita beber.

—¡Fiebre! Me encuentro peor de lo que creía que podía encontrarse jamás un ser humano...

—Pues entonces no sea tan obstinada y permita que la ayude a beber un poco de agua —insistió Hester.

—Váyase... a... —Daba boqueadas con el semblante escarlata.

Hester dejó el vaso, se inclinó y rodeó los hombros de Ruth con sus brazos; tiró de ella y le puso otra almohada en la espalda. Luego le apoyó el vaso en los labios. El primer trago se derramó, cayéndole por el cuello hasta el pecho; del segundo al menos tragó la mitad. Después de eso Ruth cedió y tomó casi todo lo que quedaba en el vaso. Finalmente se tumbó agotada.

Hester retiró la almohada adicional y la ayudó a tenderse. Luego reanudó la tarea de aplicarle paños húmedos de agua fría.

Poco después de las dos la dejó a solas un rato para hacer la ronda por las demás habitaciones y asegurarse de que todas las pacientes estuvieran lo mejor que podían estar. Luego bajó a la cocina y puso agua a hervir. Se preparó una taza de té y ya se la había bebido casi toda cuando alguien llamó a la puerta de la calle. Se levantó y fue a abrir.

Había dos mujeres en el umbral: Flo, a quien Hester ya conocía de otras veces y, apoyada en ella, pálida y sosteniéndose un brazo con el otro, una muchacha más joven con el cabello castaño rojizo y los ojos asustados. La manga de su vestido estaba manchada de sangre fresca que aún goteaba.

—Pasen —dijo Hester al instante, dando un paso atrás para que entrasen. Luego cerró la puerta y echó el cerrojo, como hacía siempre durante la noche. Sostuvo con un brazo a la herida y se volvió hacia Flo—. Bessie está durmiendo en la primera habitación, a la izquierda según se llega por la escalera —le indicó—. Vaya a despertarla, pídale que ponga más agua a hervir y que saque el brandy...

—Ésta no necesita más brandy —interrumpió Flo, mirando a la muchacha herida con impaciencia.

—No es para beber —explicó Hester—. Es para limpiar

la aguja si tengo que aplicarle puntos. Vaya a avisar a Bessie, por favor.

Flo se encogió de hombros y apretó la boca. Tendría treinta y tantos años, era pecosa y de cabello moreno. Su rostro era alargado y de expresión más bien lúgubre, y nadie la hubiese considerado bonita. Pero era inteligente y aguda y, cuando se tomaba la molestia de arreglarse, poseía cierto encanto. Había enviado o acompañado a unas cuantas mujeres a la casa de socorro y en un par de ocasiones incluso se había presentado con dinero. Hester le estaba muy agradecida por ello.

—Pondré al agua a calentar —dijo con aspereza—. ¿Cree que no sé dónde encontrarla o que no sé cómo usar un cacharro?

Hester le dio las gracias y ayudó a la otra mujer a sentarse en una silla de la sala. La pobre seguía sosteniéndose el brazo y tenía la cara pálida de verse sangrar.

Hester encendió más velas y puso manos a la obra. Le llevó más de una hora detener la hemorragia, limpiar y coser la herida, vendarla y poner un camisón limpio a la chica, que se llamaba Maisie, antes de acostarla para que descansara al menos unas horas en el relativo calor de una habitación decente.

—Usted también tiene un aspecto horrible —observó Flo cuando ambas se quedaron solas—. Le prepararé un té. Está a punto de venirse abajo y, si eso pasa, ¿quién cuidará del resto de nosotras?

Hester fue a rehusar por instinto, pero entonces pensó que le sentaría bien una segunda taza de té. Estaba tan cansada que la habitación parecía tambalearse a su alrededor como si la estuviera viendo a través del agua. No quería molestar a Bessie, quien se había ganado a pulso unas horas de descanso.

—Gracias —aceptó.

—Y luego tendría que echar una siestecita —agregó Flo—. Ya la despertaré si ocurre algo.

—Hay una mujer muy enferma arriba; tengo que ver cómo está. Tenemos que mantenerle la fiebre tan baja como sea posible.

Flo puso los brazos en jarras.

—¿Y cómo piensa hacerlo? ¿Es que va a obrar un milagro?

—Con paños de agua fría —dijo Hester cansinamente—. Iré a verla. Después a lo mejor me acuesto un par de horas. Gracias por todo, Flo.

Hester se tomó el té, luego encontró a Ruth Clark durmiendo y fue dos habitaciones más allá a acostarse, agradeciendo poder dormir un poco a su vez. Mientras se tapaba con las mantas dejó que el olvido se apoderara de ella.

Le costó despertar. No sabía cuánto tiempo había transcurrido, y oyó voces de mujeres que gritaban airadas. La más fuerte era la de Flo; la otra era más baja y grave, y Hester tardó un momento en identificarla. Cuando lo hizo ya se había incorporado y se quedó perpleja. La única luz que había en la habitación era la poca que llegaba de la vela del pasillo. La otra voz era la de Ruth Clark y su lenguaje era tan enérgico e insultante como el de su airada interlocutora. Palabras como «puta» y «zorra» se repetían con frecuencia.

Hester se levantó, aún aturdida por el cansancio, y salió a trompicones hacia el pasillo. Pestañeó al llegar a la zona mejor iluminada. El alboroto iba en aumento. Por más servicial que fuera, iba a cantarle las cuarenta a Flo por armar aquel escándalo.

La escena que vieron sus ojos era insólita: Ruth, recostada sobre varias almohadas con una taza vacía en las manos, tenía el pelo enmarañado, la tez pálida salvo por el rubor hético de las mejillas, y su expresión era de pura ira. Flo estaba de pie a poca distancia de ella con los labios entreabiertos como una fiera al gruñir. Llevaba el pelo medio caído como si alguien le hubiese dado un tirón y toda la parte delantera de su vestido estaba empapada de agua.

—¡Basta! —gritó Hester en un tono que había oído emplear en los campos de batalla de Crimea.

Ambas mujeres se volvieron hacia ella. Ruth fue la primera en tomar aire para hablar.

—A usted le pagan para que cuide de mí —dijo con voz bronca—. ¡Saque a esta puta de aquí!

—¿A quien estás llamando puta? ¡Tú no eres más que

una fulana por más aires que te des! —replicó Flo—. ¿Te crees que porque te acuestas con marinos eres distinta de las demás? Pues de eso nada. Eres una puta, igual que el resto de nosotras. Y usa un lenguaje más respetuoso cuando te dirijas a la señora Monk, que es quien te está salvando de morir en el arroyo al que perteneces, o iré a buscar un orinal lleno y te lo vaciaré en la cara, bruja del demonio.

—Seguro que tienes un montón de orinales llenos —dijo Ruth con frialdad—. Apestas como si te bañaras en meados.

—¡Silencio! —volvió a gritar Hester levantando más la voz. Pero no sirvió de nada.

Flo perdió los estribos y se abalanzó hacia la cama, cayendo encima de Ruth, dispuesta a darle de puñetazos.

Hester le sujetó la mano al vuelo y poco faltó para que le diera a ella en la cara. El impulso del brazo la hizo trastabillar, perdió el equilibrio y acabó en el suelo. Tanto Flo como Ruth siguieron insultándose, aunque la segunda no tenía fuerzas para devolver los golpes.

Fue justo entonces cuando Bessie irrumpió en la habitación, vio la escena y se abalanzó sobre Flo. La agarró por la cintura y tiró de ella hasta que ambas cayeron al suelo.

—Pero ¿qué demonios estás haciendo, idiota? —le chilló a Flo. Luego, volviéndose hacia Ruth agregó—: Y en cuanto a ti, zorra pecosa, vigila esa lengua o te devuelvo al arroyo, con dinero o sin él. No me extraña que tu amante te abandonara, burra ignorante. Tienes la boca como un estercolero. Un desplante más y te echaré yo misma. Así que cierra el pico. ¿Entendido?

Se hizo un silencio absoluto.

Hester se puso trabajosamente de pie.

—Gracias, Bessie —dijo muy seria. Miró de hito en hito a la mujer que yacía en la cama. Ruth estaba enrojecida y débil pero sus ojos escupían veneno—. Señorita Clark, vuelva a dormir. Bessie vendrá a verla dentro de un rato. Flo, usted se viene conmigo.

Y agarrándola del brazo, salió a grandes zancadas medio arrastrándola escaleras abajo y hasta la cocina antes de volver a hablar.

—Prepare té —ordenó.

—No me sorprende que despacharan a esa cerda —replicó Flo mientras lo hacía—. Apenas la ha dejado dormir. ¿Verdad? Mujerzuela desagradecida. —Cogió la pava de la encimera—. Se cree que porque la mantiene un hombre en vez de veinte es especial. Habla como si fuese una dama pero no es más que una vulgar fulana como el resto de nosotras.

—Probablemente —convino Hester, demasiado cansada como para dar importancia a las palabras de Flo. Sólo habían transcurrido treinta y cinco minutos desde que se había tumbado en la cama de arriba. Se veía capaz de caer dormida encima de la mesa de la cocina o, ya puestos, en el mismísimo suelo.

—Y sepa que tiene ratas en la casa —advirtió Flo, llenando la pava de agua—. Tendrá que hacer venir a un exterminador. ¿Conoce alguno?

—Por supuesto —dijo Hester cansinamente—. Mandaré recado a Sutton por la mañana.

—Ya lo haré yo. Mejor que no tome más té o se pasará toda la noche arriba y abajo como si tuviera el mal de San Vito.

—¿Noche? ¿Qué noche? —respondió Hester con amargura.

Bessie entró en la cocina con la cara recién lavada y dispuesta a lo que hiciera falta.

—Dentro de un par de horas —anunció, mirando a Hester— iré a ver cómo sigue. Flo y yo nos ocuparemos del resto de la noche. —Lanzó una mirada fulminante a la aludida—. ¿Verdad, Flo?

—Sí —convino Flo, sonriendo a Hester con su desportillada dentadura—. No la mataré, en serio. Lo juro por la tumba de mi madre.

—Tu madre no está muerta —gruñó Bessie.

Flo se encogió de hombros y puso el hervidor en el fogón. Luego se agachó para atizar el fuego.

—Necesitan más carbón —dijo con un resoplido—. Supongo que por eso admiten a cerdas como ésa.

Hester volvió al piso de arriba sumamente agradecida

y durmió como un tronco hasta cerca de las siete, hora en que comenzaban las tareas de la jornada. Por suerte, cuando pasó a ver a Ruth ésta dormía con relativa placidez, con fiebre no muy alta, y respiraba con bastante normalidad.

Abajo, en la cocina, Bessie estaba preparando gachas para quienes estaban en condiciones de comer y Flo dormía en una silla con la cabeza apoyada en la mesa.

Cuando Margaret llegó poco después de las diez se fijó en el semblante de Hester y luego en el de Bessie.

—¿Qué ha sucedido? —preguntó con los ojos como platos.

—Necesitamos más ayuda —contestó Bessie adelantándose a Hester.

—Y al exterminador de ratas —agregó Hester. Bessie ya había salido en busca de agua al pozo que había en la calle.

Margaret se estremeció con desagrado aunque no se sorprendió. Las ratas eran muy comunes en lugares como Portpool Lane.

—¿Cómo se encuentra Ruth Clark? —preguntó.

—Vivirá, mal que nos pese —repuso Bessie. Señaló a Hester con la cabeza—. La han tenido en pie toda la noche entre lady Clark y la pobre gachí que se ha presentado con una cuchillada en el brazo. Y ahora que lo pienso, aún no le he llevado el desayuno.

Y obrando en consecuencia sirvió un cucharón de gachas en un plato y fue a llevárselo a la habitación, dejando a Hester y Margaret a solas.

—Es verdad que necesitamos más manos —admitió Hester—. Pero no tenemos suficiente dinero para pagar a nadie, así que tendrán que ser voluntarias. Bien sabe Dios lo que nos cuesta conseguir dinero. No se me ocurre cómo vamos a convencer a alguien para que dedique tiempo a un lugar como éste. —Recorrió con los ojos la cocina iluminada con velas con su fregadero de piedra, los baldes de agua y los botes de madera con harina y avena en copos—. Por desgracia Dios no me ha dado la solución.

Margaret preparó té para ambas y tostadas de una hogaza de pan que había traído consigo. Incluso llevaba un tarro de mermelada sustraído de la cocina de su madre. Había dejado una nota en la despensa para evitar que echaran las culpas de su desaparición a la cocinera o algún otro sirviente.

—Aún no sé por dónde empezaré —dijo una vez ambas estuvieron sentadas—, pero ya se me ocurren al menos dos sitios en los que preguntar. Hay mujeres que no pueden disponer de dinero sin el consentimiento de sus maridos pero que tienen tiempo de sobra. Son muchas las que gozan de una posición desahogada pero se aburren como ostras.

Hester no estaba de humor para plantear objeciones por nimiedades. Agradecería muchísimo cualquier clase de ayuda y así lo manifestó.

Fue un día ajetreado. Otras dos mujeres ingresaron con bronquitis aguda y una tercera con un hombro dislocado. Bessie y Hester se las vieron y desearon para recomponerlo y, por supuesto, a la mujer le dolió una barbaridad. Soltó un chillido espantoso cuando Hester, tras tumbarla en el suelo, le apoyó un pie con tanto cuidado como pudo en la axila y tiró con firmeza de la mano.

Flo entró como una exhalación, exigiendo saber qué había ocurrido, y lamentó no poder ya colaborar. La mujer, jadeando y renegando, se puso de pie tambaleándose y sólo entonces se dio cuenta de que volvía a tener el hombro en su sitio.

Justo antes de las cinco llamaron a la puerta y Hester fue a abrir. Era el frutero ambulante con su carro detrás.

—Hola, Toddy. ¿Cómo está? —saludó Hester con amabilidad.

—Voy tirando, señora —contestó él sonriendo con timidez—. Sólo tengo lo de siempre. Usted no piensa que sea nada serio, ¿verdad? —Una chispa de inquietud le asomó a sus ojos.

Hester fingió otorgar a sus achaques la debida consideración.

—Voy a darle un ungüento de saúco. Bessie asegura que irá de perlas para sus rodillas.

—Muy amable de su parte —dijo Toddy—. Tengo seis libras de manzanas que no merece la pena que me lleve de vuelta a casa. Me darán más faena que beneficios. ¿Quiere que las deje aquí?

—Se lo agradecería mucho —respondió Hester, antes de entrar en busca del ungüento. Al regresar para darle el tarrito lo encontró de pie con las manzanas y un saco de patatas, zanahorias y chirivías.

Margaret se marchó a casa a las ocho de la tarde y la noche se hizo interminable. Hester, que apenas durmió un par de horas en total, echaba una cabezada cuando se presentaba la ocasión. Flo iba y venía de las habitaciones pero su pelea con Ruth Clark siguió haciéndose oír, y al amanecer todas estaban exhaustas. Al menos ninguna de las pacientes había dado motivos para temer que su vida corriera peligro.

A las diez y media llegó Margaret en compañía de dos mujeres. Entraron detrás de ella y se quedaron plantadas en medio de la sala, la primera observándolo todo con ojos desdeñosos sin el menor recato. Era una mujer alta y más bien delgada de cabello moreno y caderas bastante más anchas. Su rostro había sido hermoso en su juventud pero las marcas de la amargura lo habían desprovisto de toda belleza ahora que aparentaba tener cuarenta y tantos. Vestía ropa elegante y cara, aunque resultaba obvio que para acudir allí había elegido el traje chaqueta de lana más viejo de su guardarropa. Hester advirtió a primera vista que estaba bien cortado, era de buen tejido y cinco años atrás había sido el último grito de la moda.

La mujer que había detrás de ella era distinta en casi todos los aspectos. Medía unos cinco centímetros menos y su rostro era de facciones suaves, si bien la amplitud de la mandíbula y el mentón le conferían carácter. Tenía el cabello castaño claro y muy rizado. Su atuendo también era de buena calidad aunque de un corte menos moderno, y por su estilo se diría que correspondía al invierno anterior. Parecía la más nerviosa de las dos. No había descontento en su rostro pero sí una gran aprensión, como si temiera que en aquel lugar hubiese algo peligroso, incluso trágico.

Margaret presentó a la mujer de mayor edad.

—Ella es la señora Claudine Burroughs. Se ha ofrecido muy generosamente a ayudarnos dos días por semana.

—Encantada de conocerla, señora Burroughs —contestó Hester—. Le estamos muy agradecidas.

La mujer la miró con creciente desaprobación. Sin duda había reparado en el agotamiento de su semblante, el pelo recogido sin cuidado y las manos enrojecidas de fregar el suelo y pasar sábanas mojadas por el rodillo escurridor. La costura de un hombro de la blusa se le había desgarrado al extender el brazo para darle a la manivela del cabrestante que tensaba las cuerdas del tendedero.

—No es la clase de organización benéfica en la que suelo trabajar —dijo la señora Burroughs fríamente.

—Nunca hará nada que sea más valorado —respondió Hester intentando sonar amable. No podía permitirse ofenderla por más recelos que despertara en ella.

—Y ésta es la señorita Mercy Louvain —dijo Margaret al presentarle a la mujer más joven—. Está dispuesta a venir todo el tiempo que sea preciso. Incluso se quedará a dormir si con ello contribuye a la causa.

Margaret sonrió buscando los ojos de Hester y aguardando su aprobación.

¡Louvain! Hester se preguntó si sería pariente de Clement Louvain. Tenía que serlo; una hermana mucho más joven, casi seguro. Presentaban el mismo aspecto y su apellido era poco común. ¿Era posible que conociese a Ruth Clark? En tal caso, podía plantearse una situación embarazosa, sobre todo si Ruth era en realidad la amante de Louvain y no la de un amigo inventado.

Hester sonrió a su vez, primero a Margaret y luego a Mercy Louvain.

—Gracias, eso es extraordinariamente generoso de su parte. Las noches pueden ser muy pesadas. Le quedamos muy agradecidas.

Mercy no había escudriñado la habitación como la señora Burroughs ni una sola vez; para ella parecía no tener el menor interés.

Hester no manifestó a Margaret su gratitud con palabras por si la intensidad de su sentimiento alarmaba a las nuevas voluntarias pero procuró transmitírsela con los ojos cuando sus miradas se cruzaron. Luego Hester se llevó a las mujeres para enseñarles la casa y explicarles cuáles serían sus primeras tareas.

—Por el amor de Dios. ¿Es que no tienen criados de ninguna clase aquí? —inquirió la señora Burroughs cuando entraron en la lavandería. Miró el suelo de piedra y el montón de ropa sucia que había en él, y luego el enorme caldero que rezumaba vapores, moviendo las aletas de la nariz por el olor a vinagre y sosa cáustica que impregnaba el aire. Observó el rodillo escurridor que había entre las dos grandes tinas de madera como si fuese un obsceno instrumento de tortura.

—No tenemos dinero para pagarlos —explicó Hester—. Hemos de ahorrar para comprar medicinas, carbón y comida. La gente es muy renuente a hacernos donativos debido a la condición de nuestras pacientes.

La señora Burroughs resopló pero se abstuvo de decir nada. Sus ojos siguieron recorriendo la estancia, fijándose en los baldes, el saco de potasa, la cuba de sebo y los botellones de vinagre, los cepillos de fregar y los trapos de hacer la limpieza.

—¿De dónde sacan el agua? —preguntó—. No veo ningún grifo.

—Del pozo que hay en la calle —respondió Hester.

—¡Por todos los santos! —dijo la señora Burroughs—. Usted necesita un caballo de tiro para trabajar aquí.

—Necesito muchas cosas —reconoció Hester—. Aceptaré lo que me ofrezcan y quedaré muy agradecida. Bessie suele encargarse de ir por agua. No es preciso que se preocupen de eso.

—¿Bessie? ¿Es esa mujer tan corpulenta que he visto en el descansillo?

—Sí. Normalmente hace la colada, pero ahora mismo hay ingresadas muchas enfermas y heridas y Bessie ha aprendido unos rudimentos de enfermería, así que necesito que me ayude a atender a las pacientes.

—Tareas cualificadas. ¿No es eso? —inquirió la señora Burroughs con incredulidad.

—Sí, algunas lo son —repuso Hester, costándole mantener la compostura—. Otras no, como limpiar sangre y vómitos, vaciar orinales, esa clase de cosas.

La señora Burroughs levantó el mentón.

—Haré la colada —declaró.

—Muchas gracias —aceptó Hester con una sonrisa.

Si Mercy Louvain encontró divertida la reacción de la señora Burroughs, no lo manifestó. Hester mostró a esta última dónde estaba cada cosa, así como las proporciones exactas que había que mezclar en los calderos. Le explicó cómo manejar la pala de madera para remover la ropa, cuánto tiempo había que dejarla en remojo y a qué temperatura. Luego regresaría para ayudarla a aclararla y escurrirla, bajar el tendedero con el cabrestante, volver a subirlo una vez que hubiese tendido la ropa, y amarrarlo. Resultaba obvio que la señora Burroughs no había lavado nunca ni un pañuelo. Tenía mucho que aprender si quería ser de utilidad.

Mercy Louvain tenía un carácter totalmente distinto aunque Hester no tardó mucho en constatar que tampoco tenía ninguna experiencia en tareas domésticas. Rara vez había visitado una cocina pero cuando Hester le mostró los cacharros, los copos de avena, la sal, la harina, los guisantes secos y las hortalizas, al menos dio muestras de captar lo esencial de buen grado, aunque tuviera que hacer muchas preguntas. Finalmente Hester la dejó sola y fue al piso de arriba, preguntándose si no le resultaría más fácil hacerlo todo ella misma en vez de aceptar unas ayudantas tan inexpertas.

No obstante, a media tarde agradeció poder dejar a la señora Burroughs en manos de Bessie para que le explicara cómo terminar la colada mientras Flo enseñaba a pelar patatas a Mercy Louvain, lo cual le permitió dormir una siesta de un par de horas.

El ocaso llegaba más temprano cada tarde a medida que

el otoño avanzaba hacia el invierno y alrededor de la seis ya era de noche y hacía frío.

Echaron el cerrojo a las ocho y Hester se estremeció al pensar en las mujeres que había fuera haciendo la calle, buscando con ansia el comercio que les permitía subsistir.

Subió a ver cómo seguía Ruth Clark.

Se había recobrado lo suficiente para tomar una taza de caldo ligero y había manifestado su disgusto por su mala calidad. Hester se preguntó una vez más hasta qué punto su mal genio se dirigía en realidad contra el hombre que supuestamente la había amado, o al menos deseado, y que luego, al caer enferma, la había echado a la calle a la merced de desconocidos y de la compasión de quienes deseaban hacer el bien. De estar ella en su lugar se sentiría tanto o más contrariada y su lengua no sería menos viperina. ¿Había amado a aquel hombre? ¿O no fue más que un medio para vivir bien? Si le había importado, si incluso había abrigado esperanzas de que hubiera algo real en su relación que la hiciera duradera, no era de extrañar que estuviera tan dolida.

Entonces oyó chillar a Flo otra vez y corrió escaleras arriba. Estaba de pie junto a la cama de Ruth, insultándola con palabrotas. Los ojos de Ruth chispeaban con malicia y de su puño cerrado colgaban largos cabellos negros.

Hester perdió los estribos.

—¡Ya basta! —chilló—. ¡Compórtense de una vez! ¡Esto es un hospital, no una casa de citas!

—Claro que es una casa de citas —replicó Ruth—, y está llena de putas y ladronas.

—¡No soy una ladrona! —repuso Flo, furiosa, temblando de rabia—. Jamás he robado nada. Y no tienes derecho a decir que lo he hecho. Yo no he visto tu maldito anillo. Te recogimos porque te habían abandonado y tendrías que alegrarte de estar aquí.

—¿En vez de en un pozo negro? —replicó Ruth, retrepándose en las almohadas—. Y tú eres una ladrona.

Se oyó un leve ruido en el umbral y Hester se giró para encontrar a Mercy Louvain detrás de ella.

—¡Nunca has tenido un anillo, maldita mentirosa! —chilló Flo roja de ira—. Muchos aires y muchos modales pero no eres mejor que el resto de nosotras. Si por mí fuera, te largarías en cuanto te aguantaras de pie —prosiguió con saña—. Sólo que aún no puedes, ¿verdad? Tu hombre te puso en la calle y no tienes dónde caerte muerta. ¡Somos las últimas que se ocuparán de ti, cerda sarnosa!

—¿Y quién te ha querido a ti alguna vez, zorra ignorante y sifilítica? —la azuzó Ruth.

Flo se dispuso a atacarla pero Mercy Louvain se interpuso entre ambas, aunque enfrentándose a Ruth. Flo a punto estuvo de caer encima de ella, y al apartarse chocó con Hester, quien la sujetó por los brazos.

—Cállese —ordenó Mercy en voz baja pero con dureza—. Está enferma y necesita ayuda. Estas mujeres la han acogido para cuidarla. No le deben nada. No tienen ninguna necesidad de pasar la noche entera en vela ocupándose de usted. Más vale que no lo olvide. Antes que canta un gallo puede verse en la calle sola y desamparada. Si todavía no la han echado ha sido por pura generosidad. De modo que a no ser que quiera cambiar esta cama, con personas que la cuidan y la alimentan, por una esquina de la calle, mejor será que mida sus palabras.

Ruth la miraba incrédula de hito en hito. Apenas acertaba a comprender qué había ocurrido.

—¿Me ha oído bien? —dijo Mercy con aspereza.

—Sí... claro que la he oído. No he...

—Bien —la interrumpió Mercy—. Pues entonces compórtese en consecuencia. —Se volvió, obviamente atónita y un tanto cohibida por sus propias palabras. Miró a Hester un poco avergonzada—. Lo siento. Tal vez...

Hester le sonrió.

—Gracias —dijo en voz baja—. Eso ha sido muy efectivo. Flo, más vale que vaya a ver al resto de pacientes. Y manténgase alejada de aquí.

Flo la fulminó con la mirada. Se lo tomó como un reproche, una concesión a los deseos de Ruth.

—No soy una ladrona —dijo con vehemencia—. Que conste.

—Lo sé perfectamente —contestó Hester—. ¿Piensa que sería bienvenida en esta casa si lo fuera? —No iba a dejar que a Flo le diera por largarse.

Un poco más aplacada, Flo echó un último vistazo a Ruth y salió muy dignamente, sacudiéndose las faldas al cruzar el umbral. Hester y Mercy cambiaron las sábanas de la cama de Ruth y procuraron que descansara con la mayor comodidad posible. Pese a todo, seguía estando gravemente enferma y tenía una fiebre muy alta.

6

Monk se estaba acostumbrando a la humedad del aire y al olor de la marea, al movimiento y el rumor constante del agua. Había algo vagamente reconfortante en todo ello, como el latido de un corazón. La luz era distinta a la de las calles; más intensa, más limpia, con más ángulos y reflejos. Al anochecer y al alba relucía en la superficie bruñida del agua en destellos rosas y amarillo pálido. El sol tardaba más en ponerse que en la maraña de los tejados de la ciudad.

Ahora tenía algo urgente que hacer. Sabía lo suficiente para darse cuenta de que buscar al ladrón directamente carecía de sentido. Debía anticiparse a sus movimientos y estar un paso por delante de él cuando fuera a vender el marfil. Eso si ya no era demasiado tarde.

Pero el fracaso era algo en lo que no se podía permitir siquiera pensar; le resultaba agobiante, privándole de la fuerza necesaria para seguir batallando. Si el marfil lo había sustraído alguien que sabía de su existencia y que contaba con un comprador interesado, desde buen comienzo cualquier búsqueda habría estado abocada al fracaso. En cambio, si el robo había sido un delito oportunista, resultaría mucho más difícil vender semejante botín y era harto probable que aún siguiese guardado en algún lugar seguro.

Y mañana tendría que reunirse con Little Lil. ¿Qué le contaría? La idea era cualquier cosa menos agradable.

El primer atisbo de esperanza se produjo a media mañana, cuando Monk estaba compartiendo un rincón resguardado del viento húmedo con uno de los hombres de la banda a la que había visto perpetrar el hurto mediante escaramuza. Monk acababa de mencionar el nombre de Louvain.

El hombre volvió la cabeza con expresión de furia y miedo.

—¿Trabajas para él? —gruñó.

Monk no supo si admitirlo o negarlo.

—¿Por qué? —preguntó.

—No tiene nada que ver conmigo —se apresuró a decir el hombre.

—¿A qué te refieres? —inquirió Monk dando un paso hacia él.

—¡Déjame! —El hombre levantó el brazo como para protegerse y se apartó retrocediendo con un movimiento rápido—. Yo no sé nada.

Monk fue tras él.

—¿Sobre qué?

—Sobre Clem Louvain. No me meto en nada que tenga que ver con él. ¡Déjame en paz!

Monk lo agarró por el brazo y lo retuvo.

—¿Por qué no? —preguntó—. ¿Qué tienes contra Louvain?

El hombre estaba asustado. Tenía una expresión agresiva, pero temblaba. Había odio en sus ojos. Fulminó a Monk con la mirada y acto seguido se metió la mano libre en el bolsillo. Un instante después Monk sintió una punzada de dolor en el brazo antes incluso de ver la navaja. En parte para defenderse pero no menos por pura ira, dio un rodillazo a su agresor que le hizo retroceder tambaleándose, doblado sobre sí mismo y soltando un grito de dolor con el rostro bañado en lágrimas.

Monk se examinó el brazo. La chaqueta estaba rajada y una mancha de sangre se extendía por la camisa y el tejido del abrigo.

—¡Maldito seas! —masculló, mirando al hombre agachado—. ¡Qué estúpido eres! Sólo te estaba preguntando.

Se volvió y echó a caminar tan aprisa como pudo, consciente de que tenía que hacerse curar el brazo antes de perder mucha sangre o de que se le infectase la herida.

Había recorrido unos cien metros calle abajo cuando cayó en la cuenta de que no sabía adónde se dirigía.

Se detuvo un momento. El brazo le dolía y le preocupó que se convirtiera en un obstáculo para seguir adelante con sus planes. Manco, estaría en una situación de desventaja que no le convenía lo más mínimo. ¿Dónde habría un médico que pudiera vendarle la herida y coserla en caso necesario?

¿Acaso podía recurrir a la casa de socorro de Portpool Lane? ¿O sólo estaba abierta para las mujeres de la calle? Lástima que quedase tan lejos. Sin advertirlo, estaba sosteniendo el brazo contra el pecho y la sangre rezumaba pegajosa entre los dedos. Tenía que encontrar un médico cuanto antes.

Giró en redondo, se encaminó a la tienda más cercana y entró sin más. El establecimiento estaba lleno de artículos de ferretería, incluidos utensilios de cocina y herramientas de jardinería, pero había sobre todo efectos navales. El aire estaba impregnado del olor a cáñamo de los cabos, a sebo, polvo y lona.

Un hombrecillo con gafas le miró desde detrás de un montón de faroles.

—¡Pero qué horror! ¿Qué le ha pasado? —exclamó, mirando el brazo de Monk.

—Un ladrón —contestó éste—. No tendría que haber forcejeado con él. Llevaba una navaja.

—Vaya por Dios. ¿Le quitó el dinero?

—No. Puedo pagar a un médico, si encuentro uno.

—Venga acá y siéntese, no vaya a desvanecerse. Se le ve mareado. —Salió de detrás del montón de faroles y condujo a Monk hasta una butaca con respaldo de madera—. Un trago de ron no le haría ningún daño tampoco. —Se volvió hacia la puerta de la trastienda—. ¡Madge! Ve a buscar al cuervo.* Y date prisa. ¡No es momento para travesuras!

* Cuervo, *crow* en inglés, significa médico y también vigía de una banda de ladrones, en la germanía portuaria de Londres. *(N. del T.)*

Se oyó un grito de asentimiento procedente de algún lugar invisible y luego unos pasos presurosos y un portazo.

Monk se alegró de poder sentarse, aunque no se encontraba tan mal como al parecer creía el propietario de la tienda.

—No se mueva de aquí —le dijo el hombre con preocupación, y se fue a despacharle un rollo de cabo y dos cajas de clavos a un hombre muy flaco con una chaqueta verde guisante, y un paquete de agujas para coser velas, un par de cornamusas de madera y un cubo para el carbón a un marinero de barba rubia.

Monk reflexionaba sobre el modo en que había reaccionado el hombre del muelle ante la mera mención del nombre de Louvain. Se había enojado pero, más aún, había sentido auténtico miedo. ¿Por qué? ¿Por qué tenía un ratero que temer a un hombre poderoso? Louvain era un personaje cuya influencia podía ser beneficiosa o perjudicial para muchos a quienes apenas conocía. Durante su etapa en la policía, Monk había visto aquella clase de miedo en hombres insignificantes e indefensos a quienes podía perjudicar y a quienes se lo hacía saber. Entonces pensaba que era la única manera de hacer su trabajo pero el precio fue alto. ¿Sería eso también cierto en el caso de Louvain, una sombra del mismo conocimiento y responsabilidad, del mismo uso del poder? Ahora bien, ¿cómo se habían cruzado siquiera los caminos de aquel rufián y de un hombre de la talla de Louvain?

Había muchos aspectos de Louvain que Monk desconocía, cosas que debería aprender, tanto en lo práctico como en lo moral. La ignorancia era peligrosa y él estaba avanzando a trancas y barrancas por un terreno desconocido entre ladrones con quienes no tenía ninguna conexión ni influencia. En cierto sentido se encontraba en una situación semejante a la de los primeros meses después del accidente, cuando todo le era desconocido. No distinguía a los amigos de los enemigos y siempre tenía la sensación de estar en desventaja.

Por alguna razón era más difícil tratar de hacerlo por segunda vez. Entonces su inocencia había sido una especie de protección. Ahora se sentía más cansado y vulnerable.

El olor de los cabos, el petróleo y el sebo era inaguantable. ¿Cuánto tiempo llevaba allí? ¿Tenía posibilidades de encontrar el marfil de Louvain? ¿Había alguna prueba de que realmente existiera? De hecho, sólo contaba con la palabra de Louvain al respecto. Quizá lo había desembarcado en algún otro sitio para venderlo y ahora utilizaba a Monk como una cortina de humo para engañar al comprador londinense.

—Aquí está —dijo una vocecilla aguda sacándolo de su ensimismamiento.

Monk levantó la vista y vio a una niña de ocho o nueve años con el pelo recogido con un trozo de cordel, el rostro mugriento y faldas largas hasta la caña de las botas. Aunque el hecho de que llevara botas era insólito. Tenía que ser Madge.

Detrás de ella se acercaba un hombre de unos treinta años con el cabello lacio, brillante y negro, casi hasta los hombros, y una amplia sonrisa. Su aspecto era jovial.

—Soy el cuervo —anunció—. Se ha metido en una pelea, ¿eh? Pues veamos qué tiene. No podré hacer nada a través de toda esa tela. —Observó la chaqueta de Monk—. Lástima, es una buena prenda. Aun así, será mejor que se la quite.

Lo ayudó a despojarse de ella, sujetándola mientras Monk hacía muecas de dolor al mover el brazo herido.

Madge se marchó corriendo y regresó al cabo de nada con una botella de brandy. La sostenía en los brazos, acunándola como si fuese una muñeca, aguardando a que se la pidieran.

El médico trabajó con bastante destreza. Apartó la tela de la camisa de la herida y torció el gesto al inspeccionarla.

Monk prefirió no preguntarse qué clase de formación tendría, si acaso tenía alguna, como tampoco qué honorarios le pediría. Tal vez hubiese sido más sensato tomar un coche de punto hasta Portpool Lane, por más tiempo o dinero que le hubiese costado. A fin de cuentas habría sido más seguro y quizá le habría salido por el mismo precio. Pero ya era demasiado tarde. El hombre cogió el brandy y un trapo para limpiar la sangre.

El alcohol le escoció tanto que Monk tuvo que morderse el labio para no soltar un grito.

—Lo siento —murmuró el médico sin dejar de sonreír, como si así fuera a tranquilizarlo—. Podría haber sido peor. —Estudió con detenimiento la herida, que seguía sangrando en abundancia—. ¿Qué lleva encima como para que lo apuñalen así? Supongo que será valioso, de lo contrario no me lo explico. —Le daba conversación para distraerlo del dolor y de la sangre.

Monk pensó en el reloj de Callandra y se alegró de haberlo dejado en el cajón superior de la cómoda del dormitorio. Le dirigió una sonrisa al médico, aunque fue más un mero enseñar los dientes que una expresión de buen humor.

—Nada —contestó—. Le hice enfadar.

El médico levantó la mirada y le miró con curiosidad.

—¿Es un hábito adquirido, eh? Podría ganarme la vida a su costa, está más claro que el agua. Por supuesto, siempre y cuando no terminara muriendo en mis brazos. Procure no hacer enfadar a nadie tanto como para que se la clave en el cuello la próxima vez. —Apretaba con fuerza para detener la hemorragia mientras hablaba—. Apoye la otra mano aquí —ordenó, señalando la compresa improvisada que le tapaba la herida—. Apriete. —Sacó de su bolsillo una aguja y un trozo de catgut. Los lavó con brandy y luego pidió a Monk que soltara la compresa. Deprisa y con destreza cosió primero la parte interna de la herida y luego la piel de fuera. Contempló el resultado con satisfacción antes de envolverla con una venda y atar los extremos—. Tendrá que hacérsela cambiar mañana y luego cada día hasta que esté curada —dijo—. Pero le quedará bien.

—Lo hará mi esposa —contestó Monk, que empezaba a tener frío y temblores—. Gracias.

—¿No será de las que se desmayan en cuanto ven sangre, verdad?

—Fue enfermera en Crimea —explicó Monk con orgullo—. Podría amputar una pierna si fuese necesario.

—¡Caray! ¡Que no sea la mía! —dijo el médico, aunque abrió los ojos con admiración—. ¿En serio, o me está tomando el pelo?

—No, en absoluto. Le vi hacer algo parecido con mis

propios ojos en el frente durante la guerra civil americana.

El médico hizo una mueca.

—Pobres diablos. Y usted ¿con quién se ha peleado, si puede saberse? Tiene que haberle hecho una buena para que reaccionase así.

—No lo sé. Un ratero.

El médico le miró entornando los ojos, estudiándolo con interés.

—Usted no es de por aquí —sentenció—. Le van mal las cosas, ¿eh? Habla como si fuera de la parte oeste, como quien tiene una patata caliente en la boca. —Observó la camisa de Monk, pasando por alto el desgarro y la manga ensangrentada—. ¿Es un tahúr? Porque traficante de mercancía robada no es, no le veo yo tan espabilado. Hay que ir con la guardia muy baja para que te den un navajazo como éste.

—No —dijo Monk secamente. La herida empezaba a dolerle y cada vez sentía más frío. La discreción le estaba sirviendo de muy poco—. El hombre que me apuñaló lo hizo porque le pregunté acerca de Clement Louvain.

El médico abrió aún más los ojos.

—¿En serio? —dijo, y soltó un leve silbido entre los dientes—. Pues yo en su lugar no iría por ahí haciendo esa clase de preguntas. No conviene inmiscuirse en los asuntos del señor Louvain, nadie lo contraría dos veces, puede apostar lo que quiera.

—Sin embargo, tendrá amigos...

—Puede. Pero son mayoría los que le odian, los que le temen y los que le odian y le temen a la vez. —Cogió la botella de brandy y se la ofreció a Monk—. No beba más de un trago o dos o aún se encontrará peor, pero esto lo entonará. Y voy a darle un consejo a cambio de nada: no se entrometa en los asuntos de Clement Louvain. Si alguien le contraría, se convierte en un perro rabioso. Si quiere conservar su otro brazo, manténgase apartado de él.

Monk bebió un trago de brandy y sintió fuego en el estómago.

—Así que quien le contraría es muy valiente o muy idiota, ¿no? —repuso, observando el rostro del médico.

El médico se sentó, recostándose contra una pila de cabos.

—¿Es lo que ha hecho usted? —preguntó con franqueza.

—No. Fue un ladrón. Yo estoy intentando recobrar la mercancía.

—¿Para Louvain?

—Por supuesto.

—¿De uno de sus barcos? Probablemente el *Maude Idris*.

—Sí. ¿Por qué?

—¿Qué le robaron?

—Marfil.

El médico soltó otro silbido.

Monk se preguntó si la pérdida de sangre le habría reblandecido los sesos. No tendría que haber hablado tanto. La desesperación le estaba volviendo descuidado.

—Así que o bien hay alguien sentado encima de un montón de marfil preguntándose cómo diablos deshacerse de él sin revelar su identidad para que no le caiga encima la venganza de Louvain —dijo Monk en voz muy baja—, o bien alguien con mucho poder, o al menos el suficiente para no tener que temer las represalias de Louvain, está muy satisfecho de sí mismo y quizás haya ganado un dineral.

—O está la mar de contento por habérsela jugado a Louvain —agregó el médico.

—¿Quién haría algo así?

El otro sonrió.

—Elija a quien quiera: Culpepper, Dobbs, Oldham. Cualquiera de los peces gordos del Pool, o de la dársena de las Indias Occidentales, o incluso de la parte de Limehouse. Yo me volvería a casa si fuese usted. No está preparado para esto. El río no es lugar para un caballero. Los asesinos aún salen por un penique la pareja, si se sabe dónde buscarlos.

Monk apretó los dientes al sentir una nueva punzada de dolor.

—Deje que Louvain limpie sus propias porquerías —añadió el médico.

—¿Cuánto le debo? —preguntó Monk, poniéndose de pie despacio y un tanto vacilante.

—Bueno, supongo que le debe algo a Herbert por el brandy, pero a mí no tiene que darme nada. Me ha parecido interesante su historia. Crimea, ¿eh? ¿En serio?

—Así es.

—¿Conoció su esposa a Florence Nightingale?

—Sí.

—¿Y usted?

—También. Tiene una lengua bastante afilada. —Monk sonrió y se estremeció al recordar.

El médico se metió las manos en los bolsillos. Le brillaban los ojos.

Monk estuvo a punto de hablarle de la casa de socorro de Portpool Lane, pero finalmente cambió de parecer. Aquel impulso sólo obedecía al orgullo. Más valía ser discreto, al menos por el momento.

—¿Cómo se llama? —preguntó al médico. Tal vez se pondría en contacto con él más adelante.

—Crow —respondió el otro con una sonrisa de oreja a oreja—. Al menos así es como me llaman. Encaja con mi profesión. ¿Y usted?

Monk le devolvió la sonrisa.

—Monk...*

Crow rió a carcajadas y Monk se sintió extrañamente cohibido. De hecho, notó que se ruborizaba. Le dio la espalda y buscó dinero en el bolsillo para pagar el brandy a Herbert.

Éste se negó a cobrarle, y entonces Monk le dio seis peniques a Madge, y otros seis cuando le llevó agua y jabón para limpiar la chaqueta antes de marcharse. Fuera soplaba un viento cortante, pero el frío lo reanimó.

Con la mente más despejada y ligeramente más lúcido cobró conciencia de que si tenía intención de visitar a Little Lil otra vez necesitaría un mínimo de dos o tres relojes que venderle. Ni siquiera por el dinero de Louvain iba a desprenderse del reloj de Callandra. Sólo le quedaba recurrir al

* En inglés, *monk* significa monje. *(N. del T.)*

propio Louvain en busca de ayuda. La mera idea le hizo sentir un nudo en la garganta, pero no tenía otra alternativa. Cuanto antes lo hiciera, antes superaría el mal trago.

—¿Qué me dice? —replicó Louvain incrédulo cuando Monk le refirió su plan.

Monk notó que tenía el rostro encendido. Estaba de pie delante del escritorio de Louvain y éste estaba sentado en el gran sillón tallado y acolchado que había detrás. Louvain se había fijado en la manga desgarrada de Monk pero éste le había restado importancia.

—Necesito convencerlos de que tengo mercancía robada para vender —insistió Monk, sosteniéndole la mirada sin pestañear. Sabía exactamente lo que Louvain se proponía con su conducta puesto que él mismo había ejercido aquella clase de dominación de la voluntad ajena cuando había estado en la policía y contaba con el respaldo necesario. Se negó a dejarse intimidar—. Las palabras sirven de poco —agregó—. Tengo que enseñarles algo.

—¿Y me cree lo bastante estúpido como para acceder? —En la voz de Louvain había un amargo escarnio, y quizá decepción—. ¿Le entrego cuatro o cinco relojes de oro sin garantías de verle otra vez y mucho menos mis relojes? ¿Por qué clase de idiota me toma?

—Por uno que no contrata a un hombre para que recupere unos bienes robados sin antes averiguar lo suficiente acerca de él como para saber si es de fiar o no —repuso Monk.

Louvain sonrió. Hubo una chispa de respeto en sus ojos, aunque ningún afecto.

—Sé mucho más sobre usted que usted sobre mí —concedió con un dejo de arrogancia.

Monk le devolvió la sonrisa con una mirada dura, como si también él estuviera en poder de informaciones secretas que le divertían.

Louvain percibió algo y se produjo un sutil cambio en su mirada.

Monk sonrió más abiertamente.

De repente Louvain pareció inseguro.

—¿Qué sabe acerca de mí? —preguntó con tono inexpresivo.

—Lo único que me interesa es lo que guarda relación con el marfil —dijo Monk—. Necesito saber quiénes son sus enemigos, sus rivales, sus deudores y acreedores, las personas que piensan que han sido tratadas injustamente por usted.

—¿Y qué ha averiguado? —preguntó Louvain con vivo interés, enarcando las cejas.

Tal vez para tener éxito en el duro y peligroso comercio que había elegido, Louvain debía mostrarse como un hombre a quien nadie se atrevería a contrariar, pero ¿había un caballero detrás de la máscara? ¿Era capaz de experimentar sentimientos más tiernos, como el amor, la vulnerabilidad, los sueños? ¿La mujer que había llevado a Portpool Lane era la amante de un amigo? ¿O acaso era su propia amante y había tenido que proteger a su familia, quienesquiera que fuesen su esposa, hijos y padres?

—¿Qué ha averiguado? —repitió Louvain.

—Ciertas cosas.

Louvain asintió muy despacio.

—Así pues, si le consigo esos relojes, imagino que sabrá que en caso de que los robe Inglaterra no será lo bastante grande para que se esconda, y no digamos ya Londres.

—No los robaré porque no soy un ladrón —replicó Monk. Era abrumadoramente consciente de la diferencia en riqueza entre ambos. Él vivía de semana en semana y Louvain sin duda lo sabía, mientras que éste poseía buques, almacenes, una residencia en Londres con carruajes, caballos, posiblemente hasta una casa en el campo. Tendría criados, bienes, un futuro tan seguro como era posible tenerlo en la vida.

Louvain levantó las cejas aunque con una chispa de humor en el semblante.

—Quizá nadie haya sido aún tan imprudente como para darle relojes de oro...

—Es la primera vez que trabajo para alguien que ha perdido un cargamento de marfil —replicó Monk—. Mi especialidad son los asesinatos.

—Y los hurtos —agregó Louvain con crueldad—. Últimamente ha recuperado un par de broches, un violonchelo, un libro raro y tres jarrones. En cambio, no consiguió recuperar una bandeja de plata, una caja de laca roja y un caballo de tiro.

Monk sintió que le hervía la sangre. Si permaneció en la habitación sólo fue porque era consciente de lo mucho que necesitaba que Louvain le pagara por su trabajo.

—Lo cual nos devuelve a la cuestión de por qué me contrató para recuperar el marfil en lugar de acudir a la Policía Fluvial, que es lo que cualquiera hubiese hecho —dijo con acritud.

El rostro de Louvain reveló muchas emociones, violentas y contradictorias: ira, miedo, un momento de respeto y una creciente frustración. Advirtió que Monk seguía mirándolo fijamente y que sus ojos no pasaban nada por alto.

—Le daré cuarenta guineas por esos relojes —dijo de sopetón—. Consiga lo que pueda. Pero si tiene intención de venderlos por aquí más vale que vaya a comprarlos a la ribera sur del río. Los prestamistas y peristas de esta orilla conocen al dedillo sus respectivos negocios. Ahora váyase y ponga manos a la obra. El tiempo apremia. ¡De nada me servirá averiguar quién robó mi marfil si ya se lo ha vendido a un tercero!

Se puso de pie y fue hasta la caja fuerte que había en el rincón más alejado, la abrió dando la espalda a Monk, sacó el dinero y volvió a cerrarla. Se volvió hacia Monk, contó las monedas y se las tendió. Sus ojos eran tan duros como el viento invernal del Támesis, pero no repitió su advertencia.

—Gracias —dijo Monk, antes de darse la vuelta y marcharse.

Louvain llevaba razón al decir que no había tiempo que perder; también en lo de que sería mucho más prudente comprar los relojes en la orilla sur del río y, ya puestos, quizá no estaría de más bajar hasta Deptford, frente a la isla de los Perros. Caminó con brío por los muelles protegiéndose el brazo herido como buenamente podía. Tendría que buscar un sastre que le cosiera el tajo del abrigo, pero ya no disponía de tiempo para eso. El corte era sorprendentemente pequeño para el daño que la navaja le había infligido.

Ya comenzaba a oscurecer aunque sólo era media tarde. Se había saltado el almuerzo, de modo que compró una empanada de anguila en un puesto ambulante. Al dar el primer mordisco se dio cuenta de lo hambriento que estaba. Se detuvo en el muro de contención, cerca de la escalinata que bajaba al agua, a la espera de un transbordador que le llevara a la orilla opuesta. La marea estaba baja y el olor del lodo era agrio. Parecía que se pegara a la piel, al pelo, a la ropa, y que lo siguiera cuando regresaba a casa.

El aire era húmedo, y el sonido del agua contra las piedras tan rítmico como el de la sangre en un ser vivo. Leves velos de bruma flotaban sobre la superficie lisa y brillante del río. La brisa estriaba saetas de plata que se encendían y apagaban. A lo lejos, hacia el sur, por el meandro de Limehouse Reach sonaba una sirena de niebla como un triste lamento.

Monk tiritaba. A medida que el viento fuese cayendo aumentaría la bruma. No le apetecía que una niebla espesa lo sorprendiera intentando cruzar el río de regreso. Tenía que ir tan aprisa como pudiera. Sin razonar qué ventaja suponía, caminó hasta el borde de la escalinata y bajó unos peldaños, paralelos al muro y sin barandilla, con el agua negra arremolinándose agitada y ruidosa cuatro metros por debajo de él.

A unos veinte metros había un bote con un hombre sentado ociosamente a los remos. Monk se hizo bocina con las manos y lo llamó. El hombre giró la cabeza, lo vio y hundió los remos en el agua, empujando el bote hacia él.

—¿Quiere cruzar? —preguntó cuando estuvo lo bastante cerca para que le oyera.

—¡Sí! —contestó Monk.

El hombre arrimó el bote y Monk bajó el resto de peldaños. No iba a serle fácil subir a bordo con un brazo entumecido pues tendría que moverlo para mantener el equilibrio. El hombre le observó con cierta compasión pero tenía que mantener ambas manos en los remos para controlar el bote.

—¿Adónde va? —preguntó cuando Monk se hubo sentado y se levantaba el cuello del abrigo para taparse las orejas.

—A la otra orilla.

El hombre hundió los remos en el agua y dobló la espalda. Aparentaba unos treinta años y su rostro era agradable, de rasgos poco marcados, con la piel un poco agrietada por la intemperie, las cejas rubias y las mejillas salpicadas de pecas. Manejaba el bote con destreza, como si fuese un acto reflejo.

—¿Ha pasado toda su vida en el río? —preguntó Monk. Un hombre como aquél quizás hubiese visto algo que le resultara útil, siempre y cuando sus preguntas no fuesen tan evidentes como para revelar su propósito.

—Casi toda. —El hombre sonrió, mostrando un diente roto—. Pero usted es nuevo aquí. Al menos yo no le había visto hasta ahora.

—En este tramo no me extraña —dijo Monk evasivo—. ¿Cómo se llama?

—Gould.

—¿Hasta qué hora trabaja?

Gould se encogió de hombros.

—Si la noche es mala, vuelvo pronto a casa. Si hay trabajo, me quedo hasta tarde. ¿Por qué? ¿Quiere volver a cruzar después?

—Es posible. Si tengo suerte no me demoraré mucho.

Debía formular sus preguntas sin levantar sospechas. No podía permitir que corriera el rumor de que andaba haciendo indagaciones. Ya se había granjeado un enemigo y lo último que deseaba era que lo arrojaran al agua gélida. Se sacaban demasiados cuerpos del Támesis y sólo Dios sabía cuántos más nunca se encontraban.

—¿No es peligroso de noche? —preguntó.

Gould soltó un gruñido.

—Puede serlo. —Señaló con la cabeza hacia un yate cuyas luces se reflejaban en el agua; las risas de los pasajeros flotaban en el aire hasta ellos—. Para la gente como ésa no, pero en botes pequeños como el mío, sí, puede serlo. Ocúpate de tus asuntos y todo irá bien.

Monk oyó la advertencia pero no estaba en condiciones de seguirla.

—¿Quiere decir que los piratas del río usan botes? —preguntó.

Gould se dio unos golpecitos en el lado de la nariz.

—Nunca he oído hablar de ellos. No hay piratas en el Támesis. Algún ladrón de vez en cuando, pero ésos no matan a nadie.

—A veces sí —replicó Monk. Estaban a medio camino y Gould iba sorteando los buques anclados con considerable destreza. El bote avanzaba casi en silencio, el ruido de las paladas se confundía con los demás sonidos del agua. La bruma se iba espesando y casi toda la luz se difuminaba en una masa gris y pegajosa que daba escozor en la garganta. Los cascos de los barcos surgían como manchas oscuras entre las tinieblas, ora bien definidas, ora no más que sombras. Las sirenas de niebla resonaban por doquier y al final costaba saber de qué dirección procedían.

¿Cómo había sido la noche del robo? ¿Acaso alguien se había aprovechado del tiempo que hacía? ¿O se había equivocado de buque como un tonto?

—¿Usted sabría encontrar un barco en concreto con esto? —preguntó Monk, moviendo la cabeza para indicar la bruma que los iba envolviendo.

—Pues claro, hombre —dijo Gould alegremente—. Conozco los barcos del río como la palma de mi mano. —Señaló uno con el mentón—. Ése de ahí es el *City of Leeds*, cuatro mástiles, recién llegado de Bombay. El *Liverpool Pride* está fondeado veinte metros más allá. Viene del cabo de Buena Esperanza. Lleva tres semanas esperando atracar. Al otro lado está el *Sonora*, extranjero, de la India creo. Tengo que saber dónde está cada uno con un buen margen, si no podría estrellarme contra cualquiera con tan poca visibilidad.

—Sí, claro.

A Monk se le agolpaban las ideas en la cabeza, se imaginaba a los ladrones avanzando con sigilo entre las espirales de vapor hacia el *Maude Idris* tras haberlo ubicado durante el día. ¿Habría sido necesario un bote mucho mayor que aquél para llevar a dos hombres, o quizá tres, y el marfil? Miró a Gould, sus fuertes hombros al remar, su agilidad al efectuar un viraje repentino, girando la pala para cambiar el rumbo del bote. Tendría fuerza de sobra para trepar por el costado de un barco y también para cargar el marfil. Tendría fuerza de sobra para romperle la crisma a un hombre, por ejemplo a Hodge.

—¿Adónde quiere ir? —preguntó Gould.

Monk apenas distinguía nada en la ribera desdibujada por la oscuridad. Lo que necesitaba era un buen prestamista que hiciera pocas preguntas y que luego declinara acordarse de él, pero si alguna vez había tenido algún conocimiento de la orilla sur del río, lo había olvidado por completo. Quizá Gould podría aconsejarlo.

—A una casa de empeños —contestó—. Busco un prestamista que cuente con buen material pero que no tenga demasiadas pretensiones.

Gould soltó una carcajada.

—Y quiere uno de la orilla sur, ¿eh? Yo podría indicarle unos cuantos en la norte. El mejor es Old Pa Weston. Le dará un precio justo y no le hará preguntas acerca de dónde lo ha sacado, sea lo que sea. Dígale que lo ha heredado de su tía Annie. Le mirará con la solemnidad de un búho y jurará que le cree.

Monk imaginó que el propio Gould debía de haberlo intentado unas cuantas veces. Quizás hiciera de mensajero de algún perista como trabajo extra, con todos los bolsillos especiales cosidos en la ropa, o simplemente perpetrara hurtos provocando escaramuzas como el hombre que lo había apuñalado. Se alegró de no llevar el reloj de Callandra encima.

—Prefiero la orilla sur —contestó Monk—. Me viene mejor en estos momentos.

—Ya —dijo Gould—. Hay cosas que no son fáciles de colocar. —Hizo un gesto compungido encogiendo un poco los hombros y al inclinarse hacia delante las luces de un barco iluminaron su rostro un instante.

Monk vio su cara de frustración y una especie de mofa de sí mismo entre sardónica y apurada. Se preguntó qué baratija estaría intentando empeñar Gould. Era de suponer que la policía ya tendría una descripción.

Ahora estaban a sólo unos metros de la orilla. Monk vio el empinado terraplén alzarse delante de ellos y oyó el agua lamer los peldaños. En un abrir y cerrar de ojos estuvieron abarloados y, con un experto giro del remo, Gould mantuvo el bote arrimado a la piedra para que Monk pudiera bajar.

—¿Qué se ha hecho en el brazo? —preguntó al fijarse en que Monk hacía un gesto de dolor al sacar dinero del bolsillo para pagarle.

Monk lo miró a los ojos.

—Una pelea con navaja —dijo escuetamente. Luego le pasó el dinero y una propina de seis peniques—. Le daré lo mismo para regresar si está aquí dentro de un par de horas.

Gould sonrió con malicia.

—No le corte el cuello a nadie —dijo alegremente.

Monk saltó a la escalinata y comenzó a subir manteniendo el equilibrio sobre la piedra mojada con dificultad. Se dirigió a la farola más próxima y echó un vistazo alrededor. No disponía de tiempo para explorar el terreno, tenía que preguntar, y en cuestión de minutos encontró a alguien. Todo el mundo estaba al tanto de la necesidad de empeñar algo de vez en cuando y que alguien pidiera la dirección de un prestamista no era algo inusual.

Una hora y tres cuartos más tarde estaba de vuelta en la escalinata, y al cabo de diez minutos vio el bote de Gould emerger de la bruma y la absoluta oscuridad que reinaba en el río. No se dio cuenta del alivio que sentía hasta que estuvo sentado en el bote otra vez, balanceándose suavemente con su vaivén y tres relojes de oro en el bolsillo.

—Ha conseguido lo que quería, ¿verdad? —preguntó Gould, hundiendo los remos y enviando el bote hacia la corriente de nuevo.

La bruma se cerró en derredor y la orilla desapareció. En cuestión de instantes el resto del mundo se desvaneció y lo único visible fue el rostro de Gould delante de él y la silueta de su cuerpo recortada contra la espesa bruma. Monk oía el chapoteo del agua y el ocasional bramido de una sirena de niebla, y olía la sal y el lodo de la marea veloz. Era como si él y Gould fuesen los dos únicos hombres vivos sobre la faz de la tierra. Si Gould le robaba y lo arrojaba por la borda, nadie lo sabría jamás. Caería en el olvido en todos los sentidos.

—He cumplido mi palabra —contestó. Miró de hito en hito a Gould, observándolo con la dura y firme frialdad que había paralizado a agentes, e incluso a sargentos, durante su etapa en la policía. Era la única arma que tenía.

Quizá Gould asintiera con la cabeza, pero en la oscuridad Monk apenas distinguía su figura. Sólo el movimiento rítmico y constante del bote le aseguraba que seguía remando. Durante unos minutos avanzaron en medio de un silencio sólo roto por el ruido del agua y, a lo lejos, las sirenas de niebla.

Pero Gould conocía el río y Monk no debía desperdiciar la oportunidad de aprender lo que pudiera de él.

—¿Hay botes en el agua toda la noche? ¿Incluso poco antes del amanecer? —preguntó.

Gould se demoró un instante antes de contestar.

—Siempre hay ladrones al acecho de una oportunidad —respondió—. Pero a no ser que sepas lo que te haces y sepas cuidar de ti mismo, más vale estar en la cama a esas horas.

—¿Cómo lo sabe?

Gould rió entre dientes.

—Me lo han contado —repuso, pero la sorna de su voz hacía patente la verdad.

—Así que hay ladrones... Serán peligrosos —dijo Monk pensativamente.

Gould seguía divertido con la ingenuidad de Monk, que continuó:

—¿Van en botes propios o los toman prestados? ¿O los roban por una noche? ¿Alguna vez le han robado el bote?

—¡Qué vá! —exclamó Gould, indignado. Era un insulto a su habilidad y a su valía para estar en el río.

—¿Cómo sabría si alguien ha usado su bote hacia... pongamos las tres o las cuatro de la madrugada?

—Sabría si alguien ha usado mi bote a cualquier hora. Lo dejo amarrado con mi nudo personal, aunque a las cuatro de la mañana estaría a bordo yo mismo.

—¿A las cuatro? ¿Cada madrugada?

—Sí, más o menos. ¿Por qué? ¿Lo dice por alguna madrugada en particular?

Monk se dio cuenta de que había ido todo lo lejos que podía ir. Gould probablemente conocía a muchos ladrones del río; incluso cabía que fuese cómplice de alguno de ellos. La cuestión era: ¿quería Monk arriesgarse a que corriera la voz de su búsqueda hasta quienquiera que hubiese robado el marfil? Pero el caso era que a estas alturas lo más probable es que ya lo supieran.

El casco de una goleta se alzó imponente ante ellos, casi echándoseles encima. Gould efectuó un movimiento brusco con los remos para desviar el bote. Monk se agarró a los costados instintivamente. Confió en que la oscuridad hubiese impedido que Gould se percatara. Medio esperaba el impacto del agua fría en la piel en cualquier momento.

Tal vez merecía la pena correr el riesgo. Podía pasarse semanas dando rodeos al asunto para acabar descubriendo qué había ocurrido con el marfil cuando ya fuese demasiado tarde. ¿Cómo sobreviviría si arruinaba su reputación? Vivía de la imagen que los demás se habían forjado de él como hombre duro e implacable, como profesional de éxito a quien más valía no mentir.

—Por la del veintiuno de octubre —contestó por fin. Quiso añadir «¡y mire por dónde va!» pero el tacto le dijo que se abstuviera.

Gould guardó silencio.

Monk aguzó la mirada pero aún no alcanzaba a ver la otra orilla, aunque en aquella negrura podía estar a diez metros.

—No sé —respondió Gould al cabo—. Estaba por la parte de Greenwich esos días. No subí por aquí. Así que, bien pensado, nadie pudo usar mi bote. O sea que se hiciera lo que se hiciese, no se hizo con mi bote. —Alzó la voz alegremente—. Lo siento, no puedo ayudarle.

Y acto seguido el muro oscuro del terraplén de Embankment surgió ante ellos y el casco del bote rozó suavemente la piedra de la escalinata.

—Ya está en tierra, señor, sano y salvo.

Monk le dio las gracias, le pagó y desembarcó.

La noche se presentó triste una vez más porque Hester no estaba en casa. Monk sabía que el motivo de su ausencia eran las enfermas de Portpool Lane, personas de las que no podía separarse porque no había nadie más que pudiera atenderlas, pero saberlo no aliviaba su soledad.

Durmió hasta tarde, en buena medida porque el brazo lo mantuvo despierto hasta bastante después de la medianoche y luego le siguió molestando. Aún no había decidido adónde ir para que le cambiaran el vendaje. Se decía una y otra vez que debería ir en busca de Crow. Quizá se enteraría de más cosas si hablaba con él. Pero mientras iba cavilando esto se puso el abrigo, los mitones y la bufanda y enfiló hacia la parada del ómnibus para dirigirse a Portpool Lane.

Caía una lluvia constante que todo lo calaba y formaba remolinos de agua en las alcantarillas. Aun así, Monk caminó a grandes zancadas por la acera bajo la sombra de la fábrica de cerveza con la resolución propia de quien por fin regresa a casa tras una prolongada ausencia.

Entró en la casa de socorro y encontró a Bessie en la sala, fregando el suelo. Ésta levantó la vista para reprenderlo, pero al ver quién era una sonrisa le transformó el rostro.

—Enseguida la llamo, señor —dijo Bessie—. Se pondrá muy contenta de verle. Está trabajando como una burra estos días. —Meneó la cabeza—. Tenemos más enfermas que nunca. Será la época del año, digo yo. Y usted parece muerto de frío. ¿Le apetece una taza de té?

—Sí, por favor —aceptó Monk, sentándose mientras

Bessie desaparecía por la puerta, todavía escoba en mano, como si fuese una bayoneta.

Apenas tuvo tiempo de echar un vistazo a la estancia para ver cómo había cambiado desde la última vez que había estado allí, la adición de un nuevo armario, un par de esteras rescatadas a saber de dónde, antes de que entrara Hester. El semblante se le iluminó de placer al verlo pero eso no bastó para disimular su agotamiento. Monk se inquietó al ver la palidez de su piel y las pequeñas arrugas alrededor de los ojos. Sintió una punzada de ternura al constatar una vez más cuánto ponía de sí misma para ayudar al prójimo.

Se levantó para saludarla, manteniendo el brazo izquierdo un poco apartado para evitar que le tocara la herida.

Hester se dio cuenta en el acto.

—¿Qué te has hecho? —preguntó con inquietud.

—Un corte sin importancia —contestó él y, al ver que Hester no le creía, añadió—: Un médico me puso unos puntos, pero necesito cambiar el vendaje. ¿Lo harás tú, por favor?

—Por supuesto. Quítate el abrigo y siéntate. —Luego le quitó la chaqueta—. ¡Pero qué es esto! —exclamó—. Esta manga está destrozada. ¿Cómo voy a remendar este roto?

Se le hizo un nudo en la garganta y Monk se dio cuenta de que estaba al borde del llanto. En realidad no era por la chaqueta sino por él, pero Hester no iba a decirlo puesto que sabía que Monk no tenía alternativa.

—Se cerrará —respondió Monk con calma, refiriéndose no a la chaqueta sino a la herida.

Hester suspiró con un escalofrío y fue hacia la hornilla en busca de agua caliente. Sacó vendas limpias del armario y comenzó a trabajar.

Monk fue por segunda vez al establecimiento de Little Lil a primera hora de la tarde. El brazo le dolía bastante menos. La hemorragia se había detenido, le escocía un poco y lo tenía entumecido, pero aparte de eso no suponía un gran impedimento. Hester había dicho que el corte no era muy profundo y en su opinión Crow había hecho un buen trabajo al ponerle los puntos. Y, lo más importante, la herida estaba limpia.

Little Lil se hallaba sentada exactamente en el mismo sitio que la vez anterior, con la misma labor de bordado en el regazo. El fuego estaba encendido y un resplandor rojizo apenas iluminaba la abarrotada estancia. Parecía una gata vieja y petulante aguardando a que le sirvieran otra ración de leche. O posiblemente otro canario. Louvain había advertido a Monk que no subestimara la violencia de un perista opulento sólo porque fuese mujer.

Little Lil levantó la vista hacia él; sus ojazos brillaban expectantes. Contempló su cabello, su rostro, su manera de estar de pie; reparó con agrado en que se hubiese quitado la bufanda y los mitones para presentarse ante ella.

—Entra —ordenó—. Siéntate. —Le indicó la silla que tenía enfrente, a poco más de un metro de la suya.

Él lo hizo, dándole las gracias en voz baja.

—Me he enterado de que te apuñalaron —dijo ella, meneando la cabeza—. Tendrías que andarte con más cuidado. Un hombre sin brazos es un peligro para sí mismo.

—No es un corte profundo —contestó Monk—. Se habrá curado dentro de unos días.

Little Lil no le quitaba ojo.

—Quizá no deberías trabajar por tu cuenta —sugirió.

Monk adivinó lo que iba a decir a continuación. Antes de que formulara las palabras lo vio reflejado en su ávida expresión. Pero él le había dado pie y no tenía escapatoria.

—El río es un lugar duro —prosiguió Little Lil—. Deberías ir pensando en asociarte con alguien. Así tendrías las espaldas cubiertas.

Monk tenía que fingir que lo tomaba en consideración. Ante todo era preciso sonsacarle información. Si ella deseaba halagos y atenciones, y Dios sabía qué otras cosas, ése sería el precio que tendría que pagar.

—Me consta que el río es peligroso —convino.

Little Lil se inclinó un poco hacia él.

Monk se sentía muy incómodo pero no osó retirarse.

—Deberías reflexionarlo bien y elegir con cuidado —instó Little Lil.

—Desde luego —convino Monk, aunque por motivos que ella ignoraba—. Hay mucha gente en este trecho a quien no quisiera contrariar.

Little Lil titubeó, mesurando lo que iba a decir.

—Te faltan agallas, ¿verdad? —le desafió.

Monk sonrió abiertamente, sabiendo que a ella le gustaría. Notó que lo miraba con picardía y disimuló un escalofrío.

—Bueno, me gusta que se tenga una buena opinión de mí —dijo—, pero quiero vivir para contarlo.

Little Lil soltó una risilla complacida. Fue un sonido grave, como de alguien con un fuerte catarro, pero sus ojos dejaron claro que se estaba divirtiendo.

Monk prosiguió.

—¿Con quién no debería hacer tratos? —preguntó.

Little Lil recitó en voz baja media docena de nombres. Monk tuvo claro que se trataba de sus rivales. No le convenía que pensara que la creía a ciegas. Eso no le granjearía su respeto. Le preguntó por qué, como si necesitara pruebas.

Ella los describió con malicioso y vívido detalle. Monk no pudo evitar preguntarse si la Policía Fluvial sabía tanto como ella acerca de aquellos sujetos.

—Muy agradecido —dijo cuando ella hubo terminado—. Pero no sólo hay que andarse con cuidado con los traficantes de mercancía robada. Hay uno o dos armadores con los que preferiría no tener que vérmelas.

Los grandes ojos de Little Lil pestañearon lentamente.

—¿Les tienes miedo? —preguntó.

—Prefiero nadar a favor de la corriente que en contra —respondió Monk juiciosamente.

Ella volvió a soltar su extraña risa gutural.

—Entonces no te metas con Clem Louvain —le dijo—. Ni con Bert Culpepper. Al menos hasta que veas quién gana.

Monk notó un picor en la nuca. No debía hacer patente su ignorancia ante ella.

—Apuesto por Louvain —dijo.

Little Lil apretó los labios.

—Entonces sabes algo que yo no sé. ¿Tal vez adónde ha ido a parar su marfil? Porque si no lo recupera antes de que Marchment se le eche encima no tendrá el dinero que necesita para pagar su deuda. Perderá el almacén y no estará en condiciones de pujar por ese clíper puñeteramente grande que saldrá a la venta en cuanto arribe a puerto. Y se lo quedará el viejo Bert Culpepper, tan claro como que Dios hizo a los peces. Y entonces, ¿dónde estará Clem Louvain, eh? Deja que yo te lo diga: una semana detrás, hasta el fin de sus días. ¡Y tanto tú como yo sabemos lo que vale un cargamento que llega una semana después! Así que apuesta por Louvain si quieres, que yo no voy a poner un penique en la mesa hasta que vea en qué dirección salta el gato.

—Entonces yo haré lo mismo —dijo Monk con una sonrisa. Por fin tenía lo que quería.

Little Lil no estaba segura de hasta qué punto habían llegado a un acuerdo. Ella lo quería todo pero sabía que tenía que jugar sus cartas sin prisas. Había pescado muchos peces en su día y éste se le antojaba muy sabroso.

Monk volvió a apoyarse en el respaldo, sin dejar de mirarla.

—Dijiste algo sobre relojes. —Little Lil acarició la tela que estaba bordando—. ¿Los has traído?

—Tres... de momento.

Ella tendió la mano.

Monk le dio los relojes, uno a uno, esperando que se los devolviera o que le pagara lo que valían. De lo contrario, la información le saldría a un precio que no podía permitirse.

Le llevó casi una hora regatear con ella, que disfrutó enormemente en todo momento, como si se tratara de un juego privado, tal como había sido el regateo cuando le mostró el reloj que Callandra le había regalado. Little Lil pidió una botella de ginebra que trajo un hombre delgado con músculos como cuerdas en el cuello y una cicatriz de cuchillo en la coronilla de su cabeza afeitada. Lo hizo de mala gana y ella apenas le miró. Estaba aburrida de él y ahora su interés era todo para Monk.

Continuaron sentados delante del fuego, bebiendo ginebra y regateando. Lil se inclinaba hacia delante, arrimándose tanto que Monk percibía la rancia calidez que ella rezumaba, aunque se guardó mucho de hacerlo evidente. Notaba el sudor que le corría por el cuerpo y supo que se debía tanto a la repugnancia como al calor de la habitación. Se había metido en aquel berenjenal a sabiendas, aprovechándose de lo que había visto en la expresión de ella, y ahora no sabía cómo salir. Estuvo tentado de cerrar el acuerdo por un precio inferior al valor de los relojes, lo que fuera con tal de escapar. Pero si lo hacía ella sabría por qué, y no sólo lo despreciaría por ello sino que se sentiría ofendida, cosa que resultaría mucho más peligrosa. El instinto le dijo que una mujer rechazada era un enemigo invencible para cualquier hombre. Mejor era vérselas con un hombre desposeído de sus bienes o insultado en su honor. Mejor casi cualquier cosa que una mujer despechada.

Los minutos se sucedían. Little Lil envió al hombre del cráneo afeitado a buscar más carbón. Al parecer se llamaba Ollie. Luego le dijo que atizara el fuego. Él lo hizo. Ella le pidió que se retirase.

—Cuarenta libras —dijo Little Lil en cuanto Ollie hubo cerrado la puerta a sus espaldas—. Es mi última oferta.

Monk fingió sopesarlo cuidadosamente. Había pedido cuarenta y cinco, tres libras más de las cuarenta guineas que Louvain le había dado, contando con que tendría que bajar. Aquello supondría la pérdida de dos libras pero tampoco conseguiría más.

—Bueno... supongo que en un precio no todo es dinero —dijo por fin.

Little Lil asintió con satisfacción.

—Dámelos.

Monk le entregó los relojes y ella se levantó y fue a la caja fuerte que había en un rincón de la habitación. La abrió y regresó con cuarenta soberanos que contó delante de él.

Monk los tomó y guardó en sus bolsillos interiores. No cometió la torpeza de marcharse acto seguido. Pasaron otros cinco minutos antes de que se pusiera en pie, le agradeciera su hospitalidad y le asegurara que volvería la próxima vez que tuviera un negocio de aquella clase.

Caminó con brío hasta las oficinas de Louvain, tenso todo el camino, pensando que oía pasos a sus espaldas. No podía permitirse perder el dinero. Entró con una sensación de alivio tan abrumadora que fue como si de repente se diluyera todo el agotamiento que llevaba encima. Pidió ver a Louvain y al cabo de diez minutos le hicieron pasar.

—¿Y bien? —inquirió Louvain sin poder disimular su impaciencia.

Monk se dio cuenta de lo mucho que le alegraba tener algo positivo que contar, así como de llevar las monedas en el bolsillo.

—Cuarenta libras —dijo—. Le debo dos. Me han servido para recabar una información que usted debería haberme dado desde el principio.

Louvain miró por un momento las monedas, luego cogió una, la rascó con la uña y acto seguido se las metió todas en el bolsillo.

—¿Qué información es ésa? —preguntó con un dejo áspero y peligroso en la voz. Su mirada era fría pero no le exigió las otras dos libras.

—Que su almacén es el aval de un préstamo que le hizo Culpepper, y que si no lo satisface no podrá usarlo como garantía para comprar el clíper cuando salga a subasta.

Louvain soltó el aire despacio, apretando tanto la mandíbula que se le marcaron todos los músculos.

—¿Quién le ha dicho eso? Y más vale que no me mienta.

—Un perista opulento —repuso Monk—. Si quiere saber quién más está al corriente, no puedo decírselo, porque no me he enterado.

—Así pues, ya saben que es usted mi hombre.

—Yo no soy su hombre. Y no, no lo saben.

—Usted es mi hombre hasta que yo decida lo contrario. —Louvain se inclinó sobre el escritorio con las manos, encallecidas y con cicatrices, extendidas sobre la madera pulida—. ¿De qué le sirve saber lo de Culpepper y el clíper en su investigación? Le dije que necesitaba entregar el marfil porque estaba apalabrado. No tenía tiempo de explicarle quiénes son mis enemigos a lo largo del río. Se la he jugado a todos los hombres del lugar en una ocasión u otra. Igual que ellos a mí. Éste no es un negocio para escrupulosos.

—Pues si usted me hubiese hablado de Culpepper podría haber comenzado a rastrear el marfil desde el otro extremo —contestó Monk con el mismo resentimiento—. Siguiendo el rastro del marfil desde el barco siempre voy al menos con dos días de retraso.

—Bien —dijo Louvain, cuyas mejillas se tiñeron levemente de rojo—, pues vaya y vigile a Culpepper, pero tenga cuidado. No me serviría de nada en el fondo del río con un tajo en el cuello.

—Gracias —dijo Monk con sarcasmo. Luego se volvió y salió.

Se sentía más seguro ahora que sólo llevaba un poco de suelto en el bolsillo pero aun así caminó por el medio de la calle todo el trayecto hasta la parada del ómnibus.

Estaba de pie aguardando, encorvado para protegerse del viento, cuando llegó otro hombre supuestamente también a esperar. En cuanto se detuvo a su lado, Monk notó que algo le apretaba el costado. Se volvió para quejarse y vio el odio que reflejaban los ojos del hombre. Éste llevaba un gorro que le cubría la cabeza afeitada, pero Monk reconoció los extraños músculos del cuello, la mandíbula y la boca. Era Ollie, el hombre que le había servido en el tugurio de Little Lil.

—Aún no es hora de irse a casa, señor metomentodo —siseó Ollie en voz baja, como si temiera que alguien le pudiese oír—. Te crees muy listo, ¿eh? Piensas que nuestra Lil te dedicará día y noche, ¿verdad? Bueno, pues no vas a tener esa suerte, ¿sabes?, porque ahora vas a venir conmigo a dar un paseo hasta Limehouse Way. —Apretó un poco más el cuchillo contra las costillas de Monk—. Y no hay nadie escuchando, así que no te molestes en gritar, y tampoco pienses que a lo mejor no te lo clavo, porque lo haré.

Monk no lo dudó. Quizá tuviera ocasión de reducirlo más tarde pero desde luego ahora no. Y tenía tan vivo el recuerdo de su herida en el brazo como un grito en el silencio absoluto. Obedientemente, se volvió y desanduvo el camino por el resbaladizo adoquinado de la oscura y ventosa calle.

Estaban solos, Ollie pegado a él y un poco retrasado manteniendo el cuchillo pegado a la espalda de Monk. Sin duda no era la primera vez que hacía algo así, pues a lo largo de todo el camino a través de la oscura ensenada hasta los muelles de Shadwell Docks y más allá, por el meandro que describía el río hacia el sur en Limehouse Reach, en ningún momento permitió que Monk se apartara lo suficiente para volverse o esquivar el cuchillo.

Monk vio las grúas y almacenes de la dársena de las Indias Occidentales a lo lejos. La lluvia azotaba los rostros de ambos hombres, y cuando Ollie le ordenó que se detuviera el aire apestaba a pescado y brea.

—Y ahora te vas a dar un chapuzón —dijo con malicioso regocijo—. Puede que a nuestra Lil no le gustes tanto cuando te saquen del agua. —Se rió con una especie de carraspeo—. Eso suponiendo que lo hagan, claro. A veces los cuerpos se enganchan en los postes de los embarcaderos y nadie vuelve a encontrarlos. Se quedan ahí para siempre.

—¡Me aseguraré de que vengas conmigo! —le replicó Monk—. ¿Es eso lo que desea Lil?

—No hables de ella, maldito... —A Ollie se le quebró la voz de pura rabia.

Monk notó que la punta del cuchillo le pinchaba. Avanzó hacia la amplia superficie del muelle donde se adentraba diez o doce metros en las aguas negras antes de descender abruptamente hacia los empapados postes chirriantes que emergían como los huesos de un cadáver. Había un olor muy penetrante a madera podrida y la oscuridad era absoluta salvo por las luces de navegación de un barco a una veintena de metros.

—¡Adelante! —instó Ollie, empujándolo con el cuchillo. Estaba demasiado pegado a la espalda de Monk como para que éste pudiera darse la vuelta y arremeter contra él. Bajó tal como le decían y advirtió que las tablas que pisaba eran muy resbaladizas. La madera era vieja y estaba picada y pegajosa. Oía el río arremolinarse y sorber alrededor de los postes, ahora muy poco por debajo de sus pies. ¿Había alguna posibilidad de nadar en aquella corriente? ¿Conseguiría agarrarse al poste siguiente si lo arrastraba en sentido contrario? Si fuese tan fácil, ¿por qué se ahogaba la gente? Porque la marea era rápida y los remolinos tiraban de ti alejándote, las ropas empapadas pesaban demasiado para moverte y al final te hundían.

Si iba a luchar tenía que hacerlo cuanto antes. Y Ollie, que lo sabía tan bien como él, volvió a pincharle con fuerza. Monk dio un traspié, cayó de rodillas y se volvió a toda prisa con un solo movimiento, justo cuando Ollie se abalanzaba sobre él lanzando una cuchillada que no le alcanzó de milagro.

Monk se levantó ágilmente. Una tabla crujió bajo su peso y cayó al agua.

Ollie volvía a estar de pie. Gruñó con satisfacción. Conocía el embarcadero, sabía dónde estaban las tablas podridas y tenía el cuchillo. Estaba entre Monk y la única vía de escape, pero ahora al menos había espacio entre ambos y Monk podía distinguir su silueta en la oscuridad. ¿Bastaría con eso? Hacía mucho tiempo que no peleaba a vida o muerte, de hecho, desde aquella espantosa noche en Mecklenburgh Square, antes del accidente que sólo recordaba vagamente.

Ollie se balanceaba sobre la punta de los pies, preparado para embestir.

Aquello era ridículo, y si no estuviera enfrentándose a la muerte, incluso gracioso. ¡Estaba peleando contra un hombre a quien no conocía, por los favores de una mujer que habría pagado por no tocar! Claro que si se lo decía a Ollie, éste se ofendería tanto por Lil que lo asesinaría por ultrajarla.

Monk soltó una carcajada por lo absurdo de la situación.

Ollie titubeó. Por primera vez se enfrentaba a algo que no comprendía.

Monk dio un paso hacia un lado, apartándose de la tabla podrida, preparándose para escapar.

Ollie se quedó paralizado, mirando más allá de Monk.

Fue entonces cuando Monk se volvió y vio la otra figura en la penumbra, maciza, amenazadora, enorme. Monk empezó a sudar de pánico y un instante después, cuando la figura se movió, reconoció el modo de andar un tanto bamboleante de Durban, el inspector de la Policía Fluvial.

—Vamos a ver, Ollie —dijo Durban—. No podrás con los dos y no creo que quieras acabar en el extremo de una soga. Te aseguro que no es nada agradable.

Ollie permaneció inmóvil, con la boca abierta.

—Aparta eso y vete a casa —prosiguió Durban, dando un paso más hacia Monk. Su voz transmitía tanta seguridad que era inimaginable que Ollie no obedeciese.

Ollie seguía sin moverse.

Monk aguardaba.

Debajo de ellos el agua sorbía y eructaba, arremolinándose en los postes del embarcadero, y en algún lugar algo cayó con un chapoteo y desapareció.

Monk temblaba de frío y también de alivio.

Ollie tomó una decisión. Bajó la mano que sostenía el cuchillo.

—Al agua —ordenó Durban.

Ollie emitió un quejido, con voz aguda y áspera.

—El cuchillo —aclaró Durban con paciencia—, no tú.

Ollie renegó y arrojó el cuchillo, que cayó al agua sin apenas hacer ruido.

Monk contuvo una carcajada de puro nerviosismo.

Ollie se volvió, se alejó a trompicones hacia la calle y la oscuridad se lo tragó.

Otra figura apareció detrás de Durban, más menuda, y moviéndose con una agilidad que daba a entender que también era más joven.

—¿Está bien, señor? —preguntó con voz preocupada y seria.

—Sí, gracias, sargento Orme —contestó Durban—. Sólo era Ollie Jenkins dándose ínfulas una vez más. Piensa que el señor Monk aquí presente tiene los ojos puestos en Little Lil. —Dijo esto último con humor aunque no carente de un indulgente sesgo.

El sargento Orme se dio por satisfecho. Relajó un poco su rigidez pero no se retiró.

—¿Qué está haciendo aquí exactamente, señor Monk? —preguntó Durban—. ¿Qué anda buscando?

—Gracias —dijo Monk con apuro. Era vergonzoso que lo rescatara la Policía Fluvial. Estaba acostumbrado a ser él quien socorría a los demás, quien hacía los favores y encontraba las soluciones. Y aún resultaba más humillante porque respetaba a Durban y aborrecía no poder ser sincero con él. Aquel secretismo le causaba una repugnancia que habría pagado lo que fuera con tal de evitar.

—¿Qué anda buscando? —repitió Durban. El agua borbotaba alrededor del embarcadero, la estela de una embarcación que pasaba entre las tinieblas se agitó contra los postes y la madera crujió bajo su empuje—. Sé que es usted detective privado —agregó con tono inexpresivo. Lo que opinara sobre tal profesión sólo cabía adivinarlo. ¿Pensaría que Monk era un carroñero de las desgracias ajenas o que especulaba con los delitos del prójimo?

—Bienes robados —contestó—. Para devolverlos a su dueño legítimo.

Durban siguió inmóvil en su sitio.

—¿Qué clase de bienes?

—Algo que pertenece a un hombre y que le ha sido arrebatado por otro.

—Está jugando con fuego, señor Monk, y no es lo bastante bueno, al menos no aquí, en el río —le dijo Durban en voz baja—. Se quemará. Y ya tengo suficientes asesinatos en mi zona sin usted. Vuelva a la ciudad y dedíquese a lo que sabe hacer.

—Tengo que terminar este trabajo.

Durban suspiró.

—Supongo que hará lo que le venga en gana; yo no puedo impedirlo —admitió cansinamente—. Más vale que se venga con nosotros para remontar el río. No me gusta la idea de abandonarlo aquí abajo y que le rajen el otro brazo.

Se volvió y echó a andar hacia donde esperaba la patrullera que la marea alta mantenía lo bastante cerca del muelle como para saltar a bordo desde la orilla.

Monk le siguió y el sargento Orme le ofreció una mano

para que no perdiera el equilibrio en la oscuridad. Cayó moderadamente bien en la lancha, pues al menos no chocó contra ningún remero ni se precipitó al agua.

Se sentó en silencio y observó que Orme, quien al parecer estaba al mando, daba la orden de zarpar y virar a contracorriente en dirección al Pool. Avanzaron aprisa con la marea aún entrante. Los hombres remaban con ritmo y soltura, con esa clase de unidad que es fruto de la práctica y de un objetivo común.

Maniobraron con destreza, como si el arte y los conocimientos necesarios para zigzaguear entre los buques anclados sin chocar con ninguno fuese un juego de niños. De vez en cuando uno hacía una broma y se oían carcajadas, un sonido reconfortante en el viento de la tempestuosa noche sólo alumbrada por el trémulo brillo de las luces de navegación.

Se llamaban entre sí mediante apodos a menudo peyorativos pero el afecto que los unía era tan manifiesto que no era preciso exteriorizarlo. La mofa era su forma de espantar el miedo a una realidad de violencia y privaciones. Monk lo sabía muy bien, y recordó los mejores momentos de sus tiempos en la policía, cosas que había olvidado hasta ahora, y se mintió diciéndose que no los echaba de menos.

Lo desembarcaron en el Puente de Londres y les dio las gracias. Subió al muelle con cierta torpeza y se dirigió a la parada de ómnibus más cercana.

Se alegró de volver a pisar tierra firme aunque tenía la cabeza hecha un lío y las emociones a flor de piel. Se odiaba por haberse mostrado tan estúpido ante Durban. Incluso cuando llegara el momento en que pudiera contarle la verdad, dudaba que fuera a causarle una buena impresión. No obstante, sus ideas empezaban a aclararse. Tenía cabos de los que tirar, algo concreto que hacer.

7

Monk regresó a casa para pasar la noche pero Hester no se encontraba allí. La casa vacía lo oprimía, y se sintió inquieto por ella, pensando en lo cansada que debía de estar. Al menos no corría peligro y Margaret Ballinger y Bessie cuidarían de ella.

Por la mañana se vistió, eligiendo otra chaqueta, sin rotos, y luego bajó y se preparó un desayuno a base de arenques ahumados y tostadas. A las ocho se marchó alentado por los planes que había trazado gracias a la información recabada la víspera. Comenzó por preguntar la situación exacta del almacén de Culpepper y luego tomó un bote río abajo hasta Deptford Creek, justo antes de Greenwich.

Desembarcó en la orilla sur y recorrió sin prisa la calle pasando por delante de ferreterías, proveedores de buques, maestros veleros y tiendas de efectos navales. Localizó la taberna principal del lugar y luego se plantó en el muelle como si estuviera aguardando a alguien. Al cabo de un rato de observar el ir y venir de los jornaleros, comenzó a percatarse de que eran muchos los hombres que trabajaban para Culpepper de una manera u otra. Saltaba a la vista que era un sujeto ambicioso.

En la taberna, a la hora del almuerzo, volvió a aguzar el oído y, cuando hubo escuchado bastante, se las ingenió para entablar conversación con un peón descontento que dijo llamarse Duff.

—Es duro —dijo Monk, simpatizando con su actitud—. No es fácil conseguir buen trabajo.

—¡Buen trabajo! —masculló Duff—. Son un puñetero hatajo de degolladores, no se salva ni uno.

—Lástima que no se degüellen entre sí. Nos ahorrarían unos cuantos problemas —convino Monk.

—Podría pasar. —Duff mostró un súbito regocijo ante la idea—. Con Culpepper y Louvain todo es posible. Sería un comienzo.

—Eso he oído —convino Monk. Se inclinó hacia delante y adoptó un tono confidencial—. Tengo intereses. Necesito estar seguro de haberlos puesto en el sitio correcto. No puedo permitirme apoyar a un perdedor.

Los ojos de Duff brillaron y arrimó más su silla.

—¿Está dispuesto a pagar por la información?

—Siempre y cuando sea exacta —contestó Monk. No hizo ninguna amenaza en cuanto a lo que ocurriría si no lo era pero miró fijamente el rostro estrecho de Duff sosteniendo su mirada—. Yo siempre cumplo mis promesas, sean buenas o malas.

Duff tragó saliva.

—¿Y qué es lo que necesita saber, pues?

—Tomaré un poco cada vez y la comprobaré —respondió Monk—. Si es cierta, le pagaré en oro; si es falsa, le pagaré en sangre. ¿Entiende?

Duff volvió a tragar saliva.

—Yo también tengo amigos. Si su oro resulta falso no se atreverá a volver por aquí. El río se ha tragado a más de un caballero que se creía un tipo la mar de listo.

—No me extraña. Comencemos por ahorrarme un poco de tiempo. ¿Cuántas propiedades posee Culpepper, dónde están, y qué es lo próximo que tiene en mente comprar?

—Eso está hecho. —Duff mencionó tres dársenas, un par de almacenes y una casa de inquilinato además de una vivienda—. Y quiere el clíper, el *Eliza May*, en cuanto lo pongan en venta. —Esbozó una torva sonrisa—. Igual que Clem Louvain. Ya veremos quién tiene dinero cuando llegue ese día, ¿eh? ¡Es una belleza! Ha reducido el tiempo de navegación desde las Indias en una semana o más. Si lleva un buen cargamento, vale miles de libras. El primero en arribar consigue una fortuna, el segundo no vale nada, unos pocos cientos.

Monk ya sabía todo aquello. Lo que tenía que averiguar era si Culpepper había contratado a los ladrones del marfil o si se lo había comprado a ellos después sabiendo que eso supondría el principio de la derrota de Louvain.

Siguió interrogando a Duff por espacio de otra media hora, le dio una guinea de oro y lo envió a recabar más datos sobre cargamentos recientes. La avalancha de preguntas que le hizo camufló la única que importaba.

Pasó la tarde adentrándose en la parte baja del río, observando, tomando nota de cargamentos, horas de llegada y salida, y comenzó a acumular información suficiente como para hacerse una idea de hasta dónde se extendía el imperio de Culpepper.

Al día siguiente regresó con más dinero para pagar a Duff. Para entonces ya sabía lo necesario sobre el negocio de Culpepper como para ver lo importante que era para sus beneficios futuros que lograse adquirir el *Eliza May*.

—Claro que lo quiere —dijo Duff amargamente—. Dejará de ir a la cabeza a no ser que lo consiga. Igual que Louvain.

—Habrá otros barcos, ¿no? —preguntó Monk, apoyándose en la barandilla del embarcadero y observando el agua arremolinarse debajo de él. Las gabarras que pasaban aprovechando la marea iban tan cargadas que algunas presentaban la cubierta inundada.

—Pues claro, pero perder sale caro —respondió Duff, y sacó una pipa de barro del bolsillo del abrigo. Vació la cazoleta con unos golpecitos, trituró un poco de tabaco con la otra mano y volvió a rellenarla—. Pierdes una carrera y a la próxima empiezas dos pasos por detrás, por así decir. La gente deja de respaldarte. Tipos que solían temerte de repente encuentran a otro que les mete más miedo. —Se llevó la pipa a la boca y prendió una cerilla para encenderla, inhalando despaciosamente—. Ganan y pierden siguiendo sus propias reglas —prosiguió—. Es como que la gente sigue la marea, por así decir. Y cuando cambia, ya está, no hay nada que hacer. Nadie quiere perder, no señor. Son como las ratas. Los cobardes te abandonan y los malos se vuelven contra ti enseñando dientes y garras. Si has hecho enemigos, perder es el principio del fin. Los grandes cabrones no pueden permitirse perder. Para la gente como nosotros no importa, ya hemos pasado por eso, y andaremos de capa caída por un tiempo pero luego saldremos a flote.

Monk percibió la profunda verdad que encerraba aquel pensamiento. No era de extrañar que Louvain necesitara tan imperiosamente recuperar su marfil. Y eso también explicaba que no circulara rumor alguno al respecto en ningún trecho del río. No había sido vendido, sino que estaba escondido a fin de que su pérdida hiciera estragos en las finanzas de Louvain.

Dio las gracias a Duff y se marchó. Necesitaba saber más acerca de Culpepper para averiguar dónde estaba oculto el marfil. Aquello supondría un sinfín de preguntas. Debería disimular sus intenciones si no quería que sus pesquisas llegaran a oídos de Culpepper. En el mejor de los casos, éste trasladaría el marfil y Monk tendría que volver a empezar desde el principio. Si se ponía nervioso o se enfadaba lo suficiente sería incluso capaz de enterrarlo en el lodo del Támesis, y entonces ya nadie lo encontraría jamás. Cabía la posibilidad de que ya lo hubiese hecho de todos modos, aunque era de suponer que en la medida de lo posible evitaría destruir un cargamento tan valioso.

Monk se sirvió de diversas historias inventadas, en su mayoría sobre una heredera que se había fugado, para interrogar a los barqueros sobre qué y a quién habían visto en el río cerca de las dársenas de Culpepper la madrugada del 21 de octubre. Pasó el resto del día expuesto al frío, haciendo concienzudas preguntas a diestro y siniestro y anotando las respuestas de modo casi ilegible de tan entumecidas como tenía las manos y tiritando de la cabeza a los pies. Las escalinatas estaban resbaladizas a causa de la sal y las algas, los embarcaderos de madera crujían y se bamboleaban bajo el peso de los años. El viento entraba cortante como una guadaña desde el río y la luz, como siempre, pasaba del gris al azul salpicada de rayos plateados.

Aquella noche, 29 de octubre, se sentó en la cocina, con la puerta del hornillo abierta tras haber echado un buen montón de carbón, para reunir todo lo que sabía y tratar de darle sentido. Tenía los pies en un barreño de agua caliente, una tetera humeante en la mesa junto a tres rebanadas de pan recién tostadas, cuando vio el dato que lo conectaba todo.

El barquero Gould le había dicho que no pudo haber visto a nadie robar en el *Maude Idris* la madrugada del 21 de octubre. Monk había comprobado que, en efecto, Gould había estado en Greenwich. Pero hasta que verificó los transbordadores y barcazas de Greenwich, no se enteró de que Gould no había trabajado aquel día. Su bote había estado en Greenwich, sí, ¡pero parado! ¿Qué barquero podía permitirse aquello, a no ser que le pagaran más de lo que ganaba trabajando?

Había llegado a la dársena de Culpepper a primera hora del día y luego desapareció. Había sido visto en el Pool de Londres como de costumbre al día siguiente. Aquello contestaba todas las preguntas si el suyo era el bote que los ladrones habían usado para abordar sigilosamente el *Maude Idris*, robar el marfil y luego entregárselo a Culpepper en Greenwich. Que lo hubiesen hecho obedeciendo órdenes o sencillamente aprovechando una oportunidad inusitada apenas tenía importancia. Si alguien de su propia empresa había traicionado a Louvain informando a Culpepper de la existencia de aquel cargamento era problema de Louvain descubrirlo y obrar en consecuencia. Una vez Monk hubiese recuperado el marfil habría cumplido con su cometido. Ya preveía el alivio, el peso que de pronto se quitaría de encima, como si volviera a respirar libremente, a relajar los hombros y erguirse otra vez.

Se acostó temprano pero permaneció despierto contemplando el leve resplandor de un farol colgado del techo. Tenía un montón de mantas en la cama, pero sin Hester sentía un frío que no lograba disipar. Antes de casarse temía la pérdida de intimidad, la incesante compañía de otra persona impidiéndole actuar de forma espontánea, restringiendo su libertad. La soledad lo invadía como una sensación física de congelación. Cuando contenía el aliento reinaba el silencio en la habitación, como si la vida misma cesase.

Tal vez no le hubiese preguntado cuál era el siguiente paso que tenía que dar, posiblemente ni siquiera le hubiera hablado del río para ahorrarle preocupaciones cuando bastantes inquietudes tenía ella en su labor. Pero le molestaba verse privado de la oportunidad de hacerlo.

Y le dolía que Gould, quien tan bien le había caído, fuera uno de los asaltantes que habían matado a palos al vigilante nocturno. El robo del marfil era un crimen de una naturaleza muy diferente, Louvain podía hacer lo que quisiera al respecto, pero alguien tendría que responder del asesinato de Hodge ante la ley. Y era tarea de Monk encargarse de que así fuera.

Debería tener sumo cuidado en la captura de Gould. Le aguardaba la horca, así que lucharía a muerte pues no tenía nada que perder. Monk no podía pedir ayuda a Durban antes de obligar a Gould a decirle dónde estaba el marfil y devolvérselo a Louvain. Después su deber sería entregarlo a la policía.

¿A quién podía solicitar ayuda? ¿A Crow? ¿A Scuff? Fue dando vueltas a una idea tras otra, sin que ninguna acabara de cuadrar, hasta que se quedó dormido. Soñó con aguas negras, espacios abarrotados, luces cambiantes y destellos en un cuchillo que acababan en dolor cuando al volverse se apoyaba en el brazo herido.

A la mañana siguiente estaba en el puerto al amanecer. La marea alta entraba deprisa, llenaba los hoyos de lodo, subía poco a poco por los muros de piedra y cubría los postes rotos del embarcadero viejo. El aire era gélido. La luz iba en aumento con la claridad del hielo y los dedos duros y blancos del alba encontraban todas las arrugas del rostro del agua. Los palos y jarcias de los buques trazaban complicadas y exquisitas líneas negras contra el cielo y el viento olía a sal.

Monk estaba de pie contemplando a solas el panorama

mientras el sol, todavía detrás del horizonte, comenzaba a encender los primeros colores del día. Quizás aquella noche todo habría terminado. Cobraría sus honorarios y regresaría a las calles a que estaba acostumbrado, donde conocía a ladrones, informadores, prestamistas y traficantes, e incluso a la policía. Volvería a estar en disposición de trabajar abiertamente, pese a que la mayoría de casos fueran irrelevantes.

Respiró el aire helado con satisfacción, observando la luz esparcirse por las aguas. Echaría de menos aquello. Uno nunca podía estar a solas en una calle y ver semejante belleza.

El río ya bullía de vida y no sólo con las primeras hileras de gabarras, hundidas hasta la regala bajo sus desmesuradas cargas. Un barquero se afanaba en su bote, remando rítmicamente, levantando racimos de diamantes a cada palada.

Al mirar río abajo un buque le llamó la atención. Al principio sólo fue más resplandor blanco pero fue creciendo a medida que se iba aproximando, hasta que acertó a distinguir los cinco niveles de velamen en los imponentes mástiles: velas mayores, gavias bajas y altas, juanetes y sobrejuanetes, hinchados para aprovechar el viento matutino. Era una estampa magnífica, una creación de ensueño, pura potencia y elegancia.

Monk estaba embelesado, ajeno a todo lo demás: el resto del río, otras embarcaciones, la gente, quienquiera que estuviera en el muelle cerca de él. Hasta que el sol hubo salido por completo derramando su luz hasta el último rincón, mostrando lo gastado y lo nuevo, los ociosos y los atareados, y el clíper quedó por fin fondeado, ni siquiera reparó en la presencia de Scuff a su lado con el rostro transfigurado.

—¡Caray! —exclamó el chico, con los ojos como platos—. Es como para hacerte creer en los ángeles, ¿no?

—Sí —contestó Monk, a falta de algo mejor para describirlo. Luego decidió que el crío lo había hecho muy bien. Había algo divino en cualquier cosa que fuese una mezcla tan perfecta de potencia, belleza y propósito—. Sí, desde luego que sí —repitió.

Scuff seguía cautivado y sobrecogido.

Monk entendió por qué Louvain estaba obsesionado con

poseer un navío como aquél. Iba mucho más allá del dinero o el éxito, era una especie de hechizo; resumía la gloria de un ideal. Sugería un anhelo de vastos espacios y luz, un margen de libertad imposible de alcanzar de otro modo.

Apartó aquel pensamiento, aunque no sin dificultad. No podía perderse en él por más tiempo.

—Necesito encontrar a alguien que me ayude a cambio de nada —dijo.

—Yo le ayudaré. —Scuff apartó sus ojos del río a regañadientes. La realidad le había gobernado demasiado tiempo como para ceder al capricho—. ¿Qué es lo que quiere?

—Por desgracia necesito a un adulto.

—Puedo hacer un montón de cosas que no se creería. Y ya casi tengo once años, me parece.

Monk juzgó que su edad rondaría los nueve pero se guardó de decirlo.

—Necesito tamaño además de cerebro —aclaró para amortiguar el golpe—. Estaba pensando que un hombre que se llama Crow podría ayudarme. ¿Sabes dónde puedo encontrarlo sin que nadie se entere?

—¿El médico? Sí, creo que sí. No va a meterlo en problemas, ¿verdad? —preguntó Scuff inquieto—. Me parece que pelear no es lo suyo.

—No quiero que se pelee, sólo que intente comprar una cosa —aclaró Monk.

—Sé dónde vive. —Scuff pareció enfrentarse a un dilema. Sus lealtades entraban en conflicto, nuevos amigos contra los viejos, el hábito contra la aventura, alguien que lo curaba cuando se ponía enfermo frente a alguien que compartía su comida con él.

—Dile que estoy aquí y que me gustaría verle cuanto antes —pidió Monk—. Luego desayunaremos antes de ponernos en marcha. Traeré bocadillos de jamón y té. Vuelve dentro de una hora. ¿Sabrás contar una hora?

Scuff le lanzó una mirada asesina, giró en redondo y se marchó.

Cincuenta minutos más tarde regresó, acompañado por un Crow muerto de curiosidad. Iba vestido con una chaqueta gruesa, un gorro que ocultaba su cabellera negra y mitones. Monk tenía los bocadillos, pero los había aguardado para comprar el té recién hecho y bien caliente. Le dio a Scuff el dinero y lo mandó por él.

Crow lo miró de arriba abajo con interés y los ojos brillantes.

—¿Qué tal el brazo? —preguntó—. No volvió para que le cambiara el vendaje.

—Lo hizo mi esposa. Está bien, un poco entumecido, nada más.

Crow frunció la boca. A la clara luz de la mañana, sin ningún matiz que mitigara su resplandor, su piel se veía surcada por pequeñas arrugas. Parecía más cerca de los cuarenta años que de los treinta que Monk le había supuesto, pero conservaba aquel ardor entusiasta en la expresión que le confería su peculiar vivacidad.

—¿Y qué quiere de mí, entonces? —preguntó.

Monk había meditado mucho acerca de cómo abordar la cuestión y cuánto debía contarle. No sabía nada de aquel hombre; había tomado su decisión llevado por una mezcla de instinto y desesperación. ¿Se tomaría la cautela como un insulto o como un signo de inteligencia?

—Necesito que alguien haga una oferta por mí —contestó Monk, atento a su reacción—. No puedo hacerlo yo mismo porque no me creerían.

Crow enarcó una ceja.

—¿Acaso deberían?

—No. Lo que estoy buscando se lo robaron a... un socio mío. —Monk no tuvo valor de llamar «amigo» a Louvain y todavía no estaba dispuesto a permitir que Crow supiera que era un cliente, pues eso suscitaría demasiadas preguntas.

—Un socio... —repitió Crow, sopesando el alcance de la palabra—. ¿Y quiere volver a comprarlo? Veamos. Para empezar, ¿qué clase de cosa vuelves a comprar que ya sea tuya? ¿Y con qué clase de persona está usted «asociado», que se contenta con volver a comprar algo que le han robado? Y, ya puestos, ¿por qué se sirve de usted en lugar de hacerlo él mismo? Usted no lo hará por amor al arte, ¿verdad?

—No, desde luego —repuso Monk con una sonrisa—. Y no, no voy a comprarlo otra vez. Cuando sepa dónde está guardado me lo llevaré, pero lo tiene muy bien escondido. Necesito que usted haga una oferta para comprar parte del botín. Así el ladrón tendrá que ir allá donde lo tenga.

Crow albergaba ciertas dudas.

—¿Y ese sujeto no tiene un perista con quien negociar? Si pretende jugársela a algún perista de esta zona es usted tonto de remate y tiene los días contados.

—Creo que lo robaron para evitar que su dueño pudiera usarlo, no para venderlo a un tercero —explicó Monk a regañadientes—. Sólo quiero que haga una oferta por un colmillo.

Crow abrió los ojos desmesuradamente.

—¡Un colmillo! ¿Marfil?

—Exacto. ¿Lo hará?

Crow reflexionó. En ese momento regresaba Scuff con tres tazones de té.

Crow cogió uno con ambas manos para calentarlas, arrimándoselo a la nariz.

—Sí —dijo por fin—. Es preciso que alguien vele por usted o acabaremos sacándole del agua y diciéndole a la policía quién era.

—Sí —convino Scuff con resabiada preocupación.

Monk se sintió a un tiempo arropado y menospreciado, pero no podía permitirse el lujo de ofenderse. Además, tenían razón.

—Gracias —dijo con una pizca de aspereza en la voz.

—De nada —contestó Crow.

Scuff le quitó importancia con un ademán y dio un buen mordisco a su bocadillo de jamón.

—Muy bien. ¿A quién tengo que preguntar por el colmillo? —inquirió Crow.

—A Gould, el barquero.

—¿El que trabaja en esta escalinata? —dijo Crow sorprendido—. Sabía que era un ladrón, por supuesto, pero marfil es picar muy alto para él. ¿Está seguro?

—No. Pero creo que fue él.

—De acuerdo.

Crow acabó su bocadillo y su té y se frotó las manos para dar a entender que estaba listo para empezar.

Monk miró a Scuff, que aguardaba expectante.

—¿Quieres venir conmigo, y cuando sepa dónde nos conduce Gould, llevar un mensaje al señor Louvain, y luego ir a avisar a Durban, de la Policía Fluvial, para que podamos arrestar a Gould y recuperar el marfil?

Crow volvió a abrir los ojos como platos.

—¿Louvain? —dijo con voz seca, como si aquello cambiara su percepción del asunto.

—El marfil es suyo. Voy a devolvérselo. Para eso me contrató.

Crow soltó un silbido entre los dientes.

—¿De verdad? ¿Suele hacer esta clase de cosas?

—Es lo que hago normalmente, sólo que es mi primera vez en el río. —Trató de juzgar si Crow consideraría un cumplido o un insulto que le ofreciese dinero.

Crow sonrió de oreja a oreja mostrando su magnífica dentadura.

—Muy bien. —Volvió a frotarse las manos—. Vayamos a buscar a Gould. ¡Estoy listo! Por cierto, ¿cómo se supone que me he enterado de que tiene el marfil?

—A través de un informador inusualmente perspicaz y cuyo nombre no puede revelar porque le va la vida en ello —contestó Monk devolviéndole la sonrisa.

—Ya. De acuerdo. —Crow se metió las manos en los bolsillos—. Aunque si usted me va a seguir preferiría que lo hiciera con un barquero de mi confianza. Avisaré a Jimmy Corbett. No le fallará.

Sin esperar el consentimiento de Monk se dirigió con aire despreocupado hacia el borde del muelle y comenzó a recorrerlo escudriñando las aguas.

Scuff recogió los tazones y fue corriendo a devolverlos. Luego él y Monk siguieron a Crow manteniendo una distancia prudente mientras éste buscaba a Jimmy Corbett y después a Gould.

Les llevó casi una hora dar con ambos, y por fin Monk y

Scuff vieron a Crow subir al bote de Gould, zarpar desde Wapping New Stairs y virar río arriba, al contrario de lo que habían supuesto. Se apresuraron a abordar el bote de Jimmy Corbett y se mezclaron con el tráfico del río. Aquella excursión iba a salir muy cara.

—Pensaba que había dicho Greenwich —dijo Scuff alarmado.

—Y lo he dicho —admitió Monk, tan sorprendido como él.

Un velero de recreo los adelantó avanzando veloz. Una orquestina tocaba en cubierta y la música les llegó flotando a través del agua. Algunos pasajeros agitaban sombreros y gritaban.

Había transbordadores en el río, barcazas, toda clase de embarcaciones afanadas en sus tareas. No siempre resultaba fácil no perder de vista a Gould, aunque la alta figura de Crow en la popa ayudaba.

Monk y Scuff guardaron silencio mientras el bote zigzagueaba entre los barcos anclados, preguntándose hacia dónde se dirigían. ¿Qué lugar había río arriba donde Gould hubiese podido esconder un cargamento de marfil? ¿Por qué no lo había dejado cerca de los almacenes de Culpepper, cuando no dentro de uno de ellos?

Jimmy fue remando cada vez más hacia el centro del río y luego hacia la orilla sur. Debían de estar llegando a la altura de Bermondsey.

—Ya sé adónde vamos —dijo Scuff de repente, con cara muy seria y tono sombrío—. ¡Jacob's Island! Ese islote es un sitio espantoso, señor. Yo nunca he estado pero me lo han dicho.

Monk se volvió para mirarlo y vio el miedo reflejado en su rostro. Delante de ellos el bote de Gould estaba virando hacia la orilla, donde unos edificios ruinosos se inclinaban hacia el agua por efecto de la corriente que iba deteriorando los cimientos. Los sótanos estarían inundados, la madera oscura por el incesante goteo y la humedad rezumada durante décadas. Al contemplarlos, Monk se imaginaba el olor a descomposición, el frío que calaba hasta los huesos. Hasta en la ciudad había oído hablar de su reputación.

Volvió a mirar a Scuff.

—Cuando yo desembarque, vuelve y dile al señor Louvain que venga de inmediato —ordenó—. Dile que tengo su marfil y que si no quiere que la policía se lo lleve como prueba tiene que venir a recogerlo antes que ellos. ¿Lo entiendes?

—No sabrá dónde tiene que ir —protestó Scuff—. He de ir con usted hasta ver adónde va.

Monk se fijó en su expresión testaruda y en su mirada ensombrecida.

—Gracias —dijo con sinceridad.

Se estaban acercando a la orilla. Delante de ellos, Gould se estaba abarloando a un embarcadero bajo, casi hundido en el agua. Saltó a tierra y amarró el bote a un poste podrido. Luego aguardó a que Crow desembarcara. Por sus movimientos Monk dedujo que estaba nervioso. Mantenía las piernas separadas y la espalda muy tiesa, como si estuviera preparado para defenderse en cualquier momento. ¿Había sido una insensatez ir hasta allí sin más compañía?

Era demasiado tarde para cambiar de plan. Monk pidió a Jimmy que lo desembarcara en la escalinata siguiente, pasado el prominente contrafuerte del almacén, donde Gould no podría verlos.

—Ve a buscar a Louvain —ordenó en un susurro a Scuff, que se disponía a ir tras él—. ¡Ahora! ¡Y luego avisa a Durban!

El niño titubeó y echó un vistazo a la oscura pared de madera, los callejones, las puertas y ventanas combadas, los desperdicios y el agua que se filtraba por todas partes.

Monk desembarcó.

—¡Váyase! —ordenó a Jimmy, y empujó los flacos hombros de Scuff para que permaneciera a bordo hasta que el bote zarpó.

Se volvió a tiempo de ver a Crow seguir a Gould entre dos edificios y desaparecer. Corrió hacia ellos procurando no hacer ruido, temiendo a cada paso que la madera del muelle cediera bajo su peso.

En cuanto llegó a la sombra se detuvo para que sus ojos se acostumbraran a la oscuridad. Oyó movimientos delante de él antes de ver la espalda de Crow justo cuando giraba en otra esquina y se perdía de vista. El olor a podrido preñaba el aire como miasmas y cuando Monk pasó bajo un arco roto y entró en un almacén, todo crujía y goteaba. Parecía un ser vivo, las vigas asentándose, los correteos y chirridos de las ratas. Se imaginó ojos rojos.

Siguió el ruido de los pasos que oía y, de vez en cuando, al subir o bajar escaleras o al doblar una esquina, distinguía la espalda de Crow, o su gorro, y constataba que aún no los había perdido.

¿Estaba loco Crow por confiar en que Monk lo rescataría si Gould sospechaba que le habían tendido una trampa? Louvain nunca le encontraría allí. ¿O acaso el loco era Monk, y Crow ya había contado a Gould para qué había ido allí en realidad? ¿Debía marcharse ahora, mientras aún estaba a tiempo, y al menos salir con vida?

Si lo hacía, nunca podría volver a trabajar en el río. Su nombre sería objeto de burla. Y si escapaba de aquello, ¿a qué se enfrentaría en el futuro? ¿Volvería a huir la próxima vez? Los pensamientos se agolpaban en su mente pero sus piernas no se detenían. La luz que se filtraba por las ventanas rotas y los agujeros de las paredes era muy tenue. Apenas alcanzó a ver las siluetas de Gould y Crow saliendo por una puerta al final del pasillo.

Monk dudó un momento, el sudor le corría por la espalda a pesar del frío glacial, y luego fue tras ellos. Empujó la puerta para abrirla. Daba a una habitación pequeña, sumida en una penumbra gris. Gould estaba retirando la tela de saco que tapaba algo que había apilado en el suelo. Un largo colmillo blanco sobresalía. La silueta de los que quedaban detrás se distinguía bastante bien. Monk pensó por un instante en los animales que habían sido abatidos, en sus cadáveres profanados, pero entonces recordó el peligro en que se encontraba y se centró.

Pero fue demasiado tarde. Gould había visto su sombra en el dintel de la puerta y levantó la cabeza. Se le heló la expresión.

Monk avanzó unos pasos lentamente.

—Será mejor que se vaya —le dijo a Crow—. Tengo que hablar con el señor Gould sobre el marfil y lo que se va a hacer con él.

Crow se encogió de hombros. Su alivio fue casi palpable y, sin embargo, su mirada seguía sombría. Miró a Monk como si intentara transmitirle algo que no podía decir con palabras. Tal vez fuese una advertencia, pero ¿contra qué? ¿Los estaban vigilando? ¿Gould iba armado? El tiempo apremiaba, no había vuelta atrás. ¿Acaso tampoco podía seguir adelante?

La única ayuda llegaría del río, cuando Scuff trajera a Louvain.

—¿Quién eres? —inquirió Gould, fulminando a Monk con la mirada—. Os venderé un colmillo a cada uno pero si os creéis que vais a robarme sois tan estúpidos que no merecéis seguir con vida.

Sus ojos iban del uno al otro nerviosamente.

—¿Que quién soy? —Monk buscó ganar tiempo—. Soy alguien a quien le interesa el marfil, sobre todo este cargamento procedente del *Maude Idris*.

El rostro de Gould no reveló ningún miedo añadido, ningún cambio súbito ante la mención de un hecho que incluía un homicidio. A Monk le picó en lo más vivo que no significara nada para él. Sólo pensaba en el dinero. Seguía de espaldas a la puerta, aguzando el oído para distinguir algo humano entre los correteos de las ratas, el goteo de la madera y el lento hundimiento de la estructura del edificio en el lodo de Jacob's Island.

—¿Cómo sabes que es del *Maude Idris*? —preguntó Gould arrugando el rostro con suspicacia.

—Váyase —repitió Monk a Crow, esperando que esta vez se marchara y fuese en busca del policía más cercano, fluvial o terrestre.

—¿A quién le estás diciendo que se vaya? —repuso Gould con ceño—. ¿Acaso tienes dinero para comprar todo esto? No pensarás que puedes robarme, ¿verdad? No estoy solo. ¡No soy tan estúpido!

—Yo tampoco —dijo Monk con una risita que esperó

resultara creíble—. Y sólo quiero un colmillo, si el precio es razonable.

—¿Ah sí? ¿Y qué precio es ése, para ti? —Gould iba ganando confianza.

—Veinte libras —dijo Monk sin reflexionar.

—¡Ja! —replicó Gould con desdén—. Cincuenta.

Monk se metió las manos en los bolsillos y miró fijamente el montón de colmillos, como si reflexionara.

—Cuarenta y cinco es mi último precio —anunció Gould.

Monk se indignó pero no osó demostrarlo. Pensó en Hodge tendido a los pies de la escalera de la bodega con la cabeza rota, el cerebro aplastado.

—Veinticinco —dijo.

Regatearon con ahínco, en un tira y afloja libra arriba, libra abajo. Monk se dio cuenta de que Crow se había marchado y pidió a Dios que hubiese ido en busca de ayuda. Aunque no le debía nada a Monk, ni amistad ni lealtad. Pero rezó para que Scuff se las hubiese arreglado para convencer a Louvain. A Durban no habría tenido que decírselo dos veces.

—Vale bastante más —refunfuñó Gould cuando Monk se negó a pujar más, temeroso de llegar a un acuerdo que pusiese punto final a la conversación—. Sudé tinta para conseguirlo —agregó—. ¿Tiene idea de cuánto pesa cada cosa de ésas?

—Demasiada carga para un hombre solo. Alguien te ayudó. ¿Dónde está? ¿Detrás de mí? ¿O estás planeando dejarlo fuera del trato?

Hubo un leve movimiento en el pasillo a diez o quince metros de la puerta. Ahora Monk deseó que Crow no se hubiese marchado, aunque no tenía garantías sobre de parte de quién se habría puesto. Quizás, especuló, una riña entre ladrones fuese la mejor alternativa.

—¿Fuiste tú quien bajó a la bodega del *Maude Idris*? —preguntó levantando la voz más de lo que se había propuesto. Quería saber quién había matado a Hodge. No se sentiría culpable si se veía obligado a matarlo a su vez para salvar su propia vida. ¿Dónde diablos estaba Louvain? Había tenido tiempo de sobra para llegar.

—¿A ti qué te importa? —replicó Gould entornando los ojos.

—¿Fuiste tú? —insistió Monk, dando un paso al frente.

—Sí. ¿Y qué? —desafió Gould.

—¡Entonces fuiste tú quien mató a Hodge! —acusó Monk—. A lo mejor a tu socio no le gustará la idea de compartir la soga que te está esperando junto con el precio de vuestros colmillos.

Gould se quedó de una pieza.

—¿Hodge? ¡Yo no he matado a nadie! ¿Quién es Hodge? —Parecía sinceramente confundido.

—El vigilante nocturno a quien aplastaste la cabeza —dijo Monk con amargura—. ¿Ya lo has olvidado?

—¡Caray! ¡Yo no le aplasté la cabeza! —exclamó Gould palideciendo, y abrió los ojos horrorizado. De no haber visto el cuerpo de Hodge personalmente, Monk hubiese jurado que su horror era genuino.

—¡Mientes! —gritó montando en cólera.

—¡Que Dios me ampare, es la verdad! —Gould ignoró el marfil y avanzó hacia Monk, mas no de forma amenazante sino con apremio, casi suplicante—. Estaba tendido en el suelo de la bodega, al lado de la escalera. Pensé que estaba borracho perdido hasta que lo toqué y entonces vi que estaba muerto de verdad, pero no tenía ninguna herida en la cabeza. Supongo que se cayó desde la cubierta y se partió el cuello.

Monk dudó. ¿Era concebible? Gould no sólo parecía asustado e indignado, sino también impresionado. En aquel momento, al menos, parecía haber olvidado el marfil.

—¿Le miraste la nuca? —preguntó Monk.

—No tenía ninguna herida —insistió Gould—. Puede que se diera un mal golpe, no lo sé, pero yo no vi que tuviera la cabeza rota. ¿Y tú cómo lo sabes, además?

—Estoy buscando el marfil porque me pagan para ello —dijo Monk—. Pero también busco al asesino de Hodge porque quiero que pague por ello.

—Vale, pero no soy yo —repuso Gould desesperado—. Ya estaba muerto cuando lo encontré y yo no le puse la mano encima, salvo para asegurarme de que no fuera a despertarse y a dar la alarma al resto del barco.

Monk permaneció inmóvil apoyado contra la jamba de la puerta. Hacía un frío de muerte allí dentro, tanto que los dedos le hormigueaban y los pies se le estaban entumeciendo. La humedad lo impregnaba todo, con un fuerte hedor a lodo de cloaca y la dulzona fetidez de la putrefacción. Todo estaba combado y empapado, lleno de leves ruidos como pasos temerosos, pasos de ratas, pasos humanos, crujidos como cuando uno cambia el peso de una pierna a la otra, y siempre el agua rezumando y escurriéndose, el lento hundimiento de la tierra y el ascenso del río.

Procuró aclararse la mente. Estaba empezando a creer a Gould, porque ¿quién iba a golpear la cabeza de un hombre muerto? Pero no, seguramente mentía.

Oyó un ruido a unos diez metros, un movimiento demasiado grande para ser de una rata. Se dio la vuelta para mirar. Las sombras cambiaron. ¿Había alguien allí, un hombre que se aproximaba paso a paso con sigilo? Se puso a sudar otra vez, todo el cuerpo le temblaba. Retrocedió hacia la habitación sin apartar la vista de Gould.

—Alguien pagará por ello en la horca —dijo en voz baja—. La policía está de camino y se asegurará de que así sea. Será la cárcel, luego el juicio, luego tres semanas de espera y una mañana te llevarán a dar un corto paseo y un largo salto... a la eternidad, las tinieblas...

—¡Yo no lo maté! —El grito de Gould murió en su garganta, como si ya notara la soga.

En ese instante un hombre alcanzó la puerta, a espaldas de Monk. Éste lo vio en el rostro de Gould y se echó a un lado justo cuando el otro se abalanzaba sobre él, y Monk le dio un puñetazo de refilón en un lado de la cabeza, magullándose la mano.

Gould se quedó paralizado, presa de la indecisión. ¿De verdad estaba viniendo la policía? Crow se había marchado y podía mostrarles el camino.

Monk aguardaba con el corazón palpitando.

El hombre comenzó a levantarse. Gould lo golpeó con

fuerza, haciéndole caer de espaldas. La cabeza dio contra el suelo con un ruido sordo y el tipo perdió el conocimiento.

—¡Yo no maté a nadie! —repitió Gould—. Pero te matarán si no te largas de aquí. ¡Vámonos!

Gould se precipitó hacia el pasillo.

—¡Espera! —ordenó Monk—. Necesito un colmillo para demostrar a la policía que el marfil estaba aquí.

Retrocedió y agarró uno del montón. Era asombrosamente pesado, frío y suave al tacto. Se lo cargó al hombro con dificultad, pues le dolió el brazo herido, y luego siguió a Gould tambaleándose, dejando al otro hombre inconsciente en el suelo. No fueron por donde habían venido sino que subieron un tramo corto de escaleras.

Una vez arriba, Monk se apoyó contra la pared y el panel podrido cedió a sus espaldas. Se dio la vuelta y deslizó el colmillo dentro de aquella cavidad, aliviando el calambre que le había dado en el hombro, y luego comprobó que no quedara a la vista. No se veía, pero alcanzaba a tocarlo. Podría indicar a Durban dónde encontrarlo.

Corrió en pos de Gould por el pasillo. Las ventanas rotas dejaban entrar una luz grisácea. Lo alcanzó cuando bajaba otra escalera con barandillas de hierro y por fin salieron a un patio lleno de maleza, justo cuando Louvain y cuatro de sus hombres surgían de las ruinas del almacén que quedaba al otro lado. Eran hombres curtidos y musculosos vestidos con chaquetas de marino.

Monk y Gould se detuvieron en seco a cinco o seis metros de ellos.

—¿Y bien? —dijo Louvain con gravedad—. ¿Qué ha conseguido? No veo nada.

—Trece colmillos de marfil —contestó Monk. Señaló con el brazo—. Ahí detrás. Puede que tenga que pelear para llevárselos.

—¿Trece? —repitió Louvain, ensombreciendo el semblante—. ¿Es que pretende quedarse con uno? Ése no era el trato.

—Uno para la policía como prueba —le respondió Monk—. ¿O prefiere que los ladrones queden impunes?

—Se permitió imprimir un ligero dejo de sorna a su voz—. Eso no es bueno para el negocio. El que falta le será devuelto cuando el caso quede cerrado. Se lo podrá quedar de recuerdo. Le ha salido barato. Muchísimo más barato que a Hodge.

Louvain se quedó desconcertado un momento y acto seguido, al entenderlo, se ruborizó.

—¿Quién es él? —inquirió, señalando a Gould con la cabeza.

El instinto empujó a Monk a mentir.

—Va conmigo. ¿Piensa que vendría solo a un sitio como éste?

Louvain se relajó. No preguntó quién había matado a Hodge y eso contrarió a Monk.

—Muy bien —dijo Louvain—. Cogeremos el marfil. Quiero irme antes de que llegue la policía. Vaya a mi oficina esta noche y le pagaré.

Fue cortante, desdeñoso. Pasó junto a Monk con aire resuelto camino del edificio dejando que sus hombres lo siguieran.

Durban llegaría en cualquier momento. Monk echó una mirada a Gould, que estaba pálido y se balanceaba de un pie a otro.

—Ni se te ocurra —advirtió Monk—. Te cazarían como a una rata.

—Yo no lo maté. —La voz de Gould sonó ronca por el miedo y sus ojos suplicaban que lo creyera—. ¡Lo juro por mi vida!

—Muy apropiado —dijo Monk secamente—. Puesto que es con tu vida con lo que vas a pagar.

No obstante sintió un tirón de compasión que no se esperaba. ¿Cabía la posibilidad de que un miembro de la tripulación hubiese matado a Hodge? ¿Una pelea por el motivo que fuera? ¿Había un traidor en la tripulación, Hodge lo había descubierto y por eso lo habían matado?

De nada serviría preguntárselo a Gould; sería como servirle en bandeja una coartada. Por otra parte, ¿por qué tenía que empeñarse en llegar hasta el fondo de la verdad y desentrañarla para salvar a un ladrón? Porque Gould quizá no fuese un asesino y nadie más se molestaría en ayudarlo.

—Alguien le aplastó la cabeza —insistió Monk—. Si no fuiste tú tuvo que ser alguien que estuviera a bordo del *Maude Idris*.

—¡No lo sé! —Gould estaba desesperado—. No puedes... ¡Oh, mierda! —No dijo más.

Permanecieron de pie en el suelo húmedo y aguardaron. Ni Louvain ni sus hombres volvieron por allí. Habrían encontrado otro camino para llevarse el marfil deprisa y sin ser vistos, pues sin duda suponían que Durban llegaría por este lado.

Cinco minutos después Gould se puso a jadear como si se estuviera asfixiando y soltó un sollozo. Monk echó un vistazo y distinguió los inconfundibles andares de Durban surgiendo del edificio de enfrente, seguido por el sargento Orme y un agente.

—Ve con él —dijo Monk a Gould en voz baja—. Haré cuanto pueda.

—Buenos días, señor Monk —dijo Durban, deteniéndose a un par de metros de él—. ¿Qué está haciendo aquí?

—Recuperar bienes robados. Un magnífico colmillo de marfil. Pero el caso es que durante el robo mataron al vigilante nocturno del *Maude Idris*.

Durban adoptó un aire cómico de comprensión y escepticismo.

—Y por eso se llevaron sólo un colmillo, ¿no es eso? —Durban no se lo creía. Sabía exactamente lo que había hecho Monk.

—Supongo —dijo Monk—. Quizás hubo alguna traición de por medio. Gould dice que no mató a Hodge, pero alguien lo hizo. Le mostraré dónde está el colmillo.

Durban indicó al agente que prendiera a Gould, que soltó un grito y se giró hacia Monk, aunque enseguida le dieron la vuelta para ponerle las esposas.

Monk condujo a Durban de regreso al edificio del fondo, avanzando despacio, en parte porque no recordaba con exactitud el camino pero mayormente porque quería asegurarse de que Louvain tuviera tiempo de llevarse el marfil sin dejar rastro. También se le ocurrió preguntarse si, ahora que ya había recuperado el marfil, lo estafaría en el pago de sus honorarios, pero prefirió no abundar en el tema. Si Louvain no le abonaba lo debido, Monk abriría el caso del asesinato de Hodge de tal modo que Durban acosaría a Louvain hasta hacerle desear no haber contratado a Monk para recuperar el marfil. Aunque mientras pensaba eso, también sabía lo peligroso que resultaría. Sería un último recurso que sólo adoptaría para salvar su propia reputación; no por el dinero, sino por su futuro profesional.

Estaban de nuevo en el pasillo en penumbra. Monk caminaba despacio, abriendo camino con el tacto además de la vista, pisando con cuidado para evitar las tablas podridas, los desperdicios y los hierbajos crecidos a través del suelo y cuyos tallos muertos eran viscosos y resbaladizos.

Encontró el sitio reconociéndolo por la madera recién rota. Lo señaló y dejó que Durban sacara el colmillo tirando de él.

—Vaya, vaya —dijo Durban en tono inexpresivo—. ¿Y a quién habrá que devolvérselo cuando ya no lo necesitemos? Supongo que su propietario presentará cargos, aparte del asesinato del vigilante...

—A Clement Louvain. —Deseaba ser franco con Durban. Cada mentira le dolía como un rasguño en la piel, pero no se había dejado suficiente margen de maniobra.

Obedeciendo las instrucciones de Durban, el sargento Orme se cargó el colmillo al hombro y Durban se volvió y siguió caminando. Monk fue tras él, deseoso de decir algo, cualquier cosa que hiciera que Durban le comprendiera, a sabiendas de que no era posible.

Se reunió con Louvain en su despacho después del anochecer. La habitación estaba caldeada. Un fuego ardía con viveza en la chimenea bajo la ornamentada repisa y el reflejo de las llamas bailaba en la madera pulida del escritorio. Louvain estaba de pie junto a la ventana de espaldas al tenebroso paisaje del río. Estaba tan oscuro que sólo se veían los ojos amarillos de los demás edificios y las luces de fondeo de los buques anclados.

Estaba sonriente. Tenía una licorera de brandy en la mesita y dos copas a las que habían sacado brillo para que resplandecieran como cristal de roca con el reflejo del fuego. Junto a ellas había un monedero de piel, un tanto abultado por las monedas que contenía.

—Siéntese —invitó Louvain en cuanto Monk hubo cerrado la puerta—. Tome un poco de brandy. Lo ha hecho muy bien, Monk. Debo admitir que al principio tuve mis dudas, pensé que no estaba a la altura. Pero ha realizado un trabajo de primera. He recuperado mi marfil, salvo un colmillo como prueba, y cuando Gould sea juzgado los demás ladrones sabrán que les conviene alejarse de mis asuntos. —Asintió con la cabeza sonriendo con aparente franqueza—. No podría haberlo hecho mejor. Si vuelvo a tener problemas le mandaré aviso. Y no dudaré en recomendar sus servicios a mis amistades. —Volvió a sonreír, enseñando los dientes—. Y espero que mis enemigos nunca den con usted. —Llenó con esplendidez una copa para Monk y luego otra para él—. Por su continua prosperidad, y la mía. —Bebió con regocijo—. En ese monedero hay diez guineas adicionales para usted. Me cae bien, Monk. Está hecho de la misma madera que yo. —Fue un cumplido generoso y sincero.

—Gracias.

Monk cogió el monedero y se lo metió en el bolsillo. Aparte del dinero que contenía, era un hermoso artículo de marroquinería. Todo un detalle. Alzó su copa y bebió un trago. El brandy era exquisito, añejo, suave y reconfortante.

8

Squeaky Robinson entró tambaleándose en la cocina de Portpool Lane y con esfuerzo dejó dos cestas con la compra encima de la mesa. Tenía los dedos marcados por el peso de las asas.

—¿Tiene idea de lo que llegan a pesar estas cestas? —preguntó, mirando indignado a Hester.

—Por supuesto —contestó ella, sin volverse de la hornilla donde estaba colando caldo de carne—. Normalmente soy yo quien las lleva. Sólo que últimamente no he tenido tiempo de salir de aquí. Vacíelas, ¿quiere? Y guárdelo todo.

—No sé dónde van las cosas —protestó Squeaky.

—Pues ésta es la ocasión perfecta para aprenderlo —replicó Hester—. A no ser que prefiera otra tarea como lavar ropa o fregar el suelo. O si no, también nos vendría bien un poco más de agua. Parece que estamos gastando mucha estos días.

—Es usted una mujer terriblemente dura —gruñó él sacando los artículos de las cestas uno por uno.

Claudine Burroughs llegó desde la lavandería, torciendo el gesto por el olor, con las mangas remangadas por encima de los codos y las manos y brazos enrojecidos.

—Me he quedado sin esa cosa... potasa —le dijo a Hester—. No puedo trabajar si me faltan productos.

—He traído un poco —dijo Squeaky—. Mire. —Señaló la bolsa que había dejado en el suelo—. Ya se la llevo yo. Tendremos que usar un poco menos de todo esto hasta que consigamos un poco más de dinero. No sé qué ha pasado con los corazones de la gente. Son duros. Duros como el pedernal. Vamos, señora, que le echaré una mano.

Claudine lo miró sin dar crédito. Tomó aire como rechazando su familiaridad, pero Squeaky era inmune a tan sutiles reproches. Cogió la bolsa de potasa, levantándola con exagerado esfuerzo, aunque acababa de traerla desde la tienda de otra calle sin tanta aparatosidad. Claudine soltó de nuevo el aire y, con un esfuerzo tan aparente como el suyo, le dio las gracias y lo siguió hacia la lavandería.

Flo entró cargando con un cubo de carbón y una sonrisa en el rostro.

—Está aprendiendo cómo se vive en la otra acera, ¿no? —comentó con regocijo—. Si el viejo Squeaky le hablara así en la calle le daría un ataque.

—La necesitamos —señaló Hester—. Gracias por traer el carbón. ¿Cuánto nos queda?

—Hasta pasado mañana —contestó Flo—. Sé dónde conseguirlo más barato. ¿Quiere que me encargue?

—No, gracias. Lo último que nos falta es una visita de la policía.

—He dicho barato —replicó Flo ofendida, no porque se pusiera en duda su honestidad sino su inteligencia—. No he dicho gratis.

—Haga lo que pueda —aceptó Hester—. Y perdone.

Flo sonrió con paciencia.

—No pasa nada. No me he ofendido. Es normal que usted reaccione así.

Hester terminó de preparar el caldo, puso más agua en la pava y la dejó encima del fogón. Luego sirvió un cuenco de caldo y subió a ver cómo se encontraba Ruth Clark aquella mañana. Bessie había pasado casi toda la noche en vela con ella y a su juicio no estaba peor que las demás mujeres que tenían fiebre y bronquitis.

—Si quiere mi opinión —dijo Bessie con tono de eficiencia—, la mitad de su problema es que su amante la ha abandonado. Cogería a otra con la lengua menos afilada, digo yo, y quién sabe qué lado de la tostada tenía untada de mantequilla. Ahora no tiene pan, ni untado ni sin untar, y está más furiosa que un gato escaldado. Pero no está más enferma que las demás.

Hester no discutió; no tenía tiempo ni serviría de nada. En lo alto de la escalera se topó con Mercy Louvain, que llevaba un fardo de sábanas sucias.

—He cambiado muy pocas camas —dijo sonriendo—. Esa Agnes se encuentra bastante mal; la suya sí la he hecho. Tiene la fiebre muy alta. Creo que esa pobre criatura no ha tomado una comida decente en semanas, quizá meses. Le llevaré esto a Claudine. —Una chispa de diversión cruzó su semblante.

Hester supo con toda exactitud lo que le pasaba por la cabeza.

—¿Podría ayudarla un poco? —sugirió—. Sobre todo con el rodillo escurridor.

—No es que se me dé mucho mejor que a ella —admitió Mercy—. Ayer se me tragó el delantal. Le arrancó las cintas y tuve que volver a coserlas. Y en eso sí que soy patosa, la verdad. Sé pintar bastante bien, pero ¿de qué sirve eso?

—Todo lo que es bonito tiene su utilidad —contestó Hester—. Hay veces en que es lo único que nos ayuda.

Mercy sonrió.

—Pero ésta no es una de ellas. Bajaré esto y ayudaré a Claudine a escurrir el último montón. Entre las dos conseguiremos que sea una tarea más llevadera. Puede que hasta logre hacerla reír, aunque tengo mis dudas. —Se le cayó una sábana y se agachó para recogerla—. Si vuelve a quedarse atrapada en el rodillo, tal vez seré yo la que ría. Y como Flo esté presente no habrá quien la haga callar.

Soltó una risita nerviosa que sofocó al oír que alguien llamaba desde pasillo adentro. Hester fue a ver qué sucedía.

Margaret llegó poco después de las doce trayendo una bolsa de patatas, tres hogazas de pan, dos huesos grandes de cordero y tres libras, seis chelines y nueve peniques en metálico. Iba vestida de faena y se la veía vigorosa y dispuesta a emprender lo que conviniera, además de muy complacida consigo misma.

Hester se sintió tan aliviada que faltó poco para que se echara a reír sólo de verla.

—También traigo mermelada —dijo Margaret con complicidad—. Y he conseguido un par de lonchas de cordero frío para tu almuerzo. Cómetelo enseguida, no hay suficiente para compartirlo. Ha sido cuanto he podido llevarme sin poner a la cocinera en un aprieto. Te ha hecho un bocadillo. —Lo desenvolvió mientras hablaba—. ¿Cuánto hace que no vas a casa? El pobre William pensará que lo has abandonado. —Le dio el bocadillo. Estaba cortado con poca gracia pero preparado con bastante mantequilla, jalea de menta y gruesas lonchas de cordero. Hester supo que lo había hecho la propia Margaret.

—Gracias —dijo, sumamente agradecida. Dio el primer bocado y lo saboreó con deleite.

Margaret preparó té y lo llevó a la mesa, donde sirvió una taza para cada una.

—¿Cómo siguen las pacientes? —preguntó.

—Sin novedad —contestó Hester—. ¿De dónde has sacado el dinero?

—De un amigo de sir Oliver —respondió Margaret ruborizándose un poco. Bajó la vista a su taza. Estaba molesta consigo misma por hacer tan manifiestos sus sentimientos y, sin embargo, también deseaba que Hester participara de ellos. En su fuero interno necesitaba no sentirse sola ante la confusión, la vulnerabilidad y la angustiante inquietud de que lady Hordern llevara a cabo la amenaza de visitar a la señora Ballinger para repetirle la conversación de la víspera. De hecho había sacado el tema ella misma con vistas a prevenir la catástrofe, pero no estaba del todo segura de haberlo hecho con éxito—. Me parece que presionó un poco a aquel pobre señor para que contribuyera —dijo, recordándolo un tanto incómoda. Levantó otra vez la vista buscando los ojos de Hester—. ¿Sabes qué? Por más que le pese está orgulloso de ti y de lo que hacemos aquí.

Se mordió el labio con timidez, no por haber dicho que Rathbone estaba orgulloso de Hester, cosa que era cierta, sino porque los sentimientos de Oliver correspondían a los de Margaret y ambas lo sabían. Había quedado bien claro cuando se avino a ayudarlas a conseguir aquel edificio porque se lo pedía Margaret.

Pese a lo cansada que estaba, Hester se encontró sonriendo. Comprendía exactamente la mezcla de modestia, esperanza y miedo que hacía que Margaret lo hubiese expuesto de aquella manera.

—Si está dispuesto a admitirlo, no cabe duda de que lo está —convino—. Y le agradezco que coaccione a quien sea por nuestra causa. Supongo que se debe a la época del año en que estamos, pero tenemos más mujeres ingresadas con bronquitis y pulmonía que hace un mes o dos.

—Yo también tendría pulmonía si anduviera por las calles de noche —dijo Margaret con sentimiento—. Ojalá pudiera convencer a la gente para que hiciera donativos regularmente, pero tendrías que ver sus caras cuando piensan que estoy recaudando para las misiones, o algo por el estilo, y luego cómo cambian de expresión cuando entienden que es para mujeres de la calle. He estado tentada de adornar un poco la verdad y aceptar el dinero sin más explicaciones.

—Me parece que está relacionado con el desasosiego que nos causa haber permitido que, para empezar, exista ese sufrimiento —contestó Hester—. La lepra no es culpa nuestra, pero la tuberculosis y la sífilis puede que sí. Y también hay otro aspecto a tener en cuenta. No nos importa pensar en la lepra porque creemos que es imposible que nos contagiemos. Las otras enfermedades, en cambio, podemos contraerlas por más que intentemos evitarlo.

—¿La sífilis? —cuestionó Margaret.

—Sobre todo ésa. Las mujeres de la calle son vistas como sus transmisoras. Los maridos se sirven de ellas y las esposas contraen la enfermedad. —Bajó la mirada—. No podemos culparlas de su enojo y temor.

—No lo había pensado con ese enfoque —reconoció Margaret—. No, tal vez yo tampoco mostraría muy buena disposición, pensándolo bien. Quizá mi juicio haya sido un tanto precipitado.

Margaret se quedó y trabajó duro toda la tarde. Ayudó

a Hester a curar a una mujer que trajeron herida, con varios dedos rotos, aunque sus síntomas más graves eran fiebre alta y una tos áspera. Estaba extenuada, ya no le quedaban fuerzas ni voluntad y cuando la acompañaron arriba y la metieron en cama se quedó tendida, pálida y callada, ajena a los cuidados que le prodigaban.

Margaret se marchó poco después de las ocho de la tarde con la intención de comprar más provisiones básicas, como corteza de chinchona, que era cara y difícil de encontrar, y otras cosas más sencillas como vendas y buen hilo quirúrgico de seda y tripa.

Hester consiguió dormir unas cuatro horas y se despertó con un sobresalto justo después de la medianoche. Claudine Burroughs estaba de pie al lado de la cama con su rostro alargado lleno de inquietud y desagrado. También parecía enojada.

—¿Qué pasa? —Hester se incorporó despacio esforzándose por recobrar la conciencia. Le dolía la cabeza y tenía los ojos calientes y como llenos de arenilla. Habría dado cualquier cosa para seguir durmiendo. Le costaba enfocar la vista. El aire frío le erizó la piel—. ¿Qué ha sucedido?

—Es la última mujer que ha llegado —dijo Claudine, eligiendo las palabras con cuidado—. Creo que tiene... una enfermedad de... naturaleza moral.

Las aletas de la nariz se le movían como si percibiera mal olor en la habitación.

Hester estuvo a punto de responderle con sequedad; entonces recordó lo mucho que necesitaba la ayuda de Claudine por más inexperta que fuera. Se quejaba y desaprobaba, pero mientras tanto no dejaba de trabajar; se diría que hallaba un perverso consuelo en ello. Hester pensó por un instante en cómo sería su vida en casa para que acudiera allí en busca de un poco de satisfacción o sentido.

—¿Qué síntomas presenta? —preguntó, poniendo los pies en el suelo.

—No sé mucho sobre esas cosas. Pero tiene marcas como de viruela en los hombros y brazos y en otras partes que prefiero no mencionar. —Estaba muy envarada, balanceándose como si quisiera retirarse. Arrugaba la cara de un modo extraño—. Me parece que la pobre está a punto de morir —agregó con una súbita compasión que se desvaneció de inmediato, como si se avergonzara de ella.

Por primera vez, Hester se preguntó si Claudine había visto la muerte antes y si le daba miedo. No se había detenido a considerar aquella posibilidad hasta ahora. Se levantó lentamente. Estaba entumecida por haber dormido profundamente sin cambiar de postura.

—Iré a ver qué puedo hacer —dijo.

—La ayudaré —se ofreció Claudine—. Usted... parece cansada.

Hester aceptó y le pidió que fuera a buscar una palangana con agua y un paño.

Claudine tenía razón: la mujer parecía en efecto muy enferma. Perdía el conocimiento a ratos, tenía la piel seca y caliente, hacía ruido al respirar y su pulso era débil. De vez en cuando movía los ojos e intentaba hablar, pero no pronunciaba ninguna palabra inteligible.

Hester se quedó a hacerle compañía dejando que Mercy atendiera a Ruth Clark procurando bajarle la fiebre. Claudine iba y venía cada vez más inquieta.

—¿No puede hacer nada por ella? —preguntó, susurrando por deferencia a la posibilidad de que la enferma alcanzara a oírla.

—No. Sólo estar aquí para que no se sienta sola —contestó Hester. Sostenía la mano de la mujer casi sin apretarla, lo justo para que percibiera su presencia.

—Entonces muchas de ellas... —Claudine no se atrevió a decir «mueren así», pero el pensamiento se traslucía en su pálido rostro, la tirantez de sus labios. Se alisó el delantal a la altura de la barriga con las manos entumecidas y enrojecidas en los nudillos.

—Sí —dijo Hester sin más—. Es un riesgo de su trabajo, pero peor es la inanición.

—¡Su trabajo! —Claudine casi se atragantó—. ¡Lo dice como si fuese una ocupación honorable! ¿Tiene la más remota idea del dolor que traen a...? —Se calló de golpe.

Hester advirtió su angustia y las palabras reprimidas de súbito, como si temiera ponerse en evidencia. Se volvió y miró a Claudine. Vio vergüenza en sus ojos, y miedo, como si Hester ya supiera más de lo que ella podía soportar.

Hester habló en voz baja.

—La mejor manera que he encontrado de tratar con ello es dejando de imaginar los pormenores de la vida de los demás, en particular de los aspectos que deberían ser íntimos, y procurar enmendar parte del entuerto. Yo también he cometido algún que otro error.

—Bueno, ninguna de nosotras es una santa —dijo Claudine con poca elegancia.

De pronto, la mujer que estaba en la cama emitió un ruido seco con la garganta y dejó de respirar. Hester se inclinó hacia ella y le tomó el pulso en el cuello. No notó nada. Le cruzó las manos y se levantó despacio.

Claudine la miraba con el rostro ceniciento.

—¿Está...?

—Sí.

—Oh...

De repente, aunque intentó evitarlo, se echó a temblar y los ojos se le arrasaron en lágrimas. Se dio la vuelta, salió resueltamente de la habitación y Hester oyó sus pasos alejándose por el pasillo.

Hester arregló un poco la cama, luego salió y cerró la puerta. Se dirigió a la habitación de Ruth Clark. Antes de llegar oyó voces y se detuvo. No eran muy fuertes pero sí tensas y enojadas. Las palabras se confundían, sólo distinguió una o dos. Decían algo sobre marcharse y la amenaza estaba tan cargada de emoción que acababa siendo un galimatías. Denotaba un dolor tan intenso y descarnado que Hester se puso a sudar y el corazón le latió como si aquella ira pudiera alcanzarla y lastimarla allí donde estaba, fuera de la habitación.

No se atrevió a entrometerse. Quiso fingir que no había oído nada, que la discusión era una especie de equivocación, una pesadilla momentánea de la que acababa de despertar.

Aún no se había armado de valor para hacer lo que debía cuando la puerta se abrió y Mercy salió llevando una palangana de agua fría y un paño colgado del brazo. Se la veía enfadada y asustada. Se detuvo bruscamente al ver a Hester.

—Piensa que está mejor —dijo con voz ronca—. Quiere marcharse, tal vez mañana. No está en condiciones... yo intentaba convencerla. —Tenía la tez pálida y los ojos hundidos por el cansancio. Parecía a punto de llorar.

—Me dijeron que tenía familiares que pronto vendrían a buscarla —contestó Hester, procurando reconfortarla—. Si lo hacen, cuidarán de ella. Me figuro que se refiere a eso. No se preocupe. En su estado no puede marcharse si no hay alguien que la cuide, y ella lo sabe.

—¿Familiares? —dijo Mercy asombrada—. ¿Quiénes?

—No lo sé. —Faltó poco para que agregara que había sido Clement Louvain quien había aludido a ellos pero cambió de parecer. Tal vez Mercy no supiese nada sobre la vida privada de su hermano o sobre la del amigo de éste, suponiendo que existiera—. Pero no debe preocuparse por ella —dijo en cambio—. No podemos retenerla contra su voluntad, aunque intentaré hacerle ver que sería una estupidez. —Observó el demacrado rostro de Mercy—. Es una mujer difícil. Siempre está discutiendo con Flo. Incluso la acusó de ladrona y consiguió sacarla de quicio. Flo puede ser muchas cosas, pero no es una ladrona y eso sí que le importa. Si alguien viene a buscar a Ruth nos hará un favor a todas.

—Lo siento —dijo Mercy en voz muy baja.

—Vaya a tomar una taza de té y coma algo. ¿Cuánto hace que no se sienta un rato? —Apoyó la mano en el brazo de Mercy—. No podemos ayudar a todo el mundo; hay gente que no se deja. Tenemos que hacer lo que podamos y luego seguir adelante y pensar en la siguiente persona.

Mercy hizo ademán de ir a decir algo pero no llegó a pronunciar palabra.

—Sé que es difícil —añadió Hester con un amago de sonrisa, más afectuosa que divertida—, pero es la única forma de sobrevivir.

Si Mercy halló algún consuelo en aquella explicación, no lo reflejó en el semblante. Asintió con la cabeza, aunque fue más una cuestión de modales que una manifestación de acuerdo, y se fue escaleras abajo.

El resto de la noche transcurrió sin ningún incidente. Hester por fin consiguió dormir unas cuantas horas seguidas. Por la mañana envió a Squeaky a avisar a la funeraria para que viniesen a retirar el cadáver de la mujer y luego se puso a preparar el desayuno de las pacientes que estaban en condiciones de comer.

Claudine estaba cansada y retraída, pero desempeñó sus tareas con más habilidad. Incluso llevó un plato de gachas a Ruth Clark y la ayudó a comérselo casi todo.

—Me fastidia no saber si esa mujer se encuentra mejor o no —dijo al regresar a la cocina con el plato—. En un momento dado pienso que sí y de repente vuelve a subirle la fiebre y parece que no vaya a llegar a la noche. —Tiró los restos de gachas al desagüe y dejó el plato en el fregadero—. Iré a buscar agua —agregó—. Hace un frío mortal ahí fuera.

Hester le dio las gracias y decidió subir a comprobar cómo seguía Ruth. La encontró recostada en las almohadas con el rostro colorado y los ojos brillantes de rabia.

—¿Cómo se encuentra? —preguntó Hester con tono neutro—. Claudine me ha dicho que ha podido comer un poco.

Una sonrisa torcida asomó a sus labios.

—Más vale tragar que asfixiarse. Tiene mano de hierro su recatada señorita Burroughs. Desprecia al resto de sus ayudantas pero supongo que usted ya se habrá dado cuenta. —Una curiosa mirada de complicidad le cruzó el rostro—. Aunque le falte agudeza para entender por qué.

Hester tuvo un escalofrío, una sensación de lo más desagradable.

—No es de mi incumbencia el porqué, señorita Clark —respondió con acritud—. Como tampoco lo es el motivo que tuviera su amante para abandonarla y dejar que un amigo la trajera a una casa de beneficencia. Usted está enferma y nosotras podemos ayudarla; eso es lo único que me concierne. Me alegra que haya podido comer un poco.

—¡Casa de beneficencia! —dijo Ruth quebrándosele la

voz como si de haber tenido fuerzas hubiese reído, aunque sus ojos rezumaban odio.

Hester la miró y también vio miedo en ellos.

—Haremos cuanto podamos —dijo con más amabilidad—. A ver si puede descansar un poco. Volveré al cabo de un rato.

Ruth no contestó.

El empleado de la funeraria vino y Squeaky se encargó de atenderlo y también de pagarle. Un gasto más que restar a unos recursos cada vez más limitados, cosa de la que se quejó a gritos.

Justo antes de las doce llegó el exterminador de ratas. Hester había olvidado por completo que lo había mandado llamar y por un instante no lo reconoció. Era delgado, de hombros cuadrados, sólo un par de centímetros más alto que ella. Entonces él se acercó a la luz y Hester vio la expresión irónica y divertida de su rostro, así como el pequeño terrier blanco y marrón que lo acompañaba.

—¡Señor Sutton! Me ha dado un buen susto. Me había olvidado de qué día es. Perdone.

Sutton le dedicó una sonrisa, torcida porque tenía la cara agradablemente asimétrica con una ceja más alta que la otra.

—Será porque esas ratas no le dan mucho la lata, de lo contrario iría un día por delante y no con uno de retraso. Aunque la veo muy cansada, para qué la voy a engañar.

—Hay un montón de enfermas ingresadas —contestó Hester—. Será cosa del cambio de estación, supongo.

—Sopla un viento que anuncia nieve —convino Sutton—. Calculo que cuando anochezca helará. Hasta las ratas se guardarán de salir. ¿Tienen muchas? —Echó un vistazo a la cocina, fijándose en los botes de comida, el suelo limpio, los baldes de agua—. No se sorprenda si las tiene. A las ratas les gustan los sitios cálidos y ordenados tanto como a nosotros. Basta un poco de harina o unas migas de pan para que se pongan la mar de contentas.

—No tenemos muchas, pero me gustaría desalentar a las pocas que hay.

Sutton sonrió de oreja a oreja.

—¿Cómo quiere que lo haga, señorita? ¿Puedo cantarles? Eso desalienta al más pintado. Las ratas tienen muy buen oído. Con que cante media hora a pleno pulmón saldrán a pedir el armisticio. Lo más probable es que la mayoría se largue a otra calle. Y su personal con ellas.

—Si bastara con eso, señor Sutton, podría hacerlo yo misma. Mi madre siempre decía que podría ganar dinero cantando: la gente me pagaría para que me fuera con la música a otra parte.

—Creía que todas las jovencitas sabían cantar. —La miró con curiosidad.

—La mayoría sabemos —contestó Hester, sacando una hogaza del cajón del pan y cogiendo el cuchillo de sierra—. Y de entre aquellas que no, algunas tienen el buen sentido de no hacerlo y otras no. Yo lo tengo, de modo que necesito que me ayude con las ratas. ¿Le apetece almorzar?

—Sí, muy amable de su parte.

Sutton se sentó a la mesa y ordenó al perro que se echara.

Hester tostó unas rebanadas de pan, sosteniéndolas de una en una delante de la hornilla con un tenedor de tres dientes, y a medida que las iba teniendo listas se las pasaba a Sutton. Luego fue en busca de mantequilla y queso y también trajo té recién hecho.

Se sentó a la mesa y durante más de media hora nadie los interrumpió en la caldeada cocina. Hester apreciaba a Sutton. Siempre tenía mil historias y aventuras que contar y era muy ingenioso y mordaz cuando describía a la gente y sus reacciones ante las ratas. Fue la primera vez que Hester reía en días y notó cómo se relajaba por el puro alivio que suponía pensar en cosas triviales que no guardaban la menor relación con la vida y la muerte en Portpool Lane.

—Volveré esta noche —prometió Sutton tras zamparse el último trozo de tostada y apurar su taza de té—. Traeré trampas y el perro y demás. Le dejaremos esto como una patena, cortesía de la casa.

—¿Cortesía de la casa?

Sutton mostró un atisbo de timidez.

—Sí, ¿por qué no? No está en condiciones de ir por ahí gastando dinero. Me conformo con que me invite a un té cuando ande por esta parte de la ciudad.

—Gracias, señor Sutton. Es muy generoso de su parte.

—Me alegra ver que no la pierde el orgullo —dijo aliviado—. Es una estupidez cuando puedes hacer algo bueno de verdad. Y me consta que usted lo hace. —Se levantó y se alisó el abrigo, que era bastante elegante—. La veré al anochecer. Buenos días, señora Hester. —Le hizo un gesto al perro—. Vámonos, *Snoot*.

—Adiós, señor Sutton.

Ella y las demás repartieron pan, gachas, caldo, todo lo que tenían que sus distintas pacientes pudieran tomar. Mercy había pelado y cocido las manzanas de Toddy, cosa que les vino muy bien.

A las tres en punto volvía a reinar la calma. Hester decidió hacer una breve visita a Ruth Clark para intentar convencerla de que se quedase en la casa al menos dos días más hasta haber recobrado las fuerzas. Aún distaba mucho de estar restablecida y el aire frío de la calle podía provocarle una recaída que quizá tendría consecuencias fatales.

Abrió la puerta, entró en la habitación y volvió a cerrarla a sus espaldas porque daba por sentado que discutirían y no quería que las oyera nadie, sobre todo Mercy. La conversación podría desvelar más cosas sobre la situación de Ruth y su relación con Clement Louvain de las que a Mercy le gustaría saber, y tampoco deseaba que alguien oyera los comentarios groseros que Ruth era muy capaz de soltar.

Estaba tendida con la cabeza más hacia atrás de como la habría dejado Hester. Sin duda alguien había querido ponerla cómoda sin saber que quienes padecen congestión pulmonar conviene que estén un poco incorporados. Se aproximó sin hacer ruido y contempló a la mujer dormida. Era una pena tener que molestarla; descansaba en una profunda paz. Pero si seguía en aquella postura podía despertar con los pulmones obstruidos.

—Ruth —llamó en voz baja. No obtuvo respuesta. Respiraba tan mal que no emitía ningún sonido—. Ruth —repitió, y esta vez alargó la mano para tocarla—. Tiene que incorporarse un poco, si no luego se encontrará peor.

Siguió sin responder.

Hester le tomó el pulso en el cuello. No lo encontró y notó la piel bastante fría. La palpó otra vez, apretando más. Ruth había dado muestras de estar recobrándose. Desde luego no le habían faltado ánimos para discutir con Mercy y más tarde con Flo.

Pero no, no tenía pulso ni siquiera en la vena yugular, como tampoco aliento cuando Hester acercó más la vela y le arrimó el reverso pulido de su reloj a los labios y la nariz, casi tocándola. Ruth Clark estaba muerta.

Hester se irguió y permaneció inmóvil, sorprendida de que la afectara tanto. No era porque le hubiese caído bien —había sido grosera, arrogante y desagradecida con quienes la cuidaban—, sino porque estaba tan llena de vida que uno no podía olvidarla, no podía ignorar su apasionamiento, la pura fuerza de su existencia. Y ahora, de repente, había dejado de existir.

¿Por qué había muerto tan repentinamente, sin ninguna advertencia de deterioro? ¿Era culpa de Hester? ¿Había pasado por alto algo que tenía que haber visto y tal vez tratado? ¿Si le hubiese caído mejor le habría dedicado más atención, habría visto los síntomas en lugar del carácter brusco y desagradable?

Bajó la vista al rostro sereno de la fallecida y se preguntó cómo había sido Ruth antes de caer enferma, cuando era feliz y se creía amada o, al menos, deseada. ¿Había sido más amable y afectuosa entonces, una mujer más bondadosa que la que habían conocido allí? ¿Cuántas personas serían capaces de conservar lo mejor de sí mismas si fueran rechazadas como lo había sido ella?

Se agachó para cruzarle las manos en una postura de reposo. Era un humilde gesto de decoro, como para demostrar que alguien se preocupaba. Fue entonces, al tocarle los dedos, cuando reparó en las uñas rotas y volvió a coger la vela para observarlas. Se las había roto hacía poco pues los trozos desprendidos seguían allí. Dejó la vela en la mesita de noche y examinó la otra mano. Las otras uñas estaban en perfecto estado, eran las de una mujer que se cuidaba las manos.

La invadió un desasosiego que aún no llegaba a ser miedo. Volvió a estudiar el semblante de Ruth. Tenía un hilillo de sangre en el labio inferior, una mancha minúscula, y un rastro de mucosidad en la nariz. Con la fiebre y la congestión de pecho que había tenido tampoco era para sorprenderse. ¿Era posible que se hubiese asfixiado?

Le separó un poco los labios y vio unas marcas en la mucosa, como si la hubiesen apretado con fuerza contra los dientes. Ahora el miedo fue real. Cogió la almohada y la sacó de un tirón de debajo de la cabeza de Ruth. Limpia. Le dio la vuelta. En el otro lado había sangre y mucosidad.

Lentamente se obligó a abrirle los párpados y mirar. Los diminutos puntitos de sangre también aparecían allí, pequeñas hemorragias que le revolvieron el estómago. Alguien había asfixiado a Ruth Clark tapándole la cara con la almohada y apretando con todo su peso.

¿Quién? Y, por el amor de Dios, ¿por qué? Estaban las riñas pero habían sido triviales. ¿Por qué asesinarla?

Se apartó poco a poco hasta apoyarse contra la puerta para sostenerse de pie. ¿Qué tenía que hacer? ¿Avisar a la policía?

Si lo hacía, sospecharía de Flo porque Ruth la había acusado de ser una ladrona. Pero Mercy Louvain también había discutido con ella, igual que Claudine Burroughs. Lo único que demostraba aquello era que Ruth Clark era una mujer desagradecida y de trato difícil.

¿Cerraría la casa de socorro la policía? ¿Qué sería entonces de las enfermas? Era exactamente la clase de cosa que las autoridades utilizarían como excusa para poner fin a la buena labor que realizaban allí. Pero aunque encontrara algún modo de convencerlos de que no lo hicieran, ¿quién se atrevería a volver allí, a un lugar donde indefensas mujeres enfermas eran asesinadas en la cama? El rumor correría como la pólvora, alarmante, destructor, sembrando el pánico.

Si Monk no hubiese estado tan enfrascado en su trabajo habría podido venir con la discreción suficiente para que sólo Margaret se enterase de lo sucedido. Pero Margaret no estaba allí en aquel momento. No tenía sentido consultarlo con Bessie, pues no tendría ni idea de qué hacer y sólo conseguiría asustarla innecesariamente.

Tampoco podía fiarse de Squeaky. Era servicial en la medida en que le convenía y porque no tenía alternativa. Pero quizá vería aquello como la oportunidad perfecta para recuperar su burdel, acorralándola con tanto ingenio como ella lo había acorralado a él. ¿Era posible que hubiese matado a Ruth con ese fin? No, imposible. Estaba perdiendo la cabeza.

Sutton iba a regresar. Entendería el problema. Cabía que incluso se le ocurriera algún modo de ayudarla. En primer lugar, lo mejor sería averiguar cuanto pudiera. Tal vez hubiese algún indicio que le indicase quién era la última persona que había estado en la habitación. Cada cual hacía las camas, doblaba las sábanas, ordenaba las cosas y hasta arreglaba la ropa de un enfermo de maneras distintas.

Y tenía que preparar a Ruth para enterrarla. ¿Debía avisar a Clement Louvain? Mercy seguramente podía llevarle un mensaje. ¿Cómo se sentiría Mercy? Hester tenía que ser muy cuidadosa con lo que decía a las demás mujeres, así como con la manera de hacerlo.

Se irguió y volvió a acercarse a la cama. ¿Había algún indicio que la mera observación pudiera revelar? La cama estaba arrugada, pero la propia Ruth solía arrugarla cada vez que le subía la fiebre. No significaba nada. Hester inspeccionó el suelo y el modo en que las sábanas estaban remetidas bajo el colchón a los pies de la cama. Estaban tensas, dobladas izquierda sobre derecha. Trabajo de Bessie probablemente. Examinó todo lo demás que se le ocurrió. El vaso de agua estaba sobre el cuadrado de cartón que ponía Claudine para que no dejara un círculo en la mesilla. Flo no pensaba en esos detalles. Hester no sacó nada en claro.

Lavaría el cuerpo y lo prepararía para la funeraria. Quizá sí debía decírselo a Clement Louvain. A lo mejor la familia de Ruth quería enterrarla y él sabía quiénes eran. Fue abajo por una palangana de agua; no importaba que apenas estuviera templada, a Ruth le daría igual. Sólo se trataba de lavarla y adecentarla, un gesto de humanidad.

Lo hizo sola. No había necesidad de involucrar a nadie más y todavía no había decidido qué decir. Dobló con cuidado las mantas y le quitó el camisón. Fue una tarea difícil. Quizá tendría que haber pedido a alguien que la ayudara. A Bessie no le habría importado; había lavado a otras pacientes fallecidas con compasión y decoro, pero sin miedo.

Ruth había tenido un cuerpo hermoso. Aunque ahora estuviera un poco consumido por la enfermedad, resultaba fácil adivinar cómo había sido. Aún era firme y bien formado, salvo por una curiosa sombra oscura bajo la axila derecha, como un moretón. Qué raro que no se hubiese quejado de aquella lesión. Quizá le había dado vergüenza por el lugar donde estaba.

Presentaba otra, menos pronunciada, en el otro costado.

A Hester el corazón le dio un vuelco y tuvo la sensación de que la habitación se movía. Apenas podía respirar. Con el pulso latiendo tan fuerte que se sentía mareada giró un poco a Ruth y vio lo que se temía. Le entró un miedo tan grande que por poco vomita. Allí estaba, otra hinchazón oscura, lo que cualquier manual de medicina denominaría «bubón». Ruth Clark no había tenido pulmonía, había tenido peste bubónica, la enfermedad que había matado a tanta gente a mediados del siglo XIV y que se conocía como «la peste negra».

Hester sumergió las manos en el agua de la palangana y acto seguido las sacó de golpe. Le temblaba todo el cuerpo. Hasta los dientes le castañeteaban. ¡Debía dominarse! Tenía que tomar decisiones, hacer lo que era preciso hacer. Nadie asumiría el control, nadie le diría qué era lo más acertado.

¿Cuándo habían aparecido las hinchazones? ¿Quién la había lavado o le había cambiado el camisón la última vez? Siempre lo hacía Mercy. Quizá Ruth no se los había dejado ver o a lo mejor Mercy no las había tomado por lo que eran.

¿Y qué pasaba con todas las demás mujeres que tenían congestionado el pecho? ¿Tenían bronquitis y pulmonía, o estaban en la primera fase de la peste?

No sabía la respuesta. De modo que nadie podía marcharse. La enfermedad se extendería como el fuego en la yesca. ¿Cuántas personas la habían traído al país en 1348? ¿Una, una docena? En cuestión de semanas se propagaría por medio Londres y la campiña de las afueras. Con los modernos medios de transporte, trenes a lo largo y ancho del país, podía llegar a Escocia y Gales al día siguiente.

Era preciso que Margaret no regresara, y sólo Dios sabía cuánto echaría de menos su ayuda, su coraje, su compañerismo. Pero nadie debía entrar ni salir.

¿Cómo iba a detener aquello? Necesitaría ayuda. Y mucha. ¿Pero a quién podía recurrir? ¿Qué sucedería si al contárselo a los que estaban allí en ese momento les entraba el pánico y huían? No podría retenerlos. ¿Qué diablos debía hacer? ¿Tenía sentido intentar que nadie más se infectara?

No. Aquello era absurdo. Todas habían entrado en la habitación una o más veces. Por espantoso que fuese cabía la posibilidad de que ya la hubiesen cogido, de modo que ya era demasiado tarde para ayudar o salvar a nadie. De momento evitaría que las demás vieran aquellos bubones y entendieran lo que significaban. Así no cundiría el pánico. Había una habitación con cerradura. Tenía que envolver bien el cuerpo con una sábana y hacer que Bessie la ayudara a trasladarlo hasta allí.

Volvió a cubrir el cuerpo de Ruth, asegurando la sábana para que no quedara nada a la vista. Luego salió al pasillo y cerró la puerta. Vio a Flo que se disponía a bajar la escalera y la llamó.

—Busque a Bessie y mándela aquí, ¿quiere? Enseguida, por favor.

Flo percibió la premura de su voz.

—¿Vuelve a dar guerra esa desgraciada?

—Haga lo que le digo. —El tono de Hester sonó agudo y seco, pero no pudo evitarlo—. ¡Deprisa!

Flo se encogió de hombros y se marchó refunfuñando por aquel modo de dirigirse a ella. Al cabo de tres o cuatro minutos Bessie subió.

—Ruth Clark ha muerto —dijo Hester en cuanto Bessie llegó a su lado—. Quiero que me ayude a llevar el cuerpo a esa habitación que tiene cerradura. No quiero que Mercy y Claudine se asusten al ver otra muerte tan seguida. Me... me da miedo que huyan despavoridas, así que no diga nada. Es muy importante.

Bessie frunció el entrecejo.

—¿Se encuentra bien, señora Hester? Está terriblemente pálida.

—Sí, gracias. Sólo ayúdeme a llevar a Ruth a esa habitación antes de que las demás se enteren.

No fue tarea fácil. Ruth pesaba y aún estaba flácida. Tuvieron que aplicarse para que no se les cayera al suelo. No obstante, Bessie era fuerte y Hester al menos tenía cierta experiencia en trasladar cadáveres. Tras casi quince minutos de esfuerzo lo consiguieron y Bessie prometió no decir nada a las demás. Al menos de momento Hester dispondría de cierto plazo. Fregó la habitación con agua caliente y vinagre, aun a sabiendas de que probablemente sería inútil.

A las cinco en punto Mercy le dijo que Sutton había llegado con su perro y las trampas.

—Muy bien. —Hester se sintió sumamente aliviada.

—¿Tantas hay? —preguntó Mercy sorprendida—. Me parece que no he visto ninguna. El otro día vi un animalito en la lavandería pero pensé que era un ratón.

—Una cría de rata —dijo Hester sin saber si lo era o no—. A veces anidan. Ahora voy a hablar con Sutton. Gracias.

Y se marchó aprisa dejando a Mercy un tanto perpleja en el descansillo.

Encontró a Sutton en la cocina. *Snoot* estaba obedientemente sentado a sus pies, muy atento, aguardando para empezar su trabajo.

—Gracias por venir tan pronto —dijo Hester—. ¿Me acompaña a la lavandería que es donde creo que están?

Sutton percibió que algo iba mal. Torció el gesto con inquietud.

—¿Se encuentra bien, señora? Tiene muy mal aspecto. ¿No se estará poniendo enferma? Venga, siéntese, que de las ratas ya me ocupo yo. Es mi trabajo. *Snoot* y yo tenemos todo lo que necesitamos.

—Ya... ya lo sé. —Hester se puso una mano en la frente. Las sienes le latían—. Tengo que hablar con usted. Yo... —Tragó saliva y se le hizo un nudo en el estómago.

Sutton dio un paso hacia ella.

—¿Qué pasa? —preguntó amablemente—. ¿Qué ha sucedido?

Hester notó que las lágrimas le asomaban a los ojos. Tenía ganas de reír y llorar pues lo que iba a decir era mucho peor que cualquier cosa que Sutton se estuviera imaginando. Deseó poder contarle una riña, una tragedia o drama de orden doméstico, cualquier cosa menos la verdad.

—Abajo —dijo—. En la lavandería, por favor.

—Como quiera —concedió Sutton con desconcierto y preocupación—. Vamos, *Snoot*.

Hester pasó delante, Sutton y el perro bajaron detrás. Le pidió que cerrara la puerta y él así lo hizo. Dejó la vela encendida y se sentó en la única silla que había porque le flaqueaban las piernas. Sutton se apoyó contra una de las tinas de madera.

—Me tiene asustado —dijo con ceño—. ¿De qué se trata? ¿Qué puede ser tan malo, eh?

Contárselo suponía un alivio tan grande que era casi como tener la solución.

—Ruth Clark ha muerto —dijo mirándolo a los ojos—. Alguien la ha asfixiado.

El rostro de Sutton se endureció pero no había horror en él; de hecho, más bien pareció que se le pasara el miedo. Había esperado algo peor.

—Esas cosas pasan. —Torció el gesto—. ¿Quiere avisar a la policía, o prefiere deshacerse del cuerpo discretamente? Creo que lo segundo será lo mejor. No es algo que esté bien pero peor sería que esto se llenara de moscardones. Le echaré una mano si quiere.

—Habría muerto de todos modos. —Le temblaba la voz—. Verá, ése no es el verdadero problema... el que alguien la asfixiara.

—¡Dios! ¿Y cuál es, pues? ¿Qué quiere decir con lo de que iba a morir de todos modos? —Sutton estaba confundido.

Hester suspiró profundamente.

—Creía que tenía pulmonía. Cuando fui a lavarla y prepararla para el entierro vi... descubrí lo que en realidad le pasaba.

Sutton alzó las cejas.

—¿Qué tenía que sea tan malo? ¿Es que había cogido la sífilis o algo por el estilo? Basta con no decirlo. Mucha gente la coge, incluso personas de las que nadie sospecharía. Todos somos humanos.

—No, no me preocuparía si fuese eso. —De pronto se preguntó si debía contárselo. ¿Cómo reaccionaría? ¿Le entraría el pánico, dejaría que todos se enterasen y salieran corriendo a propagar la epidemia? ¿Volvería a morir la mitad de Inglaterra?

Sutton vio que estaba aterrorizada.

—Más vale que me lo cuente, señora Hester —le dijo, adoptando una súbita afabilidad.

Hester no sabía que, otra cosa hacer. No podía ponerse en contacto con Monk y mucho menos con Rathbone. Incluso Callandra se había marchado.

—La peste —susurró.

Por un instante el rostro de Sutton mostró incomprensión y luego un horror paralizante.

—¡Caray! No querrá decir... —Se llevó la mano al pecho, justo al lado de la axila.

Hester asintió con la cabeza.

—Bubones. La peste negra. ¿Qué voy a hacer, Sutton? —Cerró los ojos rogando a Dios que no saliera huyendo y la dejara sola.

A él las piernas le flaquearon. Su semblante perdió todo el color, salvo el amarillento enfermizo de la vela, y poco a poco se fue deslizando por la tina de madera hasta acabar sentado en el suelo.

—Dios nos asista —dijo en voz baja—. Bien, para empezar, no se lo diremos a nadie, a nadie en absoluto. Luego no dejaremos que nadie salga de aquí. Se extiende como... —sonrió amargamente y la voz se le quebró— ¡como la peste!

Las lágrimas corrían por el rostro de Hester y tardó unos segundos en controlarlas y dejar de respirar entrecortadamente, atragantándose. Sutton iba a ayudarla. Había hablado en plural. Asintió con la cabeza.

—Quiero enterrarla como Dios manda pero no puedo dejar que nadie vea su cuerpo. Ninguna otra enfermedad provoca hinchazones oscuras como ésas. Cualquiera lo adivinaría.

Sutton se frotó el mentón.

—Tenemos que parar esto cueste lo que cueste —dijo con voz ronca—. Si corre la voz la muchedumbre asediará este lugar, habrá quien traiga una antorcha y quemarán la casa con todos los que estén dentro.

—Sería mejor que permitir que la peste se extienda por todo Londres —señaló Hester.

—Pero...

—Ya lo sé. No tengo intención de dejar que me quemen viva. Pero ¿cómo vamos a retener a todo el mundo aquí dentro? ¿Cómo evito que Claudine se vaya a casa cuando le apetezca, o que Ruby se marche, o cualquier otra que se encuentre mejor... si es que alguna se recupera? —Volvía a temblarle la voz—. ¿Cómo voy a conseguir comida, agua, carbón... lo que sea?

Sutton guardó silencio unos instantes.

Hester aguardó. La lavandería estaba extrañamente silenciosa. Olía a sebo y potasa y al vapor que la llenaba durante el día. La única vela con su haz de luz amarilla hacía que la oscuridad pareciera infinita.

—Hay que asegurarse de que no salga nadie —dijo Sutton finalmente—. Tengo amigos que pueden ayudarme pero no será nada agradable. —La miró con intención—. Si lo hacemos habrá que hacerlo bien, señora Hester. No saldrá nadie, cueste lo que cueste. Si usted está en lo cierto, y eso es lo que ella tenía, mejor unos pocos muertos aquí por intentar salir que media Europa muerta por haberlo permitido.

—¿Qué podemos hacer?

—Conozco a unos tipos que tienen perros pero no son chuchos simpáticos como mi *Snoot*, sino pit bulls entrenados para degollar. Les pediré que vigilen la casa, por delante y por detrás. Se asegurarán de que nadie salga. Y me encargaré de que les traigan comida, agua y carbón, por descontado. Haremos circular el rumor de que la casa está llena y no puede admitir a nadie más bajo ningún concepto.

—No podemos pagarles a sus amigos —señaló Hester.

—Lo harán porque yo se lo pido. Usted ya hace bastante por la gente que tiene aquí. Y les diré que es el cólera. Eso bastará.

Hester asintió con la cabeza.

—¿Vamos a... de verdad vamos a echarle los perros a quien intente escapar? Lo digo porque... no sé si yo...

—Usted no tendrá que hacerlo —contestó Sutton—. Lo haré yo.

—¿Será capaz? —susurró ella con un nudo en la garganta.

—Tendré que serlo. Una muerte rápida. ¿No es mejor eso que dejar que se propague?

Hester intentó decir que sí pero tenía la boca tan seca que soltó un graznido.

Oyeron ruido al otro lado de la puerta y un momento después se abrió. Mercy Louvain se detuvo en el umbral con una vela en la mano.

—Perdonen la interrupción —dijo un tanto incómoda—. ¿Necesita que Claudine se quede esta noche?

Hester miró a Sutton y luego otra vez a Mercy.

—Sí —dijo con voz ronca. Tragó saliva—. Lo siento, estoy tan cansada que me voy a quedar sin voz. Sí, por favor. Pídale que se quede.

—Creo que no le importará —contestó Mercy—. ¿Se encuentra bien? ¿Hay muchas ratas?

—No está mal —respondió Sutton poniéndose de pie—. Pero nos libraremos de ellas, no se preocupe. Sólo tengo que ir a preparar unas cuantas cosas más, ver a un par de colegas, y enseguida regresaré. Ustedes tomen una taza de té o lo que sea. No hagan nada hasta mi regreso. —Dijo esto último con firmeza, como una orden.

—No, por supuesto que no —convino Hester—. Lo que haremos será... preparar la cena. Gracias.

Sutton se marchó y Hester se ocupó de la cena, midiendo cuidadosamente las raciones; ahora las provisiones eran aún más valiosas que antes. Era consciente de que Mercy y Claudine la observaban sorprendidas y un tanto inquietas. Las estaba engañando con su silencio pero no tenía alternativa. Se sentía culpable, enojada y, por encima de todo, muerta de miedo.

El tiempo se eternizó hasta que Sutton volvió. Hester estaba en la sala. Había desistido de fingir que no lo estaba aguardando. Todas las demás habían ido a ver cómo seguían las pacientes más enfermas o, en el caso de Bessie, a dormir unas horas antes de relevar a Claudine a primerísima hora de la mañana.

—Ya está —dijo Sutton sin más—. Están fuera, con los perros y todo. Traigo un saco de patatas y unos cuantos huesos. Compraré calabazas, cebollas y lo demás a Toddy como de costumbre.

—Gracias.

De repente, Hester tomó conciencia de lo que iba a significar su confinamiento. Quizá no llegaría a salir de aquel sitio. Y nunca volvería a ver a Monk. No tendría ocasión de despedirse, o de decirle cuánto había llenado su vida de pasión, felicidad y alegría. En su compañía ella se había convertido en quien tenía que ser. Todo lo mejor de ella, lo más positivo, se había hecho real.

—¿Puede hablar con mi marido... para que sepa por qué no vuelvo a casa y por qué no puede venir aquí?

—Se lo diré.

—Y será mejor que también avise a Margaret, la señorita Ballinger. No debe volver aquí. Además la necesitaremos recaudando fondos tanto o más que antes. Hágaselo ver, por favor.

Sutton asintió con la cabeza. Tenía la cara triste y sombría.

—¿Va a decírselo a las demás? —preguntó.

Hester titubeó.

—Tiene que hacerlo —dijo Sutton.

—Lo haré. —Se levantó despacio y caminó hasta la puerta como si estuviera luchando contra una corriente. La alcanzó y gritó hacia el pasillo—: ¡Claudine! ¡Mercy! ¡Flo! Y que alguien avise también a Bessie y Squeaky. Necesito que vengan todos aquí. Lo siento pero tiene que ser enseguida.

Pasaron diez minutos antes de que acudieran todos, Bessie todavía adormilada.

Mercy fue la primera que se dio cuenta de que había ocurrido algo terrible. Se desplomó en una silla con el semblante pálido. Parecía no haber comido ni dormido lo necesario durante días.

—¿Qué ha pasado? —preguntó en voz baja.

No tenía sentido prolongar el miedo que ya se había adueñado de la habitación.

—Ruth Clark ha fallecido —dijo Hester y contempló la incomprensión de sus rostros. Para ellos sólo era una pérdida más entre las otras. Casi todas la habían detestado. Hester tomó aire entrecortadamente—. No ha muerto de pulmonía, sino de peste.

Observó sus rostros y vio el lento esfuerzo por comprender, por captar la enormidad y el auténtico horror que suponía aquello.

—¿Peste? —repitió Claudine perpleja—. ¿Qué clase de peste? ¿Qué quiere dar a entender?

—¿Qué demonios está diciendo? —inquirió Squeaky.

—La peste bubónica —contestó Hester—. En algunos casos comienza como una congestión pulmonar. Hay personas que se recuperan, aunque no muchas. Algunas mueren en esa fase. En otras evoluciona formando hinchazones en las axilas y las ingles, que se ponen negras. Se le llama la peste negra.

Flo se quedó paralizada con la boca abierta.

Squeaky palideció como la cera.

Claudine se desmayó.

Mercy la sostuvo hasta que recobró el sentido, jadeando y atragantándose.

Bessie estaba sentada parpadeando, el aliento le raspaba la garganta.

—Nadie puede marcharse pues no podemos correr el riesgo de contagiar al resto de Londres —prosiguió Hester—. Ninguno de nosotros, en ningún momento ni por ningún motivo. El señor Sutton ya se ha puesto de acuerdo con unos amigos suyos que patrullarán la calle con perros. Si alguien sale se los echarán. Por favor, crean que lo harán de verdad. Pase lo que pase no podemos permitir que la enfermedad se propague. En el siglo XIV mató casi a la mitad de la población del país, hombres, mujeres y niños. Cambió el mundo. Nuestras vidas no son nada si sirven para evitar que eso se repita.

—¿Cómo vamos a vivir? —preguntó Squeaky furioso, como si eso fuese una razón de peso para negar lo que Hester acababa de decir.

—Unas personas nos traerán agua, comida y carbón —contestó Hester—. Lo dejarán fuera y saldremos a recogerlo. Nunca nos encontraremos. Les hemos dicho que se trata de un brote de cólera y es imprescindible que lo sigan creyendo.

Mercy se frotó la cara con las manos, apartándose el pelo.

—Si alguien de fuera se entera...

—¡Quemarán la casa! —acabó Flo por ella—. La señora Monk tiene razón. Tenemos que guardarlo en secreto. Es la única posibilidad que tenemos. Dios nos asista.

—Dios mío —dijo Bessie, meciéndose adelante y atrás en la silla—. Dios mío...

—Nunca se me había ocurrido rezar —dijo Claudine con amargura—, pero supongo que es lo único que nos queda.

Hester miró a Sutton. Era la única persona, aparte de ella y otra más, que sabía que además tenían un asesino en la casa.

9

Monk estaba en casa encendiendo un fuego para ver si conseguía devolver a su hogar el calor que había perdido ahora que Hester dedicaba mucho más tiempo a la casa de socorro. Su ausencia le privaba en buena medida del placer que habría sentido si hubiese podido compartir su triunfo con ella. Había tenido un éxito sonado. En un magnífico alarde de maestría había recuperado el marfil y se lo había devuelto a Louvain delante de las narices de los ladrones, así como de Culpepper, para quien lo habían robado, e incluso de la Policía Fluvial. Louvain le había pagado con esplendidez y ahora su reputación estaba por las nubes. No tardarían en caerle otros trabajos. Pero no tenía a quién contárselo.

Aún no había terminado. Le faltaba averiguar quién había matado a Hodge, aunque debía de haberlo hecho el colega de Gould, cosa que sólo resultaba verosímil si éste subió a bordo después de Gould, se encontró con que Hodge, pese a todo, seguía vivo, y lo remató. Su acto habría sido fruto del pánico y absolutamente innecesario, a menos que el hombre estuviera a sueldo de Louvain y por consiguiente lo hubiese traicionado. Louvain vengaría con saña una traición semejante y eso explicaría por qué habían matado a Hodge en lugar de limitarse a dejarlo inconsciente.

Y aún cabía otra posibilidad, a saber, que lo hubiese matado un miembro de la tripulación durante una pelea que no tuviera nada que ver con el robo.

Si Monk averiguaba quién había sido el colega de Gould, quizá podría demostrarse si había llegado a estar a bordo del *Maude Idris*. Gould sin duda recordaría sus propios actos y eso, poco o mucho, de algo serviría. Los colmillos eran objetos difíciles de manejar. Sin duda sabría dónde había estado su colega. Era imposible cruzarse con alguien en el tambucho de la bodega sin darse cuenta. La dificultad residiría en asegurarse de que fuese sincero. Por lo demás, Gould tuvo que pasar junto al cuerpo de Hodge cada vez que subía un colmillo así como al bajar por más.

A Louvain no le gustaría aquello, cabía que incluso tratara de impedirlo, pero Monk ya se había encargado de eso. No tenía intención de permitir que el asesino de Hodge escapara. Él no había conocido a Hodge y tal vez hasta le hubiese caído mal, pero eso era irrelevante. Cuanto menos importaba a los demás, más se reafirmaba Monk en su propósito de hacerle justicia.

Estaba sentado junto al fuego, calentándose más de la cuenta aunque sin siquiera percatarse, cuando oyó que llamaban a la puerta. No podía ser Hester; ella tenía llave. ¿Sería un nuevo cliente? Sólo lo aceptaría si estaba dispuesto a esperar. Se levantó y fue a abrir.

Era un hombre delgado y bien vestido, aunque llevaba los zapatos gastados. Su rostro irónico e inteligente presentaba arrugas de cansancio. Lo acompañaba un pequeño terrier marrón y blanco.

—¿El señor William Monk? —inquirió el hombre.

—Sí.

—Traigo un mensaje para usted, señor. ¿Puedo pasar?

Monk se desconcertó y comenzó a preocuparse. ¿Quién le mandaría un mensaje de aquella manera?

—¿De qué se trata? —preguntó con cierta brusquedad—. ¿Un mensaje de quién?

—De la señora Monk. ¿Puedo pasar?

Aquel hombre emanaba una curiosa dignidad, una clara confianza en sí mismo pese a su evidente falta de educación.

Monk se apartó para dejarlo entrar seguido por el perro. Luego cerró la puerta y se volvió hacia él.

—¿Qué ocurre? —Ahora su voz sonó áspera, traicionando su temor. ¿Por qué le enviaba Hester un mensaje por mediación de un hombre como aquél? ¿Por qué no una nota, si iba a demorarse y le quería avisar?—. ¿Quién es usted? —preguntó.

—Sutton —contestó el hombre—. Soy exterminador de ratas. Hace algún tiempo que conozco a la señora Monk...

—¿Qué le ha dicho? —interrumpió Monk—. ¿Ella está bien?

—Sí, está bien. Trabajando más de la cuenta, como casi siempre, pero está bien.

Monk lo miró. No había nada en su rostro o su actitud que mitigara su creciente inquietud.

—Lo que tengo que contarle requiere un poco de tiempo —prosiguió Sutton—. Así que lo mejor será que se siente y escuche. Lo único que usted puede hacer es conservar la sangre fría y mantener la boca cerrada.

De repente Monk sintió que las piernas le flaqueaban y que el pánico le embargaba. Agradeció poder sentarse.

Sutton hizo lo propio en el otro sillón.

—Gracias —dijo, como si Monk le hubiese ofrecido el asiento, y comenzó su relato—. Una de las mujeres que llevaron a la casa de socorro ha fallecido hoy. Cuando la señora Hester fue a lavarla y amortajarla, descubrió la verdadera causa de su muerte, que no era pulmonía tal como había supuesto. —Se calló, con el rostro sumamente serio.

Monk sacó la conclusión que le resultaba más obvia.

—¿Asesinada? —Hizo ademán de levantarse. Tenía que ir allí de inmediato. El asunto de Gould tendría que esperar. Podía permitirse unos días.

—Siéntese, señor Monk —dijo Sutton con voz grave—. El problema no tiene que ver con un asesinato. Es mucho más espantoso que eso. Y usted tiene que hacer lo correcto o provocará un desastre que el mundo no ha conocido en quinientos años.

—¿Qué demonios está diciendo? —inquirió Monk. ¿Estaba loco aquel hombre? Sin embargo, parecía estar en sus cabales, su circunspección era de una cordura que rara vez se veía en los hombres que gobernaban el destino de las empresas y la sociedad—. ¿De qué se trata?

—La peste —contestó Sutton con la mirada clavada en Monk—. Y no me refiero a una epidemia de cólera, de sífilis o viruela, sino a la auténtica peste, la peste negra.

Monk no alcanzó a comprender lo que acababa de oír. Aquello no era real, sólo palabras que no significaban nada.

—Por eso nadie puede entrar ni salir de allí —continuó Sutton en voz baja—. Tienen que mantener la casa aislada, pase lo que pase.

—Usted ha salido —repuso Monk.

—Me he mantenido a distancia de la señora Hester y de las mujeres que cuidaron de la finada y no volveré a salir otra vez.

—Pues yo voy a entrar —decidió Monk. Hester estaba allí sin él. Se estaba enfrentando a algo peor que cualquier pesadilla humana. ¿Cómo iba a quedarse fuera, a salvo, cruzado de brazos?—. Necesitará ayuda. Además, ¿cómo piensa evitar que la gente se marche? Me refiero a lo puramente práctico. Hay que avisar a las autoridades. Llevar médicos...

—Los médicos no pueden hacer nada contra la peste negra —dijo Sutton con el rostro impasible, desprovisto de toda emoción. Era como si el horror le hubiese vaciado las entrañas—. Si te lleva, te lleva, y si te deja, te deja. No tiene sentido avisar a las autoridades. No pueden hacer nada. ¿Y qué cree que pasaría entonces, eh?

El espanto de la situación se iba haciendo real poco a poco. Monk comenzó a visualizar lo que aquel desconocido le estaba diciendo con tanta serenidad.

—¿Cómo van a impedir que la gente se marche? —preguntó.

—Con perros —dijo Sutton con un leve movimiento de hombros—. Tengo amigos que están vigilando todas las salidas con pit bulls. Espero que nadie intente escapar pues no dudarán en echarle los perros. Más vale una muerte violenta que dejar que la peste se extienda por todo el país, por todo el mundo, quizás.

—¿Y si se lo cuentan a la gente?

—Les hemos dicho que es cólera. No saben nada más.

Monk procuró no pensar lo que sus propias palabras significaban.

—Aun así debo ir a ayudar. No puedo dejarla sola en ese sitio y no lo haré.

—Tendrá que...

—No volveré a salir.

Sutton suavizó su expresión.

—Sé que no lo hará. Tampoco es que fuese a permitirlo. Pero puede ser más útil aquí fuera. Hay que hacer muchas cosas.

—Conseguir comida, carbón, medicinas. Ya lo sé. Pero eso puede hacerlo cualquiera.

—Por supuesto —convino Sutton—. Y me encargaré de que así sea. Pero ¿no se le ha ocurrido pensar en el origen de la peste? ¿Dónde se contagió esa mujer?

Monk arrugó el entrecejo.

—Tenemos que averiguarlo —dijo Sutton cansinamente—. Y aparte de usted no hay nadie que pueda hacerlo sin que cunda el pánico por todo Londres. Esa pobre desgraciada vino de alguna parte. ¿Dónde la pilló, eh? ¿Quién más la tiene? Usted sabe cómo hacer preguntas y conseguir respuestas mejor que nadie. La señora Hester dice que usted es el hombre más inteligente y obstinado que ha conocido. ¿Lleva razón?

Monk hundió la cara entre las manos. La cabeza le daba vueltas, las ideas se agolpaban en su mente con violencia. Hester sola en la casa de socorro con la enfermedad más terrible que jamás había conocido el hombre. Nunca volvería a verla. No podía hacer nada para ayudarla. Ni siquiera recordaba las últimas palabras que se habían dicho. ¿Sabía cuánto la amaba como esposa y como amiga, sabía que era la única persona cuya ausencia le robaba todo propósito y alegría, cuya fe en él confería importancia a todo, cuya aprobación era una recompensa en sí misma, cuya felicidad creaba la suya?

Pero la enfermedad podía asolar Europa entera. Cadáveres por todas partes, la propia tierra podrida. Los libros de historia contaban cómo había cambiado el mundo a raíz de aquellas espantosas epidemias, cómo la antigua forma de vida había perecido y se había establecido un nuevo orden.

—¿Lleva razón? —insistió Sutton.

Monk levantó la cabeza. ¿Sabía Sutton que con aquellas palabras hacía imposible que Monk rehusara? Sí, casi seguro que sí.

—Sí —contestó—. ¿Qué sabe sobre la mujer que ha muerto?

—Se llamaba Ruth Clark y la llevó a la casa de socorro un armador que se apellida Louvain. Dijo que era la amante de un amigo suyo, lo cual puede ser cierto o no.

—¿Louvain? —Monk se quedó de una pieza.

—Sí. —Sutton se puso de pie—. Tengo que irme. No nos volveremos a ver. Haga cuanto esté en su mano. —Pareció ir a agregar algo pero no encontró las palabras para expresarlo.

—Lo sé —dijo Monk—. Dígale a Hester...

—Eso no importa ahora —contestó Sutton—. Si a estas alturas no lo sabe, las palabras de poco servirán. Averigüe de dónde ha venido. Y hágalo con discreción, con mucha, mucha discreción.

—Entendido. —Monk también se puso de pie, sorprendido de que la habitación no diera vueltas. Siguió a Sutton y a su perro hasta la puerta—. Adiós.

Sutton salió a la calle, donde la lluvia chorreaba en la farola y refulgía en la acera.

—Adiós —contestó. Se volvió y echó a andar con una peculiar soltura, casi con elegancia, internándose en la oscuridad con el perro pegado a sus talones.

Monk cerró la puerta y regresó a la sala. Encontró que allí faltaba el aire y reinaba un silencio anormal. Se sentó muy lentamente. Le temblaba todo el cuerpo. Debía controlar sus pensamientos. Pensar era el único modo de mantener el dominio de sí mismo.

Ruth Clark había muerto de peste. Clement Louvain la había llevado a la casa de socorro. ¿Desde dónde? ¿Quién era aquella mujer? Según Louvain, la amante abandonada de un amigo suyo. ¿Era verdad aquello? ¿Sería su propia amante? Él sabía que estaba enferma, pero ¿acaso sabía cuál era su mal?

¿Dónde había contraído una enfermedad tan terrible? En Londres no. El *Maude Idris* acababa de regresar de África. ¿Había viajado a bordo Ruth? ¿Era así como había llegado hasta allí la peste? ¿Estaba enterado Louvain, o lo suponía? ¡Y la había llevado a Hester!

Por un instante, Monk se dejó invadir por una ira cegadora. El cuerpo le tembló e hincó las uñas en las palmas hasta hacerlas sangrar.

Tenía que dominarse. Carecía de indicios para juzgar si Louvain sabía lo que padecía Ruth. ¿Por qué tendría que saberlo? La mujer estaba enferma. Así lo entendió Hester y ella fue la enfermera que la atendió día y noche.

Empezó a pasearse por la sala. ¿Debía contárselo a Louvain? ¿Debía decirle al menos que Ruth había fallecido? Si Louvain sabía que tenía la peste no se sorprendería. ¿O ahora entraría el pánico? ¿Provocaría el terror que precisamente temían? Ahora bien, si no lo sabía y había sido su amante, ¿se quedaría consternado? Monk lo dudaba, pues de lo contrario habría contratado a una enfermera para que la cuidara en lugar de llevarla a una casa de socorro para mujeres de la calle. Sería mejor no decirle nada. Ya se enteraría con el tiempo.

Entonces tuvo otra idea. ¿Y si Gould había dicho la verdad y había encontrado muerto a Hodge, sin ninguna señal aparte de las magulladuras propias de una caída, y le habían aplastado la cabeza después porque había fallecido de peste? En tal caso no sería un homicidio sino la ocultación de una muerte, cosa que podía acabar matando a medio mundo.

¿A medio mundo? ¿No era una exageración ridícula? ¿Una pesadilla histérica más que una realidad? ¿Qué decían los libros de historia al respecto? En 1348 Inglaterra era una comunidad rural, ignorante y aislada comparada con la actual. Las pocas personas que viajaban lo hacían a pie o a caballo. Los conocimientos de medicina eran rudimentarios y estaban llenos de superstición.

Monk iba y venía a grandes zancadas tratando de imaginárselo. No era capaz de permanecer sentado ni de concentrar la mente en un razonamiento lineal. Aquella época había sido muy primitiva. ¿Qué rey ocupaba el trono? Uno de los Plantagenet, mucho antes del Renacimiento. Aún pasarían ciento cincuenta años antes de que se enteraran de que el mundo era redondo. Los bosques aún cubrían toda Inglaterra y había animales salvajes. Nadie había soñado siquiera con algo como un tren. Quemaban brujas en las hogueras.

Y sin embargo la peste se había extendido como un hedor en el viento. ¿Cuánto más lejos se extendería ahora cuando un hombre podía viajar desde la costa sur de Inglaterra hasta Escocia en una sola jornada? Londres era la ciudad más grande del mundo, en ella vivían abarrotadas casi cinco millones de almas. Hacía poco había oído decir que había más escoceses en Londres que en Edimburgo, más irlandeses que en Dublín y más romanos que en Roma.

Y esta gran ciudad se convertiría en un páramo lleno de muertos y moribundos que se iría expandiendo hasta contaminar todo el país. Bastaría un solo barco que partiera de sus costas con un único hombre enfermo a bordo para que también destruyera Europa.

Sólo le quedaba una opción. No tenía competencias para investigar la muerte de Hodge ni para interrogar a nadie al respecto. Debía encontrar a Durban y contarle toda la verdad. Ya tendría ocasión de pagar por ello más adelante. Lo único que ahora importaba era seguirle la pista a la enfermedad y a quienquiera que estuviera infectado.

Monk durmió de manera irregular y se despertó confundido y con la cabeza pesada, preguntándose qué sucedía hasta que le sobrevino el espantoso recuerdo, el cual lo sumió en una oscuridad que a duras penas se vio capaz de soportar. Permaneció paralizado en el lecho, como si el tiempo se hubiese detenido, hasta que finalmente la mente le dijo que la única manera de sobrevivir era hacer algo. La acción haría retroceder el horror y dejaría libre un reducto de su mente donde podría vivir, al menos hasta que el agotamiento le impidiera seguir resistiendo.

Se vistió aprisa con tanta ropa como pudo, puesto que probablemente pasaría la mayor parte del día en el río. Luego salió y compró té y un bocadillo a un vendedor ambulante.

Había dado vueltas a una docena de maneras distintas de contarle a Durban la verdad, pero no había un buen modo de contar nada de aquello, así que poco importaba la manera en que lo expresara. Todas las necesidades y preocupaciones personales se desvanecían ante la enormidad de aquella nueva y terrible verdad que engullía todo lo demás.

Hacía un día nítido y resplandeciente, la temperatura estaba por encima de los cero grados pero la sensación era de más frío por culpa del viento cortante que llegaba del río. Las gaviotas daban vueltas en lo alto, blancos destellos contra el cielo azul, y la marea entrante parecía sorber los postes de los embarcaderos y la piedra mojada de las escalinatas.

El río bullía de actividad. Allí donde Monk dirigiese la vista había hombres levantando y empujando bultos, tambaleándose bajo el peso de sacos y fardos. El viento se llevaba sus gritos a la lontananza. Las lonas sueltas se agitaban y golpeaban los tablones. En el aire claro de la mañana se veían los meandros del río en ambas direcciones y cada mástil, verga y cabo de las jarcias destacaba como un grabado en el cielo. Sólo a lo lejos se adivinaba en la ciudad una leve cortina de humo.

Durban no estaba en la comisaría. El sargento informó a Monk de que ya estaba en el río, probablemente hacia el sur. Monk le dio las gracias y se marchó de inmediato. Lo único que podía hacer era tomar un bote e ir en su busca. No podía permitirse aguardar.

Pocos minutos después volvía a estar en la orilla escudriñando el río para ver si había algún barquero dispuesto a acompañarlo en su búsqueda. Al principio no reparó en la voz que le llamaba, y sólo cuando le tiraron de la manga se volvió.

—¿Está bien, pues? —dijo Scuff con una mueca y un dejo de inquietud.

Monk se obligó a mostrarse amable.

—Sí. El dueño del marfil se puso muy contento.

—¿Le pagó? —preguntó el chico, para medir el verdadero alcance del éxito.

—Pues sí.

—Entonces ¿por qué da la sensación que no? —Ahora hubo auténtica preocupación en su voz.

—No es por el dinero. Estoy preocupado por alguien que está enfermo. ¿Conoces al señor Durban de la Policía Fluvial?

—¿El de pelo gris que camina como un marinero? Claro que sí. ¿Por qué?

—Tengo que hablar con él urgentemente.

—Le ayudaré a encontrarlo.

Scuff se metió dos dedos en la boca y emitió un penetrante chiflido, luego avanzó hasta el borde del muelle y soltó otro. En dos minutos llegó un bote a los pies de la escalinata. Tras una breve conversación Scuff subió a bordo e hizo señas a Monk de que le imitara.

Monk no quería que el crío lo acompañara. Lo que tenía que hacer iba a ser difícil y desagradable, tal vez incluso peligroso. Y, desde luego, debía evitar a toda costa que Scuff se enterase de la verdad.

—Vamos, hombre —dijo Scuff con dureza, torciendo el gesto—. No va a encontrarlo si se queda ahí de pie.

Monk subió al bote.

—Gracias —dijo con voz ronca, como si estuviera temblando—. No es preciso que vengas. Vuelve a tu trabajo.

Dudó si ofrecerle dinero o no; quizá lo interpretase como un insulto a su amistad.

Scuff hizo una mueca.

—Por si no se ha dado cuenta, la marea está alta. Como ya le dije, no le conviene moverse por aquí a solas, está como un pez fuera del agua. —Se sentó en la popa, erigiéndose en tutor de alguien que a su juicio necesitaba uno.

—He oído que anda por la parte de Deptford Creek —terció el barquero con simpatía—. Ayer hubo un poco de jaleo por allí. ¿Quiere ir o no?

Monk asintió. Si dejaba a Scuff en tierra contra su voluntad perdería el respeto del barquero y posiblemente hasta su cooperación.

—Sí, tan aprisa como pueda, por favor.

Se adentraron en la corriente principal de tráfico y enfilaron hacia el sur pasando por delante de Limehouse Reach, avanzando en zigzag entre hileras de gabarras, buques fondeados a la espera de embarcadero y otros que aún buscaban dónde echar el ancla.

Tardaron casi tres cuartos de hora pero finalmente Monk distinguió la figura de Durban en el muelle junto a una escalinata cercana a Deptford Creek y hablando con un hombre. Luego vio la lancha de la policía en el agua justo debajo, con dos hombres a los remos y Orme de pie en la popa.

—Allí está —le dijo al barquero. La aspereza de la voz transmitió la urgencia que sentía—. ¿Cuánto es?

—Un chelín.

Monk sacó un chelín y tres peniques del bolsillo y en cuanto se detuvieron junto a la escalinata se los dio y se puso de pie. Scuff también se levantó.

—¡No! —Monk se dio la vuelta y por poco perdió el equilibrio—. Ahora seguiré solo.

—A lo mejor me necesita —arguyó Scuff—. Puedo hacer muchas cosas.

No había tiempo para explicaciones ni zalamerías.

—Ya lo sé. Te avisaré en cuanto surja algo que puedas hacer. De momento mantente alejado de los polis.

Scuff se dejó caer en el asiento a regañadientes y Monk saltó a tierra y subió la escalinata sin volver la vista atrás.

Durban se dio la vuelta justo cuando Monk llegó arriba. Fue a decir algo pero entonces se fijó en el semblante de Monk. Miró al otro hombre, un sujeto de aspecto cansado y huraño con un hombro más alto que el otro.

—Como vuelvas a hacerlo, te arresto. Y ahora, largo.

El hombre obedeció con prontitud, dejando a Durban y Monk en lo alto de la escalinata, expuestos al viento.

—¿Qué pasa? —preguntó Durban—. Parece que haya visto el infierno.

—Todavía no pero podría ser más cierto de lo que se imagina —repuso Monk sin humor. ¿Cómo podía reírse de nada en aquellas circunstancias? Aunque quizá, por más que pareciera una locura, aquélla fuese la única reacción cuerda que le quedaba—. Tengo que hablar con usted a solas. Se trata de algo de suma importancia.

Durban tomó aire, probablemente para decirle que no exagerase, y suspiró despacio.

—¿Qué pasa? Si va a decirme que me mintió a propósito del marfil y que Gould es inocente del asesinato de Hodge, sepa que lo primero ya lo sé y que quizá llegue a creerme lo segundo si me da pruebas. ¿Tiene alguna?

Tal vez decir la verdad resultase menos difícil de lo que Monk había pensado y, en cambio, enfrentarse al desprecio de Durban le costase bastante más. La culpabilidad lo estaba reconcomiendo.

—Puede que sea una prueba, pero eso no es lo que importa —contestó—. No es algo que pueda decirse deprisa y corriendo.

Durban permaneció inmóvil, aguardando, con las manos en los bolsillos. No preguntó ni lo animó a hablar. Por alguna razón su actitud hacía que resultase aún más difícil.

—Había catorce colmillos —comenzó Monk—. Encontré todo el lote en Jacob's Island y escondí uno como prueba.

—Y entregó el resto a Louvain. Para eso había contratado sus servicios, ¿verdad? —aventuró Durban asintiendo con la cabeza.

Monk no disponía de tiempo para presentar excusas. Los otros policías aguardaban en la lancha patrullera no lejos de allí y Orme podía subir a ver qué ocurría en cualquier momento.

—Vi el cuerpo de Hodge cuando Louvain me refirió el robo por primera vez —contestó—. Para aceptar el encargo puse como condición encontrar a quien lo había matado y entregárselo a ustedes. Sólo le miré la nuca, nada más.

Durban enarcó las cejas, sin entender qué importancia podía tener aquello. Su rostro no reflejaba un desdén manifiesto aunque se adivinaba justo debajo de la superficie.

—¿Eso es relevante, Monk? Le aplastaron la cabeza. ¿Qué vio que demuestre la inocencia de Gould o de cualquier otro?

Monk estaba perdiendo el control. Orme había desembarcado y estaba en la escalinata. La paciencia de Durban parecía estarse agotando. Por primera vez desde que había dimitido de su cargo en la policía llevado por la ira, Monk se despreció por tratar el crimen como un modo de ganarse la vida más que como una obligación legal. Aquello era injusto; él resolvía los crímenes que los agentes no resolvían, y deseaba hacérselo comprender a Durban, pero ahora no tenía tiempo para eso.

—Mi esposa fue enfermera en Crimea —dijo bruscamente—. Ahora dirige una casa de socorro para prostitutas enfermas y heridas, en Portpool Lane. —Vio que el desdén de Durban iba en aumento. Le costó trabajo no alargar la mano para impedir que se diera la vuelta—. Hace unos días Clement Louvain le llevó una mujer muy enferma. Parecía un caso de pulmonía. Ayer por la tarde murió.

Durban lo observaba y aunque su rostro seguía lleno de escepticismo no lo interrumpió.

—Cuando Hester fue a lavarla para amortajarla... —notó que la respiración le sonaba con aspereza en la garganta. Ojalá Orme no alcanzara a oírle— descubrió de qué había muerto en realidad. —Tragó saliva y casi se atragantó. ¿Durban se daría cuenta de la terrible enormidad de lo que iba a decir? ¿Lo comprendería?

Durban aguardaba con el entrecejo fruncido. Levantó una mano para indicar a Orme, que ya había subido media escalinata, que no se acercara.

No tenía sentido andarse con evasivas. Ya no había vuelta atrás.

—Peste —susurró—. Peste bubónica, la peste negra.

Durban fue a decir algo pero cambió de parecer. Siguió inmóvil a pesar del viento que los azotaba clavándoles agujas de hielo en la piel. El sol seguía brillando, las gaviotas describían círculos en lo alto, las hileras de gabarras avanzaban lentamente río arriba hacia el Pool.

—¿Peste? —repitió Durban con voz ronca.

Monk asintió.

—Sutton, el exterminador de ratas que trabaja para la casa de socorro, me lo contó anoche, ya tarde. Fue a mi casa. Y se lo contará a Margaret Ballinger, que también trabaja allí, pero a nadie más. Si lo hiciera cundiría el pánico. Incluso es posible que la muchedumbre intentara quemarlos vivos.

Durban se frotó la cara con la mano. De repente se quedó tan pálido que su piel parecía gris.

—No podemos dejar que salgan.

—Ya lo sé —dijo Monk en voz baja—. Sutton ha organizado una patrulla de amigos suyos que vigilan los accesos con perros. Detendrán a cualquiera que intente salir.

Durban volvió a pasarse la mano por la cara.

—¡Dios mío! —musitó—. ¿Quién...?

—Nadie —respondió Monk—. Tenemos que resolverlo nosotros mismos. Margaret Ballinger hará cuanto pueda desde el exterior: llevarles comida, agua, carbón y medicinas, que dejará en algún sitio para que lo recojan al anochecer. Al menos en esta época del año las noches son largas y Portpool Lane está bien alumbrada. Hester y las mujeres que están con ella cuidarán de las enfermas mientras... No consiguió terminar la frase pese a que las palabras resonaban en su cabeza: «mientras sigan con vida».

Durban no respondió pero sus ojos se llenaron de una compasión infinita. Monk se tragó el terror que anidaba en su interior, el miedo no ya a la enfermedad sino a perder todo cuanto amaba.

—Tenemos que averiguar de dónde ha venido —prosiguió, con voz casi normal—. En Inglaterra no hay peste. El *Maude Idris*, que es el barco que trajo el marfil, acaba de regresar de África. Es propiedad de Louvain, y éste llevó a Ruth Clark a la casa de socorro.

—Sí... ya veo dónde quiere ir a parar. Probablemente viajó en ese barco. Puede que Hodge lo supiera, en cuyo caso su muerte tendría más que ver con la peste que con el robo. Sea como fuere, tenemos que averiguarlo. ¡Que Dios nos ampare! Si la peste arraiga, podría asolar el país entero. La cuestión es: ¿quiénes de los que están a bordo del *Maude Idris* lo saben? ¿Y qué pasa con Louvain?

—Eso no lo sé —admitió Monk—. Prometí a Gould que haría cuanto pudiera para que no lo ahorcaran si era inocente de la muerte de Hodge.

—¿Ahorcar? —dijo Durban sin dar crédito a sus oídos—. ¡Por el amor de Dios! Si lo que dice es cierto, el mundo entero podría morir de una forma bastante peor que la horca, que será brutal pero es rápida. ¿Qué significa la vida de un hombre, comparado con esto?

—No permitiremos que eso ocurra —respondió Monk entre dientes, con voz entrecortada porque empezaba a tiritar—. Hester se quedará encerrada en la casa de socorro con los demás. Nadie volverá a salir hasta que todo haya terminado, si es que queda alguien con vida. El mundo seguirá su curso exactamente como si nada hubiese sucedido. Y la justicia seguirá siendo importante.

La estela de una fila de gabarras golpeó las piedras del muelle.

—Usted y yo seremos los únicos involucrados en la muerte o la vida de Gould que sabremos lo que está ocurriendo —prosiguió Monk—. ¿Ahorcamos a un hombre inocente? Si lo hacemos porque estamos muertos de miedo, ¿por qué no ahorcamos a dos, a diez, a un centenar? ¿A cuántos hombres inocentes merece la pena intentar salvar? —Oía el claro enojo de su voz y supo que era fruto del alivio porque aquello era algo que sí soportaba pensar, algo que cabía encarar—. De todos modos tenemos que saber la verdad.

Durban asintió lentamente con la cabeza, apesadumbrado. Luego se volvió y habló con Orme. Monk no oyó lo que le decía, pero vio que Orme lo acataba, frunciendo el entrecejo con preocupación, antes de bajar a reunirse con los demás hombres en la patrullera. Durban regresó.

—¿Quién dijo Louvain que era la fallecida? —preguntó.

—La amante abandonada de un amigo suyo.

—¿Y es verdad? —Durban le miró de soslayo.

—No lo sé. Es posible, aunque también podría haber sido su propia amante.

—¿Cree que él sabía lo que le pasaba?

—Si era el primer caso que veía, no. Cuando Hester la admitió, pensó que era pulmonía.

—La pulmonía mata —señaló Durban.

—Lo sé perfectamente. Aun así sigue siendo preferible a la peste.

—Deje de decir esa palabra —espetó Durban—. De hecho, más vale que no la repita.

Monk pasó por alto el comentario.

—Por otra parte, si alguien había muerto de eso en su barco, no sería extraño que estuviera al corriente —prosiguió Monk—. Aunque si sucedió en alta mar y la tripulación lo arrojó por la borda, puede que no. Y lo mismo vale para el caso de Hodge.

Durban lo miró fijamente.

—¿Qué está diciendo? ¿Insinúa que Hodge la tenía en la fase pneumónica y que alguien lo mató para impedir que bajara a tierra? ¿O que murió de eso y que, al no poder deshacerse del cuerpo en el mar porque ya estaban en el río, le partieron la cabeza para que nadie examinara el cuerpo con más detenimiento?

—Me parece más probable lo segundo —respondió Monk—. Louvain puede ser condenado si es que sabía la verdad.

—Hay que averiguar de quién era amante esa mujer —dijo Durban con apremio y un dejo de miedo en la voz—. Sea quien sea podría estar contagiado. Pero hay algo aún peor. ¿Dónde está el resto de la tripulación?

—Louvain me dijo que había dado el finiquito a cinco hombres. Ahora que Hodge está muerto sólo quedan tres a bordo. Tendrá que mandar un bote para impedir que desembarquen. Y que no duden en disparar llegado el caso. De nada servirá enviarles un médico. No tiene cura.

—Tampoco podemos dejarles descargar —observó Durban pensativamente. Tensó el rostro y apretó los labios—. Detesto mentir a mis hombres, pero de momento no puedo decirles la verdad. —Una pregunta asomó a sus ojos, como si aún esperase que existiera otra solución y que Monk se la fuese a dar.

—Sutton dijo a sus amigos que se trata de cólera. Quizá la tripulación también crea que se trata de eso.

Durban asintió con la cabeza.

—Pues más vale que pongamos manos a la obra. No hay tiempo que perder.

Se dirigió a la escalinata y comenzó a bajar con Monk pisándole los talones.

Orme estaba aguardando. Observó a Monk con cara de pocos amigos. Aún no se había formado una opinión sobre él pero le inspiraba recelo.

Durban no se anduvo con rodeos.

—En el *Maude Idris* hay cólera —anunció sin el menor titubeo, como si estuviera diciéndoles la pura verdad—. Tenemos que evitar que descargue y asegurarnos de que nadie baja a tierra hasta que hayan pasado la cuarentena. Disparen si es necesario, aunque dudo que tengan que hacerlo. Bastará con asegurarse de que no les asignen una dársena. Yo me encargaré de eso. Iremos allí sin más demora para advertirlos. Después manténganse a una distancia prudente. ¿Entendido?

—Sí, señor —contestó la tripulación como un solo hombre.

—Monten guardia en turnos de ocho horas. No permitan que nada les distraiga. Es de suma importancia que la enfermedad no salga de ese buque. Si les asalta la duda piensen en sus familias. Ahora vayamos río arriba a cumplir con nuestro deber.

Ocupó su sitio en la lancha, hizo una seña a Monk de que lo imitase y casi de inmediato los remeros doblaron la espalda y hundieron las palas en el agua.

Durban guardó silencio pero sus hombres pusieron de manifiesto su camaradería, intercambiando chistes y chanzas durante todo el trayecto. Cuando tuvieron el *Maude Idris* al alcance de la vista de repente se concentraron por completo, como si estuvieran en presencia de la mismísima enfermedad.

Se pegaron a babor y Orme llamó. La cabeza afeitada de Newbolt apareció por encima de la barandilla.

—¡Policía Fluvial! —gritó Orme, y la escala de cuerda cayó un momento después. Durban echó una mirada a Monk y acto seguido subió peldaño a peldaño. Monk le siguió y oyó a Orme subir tras él.

Newbolt estaba en la cubierta aguardándolos. Un abrigo grueso le confería un aspecto aún más corpulento pero iba con la cabeza descubierta y sin guantes.

—¿Qué quieren esta vez? —dijo de modo escueto.

Monk revisó de inmediato la valoración que había hecho de su inteligencia, así como de lo que sabía. Eran los que hablaban demasiado quienes se delataban sin querer.

Durban se plantó en cubierta contrarrestando el leve balanceo del barco con un garbo innato.

—¿Cuántos hombres hay a bordo? —preguntó.

—Tres —respondió Newbolt. Pareció ir a agregar algo pero cambió de parecer. En ese momento Monk decidió que Newbolt sabía la verdad. Echó una mirada a Durban para ver si había captado lo mismo que él, pero éste no apartó los ojos de Newbolt.

—Tres —repitió Durban—. ¿Hubiesen sido cuatro con Hodge?

—Exacto.

—¿Cuántos forman la tripulación completa?

—Nueve. A cinco hombres se les dio el finiquito río abajo. No hacen falta nueve para montar guardia aquí.

No mencionó que aun así les habían robado el marfil y que Hodge había encontrado la muerte, y tampoco preguntó por qué quería saberlo Durban. Aquello ya era una batalla tácita.

—¿A qué cinco se les despidió? —preguntó Durban.

—Al capitán, al oficial de cubierta, al cocinero, al grumete y a un marinero de primera —contestó Newbolt sin titubeos.

—¿Nombres? —pidió Durban.

—Stope, Carter, Edwards, Jenner y Briggs. —No preguntó a Durban para qué los quería.

—¿Dónde desembarcaron?

—En Gravesend.

Durban titubeó.

—¿Sabe sus nombres de pila?

—No. —Newbolt no pestañeó ni se volvió cuando un hombre flaco con una cicatriz apareció por el tambucho—. Aquí estamos Atkinson, McKeever y yo.

—Tenemos que ponernos en contacto con su capitán —dijo Durban.

Newbolt se encogió de hombros.

Durban miró a Atkinson.

—¿Su capitán era Stope?

—Sí —contestó Atkinson—. Desembarcó en Gravesend. A estas alturas puede estar en cualquier parte.

—¿En algún momento mencionó dónde vivía?

—No —intervino Newbolt—. Los capitanes no hablan con gente como nosotros; los capitanes dan órdenes.

—¿Y los demás hombres? —insistió Durban.

—Ni idea —repuso Newbolt—. Si lo dijeron no me acuerdo. Lo más probable es que no tengan domicilio fijo. Están casi siempre en el mar. Aunque siendo de la Policía Fluvial seguro que eso ya lo sabe de sobra.

—Los capitanes suelen tener una casa —contestó Durban—. A veces hasta esposa y familia. ¿Dónde está McKeever?

—Abajo —dijo Newbolt—. No se encuentra bien. Igual tendríamos que haberle dejado marchar y quedarnos con el cocinero. —Sonrió tristemente.

El rostro de Durban se iluminó.

—Tengo que verle. —Miró a Atkinson—. Lléveme abajo.

Monk dio un paso para detenerlo y Durban le espetó que no se moviera de donde estaba. Atkinson lanzó una mirada a Newbolt y obedeció. Monk, Orme y Newbolt se quedaron en cubierta. Ninguno de ellos habló.

Pasaron algunos botes, las gaviotas daban vueltas en lo alto. La marea se estaba retirando, avanzando cada vez más deprisa, llevándose consigo restos y desperdicios flotantes. Los rapiñadores estaban comenzando a escarbar en la orilla. Orme miró con suspicacia a Monk y volvió a apartar la vista.

Por fin Durban regresó a través del tambucho, seguido por Atkinson. Caminó hasta Monk con el semblante muy pálido.

—No hay mucho que ver —dijo sucintamente—. Me temo que nos aguarda una larga búsqueda. —Se volvió hacia Newbolt—. Les avisarán en cuanto haya un embarcadero disponible. Permanezcan a bordo mientras tanto.

No añadió ninguna explicación, simplemente señaló a Orme y fue hacia la barandilla.

Monk lo siguió. No volvieron a hablar hasta que el bote los hubo dejado en tierra y Orme y sus hombres regresaron a vigilar.

—Si Louvain les liquidó la paga en Gravesend pueden estar en cualquier parte —dijo Durban con gravedad—. Tenemos mucho que hacer.

—Es imposible que Louvain supiera de qué se trataba —dijo Monk mientras se dirigían hacia la calle—. Ningún hombre en su sano juicio dejaría que algo así se propagara por más beneficios que tuviera en juego. Si se extiende, no queda nada para nadie: ni clíperes, ni cargamentos, ni comercio, ni vida. Louvain es un hombre duro pero no está loco.

—No lo sabía —convino Durban—. Al menos no cuando les liquidó la paga. Estoy de acuerdo, es un tipo listo, a veces brutal, pero respeta las leyes del mar; sabe que ningún hombre gana contra la naturaleza. No duraría mucho si no lo supiera y Louvain ha hecho más que durar: ha sacado provecho, ha construido su propio imperio. —Al llegar al bordillo se detuvo un instante antes de cruzar y girar de nuevo hacia el sur—. No tendría ningún reparo en deshacerse de una amante que hubiese dejado de interesarle; le pega más eso que cuidar de una mujer abandonada por otro hombre. Pero aun así apostaría a que no sabía lo que ella tenía, pues en ese caso lo habría hecho de otra manera, quizás hasta la habría matado y enterrado en cal viva.

Monk tuvo un escalofrío al pensarlo.

—Tenemos que encontrar a esos hombres.

—Ya lo sé —convino Durban.

—¿Adónde irían?

Durban lo miró con expresión mordaz.

—De eso hace casi dos semanas. ¿Dónde estaría usted si hubiese pasado un año en el mar?

—Comiendo bien, bebiendo mejor y en compañía de una mujer —respondió Monk—. A no ser que tuviese familia, pues en ese caso estaría en mi casa.

Durban arrugó el semblante y asintió con la cabeza.

—¿Cómo lo averiguaremos? —preguntó Monk. No había tiempo para sentimientos; de eso se ocuparían después, si es que había un después.

—Conseguiremos sus nombres —contestó Durban—. Será un principio, al menos. Luego los buscaremos. —Su rostro era casi inexpresivo, sólo una ligera tristeza parecía rodearle la boca, como si comprendiera las tinieblas a que se enfrentaban.

Ninguno de los dos volvió a decir nada mientras avanzaban por la acera estrecha pasando por delante de locales de prestamistas, carpinteros de navío, proveedores de buques, maestros veleros, fabricantes de cabos, ferreteros y herreros, representantes de todas las industrias relacionadas con la mar. Se vieron obligados a detenerse mientras un hombre hacía retroceder a cuatro magníficos caballos de tiro para sacar un carro de un patio haciendo un giro muy cerrado hacia la calle, con las ruedas dando botes sobre los adoquines. Lo hizo con concentración y cuidado, tranquilizando a sus animales.

Un tonelero se quejaba amargamente de un barril que no era de su agrado. A Monk le pareció un rayo de cordura, una visión fugaz de un mundo normal que quería escurrírsele entre los dedos por más fuerte que lo aferrase. Estaba al borde de un abismo donde la peste lo destruía todo; sólo podía pensar en si la contendrían o se extendería. El tonelero vivía en un mundo donde un barril mal hecho tenía su importancia.

Echó una mirada a Durban y vio sus pensamientos reflejados en sus ojos. Fue un momento de perfecto entendimiento.

En cuanto el carro terminó la maniobra, Durban reinició la marcha a grandes zancadas, seguido por Monk.

Resultaba difícil recabar la información que necesitaban sin levantar sospechas o, peor aún, el temor de que la policía estuviera yendo tras alguien relacionado con un crimen. Bastaría un rumor no sólo para que desapareciera el hombre en cuestión, sino para que en todo el río no hubiese nadie dispuesto a ayudarles. Todas las puertas se cerrarían.

Durban hizo gala de una paciencia infinita, recabando un dato aquí, otro allí y otro allá, hasta que al final salieron de la última oficina con toda la información que necesitaban: los nombres y descripciones físicas de los cinco hombres que buscaban, además de cuanto se sabía sobre sus orígenes y costumbres.

Comenzaron en Gravesend y fueron avanzando río arriba de una taberna a la siguiente, tomando una pinta de cerveza o una empanada en cada establecimiento, procurando mezclarse con los demás hombres que hablaban de buques, viajes que habían hecho o les habían contado, siempre atentos a oír un nombre, con los ojos bien abiertos por si alguien encajaba con alguna de las descripciones. Durban se había quitado todos los distintivos de su condición de policía. Llevaba la gorra en el bolsillo y el cuello del abrigo levantado y un poco torcido. Parecía un oficial que llevara demasiados meses en tierra. No se enteraron de nada útil. Nadie admitió haber visto a ninguno de los hombres del *Maude Idris*.

Poco después de las cinco, el sol se puso en un mar de fuego encima del río, deslumbrando los ojos hasta que dolía mirar hacia el oeste. Titilantes tonos dorados y plateados bordeaban los rizos del agua y las estelas de las gabarras.

Monk y Durban se detuvieron en otra taberna para comer algo y agradecieron el ambiente caldeado del local. Fuera el viento estaba arreciando. Ninguno de ellos comentó nada sobre la necesidad de seguir buscando. Tenían que apartar de sus mentes incluso la idea de ir a casa y dormir. Cada hora contaba y todavía no tenían ni un indicio.

Comieron en silencio, mirándose el uno al otro de vez en cuando, concentrados en escuchar, observar, tratar de captar un retazo de conversación que aludiera a uno de los marinos por su nombre, o a alguien que hubiese regresado de África y anduviera buscando otro barco. Habían transcurrido tres cuartos de hora y ya se disponían a irse cuando Monk oyó a un hombre con una tos perruna y cayó en la cuenta de que también les serviría cualquier comentario sobre alguien enfermo o incluso sobre una muerte reciente.

—¿Adónde van los hombres enfermos? —preguntó a Durban de improviso, justo cuando se levantaban de la mesa.

El policía lo miró con los ojos muy abiertos.

—Al Hogar del Marinero, los que tienen esa suerte. Los demás se meten en un albergue o, peor aún, buscan cualquier hospedaje en la calle.

Monk no necesitó preguntar a qué clase de alojamiento se refería; sabía que existían toda clase de pensiones baratas, cualquier cosa valía con tal de no estar bajo la lluvia y compartir el calor de otros cuerpos. Por sucias que estuvieran, aun llenas de piojos, el refugio que proporcionaban podía suponer la diferencia entre la supervivencia y una muerte por congelación.

No hizo ningún comentario y Durban tampoco. Ahora ambos eran policías con una tarea en común. Su entendimiento y la unidad de su propósito constituían un vínculo tan profundo como la hermandad.

Se adentraron en los barrios pobres del puerto, yendo de casa en casa, preguntando siempre con discreción, siguiendo cualquier rumor acerca de algún hombre que pudiera estar enfermo o que anduviera gastando su dinero a manos llenas. No dieron nombres, no querían alarmar a nadie. Las mentiras les salían con tanta facilidad e inventiva como era necesario.

Hacia la una de la madrugada estaban agotados, tenían frío y habían tirado de media docena de cabos sueltos sin conseguir nada. Durban se plantó en medio de un callejón donde el viento gemía en lo alto de la estrecha abertura entre los edificios, con el rostro medio iluminado por la única farola que había en la fachada de un albergue. Tenía los hombros hundidos y tiritaba. Miró a Monk sin mediar palabra.

—¿Uno más? —propuso Monk—. A lo mejor tenemos suerte. Alguien tiene que haberlos visto.

Durban meneó la cabeza.

—También podemos quedarnos a dormir —sugirió Monk sonriendo.

El policía se relajó un poco y por un instante sus ojos perdieron dureza.

—De acuerdo —aceptó. Se irguió, pateando el suelo para estimular la circulación, y encabezó la marcha.

En principio la regenta del albergue se negó a admitirlos. Era una mujer flaca con el semblante anguloso y el pelo recogido en un moño descuidado. Pero cambió de parecer cuando vio el dinero que Monk le ofrecía.

—Tendrán compañía —advirtió—. Pero hay paja limpia en el suelo y estarán a cobijo del viento.

Tomó los peniques y los metió en un bolsillo oculto entre sus abultadas faldas antes de conducirlos a una habitación pequeña en la parte trasera de la casa. Era un habitáculo tan decrépito como les había dicho, que ya ocupaban dos hombres, pero estaba razonablemente caldeado.

Monk buscó un sitio donde tumbarse en la paja, apilando parte de ella para formar una almohada, y procuró dormir. Estaba agotado y le dolían los músculos de tanto caminar por callejones interminables expuesto a la humedad y al viento cortante que soplaba desde el río. Pero el pensar en su propia cama y en Hester a su lado, no sólo el calor de su cuerpo sino la calidez aún más intensa de sus pensamientos, sus sueños, todo su ser, convertía aquella lamentable habitación con sus inquietos y desdichados huéspedes en un infierno sin parangón.

Por fin logró dormirse, aunque por poco rato. Tenía mucho frío y el suelo era demasiado duro para descansar. No soportaba imaginar dónde estaba ella ahora, cuánto peor era su situación comparada con la de él, cuánto mayor el peligro. Permaneció tendido en la oscuridad escuchando el crujido de la paja, la respiración pesada de los hombres, y se obligó a reflexionar.

Procuró darle sentido a todo lo que sabía. ¿Adónde iría

un marino en tierra? Él y Durban ya habían recorrido las tabernas, burdeles y albergues de aquel trecho del río. Habían encontrado un puñado de hombres más o menos como los del *Maude Idris* pero no los que buscaban. ¿Era una tarea inútil, algo que sólo un hombre desesperado o un loco intentaría siquiera?

¿Qué alternativas tenían? ¿Avisar a todas las comisarías y dar caza a aquellos hombres como si fuesen asesinos? ¿Los atraparían así? ¿O conseguirían que se adentrasen en la clandestinidad haciendo imposible dar con su paradero? ¿Y a cuánta gente infectarían?

Fue adormeciéndose hasta que de súbito volvió a despertar. Oyó pisadas de ratas y el cuerpo se le encogió. En la habitación de al lado alguien tosía sin parar; era una tos seca, perruna. ¡Y ellos buscaban a un enfermo! ¿No era así como comenzaba la peste, en el pecho, con síntomas semejantes a los de la pulmonía? Tenía demasiado frío para moverse, pero debía comprobar si se trataba de un miembro de la tripulación del *Maude Idris* o, peor aún, de alguien contagiado por ellos.

Siguió tiritando en el suelo, acurrucado con los músculos entumecidos hasta que un prolongado acceso de tos en la habitación de al lado hizo que se obligara a ponerse en pie lentamente. Avanzó hasta la puerta sorteando las formas de los hombres que dormían en el suelo y salió al estrecho pasillo. Una vela en una repisa lo iluminaba pobremente, de modo que si alguien necesitaba ir al lavabo no se perdiera o tropezara y despertara a todo el mundo.

Llegó a la puerta de la otra habitación, giró el pomo muy despacio y empujó. La puerta se abrió con un leve chirrido. Tardó un momento en acostumbrar los ojos a la penumbra. Luego entró con sigilo, pasando por encima y por el lado de los cuerpos dormidos hasta alcanzar el que se removía sin descanso, con los hombros encorvados, respirando trabajosamente.

Monk se agachó y lo tocó. Sobresaltado, el hombre arremetió contra él y Monk salió despedido hacia atrás, cayendo pesada y torpemente encima de un hombre dormido, que soltó un grito de ira. Se armó una buena refriega. Los hombres se sacudían con brazos y piernas y gritaban «¡ladrón!» e improperios.

Monk trató de zafarse, pero era uno contra media docena. Se estaba llevando la peor parte y no conseguía explicar el motivo de su intromisión cuando apareció una vela en el umbral y vio el rostro de Durban con una expresión de divertida exasperación. Un instante después la vela estaba encima de una silla y Durban se metía en la pelea con entusiasmo. Gritando a diestro y siniestro que pararan, Durban se fue abriendo camino hacia donde Monk se las veía y deseaba para protegerse de una lluvia de golpes.

Finalmente Monk quedó apoyado contra la pared, intentando recobrar el aliento, y el hombre de la tos sentado en el suelo, respirando con dificultad. Otros tres hombres fulminaban con la mirada a Durban, que sonreía de oreja a oreja.

—Sólo quería saber si... —dijo Monk entre jadeos— si alguno de ustedes ha estado a bordo del *Maude Idris*.

—¿Y para eso entra aquí a hurtadillas como un maldito ladrón? —inquirió uno de los hombres.

—No quería despertar a todo el mundo —dijo Monk, a su juicio razonablemente.

Se oyeron risotadas y juramentos.

—Bueno, ¿alguien lo ha estado o no? —gritó Monk.

—Nunca lo he oído nombrar —contestó otro hombre.

—Claro que sí, idiota —replicó el que estaba a su lado—. Es uno de los barcos de Louvain. Acaba de llegar de África. Aún no ha descargado.

—Liquidó la paga a cinco hombres en Gravesend —terció Durban.

—Pues yo no he visto a ninguno —contestó el hombre, negando con la cabeza.

—Stope, Carter, Briggs, Edwards y Jenner —enunció Monk.

—¿Stope? Conozco al capitán Stope pero hace más de un año que no le veo. ¿Por qué no se largan de una vez y nos dejan dormir?

Monk echó una ojeada al resto de los hombres pero nada en sus rostros indicaba culpabilidad, reconocimiento ni ninguna otra cosa que no fuese hastío y desdicha.

—De acuerdo —dijo.

Salió detrás de Durban llevándose consigo la vela que, como por milagro, seguía encendida.

Volvió a dejarla en la repisa del pasillo. Estaba comenzando a notar las magulladuras, pero al menos ya no tenía frío. Durban reía para sus adentros. Echó un vistazo a Monk al llegar a la puerta de la habitación y sus ojos brillaron a la titilante luz de la llama. Su expresión era más elocuente que cualquier sermón.

Por la mañana, Monk despertó entumecido. Le dolían todos los músculos. Seguro que si miraba encontraría moratones por todas partes. Durban aún sonreía. Se encogió de hombros e hizo una mueca de dolor. Todo aquel episodio resultaba de lo más patético y no habían averiguado nada, pero aun así sintió una confortante calidez interior.

Para desayunar había pan y gachas de avena. Sólo el hambre hizo que se lo comiera. De sus compañeros de cuarto, uno era un muchacho fornido de rostro huraño; el otro era más mayor, tenía la piel picada de viruelas y le faltaban dos dedos de una mano. Era un gran conversador y contaba sus aventuras con entusiasmo a quien quisiera escuchar. Había doblado el cabo de Hornos y tenía tema para rato con sus recuerdos de las tormentas vividas en aquellas aguas aciagas, los elementos desatados, olas como montañas, vientos que cortaban la respiración, costas de pesadilla sacadas de paisajes lunares. Había dado la vuelta a Tierra del Fuego navegando contra la tempestad, y fue allí donde una driza suelta le había destrozado el brazo. El médico de a bordo le cauterizó el muñón, serrándole el hueso sin más anestesia que media botella de ron y una mordaza de cuero para morder.

Monk observó el rostro del hombre y luego el de Durban al escucharlo. Vio varias emociones: respeto ante el coraje, asombro ante el esplendor y la violencia del océano, así como ante la audacia de los hombres que construían barcos y se hacían a la mar. Parecía una soberbia desmedida, pero Durban aparentaba comprender a aquellos mortales que osaban desafiar a los dioses para arrebatar la gloria al cielo. También vio ternura y una disposición paciente y supuso que tras ellas había un significado profundo.

Cuando se marcharon y salieron de nuevo a la calle de una mañana más gris y ligeramente más templada que la del día anterior, Monk formuló la pregunta que había ido tomando forma en su mente.

—¿Su padre fue un hombre de mar?

Durban lo miró sorprendido.

—¿Tanto se nota?

Monk le sonrió.

—Digamos que lo he adivinado.

Durban volvió la mirada al frente, evitando los ojos de Monk, pues éstos habían demostrado ser demasiado perspicaces.

—Murió en el mar de Irlanda a los treinta y cinco —dijo—. Aún recuerdo el día que nos dieron la noticia. —Hablaba con voz serena, aunque con un sutil dejo de tristeza—. Supongo que las familias de los marinos siempre cuentan con que puede ocurrir, pero cuando te acostumbras a un miedo que no se corresponde con ninguna realidad te cuesta más creer que esta vez será algo más que un susto. —Hundió las manos en los bolsillos y caminó en silencio. Confiaba que Monk lo entendiera sin abundar en más detalles.

Visitaron más albergues, más puestos ambulantes, más burdeles, tabernas y casas de empeños. Nadie los ayudó. Un hombre conocía a la familia del grumete, y durante una hora y media abrigaron la esperanza de haber logrado un avance importante por fin.

Pero no estaba en casa y su padre no había recibido noticias de él desde que su barco zarpara hacia África casi ocho meses atrás. Se quedaron perplejos y preocupados cuando Durban les dijo que el *Maude Idris* había fondeado y liquidado la paga de sus hombres.

—No se preocupe, madre —dijo su hermano mayor con amabilidad—. Ya es un hombre hecho y derecho. Se estará corriendo una juerga. Vendrá a casa cuando haya acabado. Seguro que le ha traído un regalo de África.

Se marcharon apesadumbrados, con una creciente carga de urgencia y pena sobre los hombros, y siguieron bajando por el río hacia el sur.

Se detuvieron en una taberna para reponer fuerzas.

—Trafalgar —dijo Durban mientras tomaba un bocadillo de jamón y una jarra de cerveza—. Mi abuelo luchó allí. No en el *Victory*, pero recuerda a Nelson. —Sonrió con cierta timidez—. De niño yo quería ir al mar.

Monk aguardó. Constituiría una falta de delicadeza preguntar por qué no lo había hecho. Quizás el motivo encerrara alguna clase de dolor. Ya se lo contaría cuando tuviera ganas.

Volvieron a la orilla del río. Un velo gris filtraba la cruda luz de la víspera, las nubes avanzaban descargando chubascos dispersos que emborronaban el horizonte. No hacía frío pero la humedad calaba hasta los huesos.

—Luego mis hermanos murieron de escarlatina —dijo Durban con sencillez—. Así que tuve que quedarme en casa. —Se volvió y caminó de regreso a la calle hacia el próximo sitio donde preguntar.

Monk lo siguió. No dijo nada. Durban no quería compasión, ni siquiera un comentario, simplemente le contaba una parte de su vida. Era un gesto de confianza.

Trabajaron el resto del día, en ocasiones por separado pero las más de las veces juntos, pues aquélla no era zona para que un hombre se aventurase sin nadie que le cubriera la espalda. Se vieron envueltos en una breve pelea y Monk se sorprendió al ver con cuánta fuerza pegaba, cómo buscaba por instinto el golpe más certero.

Luego se apoyaron contra un muro del callejón, respirando pesadamente y, sin motivo aparente, riendo con ganas. Probablemente se debiera a la forma tan absurda en que se habían metido en la anterior pelea en el albergue. Monk tenía más magulladuras y un corte en la mejilla pero, por curioso que resultara, el esfuerzo e incluso el dolor físico lo habían tonificado. Miró a Durban y vio exactamente lo mismo reflejado en sus ojos.

El policía se incorporó y se levantó el cuello del abrigo. Se atusó el pelo revuelto con la mano.

—¿Uno más?

—No se me ocurre nada mejor —contestó Monk—. ¿Cree que nos estamos acercando?

—No —dijo Durban con franqueza—. Es como si se hubieran desvanecido. —Se guardó de manifestar el temor a que se hubieran embarcado enseguida o a que ya estuvieran muertos.

Monk estaba pensando exactamente lo mismo.

—No hemos comprobado los fallecimientos —dijo.

—Yo sí —contestó Durban—. Mientras usted interrogaba al tipo del burdel de Thames Street. La policía ha identificado a todos los marinos fallecidos recientemente.

—¿Cómo puede estar tan seguro?

—Porque sabemos los nombres de los cadáveres. Aunque eso no significa que los del *Maude Idris* no hayan muerto, sólo que no los han encontrado ni enterrado. —Miró a Monk con expresión atribulada—. Venga, vamos a probar en el siguiente.

10

La noche en que Monk recibió la visita de Sutton, Margaret estaba en su casa preparándose para regresar a la casa de socorro. Se había propuesto conceder a Hester una noche entera de sueño sin interrupción. Estaba arreglándose ante el tocador cuando su madre llamó brevemente a la puerta y, sin aguardar respuesta, entró en la habitación.

—Margaret, querida —dijo, cerrando a sus espaldas—, no debes renunciar a la esperanza. Bien es cierto que tienes un carácter difícil y una lengua viperina, pero eres agradable a la vista y de momento tu reputación sigue sin tacha. —Su tono se alteró muy ligeramente—. Procedes de una buena familia cuya reputación es intachable. Con un poco de cuidado, bastante más discreción a la hora de expresar opiniones y la dosis apropiada de mansedumbre podrías ser muy feliz. Tu inteligencia no tiene por qué ser tu ruina aunque admito que me tiene un tanto preocupada. Muestras una inusual insensatez sobre cuándo debes manifestarla y a propósito de qué.

A Margaret le hubiese gustado fingir que no sabía a qué se estaba refiriendo su madre pero, puesto que al parecer lady Hordern había llevado a cabo su amenaza, no podía esperar que la creyera. No se le ocurrió ninguna respuesta del agrado de su madre, de modo que no contestó y se limitó a seguir recogiéndose el pelo, que le quedaba un poco torcido y demasiado tenso en la nuca. Notaba las horquillas clavadas en la cabeza. Al final tendría que volver a quitarlas, lo cual supondría una pérdida de tiempo.

La voz de su madre se endureció.

—Visto que has vuelto a ponerte ese vestido azul tan gastado supongo que tienes intención de ir a esa desdichada institución de los barrios bajos. Las buenas obras son muy meritorias, Margaret, pero no casan bien con la vida social. Estaría más contenta si hicieras algo relacionado con la Iglesia. Tienen numerosas actividades que te permitirían trabajar con gente, gente distinguida cuyos orígenes e intereses son semejantes a los tuyos.

«No lo estamos discutiendo —pensó Margaret—. Me estás dando tu punto de vista como de costumbre.» Pero no lo dijo.

—Puede que tengamos orígenes en común, mamá, pero no intereses. Y me preocupa más adónde voy que de dónde procedo.

—A mí también —replicó la señora Ballinger con aspereza, mirándola a los ojos en el espejo—. Y debes saber, jovencita, que acabarás vistiendo santos si no cuidas tu conducta y le allanas el terreno a sir Oliver cuanto antes. Es un pretendiente sumamente apropiado, no encontrarás otro mejor, y salta a la vista que le gustas mucho, pero ya va siendo hora de que declare sus intenciones y hable con tu padre. Lo único que hace falta es que pases menos tiempo en esa espantosa clínica y le dediques más atención. Así que quítate ese vestido tan poco favorecedor, ponte algo de un color bonito y con un corte que se lleve esta temporada, tu padre te proporciona medios más que suficientes, y acude a algún acontecimiento social a lucir tu figura. —Inspiró profundamente—. Nada concentra tanto la mente de un hombre como el darse cuenta de que no es el único que aprecia tus cualidades.

Margaret se dio la vuelta con una punzada de enojo que casi le impidió morderse la lengua.

—Mamá...

—¡Ah! Y ha venido a verte una persona con un aspecto de lo más reprensible —prosiguió la señora Ballinger—. Te está esperando en la salita de la señora Timpson. —Se refería al ama de llaves—. Por favor, pídele que no vuelva a venir. No le hubiese permitido quedarse esta vez pero insistió en que tenía que darte un mensaje de parte de la señora Monk. Me parece que deberías limitar tu relación con esa mujer. No es del todo respetable. Tu padre está de acuerdo conmigo. El señor... como se llame... te está esperando. No le hagas perder más tiempo. Seguro que tiene alcantarillas que limpiar o algo por el estilo.

Margaret se inquietó tanto que no se tomó la molestia de responder a aquel último comentario. ¿Por qué iba Hester a enviarle un mensaje por mediación de un tercero si no porque ocurría algo grave?

—Gracias —dijo de manera cortante, y salió casi a la carrera dejando a su madre plantada en medio del dormitorio.

Entró por la puerta del piso de arriba a la zona de servicio y bajó por la escalera hasta la sala de estar del ama de llaves. Esperaba encontrar a Squeaky Robinson allí y se quedó perpleja al constatar que el hombre que aguardaba de pie en la estera delante del fuego no era él. No obstante, era alguien a quien había visto con anterioridad, sólo que no recordaba cuándo. Era delgado, de hombros cuadrados, y su rostro cansado mostraba una profunda tristeza.

—Buenas noches, señorita —dijo Sutton en cuanto Margaret cerró la puerta a sus espaldas—. Traigo un mensaje para usted y nadie más, pase lo que pase. Reconozco que si por mí fuera le diría sólo lo que necesita saber, pero la señora Hester insistió en que le contara toda la verdad y tiene que jurar por Dios que no se lo dirá a nadie.

Margaret notó un nudo en la garganta.

—¿De qué se trata? —De pronto recordó quién era: Sutton, el exterminador de ratas—. ¿Qué ha sucedido? ¿Está bien Hester?

—En cierta manera, sí, está bien, pero por otra parte, nadie lo está. Tengo que contárselo, señorita, y usted no tiene que decírselo a nadie so pena de causarles la muerte.

Sutton la miraba de hito en hito presa de un miedo que ahora también la atenazaba a ella.

—¿Qué está pasando? Le juro... ¡Le juro que no lo diré pero hable de una vez!

—Ruth Clark ha muerto, señorita, pero no tenía pulmonía como todas ustedes pensaban, tenía la peste.

—¿La peste? —repitió Margaret incrédula—. ¿Quiere decir como en Londres en mil seiscientos sesenta y cinco antes del Gran Incendio?

—No, señorita, quiero decir como en mil trescientos cuarenta y ocho, la peste negra que mató a medio mundo.

Por un momento Margaret pensó que Sutton le estaba gastando una broma pesada, pero entonces vio la verdad en sus ojos y supo que lo decía en serio. La habitación se puso a dar vueltas a su alrededor. Instintivamente se dejó caer en el sillón y se agarró a los brazos para no desmayarse.

—Lo siento, señorita. Se lo he dicho porque tenía que hacerlo. Usted no puede volver allí y la señora Hester no puede salir.

Margaret levantó la cabeza y la habitación dejó de moverse.

—No sea ridículo, Sutton, tengo que volver de inmediato. No voy a dejar que Hester se enfrente con esto a solas.

—No hay nada a lo que enfrentarse, señorita —repuso Sutton en voz muy baja—. Lo único que podemos hacer es asegurarnos de que no les falte agua, carbón, potasa y un poco de brandy. Y también de que nadie más entre ni adivine por qué no puede hacerlo. Esto es lo más importante, porque si la gente se entera, tenga por seguro que alguien incitará a la muchedumbre para prenderle fuego a la casa. El fuego es el único remedio eficaz contra la peste y todo el mundo lo sabe. El Gran Incendio de Londres puso fin a la pulmonía en mil seiscientos sesenta y seis, pero nadie puede quemar Inglaterra entera.

Margaret lo miró fijamente, deseando no creerle.

—Será más útil desde fuera —agregó Sutton con repentina ternura—. La señora Hester va a necesitar toda la ayuda que pueda recibir. Y sólo puede contar con usted. El señor Monk ha interrumpido su trabajo para averiguar de dónde viene la epidemia.

—Louvain —añadió Margaret—. Clement Louvain fue quien llevó a Ruth Clark.

—Sí, ya lo sabe. Pero tiene que encontrar y detener a los demás que la tengan. Yo volveré a entrar para echar una mano dentro.

—¡Usted no es enfermero! —protestó Margaret.

El rostro de Sutton se endureció.

—Poco podré hacer en esos menesteres, es cierto, pero habrá que sacar cadáveres y enterrarlos sin que nadie sepa de qué han muerto. Y también evitar que quienes están dentro se marchen...

—¿Cómo va a impedirlo si insisten? No puede retener a nadie a punta de pistola.

—No, señorita, hombres con perros es mucho mejor. Duermen con un ojo abierto, los perros, oyen un paso aunque sea tan leve como un copo de nieve al caer. Si se les da la orden te hacen pedazos. Te degüellan, esos pit bulls, si tienen que hacerlo.

—¿Quién? ¿Qué hombres?

—Amigos míos —dijo él con más amabilidad—. No harán daño a nadie mientras no sea preciso. Pero no podemos dejar que nadie salga.

—Ya lo sé... Pero basta con que digan...

—No saben que es la peste. Piensan que es el cólera.

Margaret se inclinó y hundió la cara entre las manos. Aquel desastre era demasiado grande, demasiado espantoso. Había leído sobre la peste en la escuela pero entonces se trataba de algo irreal, sólo una fecha que memorizar, como 1066 y la batalla de Hastings o 1815 y Waterloo. Formaba parte de la historia pero no tenía ninguna realidad en el presente.

Ahora, de repente, la tenía. Debía mostrar coraje, ser tan valiente como Hester. Y tenía que serlo sin apoyarse en nadie más, ni siquiera en Rathbone. Miró a Sutton.

—De acuerdo. Me pondré a recaudar fondos de inmediato, esta misma noche. Dígale a Hester que haré cuanto pueda. ¿Usted volverá aquí?

—No. Cuando tenga el dinero, compre lo que considere necesario y llévelo a la parte de atrás. Diga a los hombres quién es y ellos se encargarán de dejarlo junto a la puerta trasera. Si hay algún mensaje para usted, ellos se lo entregarán, de modo que espere a que regresen.

—Entendido. Gracias, señor Sutton. —Se puso de pie, sorprendida de tener la cabeza despejada.

Sutton la contempló admirado.

—No hay de qué, señorita.

—¿Le apetece una taza de té antes de marcharse? ¿Y algo de comer? —ofreció ella.

—Sí, pero no sería correcto y además no tengo tiempo. Sin embargo ha sido muy amable al preguntarlo. Buenas noches, señorita.

Se dirigió a la puerta y se marchó, abatido y silencioso.

Margaret volvió al piso de arriba despacio, agarrándose al pasamano para mantener el equilibrio, y se detuvo en el descansillo como si le faltara el aire. Apenas sentía las manos y los pies y aquel espacio tan conocido con su biombo chino y la jardinera con flores le pareció borroso y lejano. ¡Peste! Una palabra con un significado tan vasto que el mundo entero había cambiado. ¿Era en verdad lo más correcto quedarse fuera, tal como Sutton acababa de decirle, o debía acudir allí para hacer un trabajo efectivo, sobre todo apoyar a Hester para que no se enfrentara sola a aquel horror?

No. No había tiempo para indulgencias y necesidades personales. Se enfrentaban a un enemigo implacable y desalmado, un oponente capaz de aniquilar a toda la población de Europa, o de donde fuese, en realidad. Los deseos y las ansias, el dolor de un individuo, carecían de importancia. Debía quedarse fuera y recaudar dinero, llevarles provisiones, velar para que no dejaran de recibir la ayuda necesaria. Y tenía que empezar ahora mismo. Sería más duro incluso que antes, pues debería vigilar en todo momento lo que decía. Ni siquiera podía contarle la verdad a Rathbone y este silencio le costaría muy caro, pero sabía por qué se lo había pedido Sutton.

Irguió los hombros y entró en su habitación. Su hermana la había invitado a asistir a una fiesta de esponsales aquella noche. El verdadero motivo de dicha invitación, que ella había rehusado, era el mismo de siempre: todo el mundo tendría la mente puesta en el matrimonio, en la rara y retorcida ironía de que si Rathbone no la amaba lo suficiente como para pedir su mano, aceptando que siguiera dedicándose a la casa de socorro, se quedaría soltera y tendría que abrirse camino a trancas y barrancas. Mas ella no estaba dispuesta a renunciar a otras amistades ni a su libertad de conciencia para asegurarse una posición social o seguridad económica.

Pero aquella velada iba a tragarse el orgullo pues acababa de cambiar de parecer respecto a la invitación. Bajó a la carrera a pedir a su madre que enviara al lacayo con presteza a casa de Marielle para que la esperase. Sólo tardaría en reunirse con ella el tiempo necesario para vestirse adecuadamente y que el carruaje la llevase hasta su domicilio.

Su madre se puso tan contenta con su victoria que no puso ninguna objeción y la animó con presteza.

Margaret se atavió con más estilo y a la moda de lo que normalmente solía; la alta costura no era muy de su agrado. Aquel traje de fiesta en tonos rosados con un toque de ciruela era elección de su madre, y era más espectacular de lo que a ella le hubiese gustado, pero sin duda llamaría la atención y eso era precisamente lo que necesitaba aquella noche. Agradeció los empalagosos cumplidos de Marielle con toda la gentileza que pudo y entró a la fiesta con la cabeza bien alta y apretando los dientes.

La anfitriona, una mujer corpulenta desbordante de buenas intenciones, le dio la bienvenida de inmediato. Exhibía una sonrisa encantadora y un vestido a la última moda.

—Qué contenta estoy de verla, señorita Ballinger —dijo, tras saludar a Marielle y su marido—. Ha pasado mucho tiempo.

Sus ojos muy abiertos y el dejo de curiosidad en la voz convirtieron la frase en una pregunta. La prolongada ausencia de Margaret requería una explicación.

—Sí, en efecto —convino Margaret, obligándose a sonreír—. Me temo que he estado tan enfrascada en el trabajo que hago para una obra benéfica que he perdido la noción del tiempo.

—Oh, las buenas obras son dignas de admiración, qué duda cabe —dijo la anfitriona—, pero no debería privarnos de su compañía de una forma tan radical. Y, por supuesto, también debe tomar en consideración su propio bienestar.

Margaret sabía muy bien a qué se refería. El deber de toda muchacha era encontrar marido para no depender de sus padres.

—Cuánta razón tiene —respondió, procurando mostrarse dulce y complaciente y descubriendo que le costaba más de lo que había previsto—. Y ésta es una celebración tan feliz que a todos debería levantarnos el ánimo.

—¡Ay, sí! —Y la anfitriona comenzó a cantar las alabanzas de su futuro yerno sin desear más respuesta que tal vez un poco de envidia.

En cuanto hubo dado todas las muestras de interés que exigía la cortesía, Margaret se excusó y, acompañada de Marielle, se aproximó a un grupo de invitados. Marielle la presentó y no se cortó un pelo para dar a entender que su hermana era soltera.

Margaret se moría de vergüenza ajena pero, como necesitaba la ayuda de Marielle, aguantó el tipo con elegancia aunque no sin dificultad. En un par de ocasiones el suplicio de la fiesta amenazó con serle insoportable pues su mente la ocupaba la imagen de Hester arremangada y con mechones de pelo suelto. Veía su rostro demacrado tras días y noches de dormir a ratos, incapaz de salvar a las enfermas así como de escapar del horror y la muerte, incluso aunque quisiera. Estaba atrapada, quizás hasta que también ella sucumbiera a la más terrible de las enfermedades. Tal vez nunca saldría de aquel lugar, nunca volvería a ver a Monk ni a ninguna otra persona que amase. ¿Cómo no iba a soportar ella pasar un poco de vergüenza?

—Estoy convencido de que no nos hemos visto antes, señorita Ballinger —le dijo en ese momento un apuesto joven.

Se lo habían presentado como el honorable Barker Soames. De pelo castaño y ondulado, se daba un cierto aire de superioridad no exenta de buen humor. Su tono invitaba a explicar por qué no se conocían. Su amigo, sir Robert Stark, sólo les prestaba atención a medias; el resto era para una damisela pelirroja que fingía no estar mirándolo mientras ajustaba su abanico.

Margaret se obligó a seguirle la corriente. Hubiese preferido quitárselo de encima con cajas destempladas pero su objetivo tenía la máxima prioridad, de modo que se mordió la lengua.

—Y así es —contestó con una sonrisa encantadora—. Me habría acordado. Siempre tengo presentes a aquellos con quienes he conversado sobre asuntos serios y me da la impresión de que a usted no le interesan las trivialidades.

Soames se quedó perplejo. Desde luego no era la respuesta que había esperado y le llevó varios segundos ordenar sus pensamientos.

—Pues no, por supuesto. Me... me preocupan toda clase de... de temas serios. Soy más bien dado a la circunspección.

La circunspección era la mayor de las virtudes y él era tan consciente de ello como Margaret. Bastaba mencionarla para evocar la imagen del difunto y aún muy llorado príncipe Albert.

—Para tener valía, es absolutamente necesaria, ¿no le parece? —prosiguió Margaret. Y sin darle tiempo a contestar desvió el curso de la conversación hacia terrenos menos escabrosos—: Hace algún tiempo que me dedico a recaudar dinero para adquirir medicinas para los pobres y otros desfavorecidos. ¡Somos tan afortunados! Tenemos hogares, comida, calor y todos los medios necesarios para evitar caer en la espiral de la desesperación.

Soames frunció el entrecejo, desprevenido ante el grado de seriedad de aquellas palabras. Él había aludido a la teoría; ella hablaba de la realidad. Aquello lo molestó.

Margaret percibió su incomodidad en el cambio de postura, el modo de apoyar su peso hacia atrás. No podía permitirse delicadezas ni con él ni consigo misma. Echó un breve vistazo al salón atestado de personas que conversaban alardeando de ingenio, los brazos rechonchos y las mejillas coloradas de las mujeres, los rostros recién afeitados de los hombres. Por un instante imaginó lo que ocurriría si su empeño fracasaba: los cuerpos consumidos, la fiebre, la desesperación, los enfermos a quien nadie osaría acercarse para cuidar, los muertos sin enterrar. En cuestión de semanas aquella gente podía convertirse en un montón de cadáveres, su risa silenciada para siempre.

Apartó aquella imagen de su mente.

—Admiro profundamente la generosidad —prosiguió—. ¿Usted no? La considero uno de los deberes fundamentales de todo buen cristiano. —No era el momento de andarse con remilgos a propósito de la coacción—. Por supuesto, siempre dentro de los límites que nos podamos permitir. Lo último que desearía es que alguien se sintiera obligado a dar más de lo que esté a su alcance. Eso sería bastante cruel. Endeudarse debe de ser espantoso.

El honorable Barker Soames miró apurado a su amigo, confiando en que éste lo rescatara. No obstante, sir Robert ahora prestaba toda su atención a Margaret y saboreaba tan inusual situación con indudable regocijo.

—¿Dice que es para los enfermos, señorita Ballinger? ¿A qué obra benéfica se refiere en concreto? ¿Una de las africanas, tal vez? —preguntó sir Robert.

—No, ésta desarrolla su actividad aquí, en la patria —contestó Margaret, ahora con más cuidado. No le daba ningún reparo adornar un poco la verdad, pues la necesidad era apremiante, pero no deseaba que la pillaran en falso—. Atiende a muchachas y niños en la zona de Farrington Road. Es una casa de socorro y en estos momentos intenta dar alimento y cobijo a muchas personas que padecen pulmonía. Es muy amable de su parte demostrar tanto interés —concluyó como si él ya le hubiese ofrecido un donativo.

Soames titubeó.

Sir Robert sonrió.

—¿Dónde podemos hacer nuestros donativos, señorita Ballinger? ¿Se encargaría de velar para que lleguen a su destinatario si se lo entregamos a usted?

—Gracias, sir Robert —dijo ella con tanto alivio y gratitud que se le iluminó el semblante. Por un momento se mostró realmente espléndida—. Yo misma compraré la comida y el carbón pero, por supuesto, no tengo ningún inconveniente en enviarle los recibos para que sepa cómo hemos gastado el dinero.

—En ese caso le ruego que acepte cinco libras. Y estoy convencido de que Soames puede ofrecerle otras tantas, ¿verdad? —preguntó a Soames, que se mostraba a todas luces arrinconado.

A Margaret no le importó lo más mínimo.

—Muy amable de su parte —dijo—. Le aseguro que serán bien empleadas.

Soames obedeció muy a regañadientes. Alentada por aquel triunfo, siguió recorriendo el salón. El encuentro siguiente no fue tan afortunado pero al final de la velada había obtenido promesas por valor de una suma nada desdeñable.

A la mañana siguiente, una vez reunido el dinero, fue a la carbonería y compró una carretada entera. Fue con el repartidor hasta Portpool Lane, a quien indicó dónde estaba la tolva por donde debía arrojarlo de la calle al sótano.

Se quedó un momento de pie bajo las nubes grises que cruzaban raudas el cielo empujadas por el viento, mirando las paredes de la casa. El día era húmedo y muy frío y el aire olía a hollín y a alcantarilla, pero no estaba infectado. Lo aspiró con sentimiento de culpabilidad. Hester estaba a muy pocos metros de ella, detrás de las paredes, pero podría haber estado en otro mundo. Levantó la vista hacia las ventanas intentando entrever a alguien pero sólo se adivinaban movimientos, poco más que luces y sombras.

El viento le picaba en las mejillas. Tenía ganas de gritar, de hacer que alguien supiera cuánto se preocupaba pero habría sido más que insensato; podría ser peligroso. Se volvió lentamente y se reunió con el carbonero.

—Muchas gracias —le dijo—. Ya le avisaré cuando necesitemos más.

Luego compró avena en copos, sal, dos tarros de mermelada, un saco de patatas y varias ristras de cebollas y fue a entregarle la compra a uno de los hombres que montaban guardia discretamente bajo los aleros del patio de Portpool Lane. También fue a la carnicería, donde compró los huesos más grandes que tenían. Volvió a desandar el camino para entregárselos a uno de los hombres a cargo de los perros, unos animales de pecho ancho y mandíbulas poderosas con las patas recias y los ojos siempre alertas.

Por la tarde aceptó, pese a la descortesía de hacerlo tan precipitadamente, una invitación a un recital. Asistió en compañía de una muchacha que era más una conocida que una amiga, junto con sus padres y hermano. En la función se sintió un tanto incómoda porque sabía que el éxito de la víspera podía no repetirse en muchos días y si bien diez libras eran mucho dinero, ya las había gastado.

La música no era de la que más le gustaba y mantuvo los cinco sentidos puestos en obtener más apoyos, acariciando incluso la posibilidad de reclutar a alguien para ayudarla en su empeño. Se vio inmersa en una serie de breves y poco satisfactorias conversaciones y ya comenzaban a flaquearle los ánimos cuando, durante el segundo intermedio, vio a Oliver Rathbone. Estaba junto a un grupo de gente que discutía acaloradamente y, al parecer, lo acompañaba un caballero muy corpulento de abundante pelo cano. Rathbone la estaba mirando.

Una sensación de júbilo se apoderó de ella al ver su rostro y saber que la tenía tan presente como ella a él. De repente las luces parecieron más brillantes, el salón más cálido. Margaret apartó la vista, sonriendo para sus adentros, y se dispuso con toda parsimonia a abrirse camino hasta él.

Una vez lo consiguió Rathbone le presentó a su acompañante, un tal señor Huntley, con quien mantenía trato social por ser cliente de su bufete. Tuvieron que aguardar un poco hasta tener ocasión de dejar a Huntley conversando con otro invitado y así gozar de una relativa intimidad.

Rathbone reparó en el traje de fiesta de Margaret, de un color más vistoso de lo habitual en ella y de un corte ostentosamente favorecedor. La muchacha percibió en su expresión que no estaba seguro de si le gustaba o no. Era un atuendo inusitado en ella y el cambio lo tenía un tanto desconcertado.

—Se la ve muy bien —comentó mirándola a los ojos para captar cualquier significado oculto en su respuesta.

Margaret ansiaba poder contarle lo ocurrido pero había prometido a Sutton no hacerlo. Rathbone, más que nadie, se preocuparía por Hester. Constituía una especie de mentira no contárselo pero estaba atada de pies y manos.

—Estoy bien —respondió, sosteniendo su mirada, aunque sin la debida sinceridad. Tenía que seguir adelante. Era imposible saber de cuánto tiempo disponían para hablar. La música volvería a comenzar enseguida, Huntley regresaría en cualquier momento y otra media docena de personas los podían interrumpir—. Aunque también muy preocupada tratando de recaudar suficiente dinero para la casa de socorro.

Rathbone frunció un poco el entrecejo.

—¿Realmente es preciso... que le dedique tanto tiempo?

Dijo la palabra «tiempo» pero Margaret dedujo que estaba pensando en el cambio operado en ella, la resolución que ahora la absorbía hasta el punto de vestirse para agradar en sociedad y no pasar inadvertida. Allí estaba ella, asistiendo a una función que no le interesaba, y a Rathbone le constaba que así era y lamentaba que la complicidad que la unía a él se estuviera desvaneciendo. Margaret deseó poder contarle por qué su labor era más importante que cualquier otra cosa, más que la felicidad individual.

—En estos momentos, así es —contestó.

—¿Por qué? ¿Qué ha cambiado en estos últimos días? —preguntó Rathbone.

¿Cómo iba a responder? Había contado con que le hiciera esa pregunta, pero, aun así, no tenía una respuesta preparada. Dijera lo que dijese sería una mentira. Y se lo explicaba más adelante, ¿acaso lo entendería, o consideraría que tendría que haber confiado en él? Había participado en todo lo relativo a la casa de socorro, incluso en volver las tornas a Squeaky Robinson con vistas a arrebatarle el edificio. Rathbone estaba orgulloso de la casa de socorro y del trabajo que allí se hacía. Se había ganado a pulso el derecho a que confiaran en él. Pero ella se lo había prometido a Sutton, lo que en la práctica era como habérselo prometido a Hester.

Rathbone aguardaba con creciente malestar.

—Tenemos apuros económicos —dijo ella por fin—. Las facturas suben mucho y hay que pagarlas —explicó con evasivas, y vio que él lo notaba. No se le daba bien mentir y era la primera vez que le mentía a él. Su absoluta franqueza era una de las cualidades que Rathbone más apreciaba en ella, y lo supo mejor que nunca en ese momento al notar que él se estaba alejando. Estaba dolido. ¿Iba a perderlo por culpa de aquello?

Margaret se dio la vuelta con un nudo en la garganta y las lágrimas asomándole a los ojos. Aquello era ridículo. No había tiempo para la autocompasión.

Rathbone fue a decir algo pero también cambió de parecer.

Ella volvió a mirarle, expectante.

Se hizo el silencio en el vestíbulo.

Huntley regresó.

—Mire, sir Oliver, parece que van a comenzar de nuevo. ¿Cree que podríamos excusarnos antes de que...? Oh. Lo siento, señorita... Esto... no pretendía... —Se calló, sin saber cómo enmendar su metedura de pata.

Margaret le echó una mano.

—No se preocupe —dijo. Quiso sonreírle pero tenía el cuello demasiado tirante—. Es un poco aburrido, ¿verdad? Siempre he pensado que a una flauta sola le falta encanto.

Huntley se mostró aliviado. No era consciente de ninguna otra tensión.

—Muchas gracias. Es usted muy comprensiva. —Se volvió hacia Rathbone, que titubeó.

—Por favor —dijo Margaret, indicando la salida con un ademán obvio a ojos de Huntley—. Debo regresar con mi anfitriona o comenzará a fijarse en mi falta de entusiasmo.

Rathbone no tuvo más remedio que marcharse con Huntley, dejando a Margaret tan dolida como si la hubiesen quemado viva.

Rathbone pasó la velada amargado y regresó a su casa en cuanto tuvo ocasión. Algo había cambiado en Margaret y aquello lo inquietaba sobremanera. Se despertó varias veces durante la noche, desconcertado y cada vez más triste. ¿Se había equivocado con ella desde el principio? ¿Acaso no era la persona tan asombrosamente sincera que había creído que era? Sin duda la casa de socorro tendría facturas que pagar, pero ¿tantas de repente y tan abultadas?

Aunque aquello fuese cierto no constituía la razón última de su conducta. Estaba mintiendo. Él no sabía por qué, ni exactamente acerca de qué, pero su mutua confianza estaba en entredicho. Su forma de vestir había cambiado, ahora era más llamativa, más del gusto general, como si le importase lo que la sociedad pensara de ella y, sin ninguna explicación, necesitase ajustarse a su dictado.

Para empezar, ¿por qué había asistido al recital? Aquellas funciones le gustaban tan poco como a él. Él sólo había acudido porque Huntley le había invitado y hubiese sido poco diplomático no aceptar.

Por la mañana seguía un tanto ofuscado y no consiguió serenarse. Aun así, se dirigió a su bufete como de costumbre y dejó a un lado los asuntos personales con la disciplina y concentración que había desarrollado con los años. Pero ni toda su fuerza de voluntad, que no era poca, consiguió liberarlo de la sensación de confusión e incluso de pérdida.

Aún era media tarde pero ya oscurecía porque había comenzado a llover, cuando el secretario entró para informarlo de que el señor William Monk había venido a verle. Se trataba de un asunto que consideraba tan urgente que se negaba a posponer su visita aun sabiendo que sir Oliver tenía comprometido el resto de la jornada. Simplemente no se marcharía. De hecho, ni siquiera se había sentado.

Rathbone echó una ojeada a su reloj.

—Será mejor que pida al señor Styles que aguarde un momento. Preséntele mis disculpas, dígale que ha surgido una emergencia y haga pasar al señor Monk. Adviértale de que sólo dispongo de diez minutos.

—Muy bien, sir Oliver —dijo el secretario y apretó los

labios. No aprobaba los cambios de citas, sobre todo las acordadas con clientes que pagaban, entre los que no se contaba el señor Monk. Pero también era un amante del orden, y la obediencia era la primera regla de su vida, de modo que hizo lo que le pedían.

En cuanto Monk entró en el despacho Rathbone supo que, fuera cual fuese el motivo de su visita, éste era en extremo grave. Apenas estaba reconocible. Su habitual elegancia se había esfumado; parecía más bien un hombre caído en desgracia, quizás hundido hasta el borde del mundo criminal. Sus pantalones eran informes, las botas manufacturadas para resistir sin concesiones a la elegancia, la chaqueta como la que podría llevar un obrero, y obviamente sucia y con un cosido en la manga. Pero lo que más le impresionó fue el semblante de Monk. La piel no tenía color bajo la barba sin afeitar y presentaba los ojos hundidos, con unas ojeras que parecían magulladuras.

Monk cerró la puerta a sus espaldas en cuanto el secretario se hubo marchado.

—Gracias —dijo.

Rathbone se alarmó. Si a Hester le había ocurrido algo Margaret seguramente se lo hubiese contado. La había visto el día anterior por la tarde y no le había dicho nada.

—¿Qué sucede? —preguntó con cierta brusquedad.

Monk suspiró profundamente. Como si fuese a resultarle imposible la menor comodidad corporal, permaneció de pie.

—Acepté un trabajo en el río —comenzó, hablando aprisa, como si lo hubiese ensayado—. El veintiuno de octubre, para ser más exactos. Tenía que encontrar una partida de marfil que había sido robada del *Maude Idris* mientras estaba fondeado en el río a la espera de una dársena donde descargar.

Rathbone se quedó perplejo; no era el tipo de trabajo que solía hacer Monk. Tenía que ser un favor debido o, más probablemente, la presión económica lo que le había empujado a aceptarlo.

—¿Por qué no se ocupó de eso la Policía Fluvial? —preguntó—. Son muy buenos y, salvo los recaudadores de tasas, por lo general son honestos. Siempre puedes tropezarte con malos sujetos pero cada vez son más la excepción.

Los ojos de Monk se ensombrecieron.

—Lo importante en este caso es que al descubrirse el robo también se descubrió el cadáver del tripulante de guardia, a quien habían aplastado la cabeza.

—Un momento —interrumpió Rathbone. Percibía la tensión de Monk con tanta intensidad como si fuese algo vivo en el aire, pero buscar bienes robados en lugar de informar a la policía y esclarecer el asesinato, era tan impropio de Monk que necesitaba asegurarse de haber captado correctamente los hechos—. ¿A ese hombre lo mataron los ladrones o el armador pretendía ocultar el homicidio? ¿Quién es, por cierto?

—Te estoy refiriendo los hechos. Limítate a escuchar. —Faltó poco para que se le quebrara la voz, tan emocionado estaba. No se disculpó pero lo dejó implícito—. Clement Louvain. Me mostró el cuerpo del hombre, que se llamaba Hodge. Presentaba el cráneo aplastado en la parte posterior. El suelo de la bodega donde lo hallaron apenas estaba manchado de sangre. Se me ocurrió que quizá lo habían matado en cubierta para luego trasladarlo hasta allí pero tampoco encontré rastros de sangre en cubierta. Me dijeron que llevaba un gorro de lana y que tal vez éste había absorbido buena parte de la sangre. —Monk suspiró profundamente—. Hodge fue enterrado, pero el encargado del depósito de cadáveres y el armador redactaron sendas declaraciones describiendo las heridas. Louvain necesitaba recobrar su marfil primero, antes de que yo investigara la muerte de Hodge, pues corría el riesgo de perderlo todo.

A Rathbone le resultó difícil de creer.

—¿Por qué...? —comenzó.

Monk lo interrumpió.

—Si su rival compra el clíper que va a salir a la venta, será el primero en llegar a puerto en todos los viajes. El que llega primero se lleva el premio. El segundo se conforma con lo que le den, si es que queda algo.

—Ya —dijo Rathbone, empezando a comprender un poco la situación—. Y ahora se desentiende de la muerte de Hodge y tú quieres que yo le dé caza legal.

Un amago de sonrisa cruzó el rostro de Monk pero fue tan forzada que resultó peor que nada.

—No. Gould, un barquero, está detenido. Me llevó hasta el marfil y admite que fue el único de los que subió a bordo que bajó a la bodega. El otro hombre se quedó en cubierta y no pudo haber matado a Hodge pues ni siquiera sabía que estaba allí. Ahora bien, Gould jura que encontró a Hodge muerto, aunque sin ninguna herida evidente. Al principio creyó que estaba borracho perdido. Yo le creo. Y le prometí que le conseguiría la mejor defensa posible.

Ahora sí Rathbone se inquietó de verdad. Monk era cualquier cosa menos crédulo y su historia sonaba bastante absurda. Tenía que haber algo de crucial importancia que no le estaba diciendo. ¿Por qué? Rathbone se apoyó contra la estantería detrás del escritorio. Era una postura incómoda pero mientras Monk siguiera de pie no se sentiría a gusto sentado.

—¿Por qué le crees? —preguntó.

Monk titubeó.

—¡No puedo ayudarte si no sé la verdad! —añadió Rathbone con un tono del que él mismo se sorprendió. Había algo en el fuero interno de Monk que estaba haciendo mella en él, aunque de momento sólo hubiese escuchado el relato de un robo normal y corriente y la ocultación de un homicidio. Ahí estaba el quid de la cuestión: ¿por qué iba Monk a ocultar un asesinato de aquel modo?—. ¡Cuéntame el resto! —exigió, inclinándose por encima del escritorio—. Por el amor de Dios, Monk, ¿aún no has aprendido a confiar en mí?

Monk se estremeció.

—No sabes lo que me estás pidiendo —dijo en voz baja. Tenía los ojos hundidos, sólo quedaba el horror.

Rathbone sintió auténtico miedo.

—Te estoy pidiendo la verdad. —Tenía el cuello tan tenso que le costaba trabajo hablar—. ¿Por qué piensas que ese hombre es inocente? Nada de lo que has dicho hasta ahora apunta en ese sentido. Si no mató a Hodge, ¿quién lo hizo y por qué? ¿Estás insinuando que lo hizo un miembro de la tripulación o incluso el propio armador? —Hizo un gesto con la mano, como si cortara el aire—. ¿Por qué iba a hacerlo? ¿Chantaje, motín, algo personal? No te serviré de mucho si ando medio ciego.

Monk permaneció inmóvil mientras un dilema trascendental le estrujaba las entrañas. Rathbone lo veía con tanta claridad que lo único que supo hacer fue callar y aguardar, impotente y notando como lo atenazaba una mano invisible.

El secretario llamó a la puerta.

—Aún no —respondió Rathbone muy tenso.

Monk enfocó la vista; tenía el rostro aún más pálido que antes.

—No te lo podrás creer... —dijo con voz ronca, casi en un susurro.

Rathbone sintió un escalofrío. Fue hasta la puerta y llamó al secretario. El hombre se personó casi al instante.

—Cancele todas mis citas para el resto del día —dijo Rathbone—. Ha surgido una emergencia. Excúseme y dígales que los atenderé cuando les vaya mejor. —El hombre arrugó el semblante con asombro y consternación—. Hágalo, Coleridge —ordenó Rathbone—. Dígales que lo siento mucho pero que las circunstancias se imponen. Y no me interrumpa ni llame a la puerta bajo ningún concepto hasta que le mande aviso.

—¿Se encuentra bien, sir Oliver? —preguntó Coleridge, preocupado.

—Sí, muy bien. Vaya a darles mi mensaje. Gracias. —Y sin esperar respuesta volvió a cerrar la puerta—. Bien —dijo a Monk—, ahora cuéntame la verdad.

Monk parecía haber dejado de luchar con su dilema. Incluso se había sentado, como si por fin hubiese cedido al agotamiento. Tenía el semblante tan ceniciento que Rathbone temió que estuviera enfermo.

—¿Un brandy? —ofreció Rathbone.

—Quizá más tarde.

Esta vez era Rathbone quien no podía sentarse.

Monk comenzó su relato con mirada ausente.

—Poco después de contratarme, Louvain llevó a una mujer a la casa de socorro. No sé si supo de Hester por su relación conmigo o si ya tenía noticia de la institución y por eso me contrató a mí en vez de a otro. En cualquier caso, dijo que la mujer era la amante abandonada de un amigo suyo, cosa que puede ser cierta o no. —Se pasó la mano por la cara—. Hace dos días, caída la noche, un exterminador de ratas que se llama Sutton fue a verme a casa con un mensaje de Hester. —Por fin centró la mirada hacia Rathbone y sus ojos mostraron un dolor pavoroso—. La mujer, Ruth Clark, había fallecido y Hester, al prepararla para amortajarla, descubrió bubones en las axilas y las ingles.

Rathbone no tenía ni idea de qué le estaba diciendo.

—¿Bubones? —preguntó.

—Hinchazones negras —contestó Monk, quebrándosele la voz—. Se llaman bubones. De ahí es de donde procede la palabra «bubónica». —Se calló de golpe.

El silencio se hizo tan denso como la niebla mientras el significado de lo que acababa de decir iba penetrando en Rathbone, llenándolo de un indescriptible horror.

Monk lo miraba fijamente.

—¿Bubónica? —susurró Rathbone—. ¿No te referirás...? —No pudo decirlo en voz alta.

Monk asintió con la cabeza levemente.

—Pero... pero eso es... medieval... es... —Rathbone se negaba a creerlo. Le faltaba el aire. El corazón le palpitaba y la habitación parecía moverse a su alrededor. Veía borroso. Perdió el equilibrio y alargó las manos para sujetarse al escritorio y sentarse con torpeza, sin reparar en el golpe que se dio—. No es posible tener eso... ahora. Estamos en mil ochocientos sesenta y tres. ¿Qué hacemos? ¿Cómo se trata? ¿A quién avisamos?

—¡A nadie! —dijo Monk con brusquedad. Estaba entre Rathbone y la puerta y parecía dispuesto a evitar que éste se marchara, recurriendo a la fuerza si era necesario—. Por el amor de dios, Rathbone, Hester está allí dentro. Si alguien llega siquiera a sospechar que hay un brote de esa enfermedad la muchedumbre asediará la casa y le prenderá fuego. Todos morirán abrasados.

—Pero tenemos que decírselo a alguien —protestó Rathbone—. Las autoridades. Los médicos. No podemos tratarlos si nadie lo sabe.

Monk se inclinó y dijo con voz temblorosa:

—No existe tratamiento. O sobreviven o no. Lo único que podemos hacer es recaudar dinero para comprar comida, carbón y medicinas. Tenemos que contener la epidemia cueste lo que cueste. De lo contrario, bastará con que una sola persona infectada salga de allí para que se extienda por todo Londres, por toda Inglaterra y el resto del mundo. En la Edad Media, antes del Imperio británico y del descubrimiento de América, mató a veinticinco millones de personas sólo en Europa. ¡Imagínate lo que sucedería ahora! ¿Comprendes por qué no podemos decírselo a nadie? —Era una enormidad espantosa e imposible de captar en toda su magnitud—. A nadie —repitió—. Han puesto hombres con perros que montan guardia día y noche y cualquiera que intente escapar será hecho pedazos. ¿Comprendes ahora por qué tengo que averiguar si la enfermedad llegó con el *Maude Idris*, y si Hodge murió de peste, y si le asestaron el golpe en la cabeza para que a nadie se le ocurriera buscar otra causa de su muerte? Lo enterraron a toda prisa. No sé si Louvain estaba enterado de lo que le ocurría a la Clark, o si no sabía nada. Debo encontrar el origen. No puedo permitir que ahorquen a Gould por algo que no hizo pero ni siquiera para salvarle la vida puedo decir lo que sé. ¿Lo entiendes?

A Rathbone le resultaba imposible moverse o articular palabra. La habitación le parecía remota, como si la estuviera soñando en vez de estar viéndola. El rostro de Monk era lo único claro en su campo visual y le resultaba tan conocido como espantoso. Durante unos segundos esperó despertar sudoroso y enredado entre las sábanas.

No fue así. Oyó cascos de caballo en la calle y el traqueteo de un carruaje bajo la lluvia. Alguien gritó. Aquello no era una pesadilla, era real. No había escapatoria.

—¿Lo entiendes? —repitió Monk.

—Sí —contestó Rathbone por fin. Apenas comenzaba a hacerlo. Nadie iba a ayudarlos porque nadie estaba en condiciones de hacerlo. Frunció el entrecejo—. ¿No pueden hacer nada los médicos? ¿A finales del siglo XIX?

—No.

—¿Qué quieres de mí? —Rathbone se negaba a imaginarlo; la realidad era más de lo que podía soportar. Necesitaba ocuparse de algo. Eso le ahorraría saber más; estaría haciendo lo que podría. Pero ¿qué? ¿Ocuparse del asesinato de Hodge?—. Has dicho que ese hombre se llamaba Gould; el ladrón, quiero decir.

—Sí. Está recluido en Wapping. El responsable de la investigación se llama Durban. Sabe la verdad.

Rathbone se sobresaltó.

—¿La verdad? ¿Te refieres a que sabe si Gould mató o no a Hodge?

—No. Sabe cómo murió Ruth Clark —dijo Monk secamente—. Sabe que tenemos que dar con el paradero del resto de la tripulación del *Maude Idris*. Los hemos buscado sin hallar ni rastro de ellos.

—¡Santo cielo! ¿No están en el barco? —exclamó Rathbone.

—No. A cinco les liquidaron la paga en Gravesend. A bordo sólo quedó una tripulación reducida, compuesta por cuatro hombres contando a Hodge. Supuestamente eran suficientes para custodiar el barco hasta que lo autorizaran a descargar.

Rathbone tragó saliva, el corazón desbocado.

—Entonces pueden estar en cualquier parte, llevando consigo... —No pudo terminar la frase.

—Por eso no tengo tiempo de averiguar la verdad con respecto a Gould —contestó Monk, mirándolo fijamente.

Rathbone tuvo ganas de preguntar qué importancia tenía un hombre cuando todo el país estaba amenazado de extinción y de un modo más espantoso que la peor pesadilla imaginable. Pero sí, se repitió que ése era un resto de cordura al que podían aferrarse. Era algo que estaba a su alcance y que los mantendría en contacto con la razón y la esperanza. Cuando habló su voz sonó ronca, como si le doliera la garganta.

—Haré cuanto pueda. Iré a verle. Si no logro averiguar quién mató a Hodge, al menos seré capaz de plantear una duda razonable. Pero ¿no puedo hacer nada más? ¿Nada...?

Monk pestañeó. En su rostro no había ni el más leve rastro de su acostumbrado buen humor.

—Si crees en alguna clase de Dios, me refiero a creer de verdad, no como una conformidad dominical, puedes intentar rezar. Aparte de eso, probablemente nada. Si pides dinero a tus amigos para Portpool Lane y no lo has hecho antes desconfiarán, y eso no nos lo podemos permitir.

Rathbone de pronto se quedó helado. Margaret tal vez iría a la casa de socorro. Sintió que la sangre abandonaba su cuerpo.

—Margaret... —susurró.

—Lo sabe —dijo Monk en voz muy baja—. No entrará en la casa.

Rathbone comenzó a percatarse de todo el horror que conllevaba aquella situación. Hester estaba encarcelada en Portpool Lane sin que fuese humanamente posible ayudarla. Monk lo sabía, y así y todo trataba de tranquilizar a Rathbone a propósito de Margaret, sabiendo que él mismo no podía hacer otra cosa que buscar al resto de la tripulación. Rathbone sólo podía tratar de salvar a un ladrón de morir en la horca por un asesinato que probablemente no había cometido. Y Margaret no podía hacer más que esforzarse por recaudar, en un entorno social miope al que jamás cabría referirle la verdad, el dinero necesario para proporcionar alimento y calor a la casa de socorro mientras hubiera supervivientes, y hacerlo sin decir a nadie la verdad.

—Entiendo —dijo en voz baja, sintiendo una inmensa gratitud y también vergüenza—. Le daré dinero yo mismo pero no pediré a nadie más. Ponte en contacto conmigo cuando puedas. Y si puedo hacer algo más, dímelo. —Se interrumpió de golpe, pues no sabía cómo ofrecer dinero a Monk sin ofenderlo. No obstante, habida cuenta de las circunstancias, resultaba ridículo que los buenos modales se interpusieran entre ellos.

—¿Qué pasa? —preguntó Monk.

Rathbone metió la mano en el bolsillo y sacó seis soberanos de oro y unas monedas de plata. Le entregó los soberanos.

—Por si lo necesitas para transporte o cualquier otra cosa. Me figuro que Louvain ha dejado de pagar tus servicios.

Monk no rehusó el ofrecimiento.

—Gracias —dijo, cogiendo las monedas y metiéndolas en el bolsillo interior de su abrigo—. Te mantendré informado de mis progresos, si es que los hay. Si me necesitas para lo que sea deja recado en la comisaría de la Policía Fluvial en Wapping. Pasaré por allí cada día, y si no yo, Durban seguro. —Se puso de pie lentamente como si estuviera entumecido. Sonrió levemente para que sus palabras no resultaran insultantes—. Nadie va a pagarte por defender a Hodge. Lo sabes, ¿verdad?

Rathbone se encogió de hombros y no se molestó en contestar.

En cuanto Monk se marchó se sirvió una buena copa de brandy y la contempló unos instantes, fijándose en cómo brillaba la luz en sus profundidades doradas. Parecía un topacio en un globo de cristal. Entonces pensó que Monk se estaba dirigiendo solo hacia el río y los callejones oscuros donde tenía que buscar a los tripulantes de un barco que llevaban consigo la muerte, dejando a Hester en un lugar que estaba todo lo cerca del infierno que pudiera estarse en la Tierra, y vertió de nuevo el brandy en la licorera con mano trémula derramando un poco fuera.

Apenas habló con Coleridge al salir, sólo lo justo para responder con cortesía al inquieto interrogatorio sobre su bienestar. Una vez en la acera, detuvo el primer coche de punto que pasó, cruzó la calzada a la carrera para subirse y dio al cochero la dirección de Margaret Ballinger.

Por fin comprendía su inusual conducta de la víspera. ¡Se había comportado con honor! Debía de estar desesperada por recaudar dinero para Hester y, por supuesto, no podía contar a nadie el motivo. Qué absurdo, era como una descabellada broma satánica: estaba intentando salvarlos a todos y en cambio no podía decírselo.

Ahora bien, ¿por qué no se lo había contado a él? Si le hubiese enviado un mensaje habría acudido de inmediato y ella podría haberle confiado el asunto en privado... Su mente pensaba deprisa, saliéndose de las vías como un tren a toda velocidad conducido por un maquinista borracho. ¿Cuándo se había enterado Margaret? ¿El mismo día que Monk o más tarde? ¿Quizá no había tenido tiempo de contárselo a Rathbone? ¿Tal vez no confiaba en él? ¿O acaso lo estaba protegiendo de tener que saber lo ocurrido?

¿Por qué iba a hacer eso? ¿Sabía que a Rathbone la enfermedad le causaba un horror tan grande que vencía a la razón, al coraje, incluso al sentido común? Nunca en toda su vida había sido un cobarde, ni en lo moral ni en lo físico. Se había enfrentado al peligro, no de buen grado pero desde luego sin titubear ni contemplando siquiera la posibilidad de huir. Pero la enfermedad era distinta. El terror, la náusea, el delirio, la inexorable certeza de morir impotente y sin dignidad.

¿Por qué tardaba tanto el coche de punto? La lluvia estaba provocando un atasco en el que carros, coches de punto y carruajes particulares se disputaban el espacio disponible en las estrechas calles mojadas procurando no chocar entre sí ni romperse mutuamente las ruedas en la penumbra reinante.

Qué alivio supondría ver a Margaret, decirle que estaba al corriente. Ella no podría ir a la casa de socorro. Monk había dicho que nadie estaba autorizado a entrar ni salir. Gracias a Dios. El alivio hizo que se pusiera a sudar. Se sintió avergonzado pero era imposible negarlo.

Sin embargo, Hester estaba sola en Portpool Lane. Sólo tenía a las mujeres de la calle y a Bessie para ayudarla, y a Squeaky Robinson para lo que pudiera servir, probablemente nada. Sería el primero en escapar. Y Hester tendría que echarle los perros. Rathbone se negaba a imaginarlo siquiera. Pero ella sería capaz de hacerlo. Lo haría. Sabría lo que significaría que huyera y llevara la peste al resto de Londres. Tendría el coraje y la fortaleza de espíritu necesarios para hacerlo.

Hasta entonces Rathbone nunca había reparado en lo que aquello significaba. Recordó algunas de sus conversaciones con una punzada de indignación consigo mismo. Había sido condescendiente con ella, como si se tratara de una mujer en busca de una especie de segunda alternativa profesional con la que llenar el espacio que debería ocupar la plenitud emocional. Y era más fuerte y bondadosa que cualquier otra persona que conociera.

Si fallecía en Portpool Lane dejaría un vacío en su vida que nadie ni nada conseguiría llenar.

El coche se detuvo y Rathbone se sobresaltó al constatar que ya estaba en casa de Margaret. Se apeó, pagó al cochero en la calle lluviosa y corrió hasta la escalinata para llamar a la puerta.

El lacayo le abrió y lamentó comunicarle que la señorita Ballinger había salido y que no sabía a qué hora volvería.

Rathbone se sintió desolado. ¿Y si Margaret había desoído las órdenes y había ido a Portpool Lane? De ser así, correría el mismo peligro que Hester. Sufriría horrores. Nunca volvería a verla ni se casaría con ella. Al margen de lo que le ocurriera al resto de Londres o a toda Inglaterra, su futuro personal se volvió súbitamente frío y oscuro. ¿Cómo iba nadie a compararse con ella? Qué idea tan estúpida. No había comparación posible. Por más virtuosa, amable, divertida o inteligente que pudiera ser cualquier otra mujer, era a Margaret a quien amaba.

El lacayo aguardaba pacientemente.

Rathbone le dio las gracias y se marchó, regresando al diluvio que caía en la calle oscura. El coche de punto se había ido. Qué más daba. Iría a pie hasta su casa. Si tardaba una hora y llegaba empapado hasta los huesos tampoco se daría cuenta.

Rathbone no pudo dormir y por la mañana hizo que el sirviente le preparara un baño caliente, aunque no disfrutó tomándolo. A las ocho y media ya había desayunado y enviado una nota a su bufete para avisar que iría tarde. Luego buscó un coche de punto que le llevara de nuevo a casa de Margaret. No podía siquiera imaginar qué iba a hacer si no la encontraba allí. No podía pensar en ir a la casa de socorro en su busca, como tampoco pensar en no ir. Tenía la intención de darle dinero. Luego le tocaba ir a visitar a aquel desdichado ladrón de Monk y ver qué podía hacerse en aras de la justicia. Por lo menos, si alguien estaba cualificado para hacerlo, ése era él.

El tráfico volvía a ser denso. Era la hora del día en que la gente iba al centro, los tenderos comenzaban sus rondas de reparto, todo el mundo atestaba las calles.

En el primer atasco el tráfico quedó detenido. Dos cocheros discutían sobre quién tenía la culpa de que un caballo se hubiese desbocado rompiendo su arnés. Rathbone aguardó un rato y finalmente pagó a su cochero y se apeó para seguir a pie. Quedaba un trecho de menos de un kilómetro y el esfuerzo que le supondría sería mejor que aguardar encerrado.

Esta vez tuvo más suerte. El lacayo le informó de que la señorita Ballinger estaba desayunando y que iba a ver si podía recibirlo. Rathbone anduvo de un lado a otro de la sala de día hasta que el lacayo regresó y lo invitó a pasar.

Rathbone procuró recobrar la compostura para no avergonzar a Margaret delante de sus padres en caso de que estuvieran presentes. Siguió al lacayo a través del vestíbulo hasta el comedor, grande y muy formal, donde lo alivió en grado sumo encontrarla sola. Llevaba un traje oscuro muy elegante que recordaba un poco los atuendos de montar a caballo. Era moderno y muy favorecedor, pero Margaret presentaba un semblante inquietantemente pálido.

—Buenos días, sir Oliver —dijo con cierta reserva. Era obvio que no había olvidado la frialdad de su último encuentro—. ¿Le apetece una taza de té? ¿O quizás algo más? ¿Tostadas?

—No, gracias —declinó Rathbone. Tomó asiento, rogando que ella despidiese al lacayo—. Hay un asunto legal que me gustaría comentar con usted. Se trata de algo confidencial. —No podía confiar en la buena suerte.

—¿En serio? —Margaret enarcó ligeramente las cejas.

Dio las gracias al lacayo y le pidió que se retirara. Se mostraba precavida, retraída, como si temiera que él fuera a hacerle daño. Rathbone se avergonzó ante tal pensamiento.

—Lo sé todo —dijo Rathbone sin rodeos—. Monk vino a verme ayer por la tarde. Me explicó la situación en Portpool Lane.

Margaret abrió los ojos, oscuros e incrédulos.

—¿Se... lo contó? —Alargó el brazo por instinto y le cogió la muñeca—. No debe decir nada. Juré mantenerlo en secreto absoluto. Sin ninguna excepción. Es...

—Lo entiendo. Monk me lo dijo porque necesita que defienda a un ladrón. Cree que es inocente del asesinato de un vigilante y el caso podría guardar relación con lo sucedido en la casa de socorro. No es gran cosa, un pequeño acto de justicia, y encima para un ladrón confeso, pero es todo lo que puedo hacer. —Se avergonzó al decirlo—. Eso y contribuir en la recaudación de fondos. Pero Monk me advirtió que no pidiera donativos a mis amigos por si mi apremio daba pie a especulaciones.

El rostro de Margaret mostró un alivio que le devolvió el pulso al corazón y la sangre a las venas. Rathbone sintió un alivio casi histérico al comprobar que ella no estaba ni iría a la casa de socorro. Además era necesaria para recaudar fondos, para adquirir cuanto precisaran quienes estaban dentro y hacérselo llegar.

—Lo sé —dijo Margaret con ternura—. Me estoy viendo obligada a ser más discreta de lo que quisiera. —Buscó su mirada con los ojos humedecidos—. Pienso en Hester allí dentro, sola, y en cómo debe de sentirse, y me vienen ganas de ayudarla. Deseo decir a esa gente la verdad y obligarlos a que colaboren cuanto puedan, pero me consta que sólo conseguiría ponerlos histéricos, al menos a algunos. —Estaba temblando, hablaba con la voz ronca—. El miedo ejerce una influencia terrible sobre las personas. Además le prometí a Sutton, lo que en realidad significa a Hester, que no se lo contaría a nadie. Ni siquiera a usted.

—Comprendo —dijo, cerrando su mano sobre la que ella aún mantenía en su muñeca—. Tenga cuidado. Y... y cuando les lleve comida, déjela donde han convenido. No tenga... la tentación de...

Rathbone vio una chispa de compasión en sus ojos, no por Hester o por los enfermos, sino por él, porque Margaret reconoció el horror que le causaba la enfermedad. De repente pensó que podía perderla, no a causa de la muerte sino del desdén, aquel despertar de la repugnancia que ponía final al amor entre un hombre y una mujer.

Apartó la mirada.

—Haré lo que tenga que hacer —dijo Margaret con serenidad—. No es mi intención entrar en la casa de socorro; les soy más útil aquí fuera. Pero si Hester me manda llamar, tal vez porque esté muriendo, entonces iré. Quizá también pierda mi vida, pero si no lo hiciera perdería todo aquello que la hace valiosa. Estoy convencida de que usted me comprende lo que quiero decir.

No había certidumbre en su voz ni en su rostro. Estaba llena de dudas. Necesitaba que él le respondiera.

—Lo siento —se disculpó Rathbone—. Comprendo que es su deber. Me he dejado llevar por un momento de completo egoísmo porque la amo.

Margaret sonrió y bajó los ojos. Las lágrimas le resbalaban por las mejillas.

—Tiene que ir a defender a ese ladrón si eso es lo que Monk necesita. Yo me voy a recaudar más dinero. Necesitamos verduras y té. Y carne, de ser posible.

Rathbone sacó diez libras del bolsillo y las dejó encima de la mesa. Estaba dando dinero a espuertas.

—Gracias —susurró Margaret—. Ahora váyase, por favor, mientras aún puedo mantener cierta dignidad. Ambos tenemos mucho que hacer.

Rathbone obedeció con una tormenta de emociones en su fuero interno y su propia dignidad hecha añicos. Se alegró de despedirse y salir tan aprisa como pudo al anonimato de la calle, al viento cortante que le azotaría el rostro y la lluvia que ocultaría sus lágrimas.

11

Para Hester el día y la noche se confundían en una agotadora ronda. La casa de socorro albergaba a más de una docena de mujeres en total. Había tres heridas por accidente o actos violentos, y cinco padecían fiebre y congestión, síntomas que cabía atribuir a la pulmonía o a una fase inicial de la peste, pero aún era demasiado pronto para saberlo con seguridad. Ya se habían producido dos muertes, una aparentemente por paro cardíaco, la otra debida a una hemorragia interna.

Por supuesto, y para su indignación, Squeaky Robinson tampoco podía salir. Sutton había optado por reanudar su trabajo con el pequeño terrier, *Snoot*, dando caza a las ratas. Los alimentos, el agua y el carbón eran depositados en el patio y los hombres a cargo de la vigilancia los aproximaban a la puerta trasera. Cuando Hester fue a recogerlos entrevió a uno de ellos de pie junto a la pared, medio oculto en las sombras, con un perro a sus pies. Eso le proporcionó una sensación de seguridad al tiempo que le recordó que ella era tan prisionera como los demás.

Mercy la ayudó a acarrear los baldes de agua, que eran en extremo pesados. Dejaron dos en la cocina y los otros ocho a lo largo de la pared de la lavandería.

—Tendremos que usar el agua varias veces —dijo Hester con tristeza—. No es lo mejor, pero no podemos correr el riesgo de que se acabe. Con una fiebre como ésta es más importante beber que estar limpio, y me temo que no nos alcanzará para ambas cosas.

Mercy se apoyó contra la tina que recogía el agua del rodillo escurridor. Pese a la palidez y el cansancio, sonrió.

—Hace que te des cuenta de la bendición que supone tener agua en casa, ¿verdad? Basta con pedirla y ahí la tienes.

Hester la miró con afecto. En los pocos días que llevaba allí había llegado a gustarle. Aún sabía muy poco acerca de ella, aparte de que era hermana de Clement Louvain. Siempre amable con las enfermas, hacía gala de una paciencia infinita y, aunque sin duda estaba acostumbrada a un mundo radicalmente distinto, nunca trataba con condescendencia a la gente, a diferencia de Claudine, cuyo genio estaba siempre a flor de piel. Aunque bien era cierto que tampoco Claudine le desagradaba.

Hester y Mercy terminaron de apilar las sábanas sucias en el rincón y luego Mercy echó más carbón a la caldera para calentar el agua. Era una tarea incómoda y, para cuando terminó, iba toda manchada de tizne.

—¿Por qué demonios llevamos delantales blancos? —protestó—. Es obvio que quien tuvo la ocurrencia no tenía que hacer la colada.

Hester sonrió.

—No se preocupe, es suciedad limpia.

Mercy se mostró confundida un instante antes de entender lo que Hester quería decir. Se relajó y le devolvió la sonrisa. Eran las nueve y media de la noche y ya habían concluido casi todas las tareas de la jornada, en la medida en que el día y la noche presentaran alguna diferencia entre sí.

—¿De verdad estuvo en Crimea? —preguntó Mercy con cierta timidez.

Hester se sorprendió.

—Sí. Por lo general es como un mundo aparte, aunque ahora mismo no me cuesta mucho recordarlo.

Se mordió el labio. Allí hubo muchas más muertes; la muerte los rodeaba a diario y bajo una apariencia brutal y terrible, en buena parte sin sentido, infligida por hombres a sus semejantes. Sin embargo, había una enorme diferencia entre la guerra y el asesinato, pese a que en ocasiones le hubiese sido harto difícil explicarla. Transcurrían horas enteras en las que Hester olvidaba por completo que Ruth Clark había sido asesinada y que tenía el deber de intentar averiguar quién era el responsable.

¿En verdad seguía siendo importante? Se sobresaltó al darse cuenta de que ni siquiera estaba segura de querer saberlo. Tenía que haber sido alguien de dentro, y ella sentía cariño por todos. ¿Acaso el vínculo del miedo y la supervivencia era más fuerte que el motivo que hubiese empujado a uno de ellos a matar? Prefería no saber la respuesta.

—No ha pedido que enviasen ningún mensaje a su familia —observó Hester. No quería ser entrometida. Mercy nunca hablaba de su hogar. Ni siquiera había dicho si sabía que su hermano era quien había llevado a Ruth Clark allí, aunque Hester daba por supuesto que tenía que saberlo. Aparentaba tener poco más de veinte años, era agraciada y sin duda de carácter agradable. ¿Por qué no estaba disfrutando de la vida social que su posición le ofrecía? ¿Sería que una aventura amorosa había acabado tan mal para ella que todavía se encontraba demasiado dolida para pensar en alguien nuevo? ¿Por eso estaba allí, para huir de un dolor mayor? Hester se dio cuenta de que había llegado a esta última conclusión sin tener ninguna prueba al respecto.

Mercy negó con la cabeza.

—Mi hermano sabe que estoy aquí —contestó—. Le dejé una carta antes de verme obligada a quedarme, diciéndole que pasaría mucho tiempo aquí. No puedo decirle por qué debo quedarme ahora, pero no estará preocupado.

—Lo siento —se disculpó Hester—. Seguro que se está perdiendo muchos eventos sociales a los que asistiría si pudiese marcharse.

—Más vale no pensar en eso ahora —dijo Mercy encogiendo los hombros—. Además, no creo que ninguno de ellos sea importante. Una se pone sus mejores vestidos, adopta sus mejores modales y acaba siendo tan educada que al final sólo habla del tiempo o del libro que acaba de leer, siempre y cuando no sea controvertido, por supuesto. ¡Que el cielo nos proteja de tener que pensar! Todo el mundo abriga la esperanza de conocer a alguien tan interesante que apenas pueda aguardar a verle otra vez, pero, salvo que seas terriblemente fácil de contentar, ¿acaso llega a suceder alguna vez? Corro el grave peligro de engañarme pensan. do que sí cuando en mi fuero interno tengo claro que no. —Sonrió, frotando distraídamente una mancha de tizne de su delantal—. Me digo a mí misma «la próxima vez..., la próxima vez», y luego ocurre exactamente lo mismo. Al menos esto es real.

—¿Su madre no insiste en que conozca a tantos caballeros jóvenes como sea posible? La mía lo hacía —recordó Hester con bochorno y tristeza. Su madre había muerto de pena, y tal vez de vergüenza, después de que su padre se suicidara al verse arruinado por un escándalo financiero. Sus muertes fueron la causa de que regresara de Crimea antes de lo previsto.

Mercy se fijó en el dolor que cruzó el semblante de Hester.

—Mis padres fallecieron —dijo en voz baja—. Por su modo de hablar, deduzco que su madre también.

—Sí, y mi padre —reconoció Hester, irguiéndose antes de acercarse a la mesa—. Perdone. No tendría que haber preguntado. Sólo quería ofrecerle la posibilidad de enviar un mensaje si así lo deseaba. Sutton se encargaría de que fuese entregado a la persona debida.

—No tengo a quién —contestó Mercy—. Mi hermana mayor, Charity, se casó con un médico. De eso hace diez años. Permanecieron en Inglaterra durante un año. Luego él decidió marcharse al extranjero y Charity se fue con él.

—Tuvo que ser duro para usted.

Mercy se encogió levemente de hombros.

—Al principio sí —dijo, girando la cara de modo que Hester sólo pudiera ver de escorzo la mejilla y los músculos tensos del cuello—, pero es diez años mayor que yo, de modo que tampoco es que estuviéramos muy unidas.

—Y su hermano también es mayor —observó Hester, recordando a Clement Louvain.

—Nací cuando mis padres ya no pensaban tener más hijos —dijo la joven, levantando un poco el mentón y sonriendo abiertamente—. Mi madre tenía casi cuarenta cuando me alumbró. Aunque pienso que me profesaba un cariño especial justamente por eso. —Se volvió hacia Hester—. Voy a preparar té. Seguro que a Claudine también le apetecerá. Y al señor Robinson.

No mencionó a las demás porque estaban gozando de unas horas de descanso antes de comenzar el turno de noche.

En la cocina, Claudine estaba preparando hortalizas para la sopa. Muchas de las enfermas tenían dificultades para comer. La fiebre les quitaba el apetito pero la nutrición era fundamental y, por encima de todo, era preciso que bebieran líquido. Estaba ante la encimera con un cuchillo grande en la mano y los labios prietos, tratando de cortar una zanahoria cruda en cubitos. Murmuraba entre dientes para sí.

Hester se planteó si ofrecerse a ayudarla, pero ya había probado el mal genio de Claudine cuando estaba enojada consigo misma por su ineptitud.

Mercy lanzó una breve mirada irónica a Hester, debido en buena medida a su propia inexperiencia en las tareas domésticas, sabedora de que las habilidades culinarias no se aprendían con facilidad. Llenó la pava y la puso al fuego.

Claudine siguió picando.

Entró Squeaky Robinson, quien primero miró a Claudine con desaprobación e impaciencia y luego a Mercy con expectación.

Claudine lo fulminó con la mirada.

—Me tiene maravillada que siempre sepa cuándo está la pava en el fuego —dijo con aspereza.

—Así se ahorran de tener que llamarme —le contestó Squeaky, sentándose a la mesa para que Mercy le sirviera el té cuando estuviera listo.

—¿Y por qué íbamos a llamarle? —inquirió Claudine, y apretó la mandíbula cuando un trozo de zanahoria saltó de la tabla bajo la presión del cuchillo torcido. Se encorvó con torpeza para recogerlo. Tenía poco garbo y era dolorosamente consciente de ello.

Squeaky puso los ojos en blanco.

Mercy miró a Hester y sofocó una risita.

—Casi seguro porque han vuelto a quedarse sin agua

—dijo Squeaky cansinamente—. Una bestia de carga, eso es lo que soy.

—Lo único que hace es traerla desde la puerta de atrás —señaló Claudine enojada—. Otro pobre diablo la acarrea por toda la calle y sólo puede hacerlo de noche por miedo a que la gente se pregunte por qué no vamos nosotros. Así que no la malgaste. Ayer le vi fregar el suelo como si tuviera medio océano a su disposición.

—Mejor será que friegue usted el suelo, señora —replicó Squeaky—, y que me deje picar las zanahorias. Dudo que pueda hacerlo peor que usted. No ha conseguido ni dos trozos del mismo tamaño.

—Quizá no haya reparado en ello pero el Señor no hace dos zanahorias iguales —repuso Claudine, con los ojos centelleantes y empuñando el cuchillo como si fuese a usarlo a modo de arma.

—Tampoco dos patatas —dijo Squeaky satisfecho—. Sólo lo hace con los guisantes, pero ahora no tenemos. ¿Sabe qué son los guisantes, señora?

—A un penique los cien —contestó Claudine—. Más o menos lo que usted vale.

Squeaky se puso de pie con el rostro encendido.

—Escúcheme bien, vieja amargada, ya estoy de su sucia lengua hasta la coronilla. Es usted una inútil. No sabe escurrir la ropa sin desgarrar las sábanas. Como si nos sobraran. —La apuntó con el dedo índice—. No sabe hacer jabón, prepara las gachas con tantos grumos que parecen una pila de carbón. No sabe encender el maldito hornillo cuando se apaga y no sabe picar una zanahoria sin dejar el suelo perdido. Esa pobre desgraciada que murió llevaba razón. No me extraña que su puñetero marido no la eche de menos. Probablemente tiene un poco de paz por primera vez en toda su vida.

Claudine palideció. Tomó aire pero no encontró palabras para defenderse. De repente se la vio mayor, poco agraciada y muy vulnerable.

A Hester la embargó una compasión tan grande que no supo cómo manifestarla, quedándose sin saber qué hacer o decir. El miedo y la sensación de encarcelamiento hacían mella en las emociones de todos. Nadie la mencionaba en voz alta pero todos eran agudamente conscientes de que la enfermedad estaba allí, con ellos, como una presencia amenazadora, capaz de arremeter contra cualquiera o contra todos. Cada dolor, cada momento de cansancio, de frío o calor, cada punzada de jaqueca podían constituir el principio. Ella no era la única que se preguntaba acerca de cada molestia en el pecho o los brazos, que se miraba con temor e imaginaba que veía sombras o leves indicios de hinchazón.

Mercy interrumpió sus pensamientos.

—Señor Robinson, entendemos que esté asustado, todas lo estamos, pero si empezamos a hacernos daño deliberadamente sólo conseguiremos empeorar las cosas.

Él se sonrojó, pero seguía enojado. No le gustaba que lo criticaran, y menos delante de Claudine. Sabía que no llevaba razón y le dolía que Mercy, a quien admiraba, fuese quien se lo hiciera ver.

—Es ella quien tiene la lengua encurtida en ácido —dijo.

—¿Y le parece tan bien que tiene que imitarla? —replicó Mercy enarcando las cejas.

Hester sonrió porque la única alternativa era romper a llorar y, si lo hacía, quizá no sabría cómo parar. Lo cierto era que estaba cansada, confundida y que habría dado cualquier cosa, salvo lo que le costaría en realidad, con tal de poder irse a casa.

La puerta de atrás se abrió asustando a todos, que se volvieron con el corazón en un puño.

Pero fue el pequeño terrier, *Snoot*, con su cara medio blanca medio marrón, quien entró correteando y meneando la cola, seguido de Sutton. Hester soltó el aire aliviada, dándose cuenta de que debía haber supuesto que era él. Los hombres con los perros no habrían dejado entrar a ninguna otra persona.

Sutton echó un vistazo a la estancia pero si percibió la tensión no dio muestras de ello. Traía huesos de buey, dos botellas de brandy y una libra de té.

—De parte de la señorita Margaret —dijo, dejando los

víveres encima de la mesa. Acarició al perrito—. Ya basta por hoy —le dijo con ternura—. Ahora a dormir.

La tormenta amainó y cada cual siguió con sus quehaceres.

Fue en plena noche cuando ocurrió el incidente. Hester había dormido unas pocas horas y hacía la ronda de visitas a las enfermas más graves cuando oyó un ruido en el descansillo, cerca de la habitación donde estaba. Sabía que Bessie también estaba haciendo su ronda y por eso al principio no le prestó mayor atención. Luego oyó un prolongado lamento que fue subiendo de tono hasta el puro terror. Dejó el vaso de agua que sostenía en la mesita de noche, se excusó ante la lánguida mujer febril con quien estaba y salió al pasillo.

Bessie forcejeaba con una mujer llamada Martha, que había ingresado con una bronquitis aguda y daba muestras de comenzar a restablecerse. Bessie era corpulenta y fuerte pero Martha era joven, también de recia constitución y, al parecer, poseía una considerable fuerza. Bessie la sujetaba rodeándola con ambos brazos y Martha intentaba zafarse golpeando con los puños el pecho de su adversaria. Mientras Hester se aproximaba a ellas, Martha dio un puñetazo al rostro de Bessie y ésta la soltó con un chillido de dolor, la nariz sangrándole.

Martha se tambaleó contra la pared dándose un buen golpe y quedando medio desplomada.

Hester corrió hacia ella pero Martha se levantó con premura y echó a correr por el pasillo hacia la escalera.

—¡No se preocupe por mí! —gritó Bessie, estrujando el delantal contra la sangrante nariz—. ¡Deténgala! ¡Quiere escapar! ¡Tiene las hinchazones negras!

Hester no titubeó. Bessie tendría que esperar. Había que detener a Martha a toda costa. Ya estaba en la escalera, bajando atropelladamente y sin dejar de chillar.

Flo salió de uno de los dormitorios y vio a Bessie con la cara y el pecho escarlatas. Soltó un chillido a su vez y corrió hacia ella.

—¡Estoy bien! —exclamó Bessie—. ¡Para a esa estúpida que quiere escapar! ¡Atrápala! Ayuda a la señorita Hester, por el amor de Dios.

Flo se detuvo sobresaltada justo cuando Hester comenzaba a bajar la escalera. Martha ya había bajado medio tramo y Squeaky Robinson comenzaba a subir, agarrado a las barandillas de ambos lados.

—¡Deténgala! —gritó Hester—. ¡Martha, no corra! ¡No puede marcharse!

Pero Martha no estaba para escuchar a nadie. Cargó contra Squeaky y le hizo perder el equilibrio, derribándolo de espaldas en plena escalera, las piernas al aire. Ella intentó esquivarlo pero tropezó, cayó de cabeza encima de él con todo su peso y por poco lo asfixia. Squeaky soltó un alarido furioso y comenzó a aullar de dolor.

Hester se aferró a la barandilla y bajó deprisa.

Martha se estaba poniendo de pie con dificultad cuando Hester llegó abajo. Squeaky se sujetaba la pierna derecha y renegaba como un condenado.

—No puede marcharse, Martha —dijo Hester levantando la voz y con toda claridad—. Lo sabe de sobra. Esparcirá la peste por todo Londres. Vuelva conmigo arriba y deje que cuidemos de usted. Vamos.

Squeaky seguía renegando.

—Cállese —le dijo Hester airada—. Levántese y sujete a Martha.

Él intentó hacerlo cogiéndose del camisón de Martha para incorporarse. Ésta la emprendió a patadas con él y lo tumbó hacia atrás, haciendo que se golpeara la espalda con un ruido sordo. Que lo hiciera porque pensara que pretendía manosearla o que simplemente no quisiera que nadie le impidiera escapar era lo de menos.

Martha se alejó dando traspiés pero ganando velocidad. Hester corrió tras ella. Martha conocía el camino y se dirigía hacia la cocina y la puerta de atrás. Hester gritaba con voz estridente por la desesperación. Ni siquiera sabía si intentaba convencer a Martha o despertar a Sutton para pedirle ayuda. ¿Tendría valor para ordenar que le echaran los perros? A pesar de la peste, ¿podía provocar la muerte de alguien de una forma tan atroz?

Claudine estaba adormilada en una silla de la cocina.

Se despertó sobresaltada cuando Martha casi chocó con ella, pero se abalanzó sobre la mujer ya que entendió en el acto lo que ésta se proponía. Ambas cayeron contra la mesa de la cocina.

Se oyeron ladridos agudos y penetrantes. *Snoot* salió disparado de la puerta de la lavandería en cuanto Sutton la abrió.

—¿Qué demonios...? —exclamó éste.

Martha fue la primera en ponerse de pie.

—¡Dejadme marchar! —chilló—. ¡Tengo que salir de aquí!

Y de nuevo enfiló hacia la puerta trasera.

Hester intentó gritar pero ya no le quedaba aliento.

—¡No! —tronó Sutton—. ¡No lo haga!

Pero Martha ya no estaba a su alcance; para ella sólo quedaba escapar o morir. La peste estaba en aquella casa, y fuera, en la noche, había vida y libertad. Salió corriendo descalza al patio.

Hester se sostuvo apoyando las manos en las rodillas.

Sutton hizo rechinar los dientes y cerró los ojos un instante. Luego los volvió a abrir.

—¡Cogedla! —ordenó.

Martha iba dando resbalones por los adoquines del patio. De entre las sombras de dos rincones salieron disparados dos pit bulls. Saltaron justo cuando ella soltó un alarido y su peso la derribó de un solo golpe. Tal como el instinto y el adiestramiento les dictaban, fueron a por su cuello.

—¡No! ¡No! ¡Oh, Dios, no! —chilló Hester.

Claudine presenció la escena tapándose la boca con una mano y sujetándose con la otra el estómago, donde se había hincado el canto de la mesa.

Sutton salió a trompicones a la oscuridad del patio. Los hombres estaban llamando a sus perros. Martha yacía inmóvil. Su camisón blanco presentaba manchones carmesíes que aumentaban de tamaño.

Sutton llegó a su lado y se agachó. La tocó con cuidado, buscándole el pulso. Los amos de los dos perros permanecían cerca, sujetando a sus animales, diciéndoles que no habían hecho nada malo, pero sus voces temblaban y Hester comprendió que se lo decían tanto a sí mismos como a los animales.

Sutton levantó la vista hacia ellos.

—Gracias, Joe, Arnie. Me consta que no es nada fácil hacer algo así. Ruego a Dios que no tengáis que hacerlo otra vez, pero si os veis obligados, hacedlo. —Se volvió hacia Hester, que había salido y estaba casi a su lado bajo la llovizna—. No está muerta pero sangra a borbotones. Me figuro que habrá visto cosas por el estilo habiendo estado en el ejército y todo eso. Será mejor que la entremos y veamos si puede coser las heridas de esta desdichada. Aunque no sé para qué. Ésta es mejor manera de terminar, y que Dios me perdone.

Claudine también había salido. Respiraba profundamente, procurando controlar la histeria que la embargaba.

—¡Asesino! —espetó mirando fijamente a Sutton.

—¡No, no lo es! —protestó Hester, con la voz ronca por la angustia contenida.

—Le ha echado los perros —dijo Claudine con frialdad—. Usted lo ha visto. ¡Dios! Mírela. Le han destrozado el cuello.

—No, no es así —insistió Hester, arrodillándose para examinar la herida, rezando para que lo que acababa de decir fuese verdad. O quizá que no lo fuera.

Claudine comenzó a dar resollantes boqueadas.

Sutton la rodeó con un brazo y con el otro le dio unas bruscas palmadas en la espalda.

Claudine se volvió hecha una furia.

—¿Piensa matarme a mí ahora? —chilló, alzando los puños como dispuesta a pegarle en la cara.

—Tal vez lo haga, señora —dijo Sutton aviesamente—. Y lo digo en serio. Pero todavía no. Tendré bastantes que enterrar sin usted y, además, cada día es de más utilidad aunque sea a su pesar. Ahora espabile y ayude a la señora Hester con esta pobre moribunda. Sostenga el cazo de agua o la aguja o lo que sea. No se quede aquí con la boca abierta. No hay moscas que cazar a estas horas de la noche.

Claudine se dio cuenta de que volvía a respirar con normalidad. Estaba fuera de sí de rabia.

—Es usted... —comenzó.

Pero Sutton la cortó en seco:

—Cierre el pico y haga algo útil, si no, esta mujer se desangrará aquí en el patio y usted tendrá que pasar toda la mañana con un cepillo y vinagre para limpiarlo.

En parte por pura sorpresa, Claudine obedeció. Entre los tres se las arreglaron para llevar a Martha al interior y tenderla en la mesa de la cocina. A la luz todavía presentaba peor aspecto.

—¿Puede coserla? —susurró Sutton.

Hester miró la tela empapada en sangre y la carne destrozada. Martha seguía sangrando en abundancia pero no con el escarlata brillante de la sangre arterial, y el corazón seguía latiendo.

—Puedo intentarlo —contestó—, pero he de hacerlo enseguida. Claudine, tendrá que ayudarme. Bessie creo que tiene la nariz rota y Mercy tendrá que atenderla a ella. Además, apenas nos queda tiempo. Tráigame la aguja y el sedal del armario de encima del fregadero. —Mientras hablaba desgarró la otra manga del camisón de Martha y la enrolló formando una compresa que aplicó a las heridas más profundas—. Sutton, traiga la botella de brandy y vierta un poco en un plato; luego consiga más toallas. Deprisa.

Tenían el semblante ceniciento y las manos temblorosas, pero ambos hicieron exactamente lo que les pidió. Mercy llegó cuando estaban en plena faena y anunció que Bessie tenía la nariz rota pero que había conseguido detenerle la hemorragia. Bessie se pondría bien, lo mismo que Squeaky. Estaba magullado pero no tenía ningún hueso roto. Flo estaba haciendo cuanto podía por el resto de las enfermas. ¿Qué quería Hester que hiciese ella?

—Saque una tetera al patio para los hombres que montan guardia —contestó Hester—. Y dígales que les estamos agradecidos. —No apartó la vista de lo que estaba haciendo—. Apriete aquí con el dedo —pidió a Claudine, indicando una zona de la que manaba sangre—. Sosténgala así. La coseré tan aprisa como pueda.

Sin titubear, Claudine alargó el dedo y apretó.

Hester había perdido la noción del tiempo. Tanto podían haber transcurrido quince minutos como tres cuartos de hora cuando por fin consideró que había terminado. Con la ayuda de Claudine aseguró el último vendaje alrededor del cuello, el hombro y la parte superior del brazo de Martha. Sólo miró una vez la mancha púrpura que tenía cerca de la axila. No supo si era un hematoma o el principio de un bubón. Tampoco quería saberlo. La lavaron tan bien como pudieron, le pusieron un camisón limpio y luego llamaron a Squeaky para que los ayudase a llevarla a uno de los dormitorios de la planta baja. Acudió cojeando un poco pero sin ninguna herida grave. La tendieron en la cama y la arroparon.

Claudine miró a Hester de manera inquisitiva pero no preguntó si Martha se recuperaría.

—Iré a limpiar la cocina —dijo compungida—. Parece una carnicería.

—Gracias —contestó Hester con emoción. No añadió ningún elogio.

Claudine supo que se había ganado su aprobación y eso era lo único que le importaba. Se marchó, dedicando incluso un amago de sonrisa a Squeaky al cruzarse con él camino de la puerta.

Hester llevó la ropa manchada de sangre a la lavandería, donde encontró a Sutton con aspecto derrengado. Su rostro enjuto estaba ensombrecido, como magullado, los ojos hundidos, la barba incipiente canosa.

—¿Era así en Crimea? —dijo con una sonrisa torcida—. Dios asista al ejército si así fue.

Hester hizo un esfuerzo para rememorar aquella época. Ahora le parecía un mundo aparte. Entonces era más joven, tenía mucho menos que perder si moría. Uno no se permitía pensar en la violencia y el dolor de manera racional pues de lo contrario resultaba intolerable.

—Bastante parecido —contestó, dejando caer el fardo de ropa al suelo. La verdadera respuesta era demasiado larga y ella estaba muy cansada. Además, lo más probable era que Sutton en realidad no quisiera oírla.

—Somos un hatajo de locos ignorantes, ¿no le parece?

—dijo él con sorprendente dulzura—. Uno se pregunta por qué nos tomamos tantas molestias con nosotros mismos. Sólo que no tenemos a nadie más y hemos de cuidar de algo. —Meneó la cabeza y se marchó—. *Snoot* —llamó desde el pasillo—. ¿Dónde te has metido, cosilla inútil?

Se oyó un trote entusiasta. Hester sonrió cuando el perro salió disparado de la penumbra para reunirse con su amo.

Después de meter la ropa en agua fría volvió a subir. No podía hacer gran cosa por Martha salvo permanecer a su lado, asegurarse de que no se le soltara el vendaje, darle agua si se despertaba, humedecerle la frente con una compresa fría y procurar mantenerle la fiebre baja.

Cuando llevaba unos cinco minutos con ella, Claudine se asomó a la puerta con una taza de té caliente y se la ofreció.

—Está listo para beber —dijo.

Y así era. Se había enfriado justo lo necesario para no escaldar. Además, llevaba un buen chorro de brandy, tanto que Hester pensó que debería procurar no respirar cerca de la vela.

—¡Uau! —exclamó mientras el licor le encendía el estómago—. Gracias.

—He pensado que le vendría bien —contestó Claudine—. ¿Quiere que vele a Martha un rato? La avisaré si ocurre algo, lo juro.

Hester tenía la cabeza a punto de estallar y estaba tan agotada que tenía sensación de arenilla en los ojos. Si los cerrara por más de un segundo caería dormida. Pensó que dejarse llevar y sumirse en la inconsciencia era lo mejor que podía imaginar, mejor que la risa, que una buena comida, que el calor, mejor incluso que el amor: simplemente dejar de luchar durante un rato.

—No puedo —se oyó decir, preguntándose cómo había sido capaz de pronunciar esas palabras.

—Traeré otra silla y me sentaré cerca de la puerta —insistió Claudine—. Así, si la necesito, podré llamarla sin tener que salir de la habitación.

Hester aceptó al fin. Se quedó dormida apenas se tendió en la cama.

Se incorporó con un jadeo una hora después, cuando Claudine la despertó para decirle que Martha estaba muy agitada y que algo le dolía mucho. Una de las heridas sangraba otra vez.

Hicieron cuanto pudieron para aliviarla, trabajando con una compenetración sorprendente, aunque poco cabía hacer. Hester agradeció no estar sola y así se lo dijo a Claudine cuando se sentaron para seguir vigilando a la enferma.

Claudine no estaba acostumbrada a que le dieran las gracias y dos veces en una misma noche le resultaba abrumador, por lo que no supo qué contestar. Apartó la vista con un leve rubor.

Hester se preguntó cómo sería su matrimonio para dar esa impresión de vivir en una amarga soledad, sin recibir cumplidos, sin compartir diversiones. ¿Estaría presidido por la disputa o por el silencio, dos personas dentro de una casa, un nombre, una unión legal, que nunca abrían su corazón? ¿Cómo podía aproximarse a Claudine sin empeorar las cosas, o preguntar sin entrometerse y quizás exponer una herida que sólo era capaz de sobrellevar porque nadie más la veía? Recordó las crueles palabras de Ruth Clark, la mofa y el desdén que transmitían como si realmente supiera algo sobre Claudine que iba más allá de la mera suposición. Tal vez fuera así. Y quizá fueron lo bastante crudas e hirientes como para que Claudine viera la oportunidad de matarla para proteger su intimidad. Pero Hester se negó a dar cobijo a semejante idea. Algún día tendría que hacerlo, pero ese día aún no había llegado.

—¿Le gustaría que Sutton hiciera llegar otro mensaje a su casa? —preguntó Hester—. Podría hacerles saber que se encuentra bien pero que hay tantas pacientes que no podemos prescindir de usted. Sería más o menos la verdad o, en todo caso, no sería una mentira.

—No merece la pena —contestó Claudine con los ojos fijos en Martha—. Ya dije eso en el primer mensaje. —Guardó silencio unos instantes—. Mi marido estará molesto porque mi ausencia supone una ruptura de su rutina y no le consulté previamente —prosiguió—. Tal vez haya actos sociales a los que le hubiese gustado que asistiera pero, por lo demás, da lo mismo. —Se le hizo un nudo en la garganta—. No quiero darle la impresión de estar justificándome. Por primera vez en mi vida estoy haciendo algo importante y no tengo intención de dejarlo.

Había dicho muy poco y, sin embargo, lo explicaba todo. Hester percibió el vacío que ocultaban sus palabras, el dolor de toda una vida maltrecha. Pero no tenía ninguna contestación que dar, nada que pudiera mejorar o cambiar las cosas. La única respuesta decorosa era el silencio.

Volvió a quedarse dormida y Claudine la despertó al cabo de una hora. El estado de Martha empeoraba. Claudine miró a Hester con la pregunta en los ojos, sabiendo ya la respuesta. Martha se estaba muriendo.

—¿Es por la peste o por los perros? —inquirió en un susurro.

—No lo sé —contestó Hester con franqueza—. Pero si es por los perros, quizá no sea tan malo. Yo...

—Lo sé —interrumpió Claudine—. Lo peor es prolongar la agonía.

Martha apenas podía respirar. Cada pocos minutos dejaba de hacerlo y al cabo recobraba el aliento con un jadeo. Hester y Claudine se miraron y luego a Martha. Finalmente exhaló por última vez y se quedó inerte.

Claudine se estremeció.

—Pobre criatura —musitó—. Espero que ahora halle un poco de paz. ¿Habría que... quiero decir, deberíamos... —pestañeó— decir algo?

—Sí, desde luego —contestó Hester—. ¿Lo hacemos juntas?

Claudine puso cara de circunstancias.

—No sé qué es lo apropiado.

—¿Qué le parece un padrenuestro?

Claudine asintió con la cabeza. Recitaron la oración al unísono con voz un poco ronca. Luego Claudine cruzó las manos de la difunta y Hester fue en busca de Sutton.

Lo encontró en la lavandería, recompensando a *Snoot*

por haber encontrado una ratonera. Levantó la vista al verla entrar. La miró serio, expectante, y vio su expresión.

—¿Ha muerto? —preguntó—. Pobrecilla. ¿Quién más lo sabe?

—Sólo Claudine y yo.

—Bien. Será mejor que la saquemos de aquí antes de que salga el sol. —Se incorporó—. A dormir, *Snoot*. Buen chico. No te muevas de aquí. —Se volvió hacia Hester—. Haré que los hombres se la lleven. Lo siento pero habrá que envolverla con una sábana. Ya sé que no andan sobradas pero no hay más remedio. A no ser que tengan una manta, a poder ser oscura. Se verá menos.

—Le traeré una manta gris. Pero ¿qué van a hacer con ella? No basta con... Quiero decir que hay que enterrarla como es debido.

Recordó el silencioso y doloroso episodio de cuando sacaron el cadáver de Ruth Clark al patio empedrado bajo la lluvia para que los hombres se la llevaran a una tumba desconocida, envuelta en sábanas por mor de la decencia y para evitar que tuvieran que tocarla. Entonces no preguntó dónde la llevarían; tuvo miedo de lo que fueran a contestarle.

Ningún médico había examinado a Ruth, como tampoco ninguno examinaría a Martha, ni siquiera un enterrador: vería la herida del cuello y pensaría que la habían asesinado. Lo irónico del asunto era que no había sido así, al menos desde un punto de vista moral. En el caso de Ruth sí, pero Hester apenas había dado más vueltas a la cuestión de quién lo había hecho y por qué. Lo que ahora importaba era la pobre, estúpida y aterrada Martha. La histeria estaba a flor de piel en todos ellos. Se humedeció los labios. Los tenía tan secos que le escocieron.

—¿En terreno sagrado? —pidió con vacilación—. ¿Lo ve viable? No soporto la idea de que vayan a arrojarla a una alcantarilla o algo por el estilo.

—No se preocupe —dijo Sutton—. Mis amigos pueden hacer toda clase de cosas. Hay tumbas en los rincones de los cementerios que contienen más cuerpos de los que figuran en las lápidas. Los muertos no tienen reparo en compartir lo suyo. No será abandonada sin bendiciones ni oraciones. Se hará lo mismo que con Ruth Clark.

Los ojos de Hester se humedecieron y el puro peso del agotamiento, la soledad, la compasión y el miedo la hizo flaquear. Se sintió abrumada por la infinita amabilidad que Sutton mostraba para con ella. Quiso darle las gracias pero se le hizo un nudo en la garganta.

Él asintió con la cabeza, el semblante demacrado a la luz de la vela.

—Vaya a buscar esa manta —le dijo.

Claudine ayudó a envolver el cuerpo y coser aprisa la improvisada mortaja, asegurándola de modo que no fuera a abrirse si la movían con prisas y quizá poca destreza. No dijeron una palabra pero sus ojos se cruzaban cada poco y una especie de entendimiento tácito hizo que se movieran cordinadamente, ayudándose de manera espontánea.

Squeaky acudió para echar una mano. Entre los tres llevaron el cadáver con paso inseguro, dando traspiés y con dolor de espalda, por el pasillo y la puerta de atrás hasta el patio. Hester levantó el brazo para avisar a los hombres. Juntos bajo la débil luz de la farola que había a unos veinte metros de allí se los veía corpulentos y desaliñados, con los abrigos agitados por el viento y la cabeza descubierta. La lluvia hacía brillar sus semblantes, que las sombras convertían en máscaras espectrales. Saludaron con un gesto a Hester y Claudine pero aguardaron a que éstas hubiesen regresado al interior antes de aproximarse.

Sutton salió solo y habló con ellos.

El más grandullón de los dos asintió con la cabeza e hizo una seña a su compañero. Cogieron con cuidado el cadáver y sin más se marcharon despacio bajo la lluvia. Se mantenían muy erguidos sosteniendo con equilibrio el peso que acarreaban, como si estuvieran acostumbrados a hacerlo.

Hester y Claudine permanecieron en el umbral, tan juntas que sus cuerpos se tocaban, observando a los hombres pasar bajo la farola. Por un instante la lluvia que les caía se iluminó en salpicaduras resplandecientes, pero al punto se adentraron de nuevo en la penumbra. El carretón que aguardaba al final del callejón era poco más que una mancha más densa entre las sombras.

Nadie dijo nada. Resultaba del todo innecesario ya que no había nada que decir. Al cabo de pocas horas comenzaría un nuevo día.

12

Rathbone fue a visitar a Gould a la prisión porque así se lo había prometido a Monk. Había supuesto que se encontraría con un hombre a quien tenía la obligación moral de defender, no por el hombre en sí o porque lo empujara el convencimiento de su inocencia, sino porque era su deber. Sin embargo, al salir del recinto se sentía inclinado a creer la versión de Gould, según la cual éste había encontrado a Hodge muerto pero sin ninguna herida visible. El reo había admitido su participación en el robo del marfil, pero su indignación ante el cargo de homicidio daba una impresión de sinceridad con la que Rathbone no había contado.

No obstante, la conversación con el empleado de la funeraria que había enterrado a Hodge dejó fuera de duda que éste había sufrido un tremendo golpe en el cráneo. Le había partido la parte posterior de la cabeza y ésa era aparentemente la causa de su deceso. El empleado en cuestión hizo lo que le pidieron al enterrar a Hodge, después de que tanto Louvain como Monk le aseguraran que todas las pruebas se habían consignado bajo juramento y serían presentadas a la autoridad competente. Se estaba dando caza al autor del crimen y en cuanto fuese aprehendido sería llevado ante la justicia.

Rathbone regresó a su bufete y comenzó a considerar los distintos caminos que se abrían ante él. En esto andaba ocupado cuando Coleridge le informó de la presencia de Monk. Eran poco más de las ocho y media de la mañana.

—¿A estas horas? —dijo Rathbone atónito.

Coleridge adoptó una actitud de estudiada indiferencia.

—Sí, señor. Me atrevería a decir que también está preocupado por el caso.

No tenía la menor idea sobre cuál era el «caso» y le ofendía que no se lo hubiesen comentado. También deseaba que Rathbone se diera cuenta de que Monk no era el único que trabaja con ahínco más horas de las estipuladas.

—Sí, claro —admitió Rathbone. No tenía intención de contar a Coleridge en qué consistía el caso; no podía permitírselo mientras no fuese absolutamente necesario. E incluso entonces sólo le haría saber lo que iba a decir en el tribunal, sin incluir el motivo de su pertinaz silencio. Ahora bien, Coleridge merecía ser tratado con consideración—. No me extraña que lo esté —dijo refiriéndose a Monk—. Es un asunto grave. Tenga la bondad de hacerle pasar, por favor.

—¿Le apetece una taza de té, sir Oliver? El señor Monk parece inusualmente... —buscó las palabras adecuadas— necesitado de tomar una.

Rathbone sonrió.

—Sí, gracias. Es todo un detalle de su parte.

Coleridge se retiró algo más aplacado.

Monk entró un instante después y Rathbone vio de inmediato a qué se refería Coleridge. Monk vestía la misma ropa que la última vez y su rostro estaba aún más demacrado, como si no hubiese comido ni dormido bien desde entonces. Cerró la puerta a sus espaldas.

—Coleridge va a traernos té —dijo Rathbone—. ¿Ya habéis encontrado a algún miembro de la tripulación? Tendréis que contárselo aunque sea reteniéndolos por la fuerza. No es posible ingresarlos en una institución. ¿O sí?

—No hemos dado con ellos —añadió Monk, con voz grave y rasposa por el agotamiento—. Con ninguno. Podrían estar en cualquier parte del país o embarcados de nuevo con rumbo a Dios sabe dónde.

No se sentó. Rathbone observó que tenía el cuerpo entumecido. Abría y cerraba la mano derecha, y la mandíbula le palpitaba con un tic nervioso. Debía de atormentarlo pensar en Hester sola en Portpool Lane. Lo más probable era que no supiera si había muerto alguien más a causa de la peste, o si seguían encerrados a la espera, temerosos de que cada tos, cada escalofrío o acaloramiento, cada momento de desfallecimiento fuese fruto del mero agotamiento o el principio de una lenta agonía de fiebre, hinchazones, dolor y muerte.

Rathbone se sintió invadido por el alivio de que Margaret no estuviera en la casa. La sensación se apoderó de su fuero interno casi como una anestesia, como el ardor del brandy en el estómago.

Permaneció de pie ante Monk, quien presentaba la tez cenicienta por miedo a perder todo lo que le importaba y daba sentido y alegría a su vida. Si Hester fallecía se encontraría tan solo que el dolor no se disiparía jamás, agravando el peso de cualquier carga, entorpeciendo toda posible felicidad. Y entretanto Rathbone rebosaba de alivio por su propia seguridad. Su reacción lo llenó de vergüenza.

—He visto a Gould —dijo, procurando, por su propio bien y el de Monk, ocupar sus mentes con asuntos prácticos. La compasión no les serviría de nada—. Le he creído. —Se fijó en la leve sorpresa que reflejó el rostro de Monk—. No me lo esperaba —admitió—. Será un buen testigo si tengo que hacerle subir al estrado. El problema reside en que no sé la verdad, de modo que tengo miedo de lo que vaya a desvelar.

Monk respondió con aire meditabundo.

—De momento sólo sabemos que no había nadie a bordo aparte de la tripulación reducida y del propio Gould, así que la única defensa puede ser que si Gould no mató a Hodge lo hizo otro miembro de la tripulación, siempre y cuando no fuese un accidente.

—Si fue un accidente, tuvo que caer y abrirse la cabeza, probablemente rompiéndose el cuello —razonó Rathbone—. Y si fue así, quienquiera que lo encontrase vería las heridas. ¿Tenía el cuello roto? Tú no lo mencionaste.

—No, no lo tenía roto.

—Y dijiste que había tan poca sangre que pensaste que en realidad lo habían matado en otra parte. Dijiste...

—Sé muy bien lo que dije —espetó Monk—. Eso fue antes de que supiera lo de la peste.

—¡No pronuncies esa palabra! —repuso Rathbone con severidad, levantando la voz—. Coleridge regresará en cualquier momento.

Monk torció el gesto.

Rathbone tomó aire con intención de disculparse, aunque le constaba que era la verdad lo que había herido a Monk, no sus palabras. Justo en ese momento llamaron a la puerta. Coleridge la abrió y entró con la bandeja del té, que dejó encima de la mesa.

Rathbone le dio las gracias y el secretario se retiró.

—¿Insinúas que murió de... enfermedad? —preguntó Rathbone, acercándole la bandeja mientras hablaba.

—Encaja con los hechos si Gould está diciendo la verdad —contestó Monk, sentándose por fin—. Había que explicar la ausencia de Hodge. No podían desembarazarse del cuerpo sin más, de modo que alguien agarró una pala y le asestó un golpe en la cabeza para que ésa pareciera la causa de su muerte.

Rathbone lo consideró.

—Pero eso no me sirve para la defensa de Gould —señaló—. Hasta ahora lo único que se me ocurre es plantear una duda razonable. Sin embargo, no sé cómo hacerlo sin acercarme demasiado a la verdad. —Se estremeció y se metió las manos en los bolsillos. Era un gesto impropio de él puesto que deformaba los pantalones y Rathbone, por encima de todo, era un dandi—. ¿A quién puedo llamar a declarar? La acusación llamará a la tripulación, quienes dirán que no saben nada. No me atrevo a presentar ninguna prueba médica, pues si las pongo en entredicho sacaré a relucir la cuestión de si ya estaba muerto, y, en tal caso, cuál fue la causa de la muerte. No tenía el cuello roto, ningún indicio sugería un ataque cardíaco o apoplejía, y lo último que queremos que suceda es que lo exhumen.

Monk negó lentamente con la cabeza, como un hombre inmerso en una bruma de pensamientos, demasiado agobiado para hallar un camino.

—Tendrás que ganar tiempo —dijo—. Es preciso que encuentre algo para plantear una duda.

Rathbone detestaba tener que presionarle. Monk estaba agotado y costaba imaginar el miedo que lo reconcomía. Margaret estaba a salvo. Rathbone podía esperar cualquier cosa del futuro. Si la perdía sería por su culpa: por cobardía, moral o emocional. La solución a su relación con ella estaba en sus manos. Pero Monk se encontraba impotente. No podía hacer nada al respecto. Ni siquiera sabía si Hester seguía con vida, si se encontraba bien o ya estaba infectada, sufriendo lo indecible. Permanecía encerrada con personas prácticamente desconocidas. ¿Acaso cuidarían de ella cuando estuviera realmente necesitada? ¿Se quedarían a su lado para atenderla, tal como ella había atendido a tantos otros? ¿O huirían llevados por el terror o la ineptitud? ¿O estarían tan próximos a morir ellos mismos que ya no tendrían fuerzas para levantar un balde de agua o hacer lo necesario para mitigar el pavor o el dolor de los agonizantes? La sola idea le hacía enfermar.

—¿Qué pasa? —inquirió Monk, interrumpiendo los pensamientos de Rathbone, quien al punto recobró la compostura.

—Para suscitar una duda razonable tengo que sugerir una alternativa verosímil —contestó—. Si Gould no le mató, o bien lo hizo otra persona o bien fue un accidente. ¿Puedes conseguir pruebas que respalden tu primera intuición? Louvain escribió ese documento jurando que Hodge había sido asesinado y exponiendo las circunstancias en que fue hallado. Esto saldrá a relucir puesto que el empleado de la funeraria, con vistas a protegerse a sí mismo, prestará juramento acerca de las heridas y de lo que se convino a propósito de autorizar el entierro. Bajo ningún concepto puedo permitirme poner en tela de juicio las pruebas médicas. Desenterrarían el cuerpo y eso sería una pesadilla.

Monk no dijo nada. Parecía absorto en sus pensamientos. Como si de repente reparase en el té, se sirvió una taza y tomó un sorbo, haciendo una mueca al encontrarlo caliente, aunque a todas luces agradeciéndolo.

Rathbone se sirvió a su vez.

—¿Louvain sabe la verdad? —preguntó.

Monk lo miró.

—No lo sé.

—Pues tienes que averiguarlo. Al menos, uno de nosotros tiene que hacerlo. Si tú...

—Lo haré —dijo Monk con tan cáustica determinación que Rathbone entendió que no debía insistir en la cuestión.

—Si no la sabe —dijo en voz baja—, tendrás que contársela. La única manera que tiene de defenderse es testificando que estaba equivocado y que Hodge pudo haber caído y golpearse la cabeza.

—O que Gould lo mató, tal como creíamos al principio —respondió Monk con amargura.

—¿Sigues creyéndolo ahora?

—No —contestó sin ningún titubeo.

—Pues entonces tendremos que conseguir que Louvain testifique a su favor. De lo contrario lo ahorcarán —advirtió Rathbone—. No podemos dejar que la peste campe a sus anchas por Londres para salvar a un solo hombre, por más inocente que sea.

Monk suspiró profundamente y se frotó el rostro con el pulpejo de la mano.

—Lo sé. ¿Cuánto falta para el juicio?

—Se celebrará pasado mañana.

—Hablaré con Louvain —prometió Monk. Se irguió pero la fatiga le hundía los hombros y tenía el rostro ceniciento—. Durban aún abriga esperanzas de encontrar a la tripulación. —Arrugó la cara—. Dime, Rathbone, ¿cuánta gente hay que desaparezca sin que nadie la eche en falta? ¿Cuántos pueden caer mientras los demás apretamos el paso sin ver siquiera el vacío que han dejado? ¿A quién le importa? ¿O es que hay gente que sufre, traumatizada por la pesadumbre, sin que tampoco reparemos en ello?

Rathbone deseó disponer de una mentira lo bastante buena como para proporcionar un mínimo consuelo, pero no tenía ni idea de si alguien echaba de menos a los tripulantes del *Maude Idris*. Cabía que hubiesen muerto de peste en cualquier ciudad del sur de Inglaterra o más probablemente en alta mar, a bordo de otro navío. No había indicios de pánico entre la población, ninguna orden de cuarentena o evacuación, ningún fuego purificador para exorcizarla como si fuera cosa del infierno. Pero Monk se refería al vacío que el fallecimiento de Hester dejaría en su propia vida, y Rathbone lo sabía de sobra.

Además estaba considerando el permitirse amar a Margaret con aquella misma entrega, ¿no era así? Con todo el sentimiento que fuese capaz de sentir, desafiando al instinto de conservación que había regido toda su vida hasta la fecha. Era la negación de la cordura, la locura definitiva.

¿Tenía otra opción? ¿Podía uno decidir amar o no a una persona? Sí, probablemente. Uno podía alejarse de la vida y optar por vivir a medias, con el alma paralizada.

Él se había alejado de Hester, y ella había tenido la sensatez de rechazarlo de todos modos, quizá precisamente por esa razón. Monk había tenido la entereza necesaria para entregarse, cosa que ella supo ver y valorar. Si ahora Hester moría, Monk sufriría las consecuencias de su entrega hasta el fin de sus días.

Margaret estaba a salvo en la medida en que un ser vivo y vulnerable pudiera estarlo. Si él, Rathbone, deseaba formar parte de su vida y no ser un mero espectador, tendría que rendirse a las exigencias del amor. Quizá fuese algo intrínseco al afecto que uno no pudiera sustraerse a él. No había ninguna decisión que tomar; tu propia naturaleza la tomaba por ti. Si podías echarte atrás, eso significaba que no estabas del todo implicado. Nunca había admirado tanto a Monk como ahora, por el valor que había demostrado al arriesgarlo todo.

No había nada que decir o hacer cuando Monk se volvió y se dirigió hacia la puerta. La amistad que los unía era más profunda de lo que Rathbone había admitido hasta entonces, y ésta estaba a punto de ser destruida porque una parte del propio Monk quizá desaparecería.

Si la amistad podía causar un daño tan profundo, ¿qué cabía esperar del amor?

Rathbone pasó el resto de la jornada y buena parte de la mañana siguiente poniendo al día otros asuntos que había dejado de lado para preparar el caso de Gould.

No obstante, en el ínterin resolvió lo que haría con respecto a Margaret. El tiempo era valiosísimo, mucho más de lo que creía hasta entonces. Había vacilado cada vez que se proponía pedirle que se casara con él, actitud que ahora consideraba cobarde y estúpida. De modo que le había escrito una carta que había despachado con un mensajero, invitándola a una cena aquella misma noche. En lugar de aguardar al final de la crisis, que tanto podía acabar felizmente como con una pérdida irreparable, pondría de manifiesto sus sentimientos y le pediría que se casara con él.

Mientras se vestía, contemplando con ojo más crítico de lo habitual la imagen que le devolvía el espejo, se sorprendió al constatar que daba por sentado que Margaret aceptaría. Hasta aquel momento no se le había ocurrido que cabía la posibilidad contraria.

Entonces fue consciente de la causa del retortijón de tripas y de la sequedad de garganta que experimentaba. No era por temor a que rehusara. Todo en su entorno social y en sus circunstancias personales dictaba que ella aceptaría, y él sabía con certeza que no rivalizaba con ningún otro pretendiente. Margaret era demasiado sincera como para haber permitido que la cortejaran. Sin duda lo aceptaría. La pregunta que lo atormentaba era: ¿lo amaría? Desde luego sería leal, pues la lealtad era inherente a su carácter. Sería amable, ecuánime y generosa de espíritu, pero haría lo mismo con cualquiera. Eso no le bastaba. Tener todo aquello, no porque lo amase sino por tratarse de una cuestión de honor para ella, supondría un tormento tan refinado que Rathbone no sabía si podría afrontarlo. Mas no pedirle la mano equivaldría a rendirse al fracaso por adelantado.

Tomó un coche de punto para ir a recogerla y esta vez le costó más de la cuenta encajar las atenciones de la señora Ballinger. Tenía las emociones demasiado a flor de piel como para exponerlas a su aguda percepción. No contaba con su habitual capa de ingenio para defenderse y tuvo que hacer un gran esfuerzo para eludir el interrogatorio al que le sometió. Se sintió liberado cuando Margaret apareció con desacostumbrada puntualidad; de hecho, le quedó profundamente agradecido.

Le ofreció el brazo, dio las buenas noches a la señora Ballinger y salieron hacia el coche que aguardaba, una pizca más aprisa de lo que exigía la elegancia.

—¿Ha recibido novedades de Monk? —preguntó Margaret en cuanto él hubo dado instrucciones al cochero—. ¿Qué está sucediendo? ¿Tiene noticias de Hester?

—Sí, he vuelto a ver a Monk. Fue a mi bufete ayer por la mañana aunque no tenía noticias de Portpool Lane. Sé lo mismo que usted.

Margaret emitió un gemido de desesperación.

—¿Cómo está él?

¿Cómo podía protegerla del dolor? Amarla y respetarla era el privilegio que ansiaba conseguir para el resto de su vida. ¿No debería empezar ahora mismo?

—Está trabajando duro para encontrar pruebas que ayuden a Gould en el juicio —contestó—. La vista comienza mañana.

—Sir Oliver —dijo Margaret con sencillez—, no me trate con condescendencia, por favor. Se lo he preguntado porque quiero saber la verdad. Si se trata de un secreto que no puede confiarme, dígalo, pero no me venga con evasivas creyendo que me complacerán. ¿Cómo está Monk?

Rathbone se sintió seriamente reprendido.

—Tiene un aspecto espantoso —dijo con sinceridad—. Nunca había visto a nadie sufrir tanto. Y no sé cómo ayudarlo. Me siento como si estuviera de brazos cruzados viendo a un hombre ahogarse.

Margaret lo miró a los ojos. Las luces de los carruajes que pasaban por la calle iluminaban su rostro intermitentemente.

—Gracias —dijo en voz baja—. Eso sí que me lo creo. Y, por favor, no se culpe de ese modo; nadie puede ayudarlo. Son raras las ocasiones en que la amistad no puede mejorar una situación, pero creo que ésta es una de ellas. Sólo nos queda hacer cuanto esté a nuestro alcance y estar preparados para cuando llegue el momento de echar una mano.

No había ninguna respuesta a la altura de las circunstancias, de modo que Rathbone no dijo nada, mas el silencio en que se sumieron, lejos de resultar violento, fue como una serena bendición. Rathbone pensó en lo afortunado que era de estar sentado a su lado y se reafirmó en su determinación de proponerle matrimonio.

Llegaron a la residencia de sus anfitriones y se apearon. Fueron recibidos en su debido momento pues había un montón de invitados. Se trataba de una velada muy formal y las mujeres lucían trajes magníficos ricamente bordados. Peinetas y diademas relumbraban por doquier y aderezos de diamantes adornaban orejas y pálidos cuellos.

Margaret apenas iba enjoyada. Sólo llevaba un collar de perlas y a Rathbone le sorprendió que algo tan discreto pudiera agradarle tanto. Tenía una pureza que era como una confirmación tácita de la valía de su propietaria.

Al cabo de nada ya se habían integrado al murmullo de las conversaciones. Rathbone hacía años que estaba acostumbrado a aquella clase de fiestas, pero nunca le había costado tanto charlar educadamente sin decir nada significativo. Reconoció a varios de los presentes pero evitó entablar conversación con ellos porque sabía que no iba a poder concentrarse. Su habitual facilidad de palabra lo había abandonado. Las emociones amenazaban con hacerle perder la compostura y necesitaba una vigilancia constante para disimularlas. Deseaba proteger a Margaret de las molestas especulaciones habituales. Había sido su acompañante en varias ocasiones y era inevitable que muchos estuvieran aguardando una declaración. Tendrían los ojos puestos en Margaret al acecho de cualquier signo de orgullo, decepción o desesperación. Todo ello resultaba indiscreto, involuntariamente cruel, pero ambos tenían asumido que formaba parte de la vida social.

Mas por encima de aquello, deseaba protegerla del temor que sentía por Hester y de la sensación de impotencia que la embargaba por no poder hacer nada más que seguir recaudando dinero.

—Estoy encantada de volver a verla, señorita Ballinger —dijo la señora Northwood de manera significativa, mirando primero a Margaret y luego a Rathbone.

Éste tomó aire para responder pero la expresión de Margaret le indicó que a ella no le importaba. Había captado la indirecta sin que apenas la afectara. Sintió admiración por ella. Qué hermosa estaba con toda su pasión e integridad junto a aquellas mujeres frívolas y de lengua afilada. ¿Qué importancia tenía un poco de malicia social comparada con el horror que estaba teniendo lugar en Portpool Lane, a escasos dos kilómetros de allí?

Se acercó un poco más a ella.

La señora Northwood se dio cuenta y enarcó las cejas.

Aún faltaba más de media hora para que anunciaran la cena y estaban rodeados de gente por todas partes. Rathbone no lo tenía fácil para buscar un sitio donde hablar a solas. Ni siquiera estaba seguro de lo que iba a decirle. Aquellas cosas había que decirlas de manera elegante y romántica, no soltarlas con prisas por miedo a ser interrumpido o a oídos indiscretos. Tendría que haberla invitado a un tipo de recepción muy distinta de aquélla. ¿Por qué diablos había elegido tan mal?

Aunque lo cierto es que sabía el motivo: Margaret aceptaría acudir a aquella fiesta porque le brindaba la oportunidad de volver a buscar fondos. De haberle propuesto salir a un lugar con más encanto y romanticismo, en el que pudieran estar a solas, ella habría rehusado dando pie a una situación violenta para ambos y, peor aún, artificiosa. Y Rathbone disfrutaba en su compañía. Echó un vistazo a la concurrencia y se enorgulleció de llevar a Margaret del brazo. Sonrió. Hallaría el modo de hablar con ella aunque fuera de regreso a su casa.

Lady Pamela Brimcott se estaba aproximando a ellos. Era una dama de treinta y tantos años, de presencia hermosa e imponente. Rathbone había defendido a su hermano Gerald de una acusación de desfalco sin alcanzar el resultado deseado. Al menos así lo consideraba ella ya que su hermano fue declarado culpable, si bien la condena resultó poco severa gracias al buen oficio de Rathbone al alegar circunstancias atenuantes. En realidad, Gerald era codicioso y egoísta. Rathbone lo consideró culpable de los actos imputados, pero su deber era ejercer de abogado, no de juez.

—Buenas noches, sir Oliver —saludó Pamela con fría formalidad. Dirigió una mirada a Margaret—. Supongo que ella es la señorita Ballinger, de quien tanto oigo hablar últimamente. ¿Me equivoco al decir que Oliver le habrá hablado de mí?

Rathbone notó que el sofoco le subía a la cara. Tiempo atrás había cortejado a Pamela llegando incluso a considerarla una esposa apropiada. Eso fue antes de conocer a Hester y darse cuenta de que «apropiada» era una descripción que carecía de pasión y alegría, amén de no garantizar amistad. Gracias a Dios su instinto había prevalecido. Se fijó en la animadversión que encendía los ojos de Pamela y comprendió que no le había perdonado ninguna de las cosas en que a su juicio la había defraudado. Era harto probable que en aquella época ella no se hubiese casado con Rathbone, pues él aún no había obtenido el título, pero le habría gustado que él se lo hubiese pedido.

—Mucho me temo que no la ha mencionado nunca —contestó Margaret, con tono educado y dando a entender que lo lamentaba.

Pamela sonrió.

—Qué discreto de su parte —replicó, dejando que las capas de significados ocultos se fueran desvelando solas.

Rathbone estaba cada vez más colorado. Le habría encantado endilgarle una respuesta demoledora, pero estaba demasiado alterado como para encontrar una. Le constaba que a Hester se le habría ocurrido y deseó que estuviera presente para defenderlos a ambos.

Margaret captó la indirecta y se tensó. Rathbone pudo percibirlo, mas ella sonrió con desconcertante dulzura y miró a Pamela sin pestañear.

—Nunca comenta casos antiguos conmigo —respondió.

Rathbone dio un respingo.

El silencio se prolongó un par de segundos. Entonces

Pamela palideció al comprender lo que acababa de oír. Por primera vez en años tuvo que esforzarse para hallar una contestación que diera la talla. La observación había sido más acertada de lo que la propia Margaret imaginaba y no podía echársela en cara.

Margaret aguardó negándose a socorrerla.

—No me extraña que no quisiera comentar éste en concreto —dijo Pamela por fin—. Prefiere no hablar de fracasos y el nuestro desde luego lo fue. Defendió a un miembro de mi familia acusado de un acto del que era inocente pero del que no obstante tuvo que responder.

Margaret arqueó un poco las cejas.

—¿En serio? —dijo incrédula—. Debió de ser angustiante para usted. Admiro el valor que demuestra al comentarlo con tanta franqueza con una desconocida. —Su tono insinuaba que además le parecía una indiscreción.

—En realidad no somos desconocidas, teniendo tanto en común como tenemos —contestó Pamela entre dientes.

Margaret elevó más el mentón.

—¿De veras? No me había dado cuenta pero estoy encantada de que me lo haga ver. Siendo así, seguro que las obras benéficas le entusiasman tanto como a mí. En la actualidad estoy colaborando con una institución que atiende a mujeres enfermas y heridas en el barrio de Farrington. Unas pocas libras bastan para proporcionar el calor y las medicinas que los casos más desesperados necesitan para restablecerse. Naturalmente, le haré llegar un informe detallando en qué se ha gastado su donativo.

Pamela se quedó perpleja además de acorralada.

—Debo admitir que me ha sorprendido, señorita Ballinger. Lo último que me esperaba era que fuera a pedirme dinero.

Margaret se las ingenió para mostrarse más sorprendida aún que su adversaria.

—¿Tiene alguna otra cosa que pudiera interesarme?

Rathbone notaba un nudo en el estómago y calor en el rostro, pero aun así tuvo que contener la risa. No obstante, la velada se encaminaba al desastre. Había fallado en la defensa del hermano de Pamela no porque Gerald hubiese sido hallado culpable, sino en la manera de plantear el caso. Tendría que haberle convencido de que reconociera su culpabilidad y devolviera el dinero. Podría haberlo hecho, contaba con medios suficientes. Pero se doblegó ante la presión ejercida por la familia y también porque le gustaba Pamela y no quiso decirle que su hermano era un ladrón. Ahora no quería que Margaret se enterara de aquello.

—Nada que esté en condiciones de darle, querida —dijo Pamela con frialdad, dejando bien claro lo que quería dar a entender.

Margaret esbozó una sonrisa radiante.

—Cuánto me alegro —repuso, y se volvió para alejarse dejando a Pamela estupefacta, con la sensación de haber sido vencida sin saber exactamente cómo.

Rathbone se quedó atónito y no menos asustado por la efectividad con que Margaret había sabido defenderse. La alcanzó rebosante de satisfacción, casi de orgullo. La tomó del brazo pero, en cuanto se hubieron alejado unos metros, Margaret se detuvo y se volvió hacia él sin el menor rastro de humor.

—Oliver, me gustaría hablar contigo un momento sin que nos interrumpan. Me parece que hay un invernadero. ¿Te importa que vayamos? Seguramente habrá algún rincón discreto. —Sonrió con cierta timidez puesto que era la primera vez que lo tuteaba—. No quiero que la gente saque conclusiones románticas.

Rathbone no quería que ella tomara la iniciativa; resultaba vagamente indecoroso. No obstante, le había dejado claro que sus intenciones no eran románticas, cosa que lo decepcionó.

—Por supuesto —contestó, percibiendo la frialdad de su propia voz y deseando que desapareciera. Lo más seguro era que ella también la hubiese notado—. Es por aquí.

Era una estancia maravillosa con altos arcos de hierro forjado y llena de plantas exóticas hasta el tejado. El ruido de las cascadas de agua era delicioso y el aroma a tierra mojada y flores flotaba en el aire.

Margaret se detuvo en cuanto estuvieron a una distancia prudente de la persona más cercana que pudiera oírlos. La expresión de su rostro era sumamente seria y bajo la luz veteada parecía desprovista de color.

Rathbone se inquietó. Aquello distaba mucho de ser como se lo había imaginado.

—¿Qué ocurre? —preguntó con un hilo de voz.

—¿Sabes algo de Hester? —preguntó ella a su vez, aunque su tono no fue precisamente inquisitivo.

—No. ¿Y tú?

—Ni siquiera sé si está bien o enferma. Pero lo que sí sé es que esta pesadilla no ha terminado, pues de lo contrario habría regresado a casa. —Lo miró de hito en hito—. Sigue allí dentro, con la única ayuda de unas mujeres sin preparación, de Squeaky y del exterminador de ratas. No hay nadie que pueda cuidar de ella en caso de que sea necesario, nadie que la acompañe para no hacer frente a esto a solas. Mañana a primera hora, antes de que amanezca, voy a ir a Portpool Lane. Por favor, no intentes disuadirme. Es lo correcto y no hay alternativa.

Aquello era terrible. Insoportable.

—¡No puedes ir! —Le tomó las manos apretándolas con fuerza. Ella no opuso resistencia pero tampoco respondió—. Margaret, nadie está autorizado a entrar... o salir —añadió con vehemencia—. Comprendo tu deseo de ayudar, pero... —El horror invadía su mente como si de repente el suelo se hubiese abierto a sus pies y tanto él como todo lo que amaba estuvieran tambaleándose al borde del abismo.

Margaret apartó las manos de un tirón.

—Sí que puedo. Entregaré una nota a los hombres que montan guardia con los perros para que se la entreguen a Sutton. Hester quizá no quiera dejarme entrar pero, por el bien de ella, seguro que él se avendrá.

Ahora estaba tan pálida que Rathbone tuvo miedo de que se desvaneciera. Ella estaba tan aterrada como él, era igualmente consciente de lo horrible que era la enfermedad y del riesgo mortal de contraerla. No obstante, estaba decidida a ir.

Tenía que detenerla. La ironía del asunto resultaba devastadora.

—Iba a pedirte que vinieras a este invernadero para hablar a solas por una razón bien distinta —dijo.

—¿Qué? —respondió ella perpleja, como si pensara que no le había oído bien.

—Iba a pedirte que te casaras conmigo. Te amo, Margaret, más de lo que he amado jamás a nadie, más de lo que creía que podía amar. Tengo mucho miedo de quererte tanto pero resulta que no tengo elección en este asunto.

Cuán poco natural sonaba, parecía estar dirigiéndose a un juez en el transcurso de un vehemente alegato ante un jurado.

Los ojos de Margaret se arrasaron en lágrimas, causando mayor asombro en Rathbone.

—Por favor —dijo con ternura—. Te quiero demasiado como para renunciar a pedírtelo. Para mí no existe otra más que tú, no escondo ninguna carta en la manga.

—Yo también te quiero, Oliver —dijo Margaret en un leve susurro—, pero ahora no es momento de pensar en nosotros. Y no sabemos si habrá un futuro después de esto. —Había reproche en su voz, infinitamente sutil mas inequívoco.

A Rathbone se le rompió el corazón. Margaret había percibido su pánico a la enfermedad y, si bien lo comprendía, esperaba que él lo domeñara como había hecho ella con el suyo propio. Rathbone ya la había perdido, no por culpa de la peste sino del desdén que le inspiraba, acaso en su forma más amable y devastadora: la compasión. No obstante, se sentía incapaz de superar la sensación de que toda la firmeza y el dominio de sí mismo de repente hacían aguas.

Cerró los ojos.

—Es precisamente porque quizá no haya un futuro por lo que tenía que decirte lo que siento —se oyó decir con voz trémula y ahogada en vez de apasionada—. Mañana, o la semana que viene, quizá sea demasiado tarde. Podría haberme limitado a decir que te amo pero imagino que eso ya lo sabes; la parte importante es que deseo casarme contigo. Es la primera vez que se lo pido a una mujer.

Margaret se dio la vuelta, sonriendo a pesar de las lágrimas.

—Claro que no, Oliver. Si lo hubieras hecho, te habrían aceptado. Pero yo no puedo. No, tal como están las cosas. Espero que me perdones y que ocupes mi lugar en la recaudación de fondos. Seguiremos necesitando dinero con urgencia, mas de eso pueden encargarse otros aparte de mí. En cambio, nadie más puede ni debe ir allí. —Volvió a mirarlo de frente—. No te lo pido por el amor que nos profesamos sino porque es lo correcto.

—Por supuesto.

Rathbone sintió el impulso de discutir con ella, decir cualquier cosa, hacer lo que fuese con tal de evitar que se marchara a Portpool Lane, pero sabía que si lo hacía, lo haría movido por el egoísmo, y eso los destruiría a los dos. Le ofreció el brazo y regresaron de nuevo a la fiesta justo a tiempo para la cena.

Cuando la acompañó a casa no era tarde, ya que lo único que ambos tenían en mente era que al día siguiente Margaret tendría que madrugar mucho para llegar a la casa de socorro antes de la salida del sol.

Rathbone se apeó del coche de punto y la ayudó a bajar. Titubeó un momento, deseoso de besarla. Ella debió de darse cuenta porque se apartó.

—No —dijo en voz baja—. Bastante difícil es decir adiós. Por favor, no digas nada, deja que me marche sin más. Encima, no quisiera tener que dar explicaciones a mi madre. Buenas noches.

Y cruzó la acera mientras la puerta de la casa se abría. Margaret entró, dejándolo tan solo como si fuese el único hombre vivo en una ciudad desierta.

Rathbone durmió mal y a las cuatro y media desistió de seguir intentándolo. Se levantó, se afeitó con agua templada y se vistió. Sin molestarse en desayunar, tomó un coche de punto y dio al conductor la dirección de su padre en Primrose Hill.

Eran casi las seis cuando llegó y aún estaba tan oscuro como a medianoche. Tuvo que aguardar más de cinco minutos antes de que el valet de Henry Rathbone le abriera la puerta.

—¡Válgame Dios, señor Oliver! ¿Ocurre algo malo? —preguntó con espanto—. Adelante, sir. Permítame ofrecerle un brandy. Iré en busca del amo.

—Gracias, es muy amable de su parte. Por favor, dígale que no estoy herido y que hasta donde sé gozo de buena salud.

Henry Rathbone se personó unos diez minutos después y agradeció el té que le ofreció su valet. Luego se sentó en un sillón delante del que ocupaba su hijo Oliver, quien sostenía contra el pecho una copa de brandy. No cruzó las piernas como tenía costumbre sino que se inclinó hacia delante poniendo toda su atención en Rathbone. Hacía frío en el salón pues la servidumbre aún no se había levantado y nadie había limpiado la chimenea y encendido el fuego.

—¿Qué sucede? —preguntó sin más. Era más alto que su hijo, delgado, con un delicado rostro aguileño y los ojos de un azul muy claro y mirada penetrante. Había sido matemático e inventor ocasional años atrás, y su lucidez y capacidad de raciocinio con frecuencia habían sido de gran ayuda en los casos más complicados de Oliver.

Oliver tenía presente el profundo afecto que Henry sentía por Hester, cosa que le dificultaba en extremo contarle la verdad. Ahora que había llegado el momento de hacerlo titubeaba sin saber cómo abordar la cuestión.

—No puedo ayudar si no sé qué ocurre —observó Henry—. Has venido hasta aquí antes del alba y es obvio que estás fuera de ti por algo que te tiene angustiado. Más vale que me digas de qué se trata.

Oliver levantó la vista. La mera presencia de su padre empeoraba y mejoraba las cosas al mismo tiempo. Hacía que todas sus emociones estuvieran mucho más a flor de piel.

—Es algo de lo que no debe enterarse nadie —dijo—. No debería decírtelo pero estoy desesperado.

—Sí, ya me he dado cuenta —convino Henry—. Aguardemos a que nos sirvan el té. Luego no nos interrumpirá nadie.

Oliver obedeció, aprovechando para intentar poner en orden sus pensamientos.

Una vez servido el té y de nuevo a solas, comenzó. Refirió el asunto con tanta sencillez y tan poca emoción como fue capaz. En lugar de restarle sentimiento, su moderación imprimió un gran dramatismo al relato.

Henry no dijo nada hasta que su hijo terminó de hablar y aguardó un comentario.

—Muy propio de Hester —dijo Henry por fin—. Estoy seguro de que la señorita Ballinger es una gran mujer, eso salta a la vista, y quizás Hester no te hubiese hecho feliz, ni tú a ella. Ahora bien, nunca he conocido a otra persona que me gustase tanto como ella.

—¿Qué puedo hacer? —preguntó Oliver.

—Defender a ese ladrón echando mano de toda tu habilidad —le dijo Henry—, siempre y cuando no permitas que nadie adivine, ni siquiera remotamente, que estás ocultando una enfermedad como ésta. Generarías un pánico que podría desembocar en una masacre. Ni Hester ni Margaret sobrevivirían y es harto probable que tampoco sirviera para contener la epidemia. Hagas lo que hagas, Oliver, no debes permitir que nadie sospeche. Desde luego sería espantoso que ese ladrón terminara ahorcado por un crimen del que es inocente, pero por una vez la injusticia no es el peor de los males.

—Lo sé —convino Oliver en voz baja—. Lo sé muy bien.

—¿Y el pobre de Monk está haciendo lo imposible por seguir la pista de esos miembros de la tripulación?

—Sí. La última vez que hablé con él no tenía ningún indicio de su paradero.

—Tal vez ya estén muertos —señaló Henry—. Incluso es posible que murieran en el mar y que Monk no encuentre rastro de ellos porque no haya ninguno que encontrar.

—No se me había ocurrido —reconoció Oliver.

—¿Hay alguna razón de peso para creer a ese tal Louvain?

ninguna.

nces será mejor que apeles a sus intereses más
.. honor.

—Ahora que Margaret ya no podrá dedicarse a recaudar dinero para comprar alimentos, carbón y medicinas, me corresponde a mí hacerlo. La gente no quiere hacer donativos para las mujeres de la calle de Londres. Todos prefieren dar para causas más exóticas, como la lepra o las misiones en África.

Henry suspiró.

—La credulidad de la gente nunca dejará de fastidiarme.

—¿La credulidad? —repitió Oliver—. No es eso, es miedo a la inmoralidad y la enfermedad entre nosotros. No nos gusta que nos recuerden cosas tan cercanas a nuestros hogares. Nos hace sentir culpables de que ocurra y de lo bien que vivimos. África queda demasiado lejos para ser culpa nuestra.

—En efecto —convino su padre con sequedad—, aunque según mi punto de vista, para nosotros está demasiado lejos para sentirnos responsables, y para ellos está demasiado lejos para tener que rendirnos cuentas.

Oliver estaba tan cansado que no acabó de entenderlo.

—¿Qué quieres decir?

—Que damos dinero y consideramos que ya hemos cumplido con nuestro deber. Es poco probable que tengamos ocasión de comprobar que sirve a la causa que nos han contado, así que nos sentimos virtuosos y nos desentendemos del resto.

—Bueno, está claro que...

Henry alcanzó la tetera y se llenó la taza hasta arriba.

—Te ayudaré. No me costará mucho recaudar dinero para ti. Tú céntrate en salvar a ese ladrón de la horca. Mañana podré hacerte una primera entrega. Para hoy tengo unas siete libras aquí en casa. Llévate esto para empezar. Conseguiré más, de un modo u otro.

—¿De un modo u otro? —dijo Oliver con acritud. Echó un vistazo a las distintas piezas de peltre, plata y madera tallada que adornaban la sala.

—¿Se te ocurre un destino mejor para las cuatro cosas de valor que poseo? —preguntó Henry.

—No, claro que no. —Oliver se puso de pie con rigidez—. Debo regresar a la ciudad. Gracias.

Mientras la oscuridad envolvía el río la noche en que Rathbone llevó a Margaret a la velada, Monk aguardaba a Durban en la orilla a la altura de la escalinata de Wapping Stairs. Oyó el roce del bote contra la piedra y avanzó saliendo de las sombras.

Durban subió los peldaños despacio, tosiendo en el frío aire nocturno. Por un breve instante su silueta se recortó contra el agua, donde rielaban las luces de navegación de una barca fondeada, y acto seguido se lo tragó la penumbra. Pero Monk lo había visto y supo, por sus hombros encorvados, que no había encontrado nada.

—Yo tampoco —dijo en voz baja. Luego expresó una idea que llevaba cierto tiempo rondándole por la cabeza—. ¿Cree posible que murieran en el mar, que simplemente los arrojaran por la borda y que por eso no hay rastro de ellos?

—¿De peste? —repuso Durban, de pie muy cerca de Monk para no tener que levantar la voz—. ¿Y el resto de la tripulación trajo el barco hasta aquí?

—¿Por qué no? ¿No podrían hacerlo cuatro hombres si se vieran obligados?

—Probablemente, y además tampoco morirían todos a la vez. Pero no es eso. Si los hombres hubiesen muerto de una enfermedad corriente, habrían presentado el informe pertinente. ¿Por qué no iban a hacerlo? Y Louvain lo sabría.

—Sí —convino Monk—, pero si murieron de peste no lo harían. El barco tendría prohibido atracar y Louvain perdería su carga, y ahora sabemos que no se lo podía permitir.

—Usted vio a Newbolt y a los demás. ¿Cree que se quedarían a bordo de un barco apestado por lealtad a Louvain?

—No. —El argumento no se sostenía, la idea era absurda—. Pues entonces, ¿dónde están los otros cinco?

—Despedidos y pagados, tal como dijo Louvain, y o

bien han tenido suerte y no han pillado la peste, o a estas alturas ya han fallecido —contestó Durban en voz baja. El único sonido que se oía en la noche eran los sorbetones del agua contra la piedra.

—Gould va a juicio mañana —dijo Monk—. Creo que Hodge murió de peste y que alguien le golpeó en la cabeza para ocultar la verdad. No se atrevieron a arrojarlo por la borda porque ya estaban en puerto, lo que significa que Gould no tuvo nada que ver con su muerte. No podemos demostrarlo ni lo haríamos si pudiéramos. Ni siquiera nos atreveremos a insinuar que fue un miembro de la tripulación, ya que en ese caso podría destaparse todo. No osaremos darles ningún motivo para exhumar el cadáver, de modo que no presentaremos pruebas médicas.

Durban no preguntó si Monk tenía noticias de la casa de socorro; llevaban juntos el tiempo suficiente como para habérselo notado en la voz, tanto en lo que decía como en lo que no decía. Durban no le había ofrecido compasión ni una sola vez, sólo una silenciosa comprensión de su dolor.

—No fue un miembro de la tripulación quien mató a Hodge —convino Durban—. Si hubiesen sabido que se trataba de la peste, habrían huido del barco aunque fuese a nado. Debió de hacerlo el propio Louvain. Pero no conseguiremos que lo admita.

—¿Qué constituiría una «duda razonable»? —preguntó, pensando en voz alta—. ¿Qué Hodge estaba borracho perdido y se cayó?

—Para empezar, eso significaría que Louvain tendría que desdecirse de su declaración anterior —advirtió Durban—. Y eso no le gustará.

—Tampoco le gustará la alternativa —dijo Monk con creciente convicción—. Tengo que ponerle las cosas muy feas para que se alegre de decir que se equivocó. Hodge estaba borracho y se cayó, y el golpe que se dio en la cabeza lo mató. Había más sangre a su alrededor de lo que al principio le pareció.

—¿Hodge era un borrachín? —preguntó Durban con recelo—. ¿Dejaron a un borracho declarado montando guardia nocturna con el cargamento aún a bordo? Eso sólo lo hace un incompetente.

—Queda poco personal en el barco —señaló Monk.

—Pues entonces pones al borracho en un turno de día.

—Pues entonces lleva usted razón, son unos incompetentes —convino Monk con amargura—. Eso sigue siendo mejor que estar apestado y es a Louvain a quien le toca elegir.

—¿Va a decírselo?

—¿Se le ocurre algo mejor? —repuso Monk.

—¿Quiere que lo acompañe?

Monk percibió agotamiento en la voz de Durban.

—No. Además, me gustará ver a ese bastardo a solas. Quiero ser yo quien le obligue a salvar a Gould. No es gran cosa pero disfrutaré.

—Lo entiendo pero vaya con cuidado —advirtió Durban, y de pronto recobró su tono habitual, sin rastro de cansancio—. Déjele bien claro que no está trabajando solo. Que la Policía Fluvial está al tanto de todo. Asegúrese de que lo comprende.

—¿Piensa que osaría matarme?

Monk sólo se sorprendió a medias de sus propias palabras y reconoció un extraño vacío interior que significaba que en realidad le daba igual. Estaba harto de debatirse entre la esperanza y la desesperación por Hester. La esperanza era angustiosa, a veces casi imposible de abrigar. Era mejor aceptar que aquello era el final. Tarde o temprano contraería la enfermedad. Había dado su vida para salvar Londres, tal vez Europa. Estaba apasionadamente orgulloso de ella, y tan furioso que podría haber matado a Louvain con sus propias manos y notar, con lo más semejante al placer que conservara en su fuero interno, cómo la asfixia ponía fin a su cochina vida. Tan grande era el dolor que soportaba que se estaba doblegando bajo su peso. No tenía apetito y no conseguía dormir, sólo sucumbir a la inconciencia de vez en cuando.

—En realidad pienso que usted es muy capaz de matarlo a él —dijo Durban con razón—. Así que voy a acompañarlo de todos modos. Usted llevará la voz cantante, yo me limitaré a estar presente.

—¿Y si están sus sicarios y nos matan a los dos?

—Asumo el riesgo —replicó el policía con sequedad—. Además, si lo hacen, lo colgarán, lo cual no está mal del todo.

—No ayudará mucho a Gould, que digamos.

—No, en eso lleva razón —convino Durban no sin cierta ironía—. Venga, vayamos a verle.

Esta vez no fue tan sencillo acceder al despacho de Louvain, pese a que el recepcionista admitió sin reservas que Louvain aún no se había marchado y que no estaba con ninguna visita.

—Se trata de algo relacionado con el *Maude Idris* y el robo del marfil —dijo Monk de manera cortante.

—Sí, señor. Hemos recuperado el marfil, gracias.

—¡Ya lo sé, maldita sea! Fui yo quien se encargó de recuperarlo. El ladrón va a juicio mañana. Ha surgido un asunto que necesito comentar con el señor Louvain antes de la vista.

—Veré si puede recibirle, señor. ¿Y el caballero que le acompaña?

—Es el inspector Durban, de la Policía Fluvial.

Diez minutos después estaban en el despacho de Louvain, el fuego encendido, la habitación caldeada, la lámpara de gas reflejada sobre la madera pulida del escritorio. Louvain los recibió de pie delante de la ventana, igual que la última vez que Monk había estado allí, las luces del Támesis titilando en la oscuridad tras el cristal. Presentaba un aspecto tenso y cansado.

—¿Qué pasa? —dijo en cuanto cerraron la puerta—. Ya sé que el ladrón va a juicio mañana. ¿Y qué? —No se molestó en disimular su irritación al enfrentarse a Monk. La crispación podía palparse en el espacio que los separaba—. ¿Para qué diablos ha traído aquí a la Policía Fluvial?

—Gould no mató a Hodge —sentenció Monk—. No examiné su cuerpo con el debido detenimiento. Tal como se me pidió, sólo le miré la nuca.

Los ojos de Louvain eran duros y firmes. No miraron ni una sola vez a Durban.

—¿Y qué más quería examinar? —preguntó.

—La causa de la muerte —respondió Monk—. O la causa de la muerte de Ruth Clark, quienquiera que fuese.

Louvain palideció bajo el enrojecimiento perenne de su piel curtida.

—Ella no tiene nada que ver con esto —dijo con brusquedad. Por primera vez dejó entrever una emoción distinta del enojo.

Monk se preguntó si, después de todo, Ruth había sido la amante de Louvain. ¿Le había dolido llevarla a la clínica y abandonarla allí? Había creído posible que Louvain no supiera que se trataba de la peste por haberla confundido con una pulmonía, pero la lógica de Durban era implacable. Si Gould no había matado a Hodge, Louvain había ocultado la causa de su muerte. Si la tripulación hubiese sabido la verdad, por nada del mundo hubiesen permanecido a bordo. Lo cual también significaba que a los otros cinco les habían liquidado la paga en el estuario y que no habían muerto en la mar.

—Al contrario, tenía todo que ver —replicó Monk, presa de un odio incontrolable—. Usted la llevó a la casa de socorro de Portpool Lane a sabiendas de que tenía la peste. —Pasó por alto la mueca de pena que hizo Louvain. Por más que la hubiese querido, eso no lo disculpaba de llevarla a un lugar donde podía contagiar la enfermedad a otras personas, a mujeres que otros hombres amaban. De hecho, el alcance de su propia pérdida hacía que fuese aún peor—. De eso murió Hodge, ¿no es así? —lo acusó—. Fue usted quien lo golpeó en la cabeza con la pala para que pareciera un asesinato y así lo enterraran enseguida y nadie llegara a saber la verdad. No le importó que un hombre inocente pudiera acabar en la horca.

—Es un ladrón —dijo Louvain con acritud. Le estaba enfadando que lo responsabilizaran de aquello.

—¿Por eso va a permitir que lo cuelguen? —Monk no daba crédito a su actitud y, sin embargo, cuanto más lo pensaba, más lo creía—. ¿Porque le robó?

Louvain torció el gesto.

—Usted piensa que es un hombre de mucho mundo, Monk, y que nadie se atreve a desafiarle. Pero es un ingenuo. Está limitado por sus propias convicciones morales. Es demasiado débil para sobrevivir en el río.

Pocos días antes aquel insulto habría ofendido a Monk. Ahora le resultaba tan trivial que no merecía siquiera respuesta. ¿Qué importaba la vanidad ante la pérdida a que se veía abocado?

—Gould no morirá en la horca —dijo en cambio—. Vamos a encargarnos de que sea absuelto alegando una duda razonable.

Louvain enseñó los dientes con un gesto parecido a una sonrisa.

—¿Duda razonable de qué? No va a decirle a nadie que Hodge murió de peste. —Cada vez que Louvain pronunciaba la palabra maldita se le ahogaba la voz, y Monk se dio cuenta por primera vez del horror que lo atenazaba. Lo movían el enojo, la codicia y el orgullo, pero lo que perlaba su frente de sudor era un miedo que le helaba la sangre—. El pánico se extenderá como un incendio forestal —prosiguió Louvain. Su propia esposa será la primera que matarán. La muchedumbre prenderá fuego a la casa de socorro, lo sabe de sobra —concluyó con un destello de triunfo en los ojos, frágil como hielo derritiéndose.

Monk se sintió abofeteado por la sensación de poder que irradiaba Louvain, la inteligencia y la violencia mantenidas a raya sólo en beneficio de su propio interés. Ahora comprendía por qué el armador había firmado tan de buen grado el documento que acreditaba las heridas de Hodge. Ya entonces tenía intención de retener a Hester como rehén en Portpool Lane. Por eso había elegido a Monk. Todas las piezas encajaban.

—Claro que no voy a decirle a nadie de qué murió Hodge —convino con voz trémula y casi olvidando que tenía a Durban detrás—. Y usted tampoco lo hará porque en ese caso la muchedumbre también irá a por usted. Yo mismo me encargaré de que así sea. El río no le agradecerá que haya traído la peste a Londres. No sólo perderá su barco y el cargamento que todavía contiene. Tendrá suerte si no queman también su almacén, sus oficinas y su casa. Lo lincharán por puro placer. —Sonrió a su vez—. Descuide, si es preciso me aseguraré de que lo hagan.

Vio el sudor del miedo en la frente y el labio de Louvain y el odio que encendía sus ojos.

—De modo que va a testificar que se equivocó —prosiguió Monk con voz alta y clara sosteniéndole la mirada—. No quería que todo el mundo se enterase de que había puesto de guardia a un borracho porque eso no convenía a su reputación. Pero ahora se ha dado cuenta de que tiene que ser más exacto con la verdad. Hodge bebió más de la cuenta, apestaba a alcohol, y sin duda perdió el equilibrio y se cayó, golpeándose en la cabeza, ya que así fue cómo usted lo encontró. Gould cambiará la declaración de que Hodge no presentaba ninguna herida visible cuando le vio. Como ve, es lo bastante razonable como para creer que fue así como sucedió.

—¿Y si me niego? —replicó Louvain con cautela. Estaba en tensión, balanceando el cuerpo como quien se dispone a pelear, los hombros en alto, el peso en la punta de los pies—. Si yo no puedo contar el asunto de la peste, menos puede usted. Nos saldría el tiro por la culata, Monk. Por mí, que ahorquen a Gould. El próximo ladrón se lo pensará dos veces antes de robar en un barco de Louvain.

—¿Cuánta inteligencia cree que tiene Gould? —preguntó Monk como por mera curiosidad—. ¿Cuánta moralidad?

—Más bien poca, diría yo —contestó Louvain cambiando el peso de pierna—. ¿Por qué?

—Él no mató a Hodge. ¿Apostaría a que irá a la horca sin rechistar con tal de proteger los intereses de usted?

Los ojos de Louvain brillaban pero hasta el último vestigio de color se había esfumado de su rostro.

—Usted no se lo dirá —contestó.

—Quizá no sea necesario —contestó Monk—. Puede que saque sus propias conclusiones. La peste no, tal vez, pero igual se le ocurre pensar en la fiebre amarilla o el cólera. ¿Está dispuesto a permitir que desentierren el cuerpo de Hodge para comprobarlo? Llegados a ese punto, ninguno de los dos estará en condiciones de evitarlo.

Se hizo el silencio en la habitación. De pronto el tictac del cronómetro que había encima de la mesa devino audible, contando los momentos de la eternidad.

—¿Qué quiere que declare? —dijo Louvain por fin. Tenía el semblante pálido y brillante de sudor pero sus ojos eran dos brasas de ira.

Monk se lo explicó, despacio y detenidamente. Después, él y Durban salieron a la noche lluviosa, Monk con un pequeño triunfo como el cosquilleo del pinchazo de un alfiler, tan diminuto que no alcanzaba a mitigar el inmenso temor a la pérdida.

Por la mañana, Rathbone se disponía a entrar en la sala del tribunal cuando Monk lo alcanzó en el pasillo. Tenía el rostro ceniciento, los ojos con marcadas ojeras y la ropa presentaba un aspecto calamitoso. Estaba más delgado que dos semanas atrás.

—Perdona —se disculpó—. He perdido la noción del tiempo. Tendría que haber llegado antes. Louvain testificará que Hodge era bebedor y que lo encontró a los pies de la escalera, borracho perdido, y con la cabeza rota por la caída.

Rathbone lo miró de hito en hito.

—¿Estás seguro?

—Sí. No se atreverá a decir otra cosa. —Monk pestañeó—. Tienes muy mal aspecto. —Se le quebró la voz, el miedo se hizo patente en sus ojos, en su rostro, en la desmañada rigidez de su cuerpo.

A Rathbone le sobrevino una abrumadora sensación de hermandad con él, un vínculo compartido tan hondamente que algo cambió en su fuero interno. En lo único que podía pensar era en librarse del terror que veía en los ojos de Monk. Lo comprendía mejor que nunca porque era el mismo que él sentía.

—Margaret ha ido a la casa de socorro para ayudar a Hester —dijo—. No sé nada más, ni bueno ni malo, pero voy a llevarles dinero y provisiones.

Un momentáneo alivio dejó a Monk sin habla. Sus ojos se humedecieron y se dio la vuelta.

Rathbone le dejó marchar. Entre ellos las palabras estaban de más.

El juicio se prolongó tres días. En el primero, el fiscal comenzó interrogando al empleado de pompas fúnebres que había enterrado a Hodge y las pruebas presentadas parecieron condenatorias. Rathbone pudo sacar poco provecho de ese testigo pues sabía que si lo acosaba sólo conseguiría granjearse la enemistad del jurado. Era un hombre sincero y se hizo bastante patente que creía firmemente lo que decía. Se comportó con dignidad y compasión.

A primera hora de la tarde, la viuda de Hodge declaró haber identificado el cadáver, aunque nadie dudaba de su identidad. Era su pesar lo que la acusación quería mostrar al jurado.

Rathbone se puso en pie.

—No tengo nada que preguntar a la testigo, señoría. Sólo ofrecerle mi pésame por tan triste pérdida.

Y se sentó entre un murmullo de aprobación del público.

El siguiente en ser llamado fue Clement Louvain. Rathbone notó que se le aceleraba el pulso y que apretaba los puños con las palmas sudorosas. De él dependía algo más que la vida de un hombre. Si sonsacaba más de la cuenta, si preguntaba demasiado, quizá revelaría un secreto que podía destruir Europa. Y nadie en la sala lo sabía, excepto Louvain y él mismo.

Louvain prestó juramento. Parecía algo cansado, como si hubiese pasado toda la noche en vela, y su rostro presentaba profundas arrugas causadas por la emoción. Rathbone se preguntó por un instante qué parte de dicha emoción correspondía al pesar de la pérdida de Ruth Clark.

El fiscal dirigió a Louvain para que refiriera el hallazgo del cuerpo de Hodge y describiera la terrible herida de su cabeza.

—¿Y por qué no avisó a la policía, señor Louvain? —inquirió el fiscal.

Rathbone contuvo el aliento.

Louvain no contestó de inmediato.

El juez le miró enarcando las cejas.

Louvain carraspeó.

—Me habían robado parte del cargamento. Quería recuperarlo antes de que mis competidores se enterasen. Podían arruinarme. Contraté a un hombre para esa misión. Él fue quien atrapó a Gould.

—¿Se está refiriendo al señor William Monk? —preguntó el fiscal.

—Sí.

El tono del fiscal fue de lo más sarcástico.

—Y ahora que ha recuperado su cargamento está dispuesto a cooperar con la ley y con el pueblo de Londres, por no mencionar a Su Majestad, y ayudarnos a hacer justicia. ¿Le he entendido correctamente, señor Louvain?

Louvain torció el gesto con furia pero no podía hacer nada. Observándolo, Rathbone se hizo una idea de su poder, de la fuerza de su voluntad, y se alegró de no estar en el punto de mira de su odio.

Louvain se inclinó por encima de la barandilla del estrado.

—No, ni mucho menos —gruñó—. No tiene ni idea de cómo es la vida en la mar. Usted se pone trajes elegantes y come los platos que le sirven sus criados, pero nunca ha luchado por nada, más que con palabrería. Un solo día en el río y se moriría de miedo. He atrapado al ladrón y he recuperado mi cargamento, y lo he hecho sin que nadie resultara herido y sin gastar un solo penique del erario público usando tiempo de la policía. ¿Qué más quiere que haga?

—Acatar la ley como cualquier otro ciudadano, señor Louvain —replicó el fiscal—. Pero a lo mejor quiere decirme qué encontró exactamente cuando fue a su barco, el *Maude Idris*, y descubrió el cuerpo del señor Hodge.

Louvain lo hizo y luego el fiscal le dio las gracias e invitó a Rathbone a interrogar al testigo.

—Gracias —dijo Rathbone con cortesía. Se volvió hacia Louvain—. Ha descrito la escena muy vívidamente, señor. La débil luz de la bodega, la necesidad de llevar un farol, la altura de la escalera. Es como si hubiésemos estado allí con usted.

El juez enarcó las cejas.

—Sir Oliver, si tiene una pregunta, hágala, por favor. Se está haciendo tarde.

—Sí, señoría. —Rathbone no estaba dispuesto a que le metieran prisa, su tono era tranquilo, casi informal—. Señor Louvain, ¿subir la escalera de la bodega es tan difícil como nos ha dado a entender?

—No cuando uno está acostumbrado.

—Y sobrio, me figuro —agregó Rathbone.

Los hombros de Louvain se tensaron bajo la chaqueta y las manos que agarraban la barandilla pareció que fueran a romper la madera.

—Un hombre borracho podría perder pie —concedió.

—Y caer desde una altura considerable. Creo que ha mencionado unos tres metros.

—Sí.

—¿Y sufrir heridas graves?

—Sí.

—¿Y Hodge estaba sobrio?

Louvain entrecerró los ojos.

—No. A juzgar por el olor que desprendía, no.

—En tal caso, ¿qué le hace creer que fue asesinado y no que simplemente perdiera pie, resbalara y cayera? —Rathbone avanzó un par de pasos hacia él—. Permítame ayudarle, señor Louvain. ¿Podría ser que, puesto que acababan de robarle parte de sus mercancías, supusiera usted que el vigilante había sido una víctima circunstancial del delito? Usted vio la escena y sacó la conclusión de que el ladrón había subido a su barco, había atacado al vigilante y luego cometido el robo, sin pensar siquiera en la posibilidad de una muerte accidental. ¿Su ausencia del puesto de guardia habría permitido a un ladrón subir a bordo para cometer el robo? ¿Es eso posible, señor Louvain?

—Sí —admitió Louvain a regañadientes—. Es posible. —Su voz apenas era audible—. En realidad creo que eso fue lo que ocurrió.

—Gracias, señor.

Rathbone regresó a su asiento.

El resto del juicio fue mera formalidad. Los demás testigos prestaron declaración, con inclusión de Monk al día siguiente, corroborando todo lo dicho por Louvain. El jurado emitió un veredicto el tercer día: Gould fue hallado culpable de robo, tal como había confesado, pero había una duda más que razonable de que se hubiese cometido asesinato alguno. De ese cargo fue absuelto.

Rathbone salió al mediodía lluvioso con la sensación de haber obtenido una victoria muy humilde, la vida de un hombre salvada, al menos de momento.

13

En Portpool Lane el tiempo no se medía en días y noches sino en coladas, en si había bastante luz para apagar las velas o si había oscurecido lo suficiente para pedir a los hombres del patio que fueran a buscar agua al pozo de la calle. Toda la comunicación con ellos seguía haciéndose por señas desde la puerta trasera. Nadie debía aproximarse tanto como para correr el riesgo de contagiarse.

Contando a Ruth Clark y a Martha ya habían fallecido cuatro mujeres, quedando nueve con vida. Hester pasaba visita a las supervivientes tan a menudo como podía. En los casos de pulmonía o bronquitis era cuestión de mantener la fiebre baja y asegurarse de que las pacientes bebieran todo lo posible: agua, té, sopa, cualquier cosa que compensara la pérdida de líquido.

Menos podía hacerse por las tres afectadas de peste, pese al urgente deseo de intentar como fuese mitigar el dolor, que era agudo. Lo que ponía tan enferma a una persona como para anhelar perder el conocimiento no era tanto la certidumbre de una muerte inminente, sino el veneno que hacía estragos en su cuerpo antes de supurar en la carne negruzca y putrefacta de los bubones. Los momentos de lucidez entre un delirio y el siguiente eran tan angustiantes que los afectados no hacían más que llorar. Lo único que Hester y las demás podían hacer era aplicarles compresas frías, darles sorbos de agua y hacerles compañía.

—No le desearía esto a nadie —dijo Flo en voz baja, recogiéndose con inquietud la manga de su blusa como hacían todas ellas cada tanto, siempre alertas al estado de las axilas y las ingles. Luego dejó otra palangana de agua en la mesa del pasillo para que Hester tuviera donde escurrir los paños que empleaba para refrescar a las pacientes—. Ni siquiera a esa Ruth Clark, por mentirosa que fuera. —Tenía el rostro pálido por el cansancio, las pecas destacadas como manchas de suciedad, y oscuras ojeras—. Puede que yo sea una fulana, señora Hester, y seguramente otras cosas también, pero no una ladrona. Tengo un nombre, igual que todo el mundo, y ella no tenía derecho a mancharlo con sus mentiras. ¿Por qué lo haría? Yo no le había hecho nada.

—Era una mujer amargada —contestó Hester, colgándose los paños en el brazo antes de recoger la palangana—. Un hombre en quien confiaba, y quizás hasta amaba, se deshizo de ella como si fuese basura cuando más lo necesitaba. Descargaba su dolor contra el primero que se le ponía delante.

Flo se encogió de hombros.

—Si confiaba en un hombre que pagaba por su compañía es que era tonta de remate. —Miró desafiante a Hester y ésta le devolvió la mirada. Flo suspiró y bajó la vista—. Bueno... supongo que todas somos estúpidas a veces. Pobre chica —dijo a regañadientes. Acto seguido sonrió—. Yo estoy viva y ella no, así que para qué guardarle rencor. Yo gané, ¿no?

Hester sintió un escalofrío. Fue como si la puerta principal se hubiese abierto en plena noche.

—¿A eso llama ganar, Flo?

—Bueno... ¡Caray! Yo no le hice nada, señorita Hester.

El frío ahondó en el fuero interno de Hester.

—¿Por qué iba yo a pensar algo así, Flo? —preguntó en voz muy baja.

—¡Porque me llamó ladrona y no lo soy! —exclamó Flo indignada—. Es muy fácil decir eso. Si usted la hubiese creído me habría puesto de patitas en la calle, por el amor de Dios. ¡Caería muerta ahí fuera! —Una sonrisa triste y sardónica le cruzó el semblante—. Aunque bien pensado también puede que muera aquí dentro. Pero estoy entre amigas y eso cuenta.

—Nunca he pensado que fuese usted una ladrona, Flo —dijo Hester, sorprendida de su propio convencimiento.

El asombro y la alegría iluminaron el rostro de Flo.

—¿No? ¿En serio?

Hester notó que le escocían los ojos. Debía de ser por el cansancio. No recordaba cuándo había dormido más de una hora seguida por última vez.

—No, nunca.

Flo meneó la cabeza sin dejar de sonreír.

—Entonces me alegro de no haberle arreado en las costillas, y eso que ganas no me faltaron, créame. ¿Le traigo más toallas, pues?

—Sí, por favor. Tráigalas cuando tenga que volver a subir.

Otra mujer falleció y Hester y Mercy la envolvieron con una manta oscura a modo de mortaja. Cuando hubieron terminado, Hester levantó la vista y vio lo pálida que estaba Mercy, y cuando ésta volvió la cabeza al oír pasos en la escalera, la luz de la vela acentuó la profundidad de sus ojeras.

—Haremos que Squeaky nos ayude a bajarla —dijo Hester—. Tú ya has hecho bastante.

Mercy quiso contradecirla pero se resignó.

—Quizá tengas razón —concedió—. Sería espantoso que la pobre se nos cayera.

Tenía el rostro transido de compasión y con un matiz de rabia. Hester se preguntó por qué, pero estaba tan cansada que no buscó la respuesta.

Claudine se personó en el umbral. Miró un momento a Hester y luego al bulto encima de la cama. Era el cuerpo de una mujer a quien había despreciado pero bastaba un breve vistazo a su rostro para ver que la muerte le había devuelto su más elemental humanidad.

—Avisaré a los hombres —dijo. Se volvió hacia Mercy—. Apenas te tienes de pie, tendrías que descansar. Voy a buscar a ese inútil que se pasa el día escondido entre sus libros de cuentas.

Y sin aguardar el beneplácito de Hester, se retiró. Oyeron sus pasos alejarse por el pasillo, taconeando sobre la madera pero más despacio que antes. Ella también estaba al borde del agotamiento. Faltaba poco para que Bessie y Flo iniciaran el turno de noche.

—Nos arreglaremos —dijo Hester a Mercy—. Ahora ve a acostarte. Te despertaré cuando sea la hora.

Por una vez Mercy no puso objeciones.

Claudine regresó con Squeaky pisándole los talones y quejándose sin cesar.

—No es mi puñetero trabajo hacer de enterrador —se quejaba—. ¿Qué pasará si pillo la peste, eh? ¿Qué pasará? ¡Acarrear cadáveres! El maldito señor Rathbone no dijo nada de acarrear cadáveres, eso no formaba parte del trato. ¿Qué pasará si la pillo, eh? Todavía no me ha contestado, ¿sabe?

—Cómo quiere que conteste si no deja de hablar —replicó Claudine, cortante—. Pero si no sabe la respuesta a su pregunta, deje que se la diga yo. Se morirá, eso es lo que pasará. Exactamente igual que el resto de nosotras.

—Y usted estaría encantada, ¿no es eso? —la acusó él, fulminándola con la mirada. Claudine estaba en el quicio de la puerta con la cabeza alta, el pelo despeinado, los brazos en jarras.

—Se equivoca de plano, amigo mío —le espetó—. Si usted se muriera tendría que acarrear toda el agua yo sola en vez de casi toda como hago ahora. Aparte de eso, ¿a quién cree que le tocaría acarrear su cuerpo?

—Es una mujer fría y desalmada —dijo Squeaky con abatimiento—. Y no acarrea casi toda el agua; sólo la mitad, igual que yo.

—Bien, pues acarree la mitad del cuerpo de esta pobre mujer —ordenó—. Y no la mitad de abajo; la de arriba.

—¿Por qué?

—Porque pesa más, por supuesto. Use los sesos que Dios le dio al nacer, hombre.

—Conque pobre mujer, ¿eh? —dijo Squeaky con sorna—. No es así como la llamaba hace un par de días. Ningún insulto era suficiente para ella entonces, se ganaba la vida con su propio cuerpo, como casi todas las mujeres que hay aquí. Usted la despreciaba porque en su lugar no habría ganado un penique, ni siquiera a oscuras.

Hester se preparó para detener la arremetida que esperaba como respuesta a aquel insulto.

Sin embargo, Claudine no se inmutó.

—No se invente lo que no he dicho, estúpido hombrecillo —dijo cansada—. Venga, sujétela y ayúdeme a bajarla por la escalera. Y hágalo con discreción, que no es un fardo de ropa sucia.

Squeaky obedeció.

—Qué pronto cambiamos de pellejo, ¿eh? Así que ahora las fulanas que hacen la calle le caen bien siempre y cuando estén muertas, ¿no?

Se inclinó, levantó el cuerpo amortajado más o menos a la altura de los hombros y se tambaleó un poco debido a su peso.

—Bueno, no tiene mucho sentido criticar a los muertos, ¿no cree? —contestó Claudine desafiante—. Ahora su alma es problema de Dios.

Squeaky soltó un juramento con voz aguda.

—Será mi jodido problema si me rompo las costillas acarreándola. ¿Es que ha puesto un par de ladrillos en el mismo paquete?

—¡Por el amor de Dios, hombre! —explotó Claudine—. Flexione las rodillas. Enderece la espalda. ¿Qué diablos le pasa? ¿Acaso es la primera vez que tiene que levantar un peso? —Suspiró con desesperación—. Así. —Se agachó con cuidado y, con sorprendente garbo, manteniendo la espalda perfectamente tiesa, levantó a la fallecida por los pies—. Venga, espabile.

Squeaky la imitó, torciendo el gesto con concentración, y aupó la otra mitad del cadáver. Lo hizo con relativa soltura y dudó si darle las gracias por el consejo o no, decidiendo por fin avenirse a hacerlo.

—Sí —dijo—. No cuesta tanto como parecía.

—Oh, vamos ya —instó Claudine con impaciencia—. ¿Qué está esperando, una salva de aplausos?

Squeaky la fulminó con la mirada y comenzó a retroceder por el pasillo iluminado con velas hacia la escalera.

Hester iba tras ellos y soltó un grito de advertencia a Squeaky justo cuando éste pareció que iba a precipitarse escaleras abajo.

—¡Será idiota! —exclamó Claudine exasperada, probablemente porque no había atinado a avisarle ella misma.

—No sé por qué necesitamos a Sutton y a esos malditos perros —refunfuñó Squeaky—. Tiene la boca como una ratonera. ¡Mecachis! Podría cazar todas las ratas de la casa. Igual es eso lo que le pasa, que se ha tragado demasiadas ratas.

—Deje de quejarse y lleve a esta pobre mujer a su tumba —replicó Claudine impertérrita.

Squeaky recobró el equilibrio y comenzó a descender marcha atrás por la escalera. Claudine le seguía con cuidado, teniendo en cuenta su estabilidad y ritmo, parando cada vez que era necesario y sin criticarlo más. Una vez abajo, indicó a Squeaky cuándo tenía que girar a izquierda o derecha, y si le veía despistado aguardaba con paciencia.

Finalmente llegaron a la puerta trasera y Sutton, que estaba allí apostado, la abrió a la noche lluviosa. La luz de la farola brillaba en las piedras y las alcantarillas estaban a rebosar. Bajo los aleros esperaban dos hombres con los perros sentados a sus pies. Otros dos surgieron de las sombras, listos para recoger el cuerpo en cuanto cerraran la puerta. El carretón debía de aguardar en la acera pero no se veía.

Squeaky soltó el cuerpo aliviado y luego Claudine hizo lo propio. Para asombro de todos, se quedó allí plantada, bajo la lluvia, con la cabeza gacha.

—Que el Señor se apiade de su alma, recuerde sólo sus buenas obras y la acoja en su seno —dijo en voz baja—. Amén. —Levantó la cabeza bruscamente—. ¿Qué está mirando?

Squeaky irradiaba admiración, con el cuerpo encorvado y tenso, temblando de frío.

—Amén —contestó, y luego fue hacia la puerta de la cocina, salpicando agua en todas direcciones, seguido por Claudine.

Hester sonreía agradecida a ambos justo cuando Bessie

apareció anunciando que estaba lista para relevarla unas horas. Hester se excusó y volvió a subir en busca de un lugar tranquilo donde dormir un rato, entregándose al olvido con inconmensurable gratitud.

Al despertar tuvo la sensación de que apenas habían transcurrido unos minutos, pero en realidad habían pasado varias horas puesto que la pálida luz del alba entraba por la ventana. Flo estaba al lado de la cama con su rostro largo y pecoso transido de inquietud.

Hester se obligó a incorporarse. Hacía frío y le dolía la cabeza.

—¿Qué sucede, Flo? —preguntó.

—He ido a despertar a la señorita Mercy —contestó Flo—. Tiene un aspecto horrible y no consigo despertarla del todo.

—Lo más probable es que esté exhausta —contestó Hester, retirando el cobertor que la tapaba—. Lleva días trabajando casi sin parar. Dejémosla dormir un ratito más. Voy a levantarme. ¿Ha habido alguna novedad durante la noche? ¿Cómo siguen nuestras pacientes?

Al desperezarse se tocó las axilas temiendo notar una hinchazón y le costó creer que no hubiera ninguna.

—Minnie ha empeorado un poco —contestó Flo, aparentando que no había reparado en el gesto—. Le dan unos ataques de tos descomunales —prosiguió—, pero como no para de hablar, me figuro que aún tiene para un día o dos, la pobrecilla. He puesto agua a calentar para el té.

—Gracias.

Flo se marchó, cerrando la puerta al salir, y Hester se levantó con movimientos pesados, temblando al notar el frío en la piel. Volvió a vestirse y se refrescó la cara con el agua de un plato hondo que había reservado con esa finalidad. Se dirigió a la escalera para ir a tomar el té que le había ofrecido Flo y un par de tostadas. Gracias a los constantes esfuerzos de Margaret tenían suficientes alimentos y combustible. Apartó a Margaret de su cabeza porque echaba de menos su compañía, su aliento, algo tan simple como una mirada y saber que se entendían mutuamente sin necesidad de hablar. La soledad haría mella en ella si no se andaba con cuidado.

Si pensara en Monk se echaría a llorar. No soportaba pensar en volver a estar con él, su voz, su piel, sus besos, pues era lo único que anhelaba de veras. Como tampoco la idea de no verlo más, ya que eso destruía todas sus esperanzas. Monk era la única recompensa importante y con eso le bastaba para vencer la tristeza, el agotamiento y la compasión.

Había bajado medio tramo cuando se dijo que sería mejor ir a ver si Mercy se encontraba bien antes de desayunar. Lo más probable es que simplemente estuviera rendida. Era una muchacha de alta cuna y como tal se había criado muy protegida de la realidad de la vida. Aquellas tareas manuales tan pesadas, por no mencionar el miedo constante, habrían traumatizado a la mayoría de chicas de su clase.

Hester llamó quedamente a su puerta y no obtuvo respuesta. La abrió y entró en la habitación. Mercy parecía dormir como un tronco pero se removía con inquietud. Inspiró entrecortadamente y giró la cabeza.

—¿Mercy? —dijo Hester en voz baja.

No contestó.

Hester se aproximó a ella. Pese a la escasa luz que se colaba por las cortinas pudo ver que Mercy no estaba despierta. Estaba agitada por culpa de la fiebre. Tenía las mejillas encendidas y gotas de sudor en el labio.

Hester notó cómo el miedo se iba apoderando lentamente de ella, haciéndole un nudo en el estómago. Tendió una mano temblorosa y la destapó. Apoyó con cuidado los dedos en el lugar donde la manga del camisón se juntaba con el canesú: notó los bultos. Tal vez iba a ocurrirles a todos, tarde o temprano. Pero ahora, para Mercy, era una certeza terrible.

El llanto cerró la garganta de Hester. De repente le costaba respirar. Mirando el rostro enrojecido por la fiebre y el pelo rubio y desaliñado se dio cuenta de lo mucho que apreciaba a Mercy. Le daba rabia que le sucediera esto a ella y no a otra que tuviera menos que perder o a quien no fueran a echar tanto en falta. Era una emoción estúpida, y debería haberla contenido, pero en ese momento le traía sin cuidado no mostrarse sensata. Se volvió poco a poco y salió cerrando la puerta de la habitación a sus espaldas. Bajó la escalera como si estuviera en un sueño. Necesitaba comer algo, mantenerse fuerte. Cuidaría de Mercy ella misma, velando para que no estuviera sola en ningún momento. Nadie podía ayudarla, nadie podía evitar el dolor corporal, el horror y la fatalidad de la muerte. Las mentiras no servirían de consuelo, sólo conseguirían distanciarlas. Lo único que cabía hacer era estar a su lado.

Entró en la cocina. Todos se volvieron a mirarla pero fue Sutton quien habló. Se aproximó a ella con la cara transida de preocupación.

—Té —pidió a Flo—. Y luego retírese.

Se limitó a hacer una seña a Claudine, y ésta, pálida como la cera, fue a continuar la interminable colada. Quedaba poca agua pero no lo comentó; no era momento para quejas. Reutilizaría la que tenía si era preciso. Squeaky no estaba allí. El miedo flotaba en el aire, igual que el frío.

Flo sirvió el té y se retiró. Hester se sentó sin haber dicho nada aún. Rodeó el tazón humeante con ambas manos y dejó que la calentara.

—¿Ha averiguado quién lo hizo? —preguntó Sutton en voz baja.

—¿Quién mató a Ruth? —Hester se sorprendió. Le parecía muy poco importante en ese momento—. No, no lo sé. Tampoco estoy segura de que me importe. La pobre mujer iba a morir de todos modos, sólo le estaba costando un poco más que a las otras. En parte se debía a la evolución de la enfermedad y en parte a su buena constitución, pues no estaba debilitada por pasar hambre viviendo en la calle. Me parece que si contrajera la peste no me importaría mucho que alguien me asfixiara para librarme de mi agonía. Y no se moleste en decirme que usted no lo haría. Ya lo sé. Sólo reconozco que no he pensado mucho en ello últimamente. ¿Usted sí?

—No mucho —contestó Sutton—. Ruth discutía a menudo con Claudine y Flo. Mercy era la única que la tenía calada, pero según parece también era quien la cuidaba, y ya que su hermano fue quien la trajo aquí a lo mejor sabía perfectamente quién era. Igual lo hizo ella. —Su rostro adoptó una exagerada expresión de incredulidad—. O cualquier otra. Ruth era una mala pécora, Dios la ampare.

—Me parece que no importará mucho que lo hiciera Mercy —dijo Hester en voz baja y desprovista de emoción.

Sutton captó el tono y la miró con pesar.

—¿La ha pillado?

Hester suspiró temblorosa.

—Sí... —sollozó.

Sutton alargó la mano para tocar las suyas, muy levemente, como si no quisiera importunar. Hester notó su calidez y ansió poder aferrarse a él. Pero si lo hacía lo pondría en un aprieto. Ella estaba allí al frente de aquello y no debía buscar consuelo en los demás como si estuviera tan aterrada como ellos. Quizá lo adivinaran pero no tenían que constatarlo nunca.

Permaneció cabizbaja un rato más, procurando volver a respirar con normalidad y deshacer el nudo que el llanto contenido le había hecho en la garganta. Luego comenzó a beberse el té.

Diez minutos después volvió a subir para hacer compañía a Mercy. Cada tanto le hablaba, sin saber si estaba en condiciones de oírla o entenderla. Le contaba toda clase de cosas: experiencias de su juventud, cosas como la primera Navidad en Crimea, la belleza del paisaje, aislada por la nieve bajo la luna llena. Y también le describía otras cosas, más cercanas a casa, vagando entre sus recuerdos al azar, simplemente para seguir hablando.

En un par de ocasiones Mercy abrió los ojos y sonrió. Hester trató de darle un poco de caldo y consiguió que tragara un par de cucharadas, pero estaba muy débil. Costaba comprender cómo había resistido tanto. Sin duda había sufrido horrores.

Hester le agradeció todo lo que había hecho, sobre todo su amabilidad y su amistad. Y la elogió por sus esfuerzos, esperando que la entendiera al menos en parte. A última hora de la tarde consiguió dormir casi una hora seguida.

Al anochecer bajó a ver cómo marchaba todo lo demás,

si había bastante agua, comida y jabón, y de paso coger otra vela. Le dolía la cabeza, los ojos le escocían de cansancio y tenía la boca seca. Justo al dirigirse de nuevo hacia la escalera se dio cuenta de que veía borroso y que la habitación parecía moverse. Acto seguido perdió el equilibrio y se sumió en una oscuridad absoluta, sólo vagamente consciente de que su cabeza golpeaba contra algo.

Al abrir los ojos vio el techo manchado de hollín, luego el rostro de Claudine, ceniciento del susto, con lágrimas en las mejillas.

Con una oleada de terror tan intenso que la habitación comenzó a girar otra vez, recordó el instante en que había tocado la axila de Mercy y notado la hinchazón endurecida. ¿Había puesto ella la misma cara que Claudine ahora? Había llegado su hora; se había contagiado. Nunca volvería a ver a Monk.

Sutton estaba a su lado, la rodeaba con un brazo sosteniéndole la cabeza en alto. *Snoot* le daba cabezazos meneando la cola sin parar.

—No tiene derecho a rendirse tan pronto —dijo Sutton en tono mordaz—. No tiene motivo. No está enferma, sólo atontada. —Tragó saliva—. Perdone que me haya tomado la confianza, pero no tiene bultos en las axilas. Sólo es que está demasiado débil para aguantar este ritmo.

—¿Cómo? —farfulló Hester.

—Que no tiene la peste —susurró Sutton—. Sólo le ha dado un vahído como a cualquier otra dama de buena familia. Claudine la acompañará a la cama y usted se quedará acostada hasta que le digan que se puede levantar. O sea, que la mandamos a su cuarto. ¿No es lo que hacía su madre cuando usted se ponía majadera?

—Me mandan a mi cuarto... —Hester quiso reír pero le flaquearon las fuerzas—. Pero Mercy...

—El mundo no va a pararse sólo porque usted deje de empujarlo —dijo Sutton con firmeza, aunque su mano la sostenía con ternura y sus ojos eran tan afectuosos como cuando acariciaba al perrillo—. No tenemos tiempo para irla recogiendo del suelo cada cinco minutos.

Volvió la cabeza bruscamente porque se estaba ruborizando.

Claudine se agachó y ayudó a Hester a incorporarse, sosteniéndola tan firmemente que no se habría caído aunque le hubiesen fallado las rodillas. Juntas, con torpeza, procurando llevar el mismo paso y no tropezar una con otra, subieron por la escalera y se cruzaron con un horripilado Squeaky Robinson en el descansillo.

—No ponga esa cara de besugo. —Claudine le lanzó una mirada furiosa—. Sólo está cansada. Si quiere ser útil vaya a buscar un poco de agua al patio. Y si ya no queda, diga a esos condenados hombres que vayan por más. —Y sin esperar respuesta, arrastró a Hester hasta su habitación y la aupó para tenderla en la cama—. Y ahora a dormir —le ordenó sin miramientos—. ¿Entendido? Yo me encargo de todo.

Hester despertó con un sobresalto.

La única luz que había era la vela encendida en la mesita de noche. Su llama le permitió ver a Margaret sentada en la silla, mirándola un tanto inquieta pero sonriente.

Hester meneó la cabeza para despejarse. Se incorporó despacio, pestañeando, pero Margaret seguía allí. Fue presa del horror.

—No es posible que tú también...

—No lo es. —Margaret la entendió de inmediato. Se inclinó y cogió el brazo de Hester—. Y tú tampoco. Sólo estabas derrengada. Te pondrás bien.

—No debieron decírtelo —protestó Hester, esforzándose por mantenerse erguida. El temor por Margaret excluía cualquier otro pensamiento.

Su amiga negó con la cabeza.

—No lo hicieron. Vine porque no podía dejarte aquí sola. —Lo dijo con sencillez, sin aspavientos sobre la moral y la amistad. Sólo era un hecho.

Hester sonrió y se dejó caer en la cama, disfrutando de aquel momento con un inmenso alivio y negándose a pensar en otra cosa.

Poco después se reunieron en la cocina para tomar una taza de té con tostadas y mermelada. Hester refirió a Margaret todo lo ocurrido desde su marcha.

—Siento mucho lo de Mercy —dijo Margaret en voz baja—. Me caía bien. Me resulta un sacrificio espantoso. Es muy joven, tiene toda una vida por delante. Al menos... —Frunció el entrecejo—. De hecho, sólo sé que es hermana de Clement Louvain. Tenemos la costumbre de creer que una muchacha agraciada y de buena familia necesariamente ha de ser feliz, y eso es una tontería. Quién sabe qué angustias y pesares padece sin que nadie lo sepa. —Adoptó una expresión reflexiva, sumida en sus pensamientos, los cuales reflejaban más de un matiz de dolor.

Hester supo por qué: sólo había una cosa capaz de preocupar a Margaret de aquella manera. Mediaba un abismo entre el dolor de un corazón roto por el amor, la desilusión y la soledad, y el temor a otra clase de calamidad. Últimamente había comprendido con más claridad que nunca que la pasión, la ternura y, por encima de todo, la comunión del corazón y la mente eran dones que daban luz y sentido a todos los demás.

—¿Oliver? —preguntó con delicadeza.

Margaret abrió más los ojos y se ruborizó.

—¿Tan transparente soy?

Hester sonrió.

—Para otra mujer sí, desde luego.

—Me pidió que me casara con él —dijo Margaret en voz baja. Se mordió el labio—. Llevaba siglos esperando que lo hiciera, soñando con ese momento, y fue exactamente como tenía que ser. —Soltó una risita atribulada y perpleja—. Salvo que en realidad nada salió bien. ¿Cómo iba a aceptar casarme ahora y marcharme dejándote aquí sola? ¿En qué me convertiría hacer algo así? ¿Cómo es posible que él no se diera cuenta? ¿Qué opinión se ha formado de mí para haberse atrevido siquiera a pedírmelo?

Hester estudiaba el rostro de su amiga.

—¿Qué le respondiste?

Margaret inspiró bruscamente.

—Que no podía aceptar, por supuesto. Le dije que vendría aquí. No quería que lo hiciera, al menos una parte de él no lo quería. La enfermedad... le da miedo —dijo titubeando, como si traicionara un secreto que no obstante ya no podía seguir guardando a solas.

—Lo sé. —Hester sonrió—. No es perfecto. Tiene que armarse de valor aunque sólo sea para hablar de ello, así que figúrate.

Margaret no dijo nada.

—Quizá sea capaz de enfrentarse a cosas que a nosotras nos parecen más difíciles o de las que incluso huiríamos —prosiguió Hester—. Si nada le diera miedo, si nunca hubiese huido, si nunca hubiese fallado ni hecho el ridículo, si nunca hubiese necesitado tiempo o una segunda oportunidad, ¿qué tendría en común con el resto de nosotros y cómo aprendería a ser comprensivo con los demás?

Margaret la miraba fijamente.

—¿Estás decepcionada? —preguntó Hester.

—No —contestó Margaret, y bajó la vista—. Me... me temo que él pensará que lo estoy ya que por un momento lo estuve. Y quizá no vuelva a pedírmelo. Quizá nadie lo hará, pero eso no importa porque en realidad no quiero a nadie más. Aparte de ti, no hay nadie más que... que me guste tanto. —Volvió a levantar la cabeza—. ¿Entiendes lo que quiero decir?

—Perfectamente. Yo creo que te lo pedirá, pero si lo ves receloso tendrás que apechugar.

—¿Te refieres a tener paciencia, a aguardar?

—No, qué va. Me refiero a hacer algo al respecto. Ponerlo en una situación en la que se vea obligado a proponértelo. No es que yo pueda presumir de ser hábil para esta clase de cosas, pero me consta que se pueden hacer.

Sutton entró por la puerta trasera con *Snoot* pegado a sus pies. Hester le sirvió una taza de té, le ofreció una tostada y lo invitó a sentarse con ellas.

—Me alegra verla otra vez, señorita —le dijo a Margaret. Pese a lo escueto del comentario su expresión era de profunda aprobación y Margaret se sorprendió ruborizándose ante aquel elogio implícito.

Hester arrancó la corteza de su tostada y se la dio a *Snoot*.

—Sé que no debería hacerlo —le dijo a Sutton—. Pero *Snoot* ha hecho muy bien el trabajo.

—Es un pedigüeño —repuso él—. ¿Cuántas veces te he dicho que no mendigues, pillastre? —Estaba henchido de orgullo—. Sí que ha hecho un buen trabajo, señora Hester. Hace dos días que no veo una rata.

Hester se dio cuenta de lo mucho que confiaba en él, en sus recursos, en su irónico ingenio, en su compañerismo, incluso ahora que Margaret había regresado.

—Muéstreme dónde estaban —dijo, advirtiendo que Sutton tenía algo más que decir.

Terminaron el té y Hester lo siguió hasta la lavandería. Olía a ácido fénico, piedra mojada y algodón.

—No hemos tenido nuevos casos de peste desde el de la señorita Mercy. A lo mejor le ganamos la batalla —dijo Sutton—. Pero no pienso marcharme aunque pueda hasta que usted averigüe quién mató a la Clark. No es que no lo mereciera, que conste, pero nadie puede tomarse la justicia por su mano. —La miró a los ojos—. He estado pensando y creo que la cosa está entre Flo, la señorita Claudine y la señorita Mercy. Aunque no tengo ni idea de por qué iba a querer matarla la señorita Mercy. Por algo relacionado con su hermano, quizá. Bessie también tuvo ocasión, desde luego, pero no la veo haciendo algo así. Y las demás estaban muy enfermas y, según Bessie, nunca llegaron a verla.

—O Squeaky —agregó Hester—. Pero que yo sepa tampoco la vio. ¿Y qué interés podría tener en matarla?

—Exacto —dijo Sutton—. Si no recuerdo mal, fue el señor Louvain quien la trajo aquí.

—Sí. Dijo que era la amante de un amigo suyo.

Sutton enarcó una ceja y torció el gesto con incredulidad.

—Puede que no sea verdad. ¿No se le ha ocurrido que podía ser su propia amante?

—Sí, por supuesto. —Hester tuvo un escalofrío—. ¿Quiere decir que Mercy estaba enterada, que tal vez hasta la conocía?

—No me gustaría creerlo así —dijo Sutton—. Como tampoco me gustaría pensar que igual fue por eso por lo que vino a ofrecerse como voluntaria.

—¿Sólo para matar a Ruth Clark? —Hester se negó a admitirlo—. Llegó días antes del asesinato. Si vino con ese porpósito, ¿por qué esperar tanto?

—No lo sé. A lo mejor quería convencer a la Clark de que dejara en paz a su familia —sugirió Sutton—. Pero igual la Clark tenía la intención de convertirse en la señora Louvain. O quizá sólo quería sacarle dinero. Puede que la señorita Mercy quisiera proteger a su hermano.

—No. —Esta vez Hester lo tuvo bastante claro—. Louvain no necesita que nadie cuide de él. Si Ruth hubiese intentado hacerle chantaje o sacarle dinero de la manera que fuese, la habría arrojado al río sin miramientos.

Sutton volvió a buscar sus ojos, negando ligeramente con la cabeza.

—Así pues, ¿cree que lo hicieron Flo o la señora Claudine? Pues yo creo que no. La señora Claudine tiene la lengua muy afilada pero no se rebajaría a pegar a nadie. La he visto con Squeaky. Le aprieta las clavijas pero nunca le pone la mano encima. Flo es harina de otro costal. De haber perdido los estribos, la habría estrangulado. ¿Pero se la imagina haciéndolo a sangre fría? ¿O luego fingiendo sorpresa para que nadie sospechara de ella?

—No...

—Pues me parece que tiene que hacerse a la idea de que lo hizo la señorita Mercy. —Su rostro acusaba el cansancio y la pena—. Ojalá no tuviera que decirle esto.

—La verdad es que he estado evitando pensarlo —reconoció Hester—. Advertí que había algo entre ellas pero nunca llegó a parecerme que fuese odio. Es más, hubiese jurado que Ruth no le tenía miedo. De haber existido alguna clase de amenaza entre ellas, si Ruth hubiese estado chantajeando a Louvain o figurándose que se casaría con él, seguramente sabría que Mercy tenía intención de impedirlo. ¿No habría sido normal tener miedo?

Sutton reflexionó.

—¿Era muy tonta? —preguntó.

—Ni mucho menos. Era lista, instruida, de hecho parecían pertenecer a la misma clase social, salvo que Ruth probablemente era la amante de Louvain mientras que Mercy era su hermana.

Llamaron a la puerta y Claudine entró sin más. Su mirada era sombría y tuvo que esforzarse para hablar con naturalidad.

—Señora Monk, me parece que Mercy está empeorando. Flo está con ella pero he pensado que usted querría estar presente si vuelve a recobrar la conciencia.

Hester no estaba preparada. Tenía la cabeza hecha un lío y necesitaba saber la verdad por más que le doliera, aunque sólo fuese para librar a Claudine y Flo de toda sospecha. Tampoco estaba preparada emocionalmente. Apreciaba a Mercy, le gustaba su paciencia, su curiosidad, su diligencia para aprender a hacer tareas ajenas a su clase y estilo de vida, su generosidad de espíritu, su buena disposición para alabar al prójimo, incluso sus esporádicos arrebatos de genio.

No estaba preparada para aceptar su muerte con el corazón tan revuelto y tantas preguntas sin responder.

Pero el tiempo apremiaba; el azote de la peste no aguardaba por nada.

—Voy —dijo, echando una mirada a Sutton. Luego siguió a Claudine a través de la cocina y escaleras arriba hasta la habitación de Mercy.

Flo estaba sentada al lado de la cama, un poco inclinada para sostener la mano de Mercy. Ésta estaba con los ojos cerrados. Resollaba y se la veía anegada en sudor.

Flo se levantó para que Hester ocupara su sitio y se apartó discretamente.

Hester tocó la cabeza de Mercy y luego empapó la compresa en el plato de agua y se la puso en la frente. Pocos minutos después Mercy abrió los ojos. Al ver a Hester sonrió, torciendo sólo las comisuras.

—Estoy aquí —susurró Hester—. No te dejaré sola.

La joven parecía esforzarse por decir algo. Hester le humedeció los labios con un paño.

—¿Hay alguna más? —jadeó Mercy con voz apenas audible.

—¿Alguna más? —Hester no entendía lo que quería decir pero vio que revestía mucha importancia para ella.

—¿Alguna enferma más? —susurró Mercy.

—No, ninguna.

Transcurrieron varios minutos de silencio. Mercy tenía los labios amoratados y era obvio que sufría mucho. El veneno que ennegrecía los bubones de sus brazos e ingles le estaba causando dolores atroces por todo el cuerpo. Hester había visto la muerte suficientes veces como para saber que a Mercy le quedaba poco. Tendría que informar a Clement Louvain cuando todo acabase. También tendría que anunciarle el fallecimiento de Ruth Clark, fuera cual fuese la verdadera naturaleza de su relación con ella. Qué curiosos aquellos nombres tan bonitos, Mercy y Clement.* Y la otra hermana se llamaba Charity.** Era de suponer que Clement Louvain se lo contaría a Charity. Cuánto pesar para un solo hombre.

¿Había sabido que Ruth tenía la peste? ¿Por eso la había llevado allí en lugar de contratar a alguien para que la cuidara en su casa? Si habían sido amantes podía muy bien estar contagiado.

Mercy tenía los ojos abiertos.

Hester la miró.

—¿Sabías que Ruth Clark tenía la peste?

Mercy pestañeó.

—¿Ruth? —preguntó como si no supiera a quién se refería Hester.

—Ruth Clark, la primera que falleció —le recordó Hester—. La asfixiaron. Alguien la ahogó poniéndole una almohada en la cara, aunque lo más probable es que de todos modos hubiese muerto de peste. Casi nadie se restablece.

—Irse... —dijo Mercy con voz ronca—. No me hizo caso. Contagiar...

* Piedad y Clemente.

** Caridad.

—No, qué va —le aseguró Hester con dulzura, los ojos humedecidos—. Nunca salió de la clínica, salvo para que la enterraran. —Tomó la mano de Mercy entre las suyas y notó una débil respuesta de sus dedos—. Por eso la mataste, ¿verdad? —El nudo de la garganta le dolía—. Para evitar que se marchara. Porque sabías que tenía la peste.

—Sí —contestó Mercy casi sin aliento.

—¿Cómo te enteraste? ¿Fue porque era la amante de tu hermano?

La joven emitió un curioso ruidito gutural, un jadeo como si estuviera atragantada, y transcurrieron unos segundos antes de que Hester comprendiera que era risa.

—¿No lo era? —preguntó—. ¿Quién era Ruth Clark?

—Charity... —respondió Mercy—. Mi hermana. Stanley murió en la mar pero Charity pensó que podría escapar. Yo no iba a permitirlo... no tratándose de peste. Yo... —Se le agotaron las fuerzas. Los párpados le temblaron, soltó el aire despacio y dejó de respirar.

Hester le tomó el pulso aun sabiendo que no lo encontraría. Permaneció inmóvil en la silla, desconsolada ante la realidad de la pérdida. Hacía poco que conocía a Mercy pero habían compartido disgustos y alegrías, pesadas tareas domésticas, miedo y esperanza y otros sentimientos importantes. Ahora sabía que Mercy había acudido a la casa de socorro deliberadamente, a sabiendas del riesgo que corría, para evitar que su hermana diseminara la peste por la ciudad y quizás el país. Había pagado el precio hasta sus últimas consecuencias.

Poco a poco Hester se deslizó de la silla y cayó de rodillas. Había rezado con frecuencia por los muertos, pues era lo que solía hacerse, pero hasta ahora lo había hecho para consolar a quienes perdían a sus seres queridos. Esta vez lo hizo por Mercy y dirigió su plegaria a esa fuerza divina que juzga y perdona las almas de las personas.

«Perdónala —rezó para sus adentros—. Por favor, no supo qué otra cosa hacer, por favor, por favor.»

No sabía cuánto tiempo llevaba allí de rodillas repitiendo aquellas palabras una y otra vez cuando notó que una mano se posaba en su hombro y dio un respingo.

—Si se ha ido, señorita Hester, tenemos que sacarla de aquí y enterrarla como Dios manda —dijo Sutton.

—Sí, lo sé. —Se puso en pie—. Hay que enterrarla.

Su tono de voz no admitía objeciones. Ya había resuelto no decir a nadie las sorprendentes revelaciones de Mercy. En lo que a los demás atañía, Ruth Clark era una prostituta que había muerto de peste. Y punto.

—Así será, señorita Hester. —Sutton se mordió el labio—. Ayer avisé a los hombres. Tienen un sitio pero hay que apresurarse. Hay una tumba recién excavada en un cementerio no lejos de aquí, a un par de kilómetros. Está lloviendo a cántaros así que apenas habrá gente en las calles. Flo va a traer una de esas mantas oscuras para amortajarla. Lo siento pero no tenemos tiempo para llorarla...

A Hester le escocían los ojos de contener el llanto pero se rehizo. Cuando Flo llegó con la manta insistió en amortajarla ella misma. Luego entre los tres, Sutton por los pies y las dos mujeres por la cabeza, la bajaron a la puerta de atrás, donde Squeaky, Claudine y Margaret aguardaban con la cabeza gacha y el semblante pálido. Nadie habló. Margaret miró a Hester con una pregunta en los ojos.

Hester negó con la cabeza. Se volvió hacia Sutton.

—Voy a ir con ellos —anunció.

—No puede hacer eso... —replicó el. Entonces reparó en el descarnado dolor de su semblante—. No puede salir ahora —añadió con delicadeza—. Después de todo el tiempo que ha resistido aquí...

—No me acercaré a nadie —interrumpió Margaret—. Caminaré detrás del carretón manteniendo la distancia adecuada.

Sutton negó con la cabeza, más en señal de derrota que de negación. Se le saltaron las lágrimas.

Flo se sorbió la nariz para contener el llanto.

—No olvide que va en representación de todos nosotros. Y de todas las que hemos enterrado sin que nadie las llorase ni se preocupara de quiénes eran.

—Diga algo por nosotros también —pidió Claudine. Hester asintió con la cabeza.

—Por supuesto. Descuiden.

Y antes de que alguien añadiera algo más y le hiciera perder la poca serenidad que le quedaba, abrió la puerta y Sutton la ayudó a sacar el cuerpo al patio.

—Cuidad de ella —dijo Sutton a los hombres cuando acudieron a recogerlo.

Hester aguardó hasta que estuvieron casi en la calle. Entonces se tapó la cabeza con el chal y cruzó el patio adoquinado bajo la lluvia torrencial con el abrigo de Sutton echado a los hombros. Se detuvo bajo el arco de la verja mientras los hombres pasaban junto a la farola, cruzaban la acera y subían el cuerpo al carretón. Uno de ellos cogió las varas y comenzó a tirar. El otro iba detrás con el perro pegado a los talones.

Hester los siguió manteniéndose a unos diez metros. Los hombres sabían que ella los acompañaba y quizá por eso avanzaban despacio para que no se rezagara. Se internaron en la noche lluviosa en silencio pero a cada tanto echaban un vistazo hacia atrás para cerciorarse de que aún los seguía.

Hester pensó en las otras mujeres que habían sido enterradas de aquella manera, a escondidas y sin que nadie las llorase. Si alguien las había amado nunca sabría dónde estaban, como tampoco que pese a todo habían sido tratadas con un mínimo respeto.

La lluvia se estaba volviendo aguanieve. Flotaba en los arcos de luz que arrojaban las farolas y volvía a desaparecer. Hester se arrebujó en el abrigo de Sutton.

Los hombres se detuvieron sin previo aviso y Hester aguardó, siempre a distancia, a que sacaran el cuerpo del carretón y cruzaran la verja del cementerio guiándose con el farol que llevaban. Cuando comenzó a perderlos de vista se internó en el sendero que discurría entre lápidas.

Una silueta delgada surgió del hoyo de una tumba recién cavada. A su lado había un montón de tierra, sacada para hacerla más profunda, apenas visible en la oscuridad.

—¡Deprisa!

Fue la única palabra que se pronunció. Hester oyó el ruido de la tierra deslizándose y los golpes sordos de la pala cuando topó con tierra más dura al ahondar en la fosa. Luego guardaron un minuto de silencio. Entrevió indistintamente que las siluetas se erguían y se volvían a agachar para bajar a Mercy. Entre los tres comenzaron a echar tierra. Hacía un frío glacial y oyó el amortiguado goteo de la lluvia en el fondo de la tumba. Al menos el aguacero les limpiaría las manos de barro.

Transcurrió una eternidad hasta que por fin Mercy quedó cubierta por completo.

Uno de los hombres se aproximó y se detuvo a unos tres metros de Hester.

—¿Quiere decir algo? —preguntó en voz baja.

—Sí. —Se dirigió a la tumba sin acercarse a él—. Descansa en paz —dijo en voz alta y clara, con el rostro empapado de lluvia—. Si te amamos tanto como lo hicimos y te supimos comprender, no debes temer a Dios: Él te amará aún más y te comprenderá mejor. No tengas miedo. Adiós, Mercy.

—Amén —respondieron los hombres al unísono. Luego pasaron delante de ella entre las lápidas, de vuelta al carretón para emprender el frío y amargo regreso a casa.

El día siguiente transcurrió sin que nadie más presentara síntomas. Aguardaron con miedo y esperanza, escuchando cada tos, palpándose en busca de inflamaciones, atentos a cualquier síntoma extraño. Trabajaron en equipo para fregar, lavar y planchar, cocinar, cambiar los vendajes de las mujeres heridas y atender a las que se restablecían de lo que aparentemente no había sido más que pulmonía y bronquitis.

Nadie habló mucho. Todos andaban abatidos por la muerte de Mercy. Hasta *Snoot* parecía haber perdido las ganas de cazar ratas, aunque posiblemente ya había acabado con todas.

En un par de ocasiones Claudine intentó decir algo adoptando una expresión de deliberada esperanza para acto seguido, como si fuese demasiado frágil para exponerse a la realidad, cambiar de parecer y guardar silencio, redoblando el empeño que ponía en sus tareas.

Flo picaba hortalizas como si estuviera cortando el cuello de un enemigo, conteniendo el llanto a duras penas, y Bessie hacía ruido con los cacharros y gruñía al doblar la ropa blanca; no dejó que nadie supiera si lo hacía por mera satisfacción, por el dolor de espalda o por un exceso de esperanza reprimida.

Al anochecer se sentaron juntos a la mesa de la cocina y terminaron lo que quedaba de sopa. A partir de entonces sólo comerían gachas, pero no se oyó ni una queja. Todos tenían en mente la misma plegaria: que la peste se hubiese marchado.

Por la mañana, uno de los hombres que vigilaban en el patio llamó a la puerta trasera. Claudine le dio tiempo a retirarse y luego abrió, encontrando una caja de víveres, tres baldes de agua y dos sobres metidos de forma que no se mojaran. La llevó al interior con una sensación de triunfo.

Una nota iba dirigida a Margaret. Hester observó cómo la abría y el rostro se le iluminaba de alegría. La leyó dos veces y luego miró a Hester, cuya nota seguía sin abrir.

—Es de Oliver —dijo Margaret con lágrimas en los ojos, y tragó saliva—. Ha traído la comida en persona. —Echó una mirada al patio—. Ha estado al otro lado de la puerta.

No agregó más comentarios. Ambas sabían cuánto le habría costado, y también que había vencido a sus miedos.

Hester abrió su sobre y leyó:

Querida Hester:

Lo que más te importará saber es que Monk está bien, aunque parece agotado pues lo consume el miedo por tu bienestar. Trabaja día y noche para localizar a los tripulantes del *Maude Idris* a quienes despidieron antes de que el buque llegara al Pool de Londres, pero mucho tememos que ya estén fallecidos o hayan vuelto a hacerse a la mar en otros navíos.

No obstante, hemos logrado salvar la vida de Gould, el ladrón, mediante un veredicto de «no culpable» gracias a una duda razonable, de modo que se ha hecho justicia sin sembrar el pánico revelando la verdad.

La última vez que vi a Monk, justo después del juicio, aún no sabía que tendría el valor de entregar esto personalmente. De lo contrario te habría traído una carta de su puño y letra. Aunque me consta que sabes muy bien lo que te hubiese escrito.

Mi admiración por ti siempre ha sido mayor de lo que te he dicho, pero ahora ha aumentado hasta cotas que soy incapaz de medir. Estaré muy orgulloso si aún deseas considerarme tu amigo.

Tuyo como siempre,

OLIVER

Hester sonrió mientras doblaba la carta para guardarla en el bolsillo y luego miró a Margaret.

—Te dije que lo haría —dijo con infinita satisfacción.

Pasaron el resto del día fregando y limpiando hasta el último rincón. Rathbone había tenido el acierto de incluir ácido fénico en el paquete de provisiones. A la hora de cenar estaban exhaustos pero todas las habitaciones habían quedado bien limpias y el penetrante ácido fénico se olía por doquier. En cualquier otra ocasión hubiese resultado ofensivo. Ahora estaban reunidos en la cocina y lo inhalaban con sumo placer.

Aquella noche todo el mundo durmió menos Bessie, quien de vez en cuando hacía la ronda de las habitaciones para comprobar que nadie hubiese empeorado o se quejara de nuevos síntomas.

Por la mañana había escarcha en la calle y el sol invernal brillaba con una luz muy blanca. Era el 11 de noviembre. Habían transcurrido veintiún días desde que Clement Louvain se reuniese con Monk para encargarle que buscara el marfil y mostrarle el cuerpo de Hodge. Tres semanas, y eso significaba que habían vencido a la peste. El período de cuarentena había pasado.

—¡La ha vencido! —exclamó Sutton sonriendo de oreja a oreja—. Ha vencido a la peste, señora Hester. La llevaré a casa.

—La hemos vencido —le corrigió ella, devolviéndole la sonrisa. Levantó las manos con vacilación, deseosa de tocarlo, de estrecharle la mano, lo que fuera. Entonces dejó a un lado las convenciones e incluso el temor a violentarlo e hizo lo que tenía ganas de hacer: abrazarlo.

Sutton se quedó paralizado un instante antes de corresponderla, tímidamente al principio, como si Hester se fuera a romper, y luego desinhibido y feliz.

Claudine entró en la sala, se quedó boquiabierta y luego se dio la vuelta, agarró a Flo, que venía detrás de ella, y también la abrazó. Faltó poco para que ambas chocaran con Margaret.

Llamaron a la puerta y Sutton fue a abrir. Parpadeó con sorpresa al ver a un hombre elegantemente vestido con el pelo rubio y un rostro ovalado e inteligente que al instante se llenó de emoción.

—¡Oliver! —exclamó Hester incrédula.

Rathbone miró inquisitivamente a cada uno de los presentes y por último a Margaret.

—Entra —invitó ésta—. Quédate a desayunar con nosotros. Todo va bien —añadió con una ancha sonrisa—. La hemos vencido.

Rathbone no titubeó. Entró con paso decidido y la tomó entre sus brazos, estrechándola como habían hecho los demás en un arrebato de dicha.

Finalmente se volvió hacia Hester.

—Hace bastante tiempo que no vas a tu casa. Voy a llevarte. —Su tono no admitía réplica.

Hester le sonrió negando con la cabeza.

—Gracias, Oliver, pero...

—No —la interrumpió—. Margaret se quedará aquí. Tú tienes que irte a casa. Aunque creas que no lo mereces, se lo debes a Monk.

—De acuerdo, iré a casa —cedió ella—. Sólo que me acompañará Sutton, si no te importa.

Rathbone sólo dudó un instante.

—Claro que no me importa —contestó—. El señor Sutton merece ese honor.

De modo que Hester regresó a casa con Sutton, que fue tirando del carretón sin dejar de sonreír en todo el camino. *Snoot* iba sentado arriba temblando de entusiasmo ante todo lo que olía y veía, ansioso por comenzar una nueva cacería de ratas.

Sutton detuvo el carretón en Fitzroy Street y se volvió hacia Hester.

—Gracias —dijo ella con profunda sinceridad—. Es una palabra demasiado pequeña para expresar lo que siento, pero no conozco ninguna lo bastante grande. —Le tendió la mano.

Sutton se la tomó con cierta torpeza.

—No tiene que darme las gracias, señorita Hester. Hemos formado un buen equipo.

—Sí, en efecto.

Se estrecharon la mano y a continuación ella se dirigió a la puerta. Tendría que llamar o buscar la llave. Tenía la impresión de que Rathbone había dicho que Monk estaría en casa, pero quizá fueran figuraciones suyas por ganas de que así fuera. ¡Qué absurdo sería que no estuviera!

Entonces la puerta se abrió como si Monk la hubiese estado esperando. Se quedó en el recibidor. Había adelgazado y su aspecto era ceniciento, pero los ojos le brillaban con una alegría tan intensa que le había dejado sin habla.

Hester comprendió que Rathbone había planeado aquel encuentro. Se precipitó a los brazos de Monk y lo estrechó con tanta fuerza que sin duda lo dejó magullado. Le notó estremecerse aferrado a ella con tanta pasión que apenas si respiraba y sus lágrimas le mojaron la cara.

Fue el exterminador de ratas quien cerró la puerta para dejarlos a solas.

14

Con las primeras luces del día, Monk estaba de pie en el dormitorio contemplando a Hester dormir. Tenía ganas de quedarse allí, de permanecer cerca de ella para siempre. Le hubiese gustado aguardar hasta que despertase, tardara lo que tardase, y encender el fuego de abajo sin reparar en gastos. Caldearía la sala, le llevaría lo que le apeteciera, té, tostadas, saldría a pesar de la lluvia a comprarle cualquier antojo. Luego, cuando Hester se hubiese arreglado, hablarían largo y tendido, le diría lo mucho que significaba para él y le pediría una explicación más detallada de su estancia en Portpool Lane. Quería enterarse de todos los pormenores, saber cómo había vivido los éxitos y los fracasos para sentirse más próximo a su esposa.

Sin embargo, aún le quedaban cabos que atar con Louvain. No sólo seguían sin aparecer cinco miembros de la tripulación sino que debía enfrentarse al propio Louvain.

Ahora bien, antes de eso se le había ocurrido un último sitio en el que indagar. El único tripulante del que tenía algún dato era Hodge. Al parecer era el único que estaba casado. Quizá fuese improcedente ir a visitar a su viuda, dadas las circunstancias, pero cabía que Hodge le hubiese contado algo sobre alguno de sus compañeros: una mujer, un lugar, cualquier indicio que sirviera para dar con su paradero.

Bajó a la sala y limpió la chimenea con bastante torpeza. No era una tarea que tuviera costumbre de hacer y al final se vio obligado a limpiar lo que él mismo había ensuciado.

Luego dispuso leña y encendió un fuego. Tras constatar que tiraba bien, lo sofocó para que durase más. Llenó los cubos de carbón hasta arriba y escribió una nota para Hester poniendo simplemente que la amaba. En cualquier otra ocasión le habría resultado ridículo, pero habida cuenta de las circunstancias le pareció de lo más natural. Aun así, cuando se dirigía a la puerta subiéndose el cuello del abrigo lo asaltó la timidez. Se detuvo un momento, sonrió para sus adentros y salió al viento y el aguanieve de la calle.

Desconocía la dirección de la viuda de Hodge pero sin duda en las oficinas de Louvain se la facilitarían. No obstante, el encargado del depósito de cadáveres quizá también la sabría y prefería con mucho preguntárselo a él. Tenía otros asuntos que tratar con Louvain: el fallecimiento de sus hermanas y la rabia ciega del propio Monk porque Louvain hubiese llevado a Ruth Clark a la casa de socorro, a sabiendas de que tenía la peste, con el fin de manipular a Monk. No osaba siquiera pensar en eso: la violenta emoción que encendía en él distorsionaba su capacidad de raciocinio, confundía su criterio. Deseaba darle de puñetazos y dejarlo tan maltrecho que no pudiera siquiera pedir clemencia. Y esa rabia ciega lo asustaba porque despertaba viejos recuerdos de otro ataque de furia, el cual había acabado en un asesinato del que sólo por la gracia de Dios no había sido declarado culpable.

Así pues, optó por ir a ver al encargado del depósito. Caminaba a lo largo del muelle cuando oyó pasos rápidos y acto seguido la voz aguda de Scuff:

—¿No piensa volver a hablarme?

Monk se detuvo, sorprendido por lo mucho que se alegraba de verle.

—Estaba distraído —se diculpó.

—Siga distraído así y acabará de cabeza en el río —repuso Scuff—. ¿Qué anda buscando ahora?

Monk le sonrió.

—¿Qué tal una empanada caliente? Luego tengo que averiguar dónde vive la viuda de uno de los hombres del barco, el que murió.

—¿El que se cayó a la bodega y se partió la cabeza? —preguntó Scuff—. ¿Hodge?

—Sí.

—¿Y cómo piensa hacerlo?

—Preguntaré en el depósito. Su viuda tuvo que ir para reconocer el cadáver.

Scuff se estremeció con afectación.

—No se lo dirán. No es asunto suyo. Pero podemos pedir ayuda a Crow. Él sabrá cómo sonsacarlos —dijo muy convencido.

—¿Tú crees?

—Sí. Vamos a buscarle. Y no se olvide de la empanada, ¿eh? —agregó el chico, ilusionado.

Monk lo cumplimentó encantado. Tres cuartos de hora más tarde caminaban de nuevo por la calle hacia el río. El viento les azotaba el rostro. Crow iba inventando una historia tan vívida como poco verosímil para obtener la información necesaria del encargado del depósito. No preguntó para qué la quería Monk. Al parecer lo consideraba una especie de cumplido profesional.

Llegaron al depósito y Monk y Scuff aguardaron fuera mientras Crow entraba a preguntar. Salió quince minutos después con el pelo negro ondeando al viento y una sonrisa de triunfo mostrando sus dientes brillantes.

—La tengo —dijo, agitando el trozo de papel que llevaba en la mano.

Monk le dio las gracias, cogió el papel, lo leyó y lo guardó en el bolsillo.

—¿Y ahora qué? —preguntó Crow.

—Ahora invito a la mejor empanada del puerto y a una taza de té bien caliente —contestó Monk sonriendo—. Y luego me ocuparé de mis asuntos y dejaré que ustedes se ocupen de los suyos.

—Se le ve muy satisfecho consigo mismo —dijo Crow con recelo.

—Sólo a medias —contestó Monk con súbita sinceridad—. Aún me queda bastante que resolver. ¿Quieren esa empanada o no?

Los invitó con esplendidez pero no permitió que ninguno de los dos lo acompañara. Scuff protestó enérgicamente, insistiendo en que Monk corría peligro yendo solo. Según él, era imprescindible que alguien le diera consejo y le guardara las espaldas. Si bien Monk acabó dándole la razón a regañadientes, no dio su brazo a torcer y prohibió al chico que fuera con él. Scuff finalmente se resignó a irse con Crow, aunque sólo por aquella vez.

Monk tardó poco más de una hora en localizar la casita de ladrillo. Estaba en medio de una larga hilera de casas adosadas idénticas, construidas cerca de los muelles en Rotherhithe. Cuando la puerta se abrió reconoció de inmediato a la viuda de Hodge, tanto por su parecido con Newbolt como por el recuerdo de haberla visto en el depósito.

—¿Sí? —dijo la mujer con recelo. Monk se dio cuenta de que intentaba recordar dónde lo había visto antes.

—Buenos días, señora Hodge —saludó—. Espero que pueda ayudarme...

—No puedo ayudar a nadie —le interrumpió la mujer, y empezó a cerrar la puerta.

—Sabré recompensar su colaboración —dijo Monk. Se obligó a sonreírle. Era tosca y descortés pero seguramente también estaba asustada y, fuera como fuese la relación con su marido, aún debía de dolerle su pérdida, así como la vergüenza implícita en que hubiese muerto por un descuido fruto de su afición a la bebida—. Lamento su pérdida, señora Hodge —agregó con franqueza—. La muerte de un marido o una esposa siempre es algo terrible. Sólo quien ha pasado por ello es capaz de entenderlo.

—¿Usted ha perdido a alguien?

—No, pero he tenido suerte. Faltó muy poco para que mi esposa muriera, y hasta ayer no supe que estaba fuera de peligro.

—¿Qué quiere? —preguntó de mala gana—. Supongo que más vale que pase, pero no me entretenga. No tengo toda la mañana. Algunos tenemos que trabajar.

Abrió la puerta y se volvió para que la siguiera hasta la pequeña cocina de la parte de atrás. Al parecer era la única habitación caldeada de la casa. La hornilla negra estaba encendida y daba bastante calor, amén de soltar un olor a hollín y humo que le secó la garganta y le hizo lagrimear. Ella no daba muestras de darse cuenta.

Monk inspeccionó la cocina llevado por la costumbre. Había un fregadero de piedra pero sin desagüe. El sumidero estaría en el patio trasero, con el retrete. El agua la traerían del pozo o la fuente más cercanos. Había tarros de madera para la harina y las gachas, varias ristras de cebollas colgadas del techo y un saco de patatas apoyado contra la pared, con dos nabos y una col encima.

Dos cubos estaban casi llenos de carbón y en la pared colgaban tres hermosas cacerolas de cobre.

La mujer advirtió que se fijaba en sus cacharros.

—No están en venta —dijo con sequedad—. ¿Qué es lo que quiere?

—Sólo estaba admirando sus cacerolas —se excusó Monk—. Lo que busco es información.

—No soy una chivata. Y por si va a preguntarlo, no son robadas. Me las regaló mi hermano el agosto pasado. Las compró en una tienda de la parte oeste. ¡Puedo demostrarlo!

—No lo dudo, señora Hodge. ¿Tiene varios hermanos?

—Sólo uno. ¿Por qué?

—Me figuro que uno como éste es más de lo que mucha gente tiene —dijo Monk con evasivas—. La información que necesito es acerca de los demás hombres con los que su marido servía en el *Maude Idris*. Me preguntaba si usted sabría dónde vive alguno de ellos.

—¿Dónde viven? —dijo la mujer, asombrada—. ¿Cómo voy a saberlo? ¿Cree que con tres críos estoy para ir haciendo visitas por ahí?

—Tal vez si vivieran cerca, a una o dos calles de aquí —sugirió Monk.

—A lo mejor es así pero no tengo ni idea —contestó ella—. ¿Eso es todo?

—Sí. Gracias. Perdone que le haya hecho perder el tiempo.

La mujer frunció el entrecejo.

—¿Por qué quiere saberlo?

Monk contestó con la mejor mentira que se le ocurrió.

—En realidad es al capitán a quien quiero encontrar, pero ya veo que tendré que seguir buscando. Gracias por su amabilidad.

La viuda de Hodge se encogió de hombros sin saber qué decir.

Monk se despidió y salió a la calle. Se le estaba ocurriendo una idea, una terrible y descabellada posibilidad que lo explicaría todo.

Hacía un frío glacial cuando volvió a cruzar el río para ir a la orilla norte, a la altura de Wapping Stairs, y dirigirse a la comisaría de la Policía Fluvial. Encontró a Durban pálido y cansado, sentado a su escritorio con un tazón de té entre las manos.

Contempló a Monk con curiosidad al ver su aspecto aliviado, sin saber a qué se debía.

Monk se sentó en una silla.

—Todo ha terminado en la casa de socorro —dijo, incapaz de contener su emoción—. Llevan días sin ningún caso nuevo y ya han pasado tres semanas desde que Hodge falleció. Anoche Hester regresó a casa.

Durban sonrió con ternura.

—Me alegro. —Se levantó y fue hasta la ventana, alejándose de Monk.

—Me consta que aún no hemos terminado con Louvain —dijo Monk—. Lo que hizo a la gente de la casa de socorro fue inhumano. Han muerto seis personas y podrían haber muerto todas. Y si no hubiesen estado dispuestos a sacrificar su vida decretando el encierro para contener la epidemia, podría haberse tratado de la mitad de Londres, de toda Inglaterra y quién sabe si más allá.

Durban apretó los labios.

—Me parece que Louvain sabía de sobra con quién trataba —contestó—. La señora Monk tiene una reputación. Era la mejor apuesta que tenía, aparte de matar a Ruth Clark y enterrarla donde Dios le diera a entender. No me sorprende que le faltara valor para hacerlo si en realidad era su amante. —La voz se le quebró—. Por aquel entonces no estaría seguro de que fuese la peste, era sólo una posibilidad. Podía tratarse de una simple pulmonía.

—No era su amante —respondió Monk—. Era su hermana. Su verdadero nombre era Charity Bradshaw. Ella y su marido regresaban de África. Él murió en el mar.

Durban abrió los ojos, sorprendido.

—Entonces no me extraña que Louvain quisiera que alguien cuidara de ella, pero tendría que haber advertido a la señora Monk del riesgo de que estuviera infectada. Aunque me figuro que temió que no la aceptaría si se lo contaba.

—¿Cree que Clement Louvain, el hombre más duro del río, sería incapaz de matar a su hermana sabiendo que tenía la peste? —preguntó Monk con la voz rasposa por la espantosa ironía de la idea que ocupaba su mente.

Durban parpadeó. Tenía los ojos enrojecidos de agotamiento.

—¿Lo sería usted? —replicó Durban—. ¿No se sentiría obligado a intentar cualquier cosa con tal de salvarla?

Monk se frotó la cara con las manos. Pese a la inmensa alegría por el regreso de Hester, él también estaba exhausto.

—Si hubiese riesgo de que la enfermedad se diseminara, no lo sé. Pero Mercy Louvain se presentó en la casa de socorro para ofrecer sus servicios como voluntaria.

—¿Para cuidar a su hermana? —El rostro de Durban se enterneció, los ojos le brillaron—. Qué sublime devoción.

—Fue allí para cuidarla —contestó Monk—. Pero no dudó en matarla antes de permitir que se escapara llevando la peste consigo.

Durban lo miró fijamente, presa de un horror indecible. Comenzó a decir algo pero se detuvo, sin dar crédito a las palabras de Monk.

—Oh, Dios —dijo por fin—. Ojalá no me lo hubiese dicho.

—No puede hacer nada al respecto —repuso Monk, mirándolo—. Si pudiese, no se lo habría dicho. Ella también ha muerto.

—¿Peste? —Susurró la palabra nefasta con hondo sentimiento, abrumado por una dolorosa compasión. Parecía que se la hubiesen arrancado de las entrañas.

Monk asintió con la cabeza.

—La enterraron como es debido.

Durban se volvió y miró por la ventana. La luz fría resaltó las canas de su cabeza.

Había llegado el momento de que Monk le dijera lo que pensaba, por más absurdo que pareciera y aun a riesgo de que Durban lo tomara por loco.

—Hoy he ido a ver a la señora Hodge.

—¿Para qué? ¿Pensó que a lo mejor sabría algo sobre el resto de la tripulación? —Esbozó una sonrisa torciendo apenas los labios—. ¿Creyó que no se me había ocurrido?

Monk se avergonzó un instante pero la idea que tenía en mente anulaba todo lo demás.

—¿Vio las cacerolas de cobre de la cocina?

—Yo no fui, fue Orme —dijo Durban frunciendo el entrecejo—. ¿A qué viene esto? ¿Qué importancia tiene? Ahora no estoy como para ocuparme de robos de poca monta.

Una vez más, un amago de sonrisa chispeó en su semblante y se desvaneció.

—No son robadas, según tengo entendido —contestó Monk—. Me dijo que se las regaló su hermano.

—Estoy muy cansado para jugar a las adivinanzas, Monk —dijo Durban. Tenía la tez descolorida y le faltaba poco para venirse abajo.

—Perdone —dijo Monk, disculpándose en serio. Hacía años que no conocía a nadie que le inspirase tanto aprecio como Durban—. Me dijo que sólo tiene un hermano y que éste se las regaló en agosto. Ha insistido en que podía demostrarlo.

Durban arrugó aún más la frente.

—Él estaba frente a la costa de África en agosto. ¿Me está diciendo que el *Maude Idris* estaba aquí entonces? ¿O que Newbolt no iba a bordo?

—No es exactamente ni lo uno ni lo otro —dijo Monk en voz baja—. Comprobamos los nombres de la tripulación, ¿verdad?

—Por supuesto.

—Pero no el aspecto de cada hombre.

Durban tuvo que apoyarse contra el antepecho de la ventana.

—Por el amor de Dios, ¿qué está inquiriendo? —Mas el espanto de la deducción ya estaba en sus ojos. Negó con la cabeza—. Pero si aún están allí, en el barco.

—Usted dijo a sus hombres que los mantuvieran allí porque había un brote de cólera —le recordó Monk—. ¿No es posible que Louvain les dijera lo mismo o algo parecido?

Durban se pasó la mano por la cara como si quisiera disipar una pesadilla.

—Será mejor que lo averigüemos. ¿Sabe manejar una pistola?

—Por supuesto —contestó Monk.

Durban se enderezó.

—Iremos con Orme y media docena de hombres pero sólo yo bajaré a la bodega. —Miró muy serio a Monk—. Es una orden.

Sin dar más explicaciones salió a la oficina exterior llamando a Orme. Sus órdenes fueron concisas y claras para que ningún hombre pudiera entenderlas mal. Parecía un comandante preparando la batalla final.

Había dejado de llover y el cielo estaba despejado. El agua brillaba picada por un viento cortante del oeste cuando la patrullera se adentró en el río.

Monk tomó asiento en la popa sosteniendo el arma contra el pecho mientras la lancha navegaba entre los buques fondeados propulsada con vigor por los remeros. De pronto tuvieron el *Maude Idris* delante de ellos.

Durban iba sentado a proa, apartado de sus hombres. Los miró uno por uno y en cuanto estuvieron abarloados hizo una seña apenas perceptible y se puso de pie, manteniendo con soltura el equilibrio pese al cabeceo de la lancha. La cabeza de Newbolt asomó por encima de la barandilla.

—¡Policía Fluvial! —gritó Durban—. Subimos a bordo.

Newbolt titubeó antes de desaparecer. Acto seguido la escala de cuerda fue arrojada por la borda, desenrollándose hasta caer casi en las manos de Durban. Éste la agarró y comenzó a trepar. A juicio de Monk, que lo observaba desde debajo, lo hacía con menos agilidad que otras veces.

Luego subieron el sargento Orme, un agente y por último Monk, dejando sólo a los remeros en la patrullera. Trepó hasta la barandilla y saltó a cubierta, donde los tres policías plantaban cara a Newbolt y Atkinson. Sólo se oía el aullido del viento en la jarcia y el golpeteo del agua contra el casco.

—¿Qué quieren esta vez? —preguntó Newbolt mirando hoscamente a Durban—. Ninguno de nosotros mató a Hodge ni ayudó a los ladrones a llevarse el maldito marfil.

—Ya lo sé —contestó Durban con firmeza—. No pensamos que alguien matara a Hodge. Murió por accidente. Y sabemos que Gould robó el marfil porque lo hemos recuperado.

—Pues entonces ¿qué diantre buscan aquí? —espetó Newbolt de mal talante—. Si quiere hacer algo útil, consiga que el puñetero de Louvain descargue este barco y nos liquide la paga.

—Primero quiero ir bajo cubierta, luego quizás arreglemos eso —contestó Durban, observándolo con viva atención—. ¿Dónde está McKeever?

—Muerto —dijo Newbolt lacónicamente—. Tenemos el cólera. ¿Aún quiere bajar?

—Ya sé que lo tienen —repuso Durban—. Por eso no han atracado. Ahora abra la escotilla.

Newbolt pestañeó como si por fin prestara verdadera atención.

—Muy bien. ¿Qué quiere ver?

—Lo encontraré yo mismo —dijo Durban con gravedad—. Usted se queda aquí arriba.

—Voy con usted —insistió Newbolt.

Durban empuñó su arma y lanzó una mirada a Orme, que lo imitó.

—No. Usted se queda.

Newbolt se mostró perplejo y receloso.

—Ya veo que son de la misma calaña que los malditos recaudadores de tasas —gruñó—. Un hatajo de ladrones.

Durban hizo caso omiso.

—Que no se muevan de aquí —ordenó a sus hombres—. Disparen si es necesario.

Cogió el farol que le tendió Orme y se dirigió a la escotilla. Monk fue tras él. Durban se agachó y la abrió de un tirón. La fetidez del aire estancado cortó la respiración de Monk y le revolvió el estómago. No recordaba que fuera tan fuerte.

—Voy a bajar —anunció Durban torciendo el gesto de asco—. Usted espere aquí. Si encuentro algo le avisaré.

—Voy con...

—Hará lo que le digo —le espetó Durban—. Es una orden. ¡Si no obedece haré que Orme lo retenga a punta de pistola!

Monk vio en sus ojos que no le serviría de nada discutir. Además, el tiempo apremiaba. Se apartó y observó a Durban descolgarse por el borde, alcanzar la escalera, coger el farol y comenzar a bajar. Le vio llegar al bao del suelo de la bodega y levantar la vista hacia él, sus ojos dos manchas en el pequeño círculo de luz amarilla. Durban supo tan bien como Monk que si los miembros del jurado hubiesen visto la bodega del *Maude Idris*, habrían comprendido que un hombre que hubiese resbalado en la escalera no habría caído hasta el suelo, partiéndose la cabeza contra el bao, para quedar tendido allí sin sentido o muerto. Su cuerpo habría rodado para seguir cayendo por el hueco de la escalera y casi con toda seguridad se habría roto el cuello o la espalda al golpearse contra el fondo.

Se volvió y alzó el farol para ver mejor la madera y las cajas de especias estibadas en la bodega. Según recordó Monk al asomarse desde lo alto, todo parecía exactamente igual que cuando había estado allí tres semanas antes en compañía de Louvain.

Durban siguió bajando. Al llegar abajo se quedó inmóvil. Estaba justo encima de la sentina del barco.

Monk no pudo contenerse. Se descolgó por la escotilla y comenzó a bajar. Durban le gritó pero él hizo caso omiso. No iba a dejarlo solo con lo que ahora temía que iban a encontrar.

En lo más hondo del buque, Durban se arrodilló manteniendo el farol a pocos centímetros de las tablas del suelo. Las marcas de una palanca se veían con claridad: hendiduras, madera astillada, excrementos de rata.

Durban tenía los ojos grises incluso a la luz amarilla del farol.

—Vuelva a subir —ordenó a Monk en cuanto éste llegó al bao que quedaba encima de él—. No es preciso que seamos dos.

Monk se encontró temblando y le costó trabajo reprimir la náusea que le provocaba la hediondez que flotaba en el aire. Pasó por alto la orden.

—Haga lo que le digo —dijo Durban entre dientes.

Monk se quedó donde estaba.

—¿Qué hay ahí debajo? —preguntó.

—La sentina, qué va a haber —replicó Durban, molesto.

—Alguien ha levantado esas tablas —observó Monk.

Los ojos de Durban destellaron.

—Ya lo he visto. Ahora váyase.

Monk se quedó paralizado, incapaz de moverse aunque hubiese querido. La piel se le erizó al imaginar el horror que escondían aquellas tablas.

—Lárguese —insistió Durban levantando la vista hacia él con el rostro transido de emoción—. No tiene sentido que los dos estemos aquí. Alcánceme esa palanca que hay ahí y vuelva a cubierta. No se lo repetiré.

En algún lugar de la oscuridad una rata saltó al suelo y se escabulló. Finalmente, Monk obedeció y comenzó a subir, peldaño a peldaño, hasta que llegó al aire frío y límpido que respiró jadeando, llenándose con alivio los pulmones.

—¿Qué pasa? —preguntó Orme con voz ronca—. ¿Qué hay ahí abajo?

Alargó el brazo y medio izó a Monk fuera de la escotilla hasta dejarlo en cubierta.

—No lo sé —contestó éste enderezándose—. De momento, nada.

—¿Pues por qué ha vuelto a subir? ¿Por qué lo ha dejado solo? No ha sopo-tado el hedor de la sentina, ¿verdad?

La voz de Orme y la forma en que torcía la boca denotaban un profundo desprecio, no ya por un estómago delicado, sino por un hombre que abandonaba a su compañero ante una dificultad.

—He regresado porque él me lo ha ordenado —dijo Monk—. No iba a dar un paso más hasta que yo me largara.

Orme lo miró con frialdad.

—¿Qué está haciendo?

—Lo sabrá cuando él quiera decírselo —replicó Monk.

Se midieron con la mirada aunque guardaron silencio. Newbolt y Atkinson estaban junto a la barandilla. Hoscos e inquietos, no osaban moverse porque las pistolas de los policías los apuntaban y estaban cargadas con munición suficiente para acabar con los dos.

El viento aullaba con más estridencia en la jarcia. Una goleta grande pasó río arriba dando bordadas. Su estela hizo que el barco se balanceara un poco y todos flexionaron las rodillas para mantener el equilibrio.

Por fin Durban asomó por la escotilla. Monk fue el primero en acercarse para ayudarlo a salir. Estaba pálido como la cera, tenía los ojos enrojecidos y horrorizados, como si hubiese visto el infierno.

—¿Era lo que...? —dijo Monk.

—Sí. —Durban temblaba—. Degollados. Los ocho, hasta el grumete.

—¿Entonces no...?

—No —atajó Durban—. Ya se lo he dicho. Degollados.

Monk quería decir algo, pero ¿qué palabras podrían transmitir el horror que sentía?

Durban se puso de pie en la cubierta y respiro hondo, intentando recobrar el control sobre sus miembros, el latido del corazón, el temblor de su cuerpo. Finalmente miró a Orme.

—Arreste a esos hombres por asesinato —ordenó, señalando a Newbolt y Atkinson—. Son autores de una matanza. Si intentan huir, disparen; sólo para detenerlos. El tercero está abajo, seguramente muerto. Déjenlo ahí. Atranquen la escotilla. Es una orden. Nadie va a bajar a la bodega, ¿queda claro?

Orme lo miraba fijamente sin entender, hasta que poco a poco fue comprendiendo, al menos en parte.

—¿Son piratas de río? —preguntó.

—Sí.

Orme palideció.

—¿Mataron a toda la tripulación?

—Menos a Hodge —aclaró Durban—. Supongo que se libró porque era cuñado de Newbolt.

Orme se acarició el pelo sin dejar de mirar a Durban. De repente se puso firme e hizo lo que le ordenaban.

Durban se apoyó contra la barandilla. Monk le imitó.

—¿Va a arrestar a Louvain? —preguntó.

Durban mantuvo la mirada al frente, contemplando el agua revuelta y la orilla, donde la marea subía lamiendo los postes del embarcadero y mojando la parte alta de las escalinatas.

—¿Por qué? —preguntó.

—Por asesinato.

—Estos hombres sin duda dirán que recibieron órdenes de él e incluso que les pagó —respondió Durban—. Pero él lo negará y no tenemos pruebas. Será la palabra de ellos contra la suya.

—¡En nombre de Dios! —explotó Monk—. Louvain sabe que ésta no es su tripulación. Tiene que saber que mataron a sus hombres salvo a Hodge. ¡No importa que sepa o no si fue a causa de que tenían la peste o porque simplemente querían hacerse con el barco! —Tragó saliva—. Además, ¿quién va a creerse eso? El barco sigue aquí y el cargamento también.

Durban no dijo nada.

—Si Louvain pagó a estos hombres —prosiguió Monk, volviéndose hacia Durban con el viento cortante azotándole el rostro—, tuvo que venir a bordo para hacerlo. Alguien le habrá traído y lo reconocerá. Habrá una concatenación de pruebas. No podemos dejar que se salga con la suya. No estoy dispuesto.

—Puede oponer un montón de argumentos —dijo Durban cansinamente—. Éstos son los hombres que mataron a la tripulación. No conseguiremos demostrar que Louvain estaba enterado y mucho menos que lo ordenó. No podemos revelar el verdadero motivo y él lo sabe de sobra.

—Voy a buscarle —se obstinó Monk, presa de una rabia que casi le impedía respirar.

—¡Monk!

Pero Monk no iba a atenerse a razones. Si Durban carecía de medios legales para conseguir que Louvain respondiera de sus actos, él se encargaría de que lo hiciera, costase lo que costara. Se dirigió con paso decidido hasta la escala, saltó la barandilla y se descolgó hacia la patrullera sin importarle que se le despellejaran los nudillos o se le magullaran los codos. Louvain era el responsable de la muerte de Mercy y de otras cinco mujeres. Sólo por la gracia de Dios no lo era también de la de Hester y Margaret. Su codicia pudo haber costado la vida a media ciudad de Londres, tal vez a media Europa. El muy canalla había contado con que Hester estaría dispuesta a dar su propia vida con tal de impedirlo.

Saltó a bordo de la lancha.

—Llévenme a tierra —ordenó—. Ahora mismo.

Los remeros lo miraron un instante y luego obedecieron, hundiendo las palas en el agua con todas sus fuerzas.

Una vez en la orilla, Monk les dio las gracias y saltó a la escalinata, resbalando en la piedra húmeda. Se agarró a la pared y subió tan aprisa como pudo. Se dirigió directamente hacia las oficinas de Louvain sin girarse a mirar si la patrullera regresaba al *Maude Idris*.

—No puede entrar ahí. ¡El señor Louvain está ocupado! —gritó un empleado cuando Monk pasó como una exhalación ante sus atónitos ojos y chocó contra otro empleado cargado de libros de contabilidad a quien casi derribó. Monk se disculpó sin volverse.

Llegó a la puerta del despacho, levantó la mano para llamar pero cambió de parecer y la abrió sin más.

Louvain estaba sentado a su escritorio, con un montón de papeles delante y una pluma en la mano. Alzó la cabeza sorprendido ante la irrupción pero sin alarmarse. Entonces reconoció a Monk y su semblante adoptó una expresión aviesa.

—¿Qué diablos quiere? —dijo con acritud—. Estoy ocupado. Su ladrón se libró. ¿No le basta con eso?

Monk tuvo que hacer un gran esfuerzo para dominarse y evitar que le temblara la voz. Se dio cuenta con sorpresa de que una parte de él había respetado a Louvain, llegando incluso a apreciarlo. Eso era precisamente lo que ahora le hacía tan difícil controlar su furia. Aquel hombre era el que se había dejado cautivar por la belleza de los grandes paisajes del mundo, el que había anhelado navegar más allá del horizonte en los grandes clíperes de pasmosa hermosura, un hombre en el que casi había llegado a confiar.

—¿Ya le han dicho que su hermana murió? —le espetó, sin saber demasiado bien por qué se lo decía.

El rostro de Louvain se endureció. La noticia le dolía y no podía disimularlo.

—Estaba muy enferma —dijo en voz baja.

—No me refiero a Charity. —Monk vio cómo abría los ojos con perplejidad. Al mentar aquel nombre le había dicho de golpe cuánto más sabía al respecto, echando sal a la herida—. Me refiero a Mercy. Usted sabía que Charity iba a morir cuando la llevó a Portpool Lane, pero no le importó. Otras cinco mujeres murieron también.

Louvain lo miraba de hito en hito con los ojos muy abiertos y las manos apoyadas en el escritorio con los nudillos blancos de tanto apretar.

—Habla como si todo hubiese terminado —dijo con voz ronca.

—En Portpool Lane sí.

Louvain se reclinó y soltó el aire despacio.

—Entonces ha terminado en todas partes —señaló, relajando su postura. Faltó poco para que sonriera—. Se acabó.

—¿Y qué me dice de la tripulación del *Maude Idris*? —siseó Monk—. Bradshaw murió de peste, igual que Hodge. ¿Qué ha sido del resto de ellos? —Miraba a Louvain fijamente.

—Si no los han encontrado a estas alturas, estarán a salvo —contestó el armador, y Monk vio un amago de arrepentimiento en su rostro.

—Vayamos a comprobarlo —sugirió Monk, tensando los músculos con las manos sudorosas y la respiración entrecortada.

—Estoy ocupado —contestó Louvain, sosteniéndole la mirada a través de la habitación.

Monk pensó en Mercy, en Margaret Ballinger, en Bessie y las otras mujeres cuyos nombres no sabía, pero sobre todo en Hester y en el infierno que le habría tocado vivir sin ella.

Louvain se dio cuenta de que algo había cambiado entre ellos. El momento de entendimiento se había esfumado. Volvían a ser enemigos.

—Estoy ocupado —repitió, desafiante.

Monk quiso sonreír pero tenía el rostro tenso.

—Venga conmigo —dijo en voz baja—. Si no, contaré a Newbolt y Atkinson a bordo de qué clase de barco están. ¿Piensa que seguirán esperando entonces? ¿No cree que irán a por usted, se esconda donde se esconda, hasta el fin de sus días?

El rostro de Louvain perdió todo rastro de color. Tomó aire para replicar pero comprendió que su expresión le había traicionado.

Esta vez Monk sí pudo reír; fue un sonido chirriante, un resuello.

—Sabe muy bien lo que son —dijo—. Sabe lo que le harán. Usted decide. ¿Viene conmigo o se lo cuento?

Louvain se levantó despacio.

—¿Para qué? No conseguirá nada, Monk. No puede demostrar que yo lo sabía. Diré que liquidé la paga a los demás en Gravesend y que estos hombres tripularon el barco hasta el Pool.

—Como quiera —repuso Monk. En ese instante supo exactamente lo que iba a hacer; su determinación devino inquebrantable.

Louvain lo percibió y también entendió que no podía enfrentarse a él. Se irguió y salió de detrás del escritorio. Se movía despacio, con el tenso paso de un hombre conocedor de su propia fuerza física.

—¿Y si digo que usted me agredió? —preguntó.

—No lo hará —contestó Monk—. Porque en ese caso haré que sea verdad, pero usted estará muerto. Me veré obligado a dispararle. Y Newbolt y Atkinson seguirán vivos. McKeever ha muerto, por cierto. Peste, supongo.

Louvain se detuvo.

—¿Qué quiere, Monk?

—Le quiero a usted a bordo del *Maude Idris*. Venga, muévase.

Despacio, avanzando ambos como si bregaran contra la marea, salieron por la oficina exterior. Los empleados levantaron la vista pero no dijeron nada. Louvain abrió la puerta de la calle e hizo una mueca cuando el aire gélido le azotó el rostro. No obstante, Monk no le permitió coger un abrigo, pues podría tener un arma oculta en el bolsillo.

Cruzaron la calle y se dirigieron al muelle. Louvain tiritaba de frío. La tarde era muy luminosa. El sol se estaba poniendo ya que los días empezaban a acortarse. Sus rayos oblicuos teñían de oro las aguas del río.

Sólo tuvieron que aguardar unos minutos antes de que un bote los recogiera. Monk dio instrucciones al remero. Ninguno de ellos habló durante el trayecto. Sólo se oían las olas contra el casco. Los rociones esporádicos helaban la piel.

Cuando llegaron junto al *Maude Idris* Monk ordenó a Louvain que trepara primero por la escala. Él fue detrás. En la cubierta sólo estaba Durban.

Louvain se asustó. Se dio la vuelta hacia Monk, que empuñó la pistola.

—Voy a bajar con el señor Louvain a ver a la tripulación —dijo a Durban—. ¿Me deja el farol?

—Yo lo acompañaré —contestó Durban—. Usted espere aquí.

Monk lo miró con detenimiento. Se lo veía exhausto, con el rostro enrojecido y los ojos hundidos.

—No. De esto me ocupo yo. Además, tal como se encuentra usted, éste será capaz de atacarlo.

Durban fue a replicar pero Monk no le dio ocasión, dirigiéndose hacia la escotilla tras darle el farol a Louvain.

—Usted primero —le ordenó—. Hasta el fondo. Si se para le pegaré un tiro. Y lo digo muy en serio, créame.

Durban se apoyó contra la barandilla.

—No tarden. Cuando cambie la marea quiero que estén en tierra. Sólo tienen un cuarto de hora —dijo de modo tajante.

Louvain comenzó a bajar la escalera y Monk le siguió. Con una mano se sujetaba a los peldaños, con la otra sostenía el arma. Tenía que hacer aquello. Quería ver el rostro de Louvain cuando llegaran al fondo y mirara la sentina. Necesitaba que aquel canalla oliera la peste, que la respirara, que conociera su fetidez para que soñara con ella hasta el fin de sus días. Cuando fuese un anciano se despertaría gritando, empapado en sudor, encerrado de nuevo en el vientre chirriante y oscilante del barco con los cadáveres de los hombres que había matado.

El hedor era cada vez peor. Parecía que el aire se fuera espesando a medida que iban bajando.

Louvain se paró. Monk oía su respiración jadeante, trabajosa. Bajó la vista y le vio el rostro cubierto de sudor, los ojos como agujeros en la cabeza, las cuencas oscuras.

—Siga bajando —ordenó—. ¿Qué le pasa? ¿Los huele?

Entonces llegaron a la sentina, abierta por donde Durban había arrancado las tablas, y le sobrevino una arcada tan fuerte que por poco se soltó de la escalera. La estela de otra embarcación balanceó el *Maude Idris* y el agua de la sentina se agitó, dejando a la vista una cabeza degollada y los hombros de un cadáver. Tenía los ojos roídos y la cara podrida, pero el espantoso tajo del cuello aún se distinguía con claridad. El hedor era tan penetrante que Monk se sintió desfallecer.

—Ahí tiene a su tripulación, Louvain —dijo Monk, jadeando para controlar la náusea—. ¿Huele la peste? Es la peste negra.

Oyeron un correteo de garras y unos chillidos horripilantes seguidos del plaf de una rata al caer al agua.

Louvain soltó un berrido y comenzó a trepar deprisa, soltando el farol, que chocó contra el suelo y se apagó. Louvain seguía gritando.

Monk comenzó a subir a su vez, desesperado por respirar aire fresco. Alcanzó al suelo de la bodega presa del pánico. Lo invadía un terror inconcebible por lo que había en el fondo del barco y por el loco que le pisaba los talones.

El cuadrado de cielo de la escotilla se oscureció un instante cuando Durban comenzó a bajar.

—¡Estamos subiendo! —gritó Monk mirando hacia arriba—. Todo va bien.

Louvain alcanzó el bao del suelo de la bodega y en medio segundo atrapó a Monk, rodeándolo con los brazos, estrujándolo como si quisiera vaciarle los pulmones de aire, romperle las costillas y clavárselas en el corazón.

Monk no lograba zafarse de su presa. Su única alternativa era valerse de la cabeza: la inclinó bruscamente y le mordió la muñeca con todas sus fuerzas, notando cómo los dientes rasgaban la piel y la boca se le llenaba de sangre.

Louvain chilló y aflojó el apretón. Intentó pegar a Monk pero éste se apartó justo a tiempo y el golpe lo alcanzó de refilón en el hombro.

—Usted hizo que los degollaran —le espetó Monk jadeando—. Incluso al pobre grumete.

—Habrían muerto de todos modos, imbécil —masculló Louvain, buscando el cuello de Monk con las manos—. Pero no podía decírselo a nadie. Si tuviese agallas, usted habría hecho lo mismo.

—Yo habría sacado el barco del puerto —replicó Monk, antes de abalanzarse contra él con los puños apretados. Louvain se hizo a un lado y volvieron a quedar agarrados, forcejeando.

—¿Y perder mi cargamento? —contestó Louvain resoplando—. Necesito ese clíper. Fue un final rápido, mejor que morir de peste. Pensé que usted lo comprendería.

Arreó un buen puñetazo a Monk pero le dio en la cadera en lugar del estómago. Monk hizo una arcada por el dolor, doblándose hacia delante.

—Pero llevó a su hermana a Portpool Lane para que contagiara la peste allí.

—Y Londres se ha quedado con unas cuantas putas menos —replicó Louvain—. Sabía que su esposa no permitiría que se extendiera. No tuve valor para matar a Charity. Era mi hermana.

Monk le dio una patada en la espinilla. Cuando Louvain aflojó un poco el apretón, Monk le propinó un puñetazo con toda la fuerza de la rabia contenida, descargando todo el espanto que lo había consumido día y noche a lo largo de la última semana.

Louvain trastabilló e intentó devolverle el golpe. Se tambaleó al borde del hueco de la escalera durante unos segundos interminables. Finalmente se precipitó a la negrura agitando los brazos y se estrelló con estruendo contra las tablas rotas del fondo, quedando con la cabeza a un palmo de la sentina rebosante de sangre con su carga de cadáveres, carne hinchada y gargantas gritando en eterno silencio.

Monk cayó de rodillas y vomitó. Luego gateó hasta el borde y comenzó a bajar. El vértigo le hacía aferrarse a los peldaños como si le fuera la vida en ello, aunque no había más de cuatro metros hasta el fondo. Lo único que se oía eran los sorbetones del agua y el correteo de las ratas. Louvain yacía boca arriba. Tenía los ojos abiertos y Monk comprendió en el acto que podía ver pero no moverse. Se había roto la espalda.

El barco se balanceó. Monk se sujetó con más fuerza. La espantosa visión de lo que había allí abajo le erizó la piel, empapándolo de sudor frío.

Louvain se deslizó un poco hacia la abertura de la sentina, empujado por su propio peso sobre el suelo viscoso e inclinado.

Monk lo miraba fijamente, sabiendo lo que iba a suceder con el próximo bandazo del barco, y en los ojos de Louvain vio que él también lo sabía. El momento se perpetuó como una condena eterna.

El barco volvió a balancearse. Louvain se deslizó hasta el borde de las tablas, titubeó por un espantoso instante y a continuación, impotente para salvarse, resbaló hasta la pesadilla de la sentina cayendo sobre el cuerpo hinchado del grumete y dos ratas muertas. Su propio peso lo sumergió. Monk vio su pálido rostro un último instante antes que el agua pútrida se cerrara sobre él y dejara de distinguirse del resto de cadáveres que flotaban de un lado a otro.

Monk cerró los ojos y supo que aquella escena le quedaría grabada para siempre. El tiempo se había detenido. Vio la imagen una y otra vez.

—Ayúdeme a izar las velas —dijo Durban justo detrás de él. Monk evitó mirarlo a los ojos y cogió la mano que le tendía para ponerse en pie—. Venga, ayúdeme —insistió Durban—. La marea está cambiando y sopla una brisa fuerte del oeste. Con dos debería bastar; tres como máximo.

—¿Velas? —dijo Monk como un tonto—. ¿Para qué?

—Este barco está apestado —contestó Durban—. No podemos dejar que atraque, ni aquí ni en ninguna otra parte.

Monk se debatía entre pensamientos tan espantosos como ineludibles.

—¿Quiere decir...?

—¿Se le ocurre algo mejor? —repuso Durban con apremio. Su rostro se veía ceniciento a la luz de la escotilla.

—¿Sus hombres...? —comenzó Monk.

—En tierra. Se lo he contado a Orme. He tenido que hacerlo, de lo contrario no hubiese entendido por qué tengo que llevarme a Newbolt y Atkinson conmigo, que por cierto están bien amordazados y maniatados, junto con el cuerpo de McKeever. Ayúdeme a izar las velas. Luego también podrá marcharse. Hay un bote salvavidas.

Monk mantenía el equilibrio con dificultad. No se debía al leve balanceo del barco sino a la angustia y el espanto.

—¿Cómo va a gobernarlo usted solo? ¿Adónde irá? No puede llevarlo a ninguna parte.

—Bajaré hasta más allá de Gravesend y abriré las llaves de paso —contestó Durban, su voz poco más que un susurro—. La mar lo limpiará. El fondo marino será una buena tumba. Ahora salgamos de aquí. Necesito aire fresco. Este olor me está mareando.

Se volvió y comenzó a subir de nuevo. Monk lo siguió, peldaño a peldaño, hasta que alcanzó la cubierta, donde respiró entrecortadamente el aire gélido del atardecer, dulce como la luz que caía desde poniente tiñendo las olas de fuego.

Monk no recordaba muy bien cómo se izaba una vela pero Durban le indicó cómo hacerlo. Algún conocimiento adquirido durante su infancia en la costa noreste dio destreza a sus manos. Una vela inmensa se desplegó lentamente y con el peso y la fuerza combinados de ambos hombres fue ascendiendo por el mástil mayor. La trincaron corta, en la dirección del viento, y repitieron la operación con una segunda.

Fueron hasta el molinete y levaron el ancla. Monk se encargó de completar las últimas vueltas mientras Durban corría al timón y hacía virar la nave para que el viento hinchara las velas. Era una tarea dura y, siendo sólo dos hombres, también peligrosa. Con el velamen desplegándose y el *Maude Idris* ganando velocidad, Monk se volvió hacia Durban. Aquello era una especie de triunfo grandioso y descabellado. Navegaban en un barco moribundo surcando un mar dorado hacia las sombras del día que agonizaba por levante.

—Es hora de que se vaya —dijo Durban, levantando la voz por encima del viento y el ruido del agua—. Antes de que cojamos más velocidad. Le ayudaré a arriar el bote.

Monk se quedó atónito.

—¿Qué está diciendo? ¿Cómo piensa regresar a tierra si me llevo el bote?

El rostro de Durban mostraba serenidad, el viento le encendía las mejillas.

—No pienso desembarcar. Voy a hundirme con el barco. Es mejor esto que aguardar la otra muerte.

Monk se quedó sin habla. Abrió la boca para contradecirlo, para negarse a darle crédito, pero entendió que sería una estupidez incluso antes de terminar de encajar aquellas palabras. Tendría que haberse dado cuenta antes y no lo había hecho: el sudor, las mejillas encendidas, el agotamiento, el esfuerzo para disimular el dolor y, sobre todo, la manera en que durante los últimos días se había mantenido siempre a distancia de Monk y de sus propios hombres.

—Váyase —insistió Durban.

—¡No! No puedo...

Estaban cerca de la barandilla. El buque cobraba velocidad y el agua se arremolinaba contra el casco. Aquellas palabras fueron las últimas que Monk pronunció antes de recibir un golpe que lo lanzó hacia atrás. La barandilla le golpeó la espalda. Un momento después, las aguas se cerraron sobre su cabeza con un frío paralizante, ahogándolo.

Luchó para aguantar la respiración y volver a la superficie. Durante unos segundos las ganas de vivir borraron todo lo demás. Por fin emergió y se llenó los pulmones de aire resollando. Vio la inmensa mole del *Maude Idris* a unos diez metros de él alejándose cada vez más deprisa. Se puso a gritar con desespero, desgañitándose de ira y pesar. Vio a Durban asomarse a la popa un instante y saludar con el brazo en alto. Acto seguido se apartó, dejando a Monk debatiéndose y pensando cómo iba a arreglárselas para alcanzar la orilla sin ahogarse, sin que lo arrollara otro barco o simplemente sin morir congelado.

Apenas había dado unas torpes brazadas por culpa de la ropa empapada y sintiéndose ya desfallecer, cuando oyó un grito y luego otro. Con un esfuerzo tremendo se dio la vuelta en el agua y vio una barca con no menos de cuatro hombres a los remos que se le venía encima a toda velocidad. Reconoció a Orme asomado por la borda y con los brazos extendidos.

La patrullera le dio alcance y, pese a que habían levantado los remos, el impulso que llevaba dificultó la desesperada tarea de sacar a Monk del agua. Hicieron falta tres hombres para subirlo a bordo. En cuanto lo consiguieron, los remeros volvieron a bogar apoyando todo su peso en las empuñaduras, lanzando la lancha en pos del *Maude Idris*, que no dejaba de acelerar impulsado por el viento que hinchaba las velas.

Sin embargo era un buque pesado y la lancha, más ligera, iba acortando distancias. Monk se sentó tiritando de frío en la popa. El viento hacía que la ropa mojada pareciera de hielo en contacto con la piel, pero aquélla era una cuestión secundaria; tenía los cinco sentidos puestos en Durban. ¿Serviría de algo alcanzarlo? Aquel intento obedecía al instinto, al corazón, al compromiso con un amigo, pero ¿era realmente lo mejor que podían hacer? ¿Acaso el honor y la dignidad no exigían que se le concediera el derecho a morir como prefiriera? ¿No era eso lo que Monk o cualquiera de los hombres que lo acompañaban hubiese elegido para sí mismo?

¿Estarían enterados? ¿Se lo había contado Durban? No, de ningún modo, o de lo contrario se lo habrían impedido al adivinar sus intenciones. No se habrían creído la enormidad de la peste, la muerte segura, el horror. ¿Se atrevería él a contárselo ahora?

Seguían aproximándose al *Maude Idris*. El sol poniente hacía que sus velas desplegadas resplandecieran como las alas de un gran pájaro. Ya habían salido del Pool de Londres dejando los demás barcos atrás. Durban iba con rumbo a Limehouse Reach pasando por delante de la isla de los Perros, pero aún faltaba un buen trecho hasta el mar, con varios sitios en los que tendría que rendir una bordada para cambiar de dirección. ¿Sería Durban capaz de hacerlo solo, por más agallas que tuviera, en el estado en que se encontraba? Orme tal vez lo supiera. ¿Era eso lo que aquellos hombres que se afanaban con los remos querían en realidad? ¿Asegurarse de que el *Maude Idris* no chocara contra un muelle u otro barco ni embarrancara?

Esperó que no. Rogó que su persecución la motivara su preocupación por Durban.

Durban bregaba con otra vela. La iba izando palmo a palmo, con una lentitud angustiante. Monk ni siquiera se daba cuenta de que iba inclinado hacia delante en el borde del banco, con los músculos doloridos por el esfuerzo, como si fuese él quien estuviera tirando de la driza, midiendo sus fuerzas con la pesada lona, con el sol en los ojos, cegado por la luz reflejada en el río. Poco a poco el *Maude Idris* volvía a distanciarse de ellos.

En la patrullera nadie dijo nada. Los remeros mantenían un ritmo constante, resoplando con expresión concentrada. Sentado al lado de Monk, Orme no apartaba los ojos del barco que tenían a proa. Ahora llevaba las velas hinchadas del todo y su estela blanca crecía mientras pasaba por delante de Limehouse Reach, dejando la isla de los Perros a babor. Monk miró a Orme y vio el espanto y la pena de su rostro empapado en lágrimas y agua de mar.

Durban no tuvo más remedio que dar una bordada en el meandro. Por un momento perdió el control y volvieron a aproximarse a él. Monk se puso frenético. Estaban a menos de veinte metros del *Maude Idris*. Veían a Durban afanarse para controlar las grandes botavaras y evitar que el barco orzara y escorase impidiéndole virar.

Orme se había puesto de pie, con las piernas flexionadas, y gritaba a pleno pulmón. Su rostro era una máscara de pasión y desespero.

Durban no le hizo ningún caso. Consiguió virar y adrizar el barco. Todas las velas se hincharon de nuevo y el *Maude Idris* volvió a distanciarse a la altura de Greenwich. El sol se estaba poniendo detrás de ellos. Era una charca de fuego en el horizonte. Delante sólo tenían el morado del ocaso que hacia el sur se oscurecía sobre el marjal de Bugsby's Marsh.

Durban volvió a aparecer en cubierta. Su silueta negra se recortaba contra el brillante dorado de las velas. Les hizo una seña levantando ambos brazos, un gesto de victoria y despedida. Luego desapareció por la escotilla de popa.

Monk se aferró a la borda con las manos heladas y el cuerpo tembloroso y entumecido. Apenas podía respirar. Transcurrieron segundos, un minuto que duró una eternidad, luego otro. El *Maude Idris* seguía cobrando velocidad.

Entonces ocurrió. Al principio sólo fue un ruido sordo. Monk ni siquiera se dio cuenta de lo que sucedía hasta que vio chispas y una llamarada. El segundo estrépito fue mucho más fuerte, ya que explotó la santabárbara y las llamas rugieron al envolver la cubierta y prender el velamen. En un abrir y cerrar de ojos la nave se convirtió en una columna de fuego que refulgía en el anochecer, un infierno, un holocausto de madera y lona que ardía arrastrándose hacia el desierto lodazal de la orilla, llevándose consigo a Durban, a Louvain, a los piratas del río y los cadáveres de la tripulación.

Era a un mismo tiempo una pira vikinga y el entierro de un barco apestado. El buque chocó contra el bajío con una sacudida y encalló. El fuego se fue apagando, entre resplandores rojos, tragado por el agua.

En la lancha, Monk estaba de pie al lado de Orme, helado y exhausto, consumido hasta la médula de pena y orgullo. Tenía el rostro surcado de lágrimas y las manos tan entumecidas que no sintió el apretón que le dio Orme en un gesto de concordia ante una pérdida demasiado grande para soportarla a solas. Apenas si fue consciente de que otro hombre se quitó el abrigo y se lo echó por los hombros.

Entraría en calor más tarde, en el tiempo que tenía por delante.

[illegible] que tenía arrastrándose [illegible] el desierto [illegible] al de [illegible] llevando [illegible] Duphan, a Louvain [illegible] del río [illegible] de la capitulación.

[illegible] como [illegible] el [illegible] de [illegible] con una [illegible] gando, entre esplan- [illegible]

La [illegible] del lado de Orme [illegible] [illegible]